Miroir de sang

Olivier Descosse

Miroir de sang

ÉDITIONS FRANCE LOISIRS

Édition du Club France Loisirs,
avec l'autorisation des Éditions Stock.

Éditions France Loisirs,
123, boulevard de Grenelle, Paris.
www.franceloisirs.com

ISBN 2-7441-8252-4

Pour mes filles
Julia et Alice.

PROLOGUE

Septembre 1943. Prison des Beaumettes. 4 heures 30.

Des flèches de pluie perforaient par rafales les pavés de la cour est. Dressée sur son pourtour, une muraille de brique formait un rempart d'ombre qui aspirait la nuit.

Une silhouette émergea du néant pour accrocher la pâle clarté lunaire. Elle progressait avec peine, dissimulée par une houppelande sur laquelle couraient des scintillements d'eau claire. Elle s'immobilisa devant la grille et attendit.

Une minute.

Deux.

Un cliquetis écorcha le silence. La forme se mit au garde-à-vous. Casquettes luisantes, manteaux de cuir, trois hommes s'engouffrèrent dans la cour. D'un pas pressé, ils se fondirent dans les ténèbres.

Vingt mètres plus haut, doigts soudés au métal des barreaux, le locataire de la cellule 36 tordait son cou pour essayer d'en savoir plus. En vain. Il pouvait juste entendre les bottes claquer sur les pierres lisses.

L'angoisse lui garrotta la gorge.

Une agitation anormale ressentie tout au long de la journée, les hurlements des détenus du bloc est. Et enfin ce silence. Comme un sceau de crainte, une terreur partagée.

C'était pour ce matin.

Il se laissa tomber sur la paillasse humide. Son corps amaigri se ratatina un peu plus. Un froid soudain envahit ses artères. Il ferma les yeux.

Ce matin...

Encore quelques minutes pour respirer, sentir, vivre.

Exister.

Il porta la main à son sexe, essayant de laisser venir les images. Mais les chimères se dérobèrent. À la place, des pleurs, des sanglots paniqués, des mots qu'il ne comprenait pas. Puis des suppliques aiguës, murmurées comme un appel à l'aide. Chaque fois, elles transformaient son extase en cauchemar.

Il plaqua ses paumes sur les oreilles, se recroquevilla. Son cerveau traversait des marécages de crainte, sa bouche s'ouvrait, se fermait, comme celle d'un poisson à l'agonie.

Perdu dans son délire, il n'entendit pas le raclement pourtant familier qui monta dans son dos. Il sentit juste deux mains puissantes qui le soulevaient de terre et l'asseyaient sur le tabouret. Une odeur de mousse à raser satura ses muqueuses.

Lorsqu'il rouvrit les yeux, une foule de costumes noirs l'entourait, l'air grave. Il reconnut Charles, le gardien-chef à face de fouine. À ses côtés, les uniformes défraîchis de deux matons aux épaules larges.

Quant aux autres...

Sous les casquettes militaires, les feutres impeccables, un ou deux visages évoquaient des souvenirs. Lesquels ? Impossible de les raccorder à une situation précise.

— Tu es prêt ?

Charles avait posé la question avec une pointe de vice dans la voix.

Il hocha la tête. Ou, plutôt, sa tête remua toute seule, comme mue par une force étrangère. Prêt, il l'était. Depuis deux mois, il vivait pour cet instant, tentant d'en anticiper la réalité, de se l'approprier.

Et d'exorciser sa terreur.

— Tiens, fit le chef en lui tendant un minuscule miroir. On va te faire un brin de toilette.

L'absurdité du rituel lui arracha une ébauche de sourire. Sa tête allait rouler dans un panier, mais ce serait une tête propre, rasée de près, parfumée peut-être. Il saisit la glace. Ses traits osseux s'allongeaient en lames vives sous le mince rempart d'une barbe mangée aux mites. Plantés au-dessus tels deux foyers éteints, ses yeux trop clairs trahissaient sa folie.

Le rasoir agaça sa peau. Des mouvements secs, maladroits, ouvrant parfois les chairs en profondeur. Le maton s'appliquait du mieux qu'il pouvait, mais sa main tremblait. Les formes sombres observaient la scène en silence, mal à l'aise.

On lui passa une serviette sur le visage. Des traces rouges zébrèrent le coton. Il sentit qu'on lui ôtait sa vareuse. À la place, une chemise blanche s'ajusta sur son torse. Un contact frais, agréable, une odeur de linge propre.

— Baisse la tête.

Il s'exécuta.

Le jeune maton découpa le col à l'aide d'une paire de ciseaux. Puis, il fit un pas en arrière. Une voix posée chuchota :

— Voulez-vous soulager votre conscience, mon fils ?

L'homme dressa son regard. Une soutane se tenait à quelques centimètres, air contrit d'une fausse commisération. Il secoua la tête. Quel Dieu pouvait prendre en charge ses péchés ?

Le prêtre n'insista pas. Il se retira derrière un signe de croix.

Des secondes s'égrenèrent. Le condamné de la cellule 36 crut entendre son cœur rythmer la course du temps. Un gong battait la mesure dans sa poitrine.

Une nouvelle voix s'éleva au fond de la cellule.

— Messieurs...

Froissement d'étoffes. La pièce se vida pendant qu'on lui liait les mains dans le dos et qu'on le mettait debout.

Ils traversèrent un dédale de couloirs, étrange procession de corbeaux égarés dans une forteresse de douleur. Le silence les entourait, épais, acide, haché de temps à autre par des grincements lointains.

Le groupe rejoignit la cour est. La pluie avait redoublé, tendant entre les murs une toile mouvante.

Une invective fora la nuit :

— Enculé de pointeur ! Crève !

Le condamné chercha à accrocher la provenance des sons. La façade disparaissait sous une chape de goudron. Deux autres insultes se perdirent dans le crépitement de l'eau.

Ils passèrent sous un porche et descendirent quelques marches. Une porte s'ouvrait dans la masse du bâtiment, gardée par un uniforme. Derrière, trônant au milieu d'une pièce aveugle, une machine d'acier attendait.

Ses jambes se dérobèrent. Il fut retenu par deux mains fermes, rivées sous ses aisselles. On le porta jusqu'à un siège, sorte d'excroissance située à l'arrière de l'instrument de justice. Les poignets toujours liés, on l'assit à califourchon. Puis on colla son buste contre la planche située face à lui.

Seule sa tête dépassait de l'ensemble.

Offerte.

Un homme corpulent s'avança. Son visage ressemblait à celui d'un gosse gavé de sucreries, les rides en plus. Il décacheta une enveloppe et entama la lecture.

Les victimes avaient entre cinq et douze ans, des prénoms de petites filles, toutes violées à plusieurs reprises avant d'être écorchées. Il y en avait eu quatre. Dans l'assistance, les mâchoires se crispèrent. L'ecclésiastique se signa.

L'huissier racla sa gorge.

« Attendu qu'en conséquence, la cour vous a condamné à la peine capitale. »

Les derniers mots rebondirent sur les murs blancs. Un silence s'ensuivit. Le condamné sentit deux larmes courir sur ses joues. Puis la phrase qu'il redoutait résonna dans sa tête, comme une voix intérieure :

— Claude Durieux, en vertu des pouvoirs qui me sont conférés, j'ai le devoir d'exécuter la sentence prononcée contre vous. Avez-vous une dernière volonté ?

Il chercha quelque chose, tout lui parut absurde.

— Non...

— Dieu ait pitié de votre âme.

La planche bascula vers l'avant. Dans le même temps, la lame siffla sa haine.

Aucune douleur. À peine un souffle sur sa nuque. Puis l'angle changea. Il eut l'impression d'une chute, courte, et sentit que son visage s'écrasait sur des filins d'osier.

Clignements de paupières. En aplomb, un corps décapité giclant par saccades un liquide sombre.

Son corps.

La terreur déferla.

Puis, plus rien.

I

1

Tout semblait parfait.

La plage du Prado, archibondée de corps aux allures de pains cuits ; le vent, constant, soufflant par sud-sud-est ; la mer, creusée de vagues musculeuses. Les conditions idéales pour un show aquatique devant un public en délire.

Immergé jusqu'au cou, le lieutenant Paul Cabrera savourait cet instant. Une parenthèse indispensable pour oublier sa vie de flic, la violence exacerbée d'un quotidien de guerre.

Il glissa ses pieds dans les *full-straps*, renversa la tête en arrière. Tel un linceul indien, la voile le recouvrait de ses couleurs criardes. Une rafale irisa la surface. Il tendit les bras sur le *whish-bone*. Aussitôt, la toile se gonfla.

Il jaillit hors de l'eau.

Sensations.

La peau d'abord. Giflée d'air chaud, grésillant de soleil, prise d'assaut par des escadrilles d'embruns. Le corps ensuite. Tendu à l'extrême, en équilibre instable, volant sur un tapis de plume.

Puis tout le reste.

L'odeur, mélange de crèmes solaires et d'iode. Les sons, des sifflements. La lumière, pure, lavée. Et enfin le point de vue, des dunes d'eau sombre roulant sur l'horizon.

Le véliplanchiste cambra le buste en arrière tout en bordant la voile. Il décolla. Une, deux, trois, quatre secondes, suspendu à plus d'un mètre des flots tel un Icare de néoprène. Le silence, entrecoupé par ses battements de cœur.

La pointe de plastique enfourna à la réception. Un instant d'incertitude, un changement d'appuis, il vira de bord et fila vers la plage.

Épaules rasant l'écume, Paul glissait sur l'onde à plus de vingt nœuds. Déjà, il pouvait distinguer la tache orange sur laquelle Annie exposait ses formes fermes. Visage rieur et boucles brunes, la jeune esthéticienne avait croisé sa route au Millenium, le temple techno érigé sur la route de Cassis. Deux jours plus tard, le Marseillais n'était plus très sûr d'avoir envie de poursuivre cette aventure.

Elle lui fit un signe de main pendant qu'il virait à quelques mètres du rivage. En un battement de cils, il devina Riad assis à côté d'elle. Son pote leva à peine le menton et replongea dans la lecture d'un SAS. Paul leur décocha un clin d'œil avant de repartir à l'assaut de son rêve.

Au bout d'un quart d'heure, vidé, essoufflé, il tirait la planche sur le sable. Il s'allongea contre Annie.

— Hé ! Tu es gelé !

La jeune femme s'était redressée. Sans un mot, Paul plaqua son corps contre le sien. Elle poussa un petit cri tandis que Riad esquissait un sourire. Le flic se laissa rouler sur le côté. Bras derrière la nuque, il s'adressa au soleil.

— Elle est pas belle la vie ? Encore trois semaines de vacances et l'été commence à peine.

Riad souleva ses lunettes.

— Trois semaines ? Qu'est-ce que vous branlez à la BAC ? T'as déjà pris un mois l'hiver dernier.

— RTT, mon pote. Faut vivre avec son temps. En plus, je fais les nuits. Ça compte triple.

Le Beur se leva en ricanant. Cheveux coupés ras, moustache

fine, il arborait une quarantaine sèche et nerveuse. Un physique de marathonien.

— Vous voulez une glace, quelque chose ?

— Une bière, répondit Paul en attrapant la crème solaire.

— Et toi ?

L'esthéticienne secoua la tête. Elle ressemblait à une enfant boudeuse.

— Rien, merci.

Riad prit son portefeuille et disparut dans l'océan de chair. Paul se tourna vers Annie. Il lui tendit le tube.

— Allez, au boulot.

La jeune femme esquissa une moue vexée, mais s'exécuta. Elle enduisit ses mains de crème et s'assit à califourchon sur le dos du Marseillais. Tout en entamant son massage, elle lui murmura à l'oreille :

— Salopard. Tu ne m'avais pas dit que t'étais flic.

— Lieutenant de police, ma belle. Brigade anti-criminalité.

— Ton copain, c'est un flic aussi ?

— Ouais. À la criminelle.

Les mains firent une pause.

— Ils prennent des Beurs chez vous ?

Paul ne répondit pas. Riad Kellal faisait partie des rares officiers de police originaire du Maghreb. Un parcours exemplaire, un modèle d'intégration. En réalité, une situation inconfortable.

Pour la corporation, une brebis galeuse.

Pour sa communauté, un renégat.

Annie dut percevoir le flottement. Elle serra ses cuisses un peu plus fort.

— Merde... Je le crois pas. Je me balade avec deux putains de poulets. Et en plus, je bosse à l'œil pour le plus macho de l'équipe.

— Plains-toi... T'as vu la zone ? Avec nous, au moins, tu peux bronzer tranquille.

Elle jeta un regard circulaire. Des groupes de jeunes s'égaillaient au soleil, des Beurs surtout, quelques Blacks. Tous arboraient des bermudas de marque, des chaînes en or, des bagues rutilantes. Cellulaires vissés à l'oreille, ils s'adressaient de temps à autre des saluts codifiés.

Annie souleva la masse de cheveux noirs. Ses paumes massèrent les bras du flic. Un cobra tatoué sur le biceps la fixait d'un œil mauvais. Elle questionna :

— C'est ton boulot qui te rend parano ? Elle est où ta zone ? Tout le monde est cool ici.

Le jeune lieutenant se dégagea. Pommettes hautes, traits nerveux, son visage d'Apache s'était soudain durci.

— T'es à côté de la plaque, ma grande. Regarde-les bien. Le jour, ils flambent. La nuit, ils passent à la caisse. Drogue, casses, recel, trafic de voitures, de téléphones portables, ils croquent à tous les râteliers.

L'esthéticienne s'écarta, surprise par la violence soudaine qui émanait du policier. Paul continuait :

— C'est pour ça qu'on existe. Pour limiter leur territoire. Chaque jour, chaque heure, on les cadre. Ils savent qu'il faut compter avec nous, qu'à un moment ou à un autre, on viendra les faire chier.

— C'est bon. T'énerve pas. Je voulais juste...

— Je ne m'énerve pas. C'est sérieux...

Un silence les sépara, comme un monde qui se creuse. Riad réapparut, trois canettes dans les mains.

— Tiens... Je t'ai pris un jus d'orange, fit-il en en tendant une à Annie.

La jeune femme la saisit sans un mot et s'allongea sur sa serviette. Le Beur se laissa choir à côté de Paul.

— On dirait qu'il y a de l'eau dans le gaz.

— Des conneries. Laisse tomber... C'est les vacances, mon pote !

— Parle pour toi, Cabrera. Je viens de me faire biper. Il faut que j'y aille.

Le flic de la BAC s'étonna.

— T'es pas *off* en principe ?

Riad haussa les épaules. Ses sourcils traçaient sous son front une ligne sombre.

— On a trouvé un corps ce matin, dans les calanques. Ils veulent tous les enquêteurs sur le coup. J'en sais pas plus pour l'instant. Si j'en crois le ton du commissaire, ça risque d'être chaud.

Cabrera se redressa, visage grave. Des piaillements de gosses fusaient autour d'eux.

— Pas de pot.

Riad enfila son jean en soupirant.

— C'est le boulot, frère. On est payés pour ça.

2

Samedi après-midi.

Pas un souffle d'air et climatisation en berne. Dans les locaux en cours de rénovation, le thermomètre dépassait la zone rouge.

Sous leurs chemisettes en coton, les limiers de la criminelle respiraient avec peine. Des billes de sueur accrochaient leurs pores, de larges auréoles marquaient leurs aisselles.

Mais plus que de chaleur, la Brigade brûlait d'effervescence. Éparpillés dans la pièce, les inspecteurs rongeaient leur frein en bavardant, regards tendus, mains nerveuses.

Le commissaire principal Roger Vial plissa ses sourcils neigeux. Assis derrière un bureau en bois clair, une loupe dans une main, un stylo dans l'autre, il détaillait une série de photos réalisées par le légiste de garde. Des clichés froids, pris à la hâte une heure plus tôt, à l'endroit même où l'on avait découvert le corps.

Issu d'une vieille famille bourgeoise, Vial avait embrassé la police par défi. Une façon de changer la donne, de tordre le cou au passé. Trente ans de carrière, dont vingt à la criminelle, il pensait avoir déjà vu pas mal d'horreurs. Là, ses craintes sur la nature humaine prenaient des airs de vertige.

Il manipula son nœud papillon d'un geste las et décrocha son téléphone.

— Plantier, vous avez eu tout le monde ?

— Oui. Enfin, presque... Defendini est injoignable.

— Laissez tomber. Briefing dans cinq minutes, à la cafétéria. Et... Plantier, dites-leur de prendre des blocs-notes.

Il raccrocha, mal à l'aise. Ses inspecteurs avaient tous entre trente et quarante ans – quatre hommes, deux femmes – ils allaient certainement réagir sur un registre personnel. Il faudrait les canaliser. Rester professionnel.

Surtout, ne pas déraper.

Il lissa ses cheveux, se demandant à quel moment de sa vie il avait lui-même verrouillé ses émotions. Des images saccadées lui apportèrent un fragment de réponse. Une retraitée, coiffure gris-bleu laquée de la veille, torturée pendant deux jours dans un pavillon à Saint-Henri. Lorsqu'on l'avait ramassée, il avait fallu aller repêcher ses orteils au fond des toilettes. Benjamin de la Brigade, Vial s'était vu confier cette mission sous les rires gras de ses collègues.

Il quitta son siège et rangea son bureau. Un geste obsessionnel, une façon de mettre de l'ordre sous son crâne. Les gendarmes avaient fait les premières constatations, le cadavre était parti au labo, son équipe prenait les choses en main. Le cadeau ne l'emballait pas, mais vu les circonstances, il n'avait pas pu refuser.

Il pénétra dans la cafétéria d'un pas décidé. La salle minuscule transpirait encore une odeur de plat cuisiné, vestige d'une blanquette surgelée passée la veille au micro-ondes.

Son petit monde redressa les épaules, attentif. Le commissaire n'avait encore rien dévoilé. Ses traits trahissaient néanmoins une affectation inhabituelle. Tous redoutaient le pire.

Quelques échanges de regards, on entendit au loin la sirène d'un camion de pompiers. Un peu en retrait, le lieutenant Riad Kellal croisait les bras.

Le commissaire attaqua sans détour.

— Sale temps. On hérite de l'affaire la plus dégueulasse de

ces quarante dernières années. Il va falloir la résoudre en vitesse, sinon ce sera l'émeute. Tenez Desruel, regardez ces photos et faites-les passer.

Sophie Desruel saisit l'enveloppe. Blonde, mince, allure sportive, elle portait son Manhurin dans le bas du dos, dissimulé par un étui en cuir fauve. Elle extirpa les images figées sur du papier brillant.

Douze clichés.

Des agrandissements.

En couleurs.

Le premier la laissa perplexe. Une forme rouge, recroquevillée, cadrée par en dessus. On aurait dit un gros ver, ou un fœtus géant prématurément expulsé de la poche placentaire. Elle secoua la tête en scrutant son patron. Le commissaire lui fit signe de poursuivre.

La photo suivante présentait un plan similaire. Toujours le même ver, vu sous un autre angle. Un malaise diffus chatouilla la jeune femme. Cette fois, la forme s'humanisait. Ses doigts tremblèrent, elle se força à regarder la suite.

Le visage emprisonné sur la pellicule du légiste avait été écorché. Comme le reste du corps, mais en gros plan, la réalité de la mutilation s'imposait en évidence. On devinait un reste d'arête nasale, les maxillaires avaient été arrachés, l'os frontal enfoncé de trois centimètres dans la boîte crânienne. Le cuir chevelu avait subi le même traitement, donnant à l'ensemble une impression de poupée cassée. Seuls les yeux semblaient intacts, deux globes noirs posés sur cet amas de chair telles des lunes de souffrance.

Elle passa l'enveloppe à son voisin et s'adossa au mur, livide. Chacun leur tour, les inspecteurs de la Brigade s'immergèrent dans l'horreur. Lorsqu'ils eurent terminé, un silence acide liait leurs âmes.

— Un gosse ? murmura Desruel.

Le commissaire fixa son flic. Ses yeux tentaient de rester neutres.

— Une petite fille.

— C'est...

Vial ne lui laissa pas le temps de s'épancher. Il devait contrôler la situation. Tout de suite.

— Le juge d'instruction nous a confié l'affaire. Il faut la résoudre au plus vite. Sans états d'âme.

— Pourquoi nous ? Ça pue le viol pédophile à plein nez cette histoire. C'est un boulot pour les gendarmes.

L'inspecteur Macarian venait d'interpeller son patron d'une voix calme. Basané, chemise blanche ouverte sur chaîne en or, le plus âgé de la bande ressemblait à une allumette noircie.

— Plus assez d'effectifs, répondit Vial. Les sections de recherche sont débordées. Vous pourrez faire appel à eux sur commission rogatoire. Sans abuser... Il va falloir qu'on prenne les choses en main nous-mêmes.

Vial avait assené ce mensonge d'une voix maîtrisée. En son for intérieur, il songeait à un tout autre scénario. Les récents conflits ayant opposé les deux corps d'enquêteurs éclataient enfin au grand jour. Sur un coup de cette importance, personne n'avait voulu monter au créneau et risquer l'échec. Les juges avaient trop besoin des gendarmes pour soutenir leur quotidien. Comme d'habitude, les flics en faisaient les frais.

Il ouvrit le dossier et entama son exposé :

— Le corps a été découvert ce matin à 10 heures 45. Sur le plateau de Luminy, en aplomb de la calanque de Sugiton. Il n'a pas encore été identifié. Les premières constatations montrent qu'il s'agit d'une fillette, huit ou dix ans, morte depuis au moins une dizaine d'heures.

— Cause du décès ? questionna Macarian.

— À ton avis ? siffla Desruel. T'as de la merde dans les yeux ou c'est ta tête qui déconne ?

Vial leva les mains en signe d'apaisement.

— Il est trop tôt pour affirmer quoi que ce soit. On ne sait pas encore si la victime a succombé à ses blessures ou... ou si elles lui ont été infligées postérieurement à la mort.

Nouveau silence. Chacun imaginait l'hypothèse la plus lourde. À sa façon.

Kellal fit un pas en avant. Sa peau cuivrée avait viré au gris.

— On a trouvé des indices près du corps ?

Vial feuilleta ses notes.

— Rien d'intéressant. Il n'y a que de la caillasse là-haut. Et le chemin est un des plus fréquentés du massif. Ça m'étonnerait qu'on ait des chances de ce côté-là.

— L'enfoiré, rugit Desruel.

— Il a certainement dû la tuer avant de monter, poursuivit le commissaire. Peut-être même la mettre dans un sac ou une couverture. Il n'y a aucune trace de sang sur tout le périmètre.

Une petite brune aux yeux cerclés de plastique leva la main. Karine Coglio. Après un doctorat de psycho, elle avait passé le concours de la police nationale pour cause de chômage prolongé. Elle venait d'intégrer la Brigade à la fin de son stage et conservait des manières d'écolière.

— Il s'est farci un crapahutage nocturne juste pour venir la planquer là ?

— Pourquoi pas ? suggéra Vial.

— Je m'excuse... mais ça ne tient pas debout, commissaire. En été, la route est interdite aux voitures. Il y a au moins une heure de marche jusqu'au plateau.

— Justement, rétorqua Desruel. Il devait s'imaginer qu'on ne la découvrirait pas tout de suite.

— Un samedi ? Avec la foule qui déboule en rangs serrés sur les sentiers ? Non. Il l'a contrainte à monter avec lui et l'a assassinée là-haut. Ensuite, il l'a laissée bien en vue.

Macarian ricana. La jeunette essayait de les impressionner avec ses thèses fumeuses.

— Pas de sang, Coglio. Comment tu expliques ça ? Elle devait pisser grave quand il l'a écorchée.

La petite inspectrice ne se laissa pas démonter. Elle le toisa et poursuivit d'une voix claire :

— Je connais bien le massif. En contrebas, à une centaine de mètres, il y a des chapelets de grottes dissimulées par la végétation. Il peut très bien l'avoir tuée à cet endroit. Ensuite, il aura remonté le corps sur le plateau. Au lever du jour par exemple.

Vial haussa les sourcils. Il regarda sa troupe murée dans une réflexion hasardeuse. Lui aussi connaissait l'existence de ces trous de roche, des alvéoles de calcaire où se réfugiaient des couples avides de sens. Il acquiesça d'un mouvement de menton. Coglio l'agaçait. Néanmoins, ses déductions tenaient la route.

— D'accord. On va aller vérifier. Mais pourquoi avoir pris la peine de sortir le corps au grand jour s'il l'avait déjà planqué sous terre ?

— Pour qu'on le trouve, justement. Si le meurtrier a agi sur une impulsion, on peut très bien envisager qu'il en ait aussitôt nourri un sentiment de culpabilité insoutenable. Permettre la découverte du corps serait une façon d'atténuer cette souffrance. De la partager.

— Il n'a qu'à se livrer ce salopard, grinça Macarian. On la lui fera passer sa culpabilité. À coups de pompe dans la tronche.

Personne ne réagit. Les esprits cherchaient à accrocher un fil, une aspérité qui les mettrait en phase avec la logique meurtrière. L'inspecteur Coglio avait ouvert une voie. Il fallait maintenant l'approfondir.

Lunettes sur le front, Vial exposa son plan de bataille :

— Coglio, vous vous mettez en relation avec la gendarmerie

pour fouiller les grottes. Je veux un rapport d'ici ce soir. Macarian, vous me faites la liste de toutes les disparitions signalées depuis vingt-quatre heures dans le département. Kellal, vous allez à l'institut médico-légal. L'autopsie doit être terminée. Il me faut aussi quelqu'un pour interroger le type qui a trouvé le corps. Desruel, vous vous en occupez ?

— Pas de problème, commissaire.

— Bien... Plantier, vous allez faire un tour du côté de la fac de Luminy. On ne sait jamais, quelqu'un aura peut-être vu une voiture garée sur le parking. On fait le point dans la soirée.

Le commissaire tourna les talons et regagna son bureau. Une fois la porte fermée, il extirpa une petite flasque argentée d'un tiroir. En avalant son whisky, ses yeux s'arrimèrent au cadre où souriait sa petite fille. Coralie fêterait ses neuf ans dans une semaine.

Une angoisse, sourde, trépida quelque part. Vial referma la flasque d'un geste sec.

Sept jours.

D'ici là, il aurait coincé ce tordu.

3

Kellal gara sa voiture à l'extérieur du bâtiment.

Le bloc sinistre avalait la luminosité dans un rosaire de gris. Incrustés dans sa veine, des tags criards hurlaient leur haine à qui voulait l'entendre. Dans ce quartier périphérique, la municipalité avait baissé les bras. Elle préférait laisser libre cours aux créations sauvages, maintenir l'illusion d'un semblant de paix sociale.

Il présenta sa carte au planton en faction et pénétra dans la morgue. Une odeur de désinfectant saturait l'air, des bidons entiers déversés sur la céramique usée pour lui donner un aspect lisse, propre. Derrière, comme une hantise palpable, des effluves de merde tentaient de se frayer un chemin vers la lumière.

Le flic pinça ses narines. Il respira par la bouche, le temps de s'habituer. Il avançait maintenant dans un couloir étroit, percé de portes, giflé de néons. Ses pas lui renvoyaient l'écho d'un lieu de silence, de recueillement. Combien de vies avaient fini leur course dans cette crypte aseptisée ? Meurtres, suicides, morts mystérieuses, décès par abandon, l'antichambre du cercueil avait des airs de purgatoire.

Tout en marchant, il marmonna une prière, quelques versets du Coran, la rédemption des Justes. En Algérie, ces mots avaient un sens. On les offrait avec sa peine, comme un présent partagé, une communion sociale. Ici, dans cette civilisation de l'instant, la douleur se fracassait sur des donjons de solitude.

Kellal bifurqua à droite et dévala un escalier métallique. La salle d'autopsie se situait sous le bâtiment, dans le cœur du bunker. Après dix ans de Brigade, le lieutenant aurait pu en dessiner les contours de mémoire.

Assis sur une chaise en plastique, un uniforme bleu ciel montait la garde. Une fille, jeune, aux traits encore mangés d'acné. Elle se redressa d'un bond et barra le passage. Le Beur présenta sa carte à nouveau.

— Lieutenant Kellal. Brigade criminelle.

Une fraction de seconde, la fliquette hésita. Sans lui laisser le temps de comprendre, il poussa les battants et pénétra dans la salle.

À l'intérieur, une table en inox brillait sous les projecteurs d'une lampe aux allures de soucoupe volante. Un drap la recouvrait pour partie, taché de rouge, souillé de jaune. Sous la stèle de coton, on devinait les formes anguleuses d'un corps. Petit, menu, il semblait dériver sur cette plaque de fer à la recherche d'un point d'ancrage.

Un peu en retrait, trois hommes discutaient à voix basse. Le lieutenant en reconnut deux. Bernard Landra, le médecin-chef, ancien pilier de l'équipe de Béziers au physique de dolmen, et Lucas Detertre, épaules étroites et cheveux rares, son assistant. Le troisième lui était inconnu, un escogriffe en costume crème et barbe taillée.

— Alors ? lança Kellal en s'avançant vers eux.

Landra lui adressa un regard grave.

— On vient de terminer.

— Parfait.

Le flic n'ajouta rien. Les mains se serrèrent en silence. Le médecin-chef pointa son menton vers l'échalas.

— Michel Villon. Dermatologue. Chef du service des grands brûlés à l'hôpital Nord.

L'homme hocha la tête, mais resta en arrière. Kellal s'étonna :

— Les grands brûlés ?

Villon expliqua, voix calme, didactique :

— On a écorché la victime. Plusieurs incisions, à des endroits clefs. La base du cou, la nuque, les articulations et la racine du cuir chevelu. Les deux couches supérieures ont été littéralement pelées, jusqu'à l'hypoderme. Cette configuration est proche de celle d'une combustion intégrale de la surface corporelle.

— C'est pour ça que je lui ai demandé de venir, intervint Landra. Je voulais son avis sur les conséquences de cette mutilation.

Kellal marmonna un bonjour absent. Des images barbares percutaient sa conscience. Des hommes égorgés, visages découpés comme des masques en latex, plantés au bout de piques dans les contreforts du désert.

— La victime n'était pas morte lorsqu'on lui a fait ça ?

— Non... La plupart des plaies sont coagulées.

Une chape de plomb affaissa les épaules du lieutenant. La vie de flic débusquait les pires côtés de la nature humaine. Il le savait, l'assumait. Dans cette cathédrale de douleur, il avait le sentiment d'avoir franchi un cap supplémentaire. De plonger plus profond dans ses désillusions.

Le policier s'approcha de la table. Un pied sortait du drap, intact. Il avança sa main.

— Je ne te le conseille pas, lança Landra. Tu auras tout dans le rapport.

Kellal hésita un instant, suspendu aux paroles du médecin. Finalement, il tira le mince paravent.

Allongé sur le dos, le corps de la gamine gardait dans la mort une expression de vulnérabilité. Des membres frêles, des épaules fragiles. L'aspect, en revanche, avait de quoi soulever les cœurs les plus endurcis. Un agglomérat de chairs pourpres, digne des pires productions gore. Un détail accentuait cette création macabre. Les pieds et les mains formaient quatre îlots pâles tranchant dans la composition de rouges, comme si la victime avait porté des chaussettes et des gants.

— Que s'est-il passé ?

— Il n'a pas pu aller plus loin. À cet endroit du corps, il s'est heurté à la finesse des tissus.

Kellal contracta les mâchoires. Comme aimanté, son regard dérivait sur les restes de la gamine. Le légiste avait appliqué la procédure et extrait les organes internes, laissant le long du thorax une large estafilade où saillaient des pointes d'ivoire.

— Aucune lésion dans l'abdomen, détailla Landra d'un ton grave. Si le tueur lui a porté des coups, ils ont été superficiels. De toute façon, ce point est impossible à vérifier compte tenu de l'absence de peau.

Le flic l'interrompit :

— Ta conclusion ?

— Personne ne peut survivre avec de telles lésions. En tout cas pas longtemps. Mais ce n'est pas ce qui l'a tuée. La mort provient d'un écrasement de la boîte crânienne. Postérieurement à l'écorchage. Sans doute avec l'aide d'une pierre ou directement sur un rocher.

Les yeux du flic s'attardèrent sur le visage du cadavre. Le front semblait avoir été fracassé par un marteau. Des coups d'une violence inouïe.

Le médecin poursuivait :

— On a relevé la présence de mousses sur les points d'impact. Et également sous les ongles. Le labo les analyse. À première vue, ce sont des lichens de la région.

Le flic songea aux hypothèses de Coglio. Des lichens. Une

grotte. Aux alentours. Sa jeune collègue avait tapé dans le mille.

— Tu as une heure approximative ?

— Dans la nuit de vendredi. Moins de vingt-quatre heures en tout cas. La rigidité cadavérique n'est pas complète.

— Tu ne peux pas préciser un peu plus ?

— Difficile. L'absence d'enveloppe cutanée ne permet pas de procéder à une datation par les lividités. La température du corps laisse penser à une fourchette de quatre heures, entre 22 heures et 2 heures du matin.

— C'est une môme. Qu'est-ce qu'elle foutait dehors en plein milieu de la nuit ?

— Il a dû l'enlever avant. Peut-être en fin d'après-midi. Qu'est-ce que tu veux que je te dise ?

Le médecin avait haussé la voix. Des cernes mauves trahissaient sa tension. Kellal posa une main sur son épaule. La situation était pénible pour tout le monde.

— Il l'a violée ?

Landra haussa les sourcils.

— Pas exactement.

— Quoi ?

— La gamine a été déflorée, mais on n'a retrouvé aucune trace de sperme.

— Il a dû mettre un préservatif.

— Non. On trouve toujours des scories de latex à l'intérieur du vagin. Il n'y a aucun poil pubien non plus.

La voix métallique de Detertre résonna du fond de la salle.

— Il a pu utiliser un objet, lieutenant. N'importe quoi pour déchirer l'hymen.

Kellal ferma les yeux. La pièce tournoya sous ses paupières. Qui pouvait être assez dingue pour infliger de tels sévices à une gamine ? Il s'obligea à réfléchir, à visualiser la scène. Les images se dérobaient. Insupportables. Des gestes saccadés, des ombres raides, un précipice de terreur. Il interrogea de nouveau Landra :

— Comment ont été pratiquées les incisions ?

— Une technique simple, sans doute avec un cutter.

— Un professionnel ?

— D'une certaine façon. Le type savait ce qu'il faisait, où inciser, comment décoller la peau.

— Tu penses à quoi ?

Le légiste eut une expression dubitative. Des fragments de réponse semblaient se télescoper sous son front.

— N'importe quel étudiant de deuxième année saurait comment s'y prendre. Théoriquement. Sur le plan pratique, je pense que notre homme a une certaine expérience et possède une force physique importante.

— Précise.

— Les plaies sont nettes, il n'y a pas de ratés, pas de lambeaux. Par ailleurs, la peau est solidement arrimée aux tissus. Lorsqu'on écorche un cadavre, il faut tirer comme un sourd.

Le silence avala ses paroles. Les quatre hommes se tenaient autour du corps, murés dans leur terreur. Kellal brisa l'angoisse :

— Qu'est-ce qu'on a d'autre ?

— Des traces de dermabrasion sous-cutanée au niveau des poignets et des chevilles. Il lui a lié les mains et les pieds.

— Avec quoi ?

— Un truc à armature plastique très certainement. Il n'y a aucune trace de résidus.

— Pas de bâillon ?

— Impossible à dire. Tu as vu l'état de la mâchoire ?

Le lieutenant n'insista pas. Cette boucherie commençait à lui taper sur le système. Il scruta le médecin.

— Bordel... Tu as bien dû récupérer quelque chose. Une poussière, une fibre, un cheveu, je ne sais pas.

— Rien. À mon avis, l'homme devait porter des gants en latex. Le cadavre ne nous apprendra rien sur le tueur. Hormis qu'il connaissait son affaire et qu'il est complètement déjanté.

Le flic hocha la tête. Les indices matériels se dérobaient, mais le profil du tueur se précisait. Un type méticuleux, réfléchi. En dépit du simulacre de pénétration, le mobile ne semblait pas être de nature sexuelle. Alors ? Qu'avait-il cherché ? Pourquoi cette mise en scène ?

Il se tourna vers Villon.

— Docteur, si vous deviez évaluer la souffrance, quelle note donneriez-vous à ce type de mutilation ?

Le dermatologue répondit sans hésiter.

— La plus élevée. Tout ce qui touche à la peau est extrêmement douloureux. Nos patients sont sous morphine en permanence.

— Est-il possible que la victime n'ait pas perdu connaissance ?

— Non. À moins qu'il lui ait injecté un stimulant.

Kellal croisa le regard de Landra. Le médecin retira ses lunettes et essuya les verres :

— On a trouvé de l'atropine dans son sang... Avec des résidus d'acide borique et de chlorure de benzalkodium. Au vu des proportions, j'ai pensé à un collyre prescrit pour les uvéites, le Chibro-Atropine.

— Un collyre ? Sous forme liquide donc ?

— Des flacons si ma mémoire est bonne. Cinquante et cent milligrammes.

— Le dosage en atropine, tu le connais ?

— Très concentré.

Les tempes du lieutenant s'enfiévrèrent. L'autopsie n'avait pu révéler les traces des piqûres, noyées dans le magma de chairs. Mais la présence du stimulant ne laissait aucun doute. Le dingue avait injecté le collyre par intraveineuse. Il avait accompli un rituel, un jeu dément où la souffrance s'érigeait en finalité. Il affirma :

— Il l'a maintenue éveillée. Pour qu'elle ressente tout. Le plus longtemps possible.

Une onde d'horreur parcourut la pièce. Sous les lumières verdâtres, les visages avaient des airs de suaires. Une fois de plus, Kellal reprit l'initiative.

— Pas d'autres substances ?

— Des traces de Diprivan, affirma Landra. Plus anciennes. À mon avis, il l'a utilisé pour qu'elle se tienne tranquille au moment de l'enlèvement.

Dans l'esprit de Kellal, les questions affluèrent. La gamine s'était-elle débattue face à un inconnu ? Connaissait-elle son bourreau et avait-elle compris que la situation dérapait ? Ou plus simplement, le dingue ne voulait-il prendre aucun risque ? Dans l'immédiat, toutes les hypothèses se valaient.

Il demanda encore :

— Qu'est-ce qu'on a sur la victime ?

— Pour l'instant, impossible de l'identifier. On a fait une analyse de sang, un relevé d'empreintes, un panoramique de la mâchoire, et des clichés de l'iris.

— ADN ?

— Aussi. Tout est dans le rapport.

— Je l'aurai dans combien de temps ton bout de papier ?

Landra s'approcha du mur et décrocha un combiné. Après quelques secondes, il annonça :

— Dix minutes. On termine de développer les radios.

4

L'odeur de désinfectant lui collait aux pores. Kellal avait l'impression d'avoir les muqueuses en carton.

Il glissa la clef dans la serrure et pénétra dans son antre. La fragrance familière de menthe verte le rasséréna un peu. Il dégrafa son holster et le posa sur la table.

Depuis trois ans, les quarante mètres carrés qu'il occupait dans le quartier de la gare Saint-Charles constituaient la seule base tangible de sa nouvelle existence. Une vie solitaire, un exil forcé.

Selon l'avocate de sa femme, le fonctionnaire de police Riad Kellal n'avait pas consacré assez de temps à sa famille. Une faute inexcusable. Impardonnable. Il préférait ses enquêtes, son monde de violence, ses vérités de flic. Par voie de conséquence, le maintien du lien conjugal se révélait impossible. Quant à l'intérêt de l'enfant, il passait à l'évidence par un placement chez la mère.

Les juges n'aimaient pas les flics. Ils les utilisaient. La morveuse qui gérait les affaires matrimoniales lui avait donné tous les torts.

Écœuré, Kellal avait avalé son destin en silence.

Depuis, son ex-femme s'était recasée avec un patron de PMU. Un week-end sur deux, le couple lui abandonnait la garde de Leïla. Quarante-huit heures pendant lesquelles le policier se métamorphosait. Il avait l'impression d'une parenthèse paternelle, une sorte de nouvel état, surréaliste, qu'il assumait avec maladresse mais en y mettant tout son cœur.

Il ouvrit le frigo et se servit un verre d'eau. Sur l'émail cabossé, des dessins de sa gosse, des ronds, des traits, figurant un idéal du père qu'il n'était pas. La police avait mangé son âme, rongé sa vie, jusqu'à lui faire oublier les raisons pour lesquelles il s'était accroché à cette bouée sociale.

Kellal était né en France. Kellal était français. Il revoyait son père l'affirmer avec force lorsqu'il rentrait éreinté de sa journée d'esclave. Quand le jeune Beur avait intégré la police, sa mère avait pleuré. Des larmes au goût de revanche. D'espoir.

Riad avait lutté pour incarner ce rêve. Mais ses racines le rattrapaient. Son teint cuivré, ses yeux noirs, sa moustache fine, tout en lui exhalait le vent des dunes, la sécheresse du désert. En dépit des succès, des efforts, la course d'obstacles continuait.

Il passa un quart d'heure sous la douche, se savonnant à plusieurs reprises pour chasser les derniers miasmes de la morgue. L'image de la suppliciée l'obsédait. Qui était-elle ? D'où venait-elle ? Quel coup du sort l'avait placée sur la route de ce fou ? La main d'Allah frappait au hasard, toujours. Il fallait l'accepter. Cette fois, chaque parcelle de son être en refusait la sentence.

Le téléphone sonna dans le salon. Il attrapa un peignoir et traversa la pièce en deux enjambées.

— Riad ? C'est toi ?

Le flic reconnut aussitôt la voix de Françoise. Son ex-femme semblait agitée.

— Qu'est-ce qu'il y a ?

— Je viens d'arriver à la maison. Leïla n'est pas là.

Un étau comprima la poitrine du lieutenant. Il se força au calme.

— Que s'est-il passé ?

— Elle devait passer la nuit chez Agnès et rentrer dans l'après-midi.

— Agnès ?

— Une copine d'école. J'ai appelé sa mère, elle n'a pas dormi là-bas.

Le ton du flic grimpa d'un cran.

— C'est quoi ce bordel ?

— Les gamines nous ont monté un bateau. Elles ont découché. Agnès est revenue ce matin, mais pas Leïla. Elle a disparu Riad... disparu.

Un long sanglot hacha ses derniers mots. Le lieutenant resta silencieux. Il essayait de chasser la terreur qui déferlait dans ses veines.

— Tu as prévenu la police ?

Les pleurs s'intensifièrent.

— Merde, Riad... C'est toi la police.

Il ferma les yeux. Respira.

— Bouge pas. J'arrive.

Serge attendait sur le perron. La cinquantaine grasse, un ventre en forme de ballon de basket, les traits avachis d'un type habitué à servir des tournées générales.

Et à y participer.

Kellal lui serra la main, sans le regarder. Il n'aimait pas ce beauf. Pas à cause de Françoise. Cette raison n'était plus d'actualité. Plutôt une incompatibilité profonde, un choc de valeurs séparant à jamais deux mondes nés pour s'ignorer.

Dans le petit pavillon, deux femmes discutaient à voix basse, assises sur un divan en tissu bleu. Françoise, visage anguleux et boucles brunes, et une grande blonde chevaline couverte de bijoux fantaisie. Sur la table, deux verres à moitié pleins encadraient une bouteille de whisky. Le policier songea à une veillée funèbre.

Françoise pointa son menton vers Kellal. Elle fit les présentations :

— Le père de Leïla. Il est dans la police.

Elle mit une main sur l'épaule de la blonde :

— Judith, la mère d'Agnès.

Le lieutenant salua d'un bref signe de tête. La femme aux bijoux essaya un sourire convenu. Ses yeux trop maquillés masquaient mal son embarras.

— Alors ? demanda le flic.

Son ex avala une gorgée de malt. Elle parla d'une voix saccadée :

— J'ai laissé Leïla à l'école hier matin. Le vendredi, elle mange à la cantine. On avait un week-end prévu avec Serge, je lui ai proposé de dormir chez sa grand-mère. Elle m'a dit qu'elle préférait passer la soirée chez Agnès...

— Attends... Tu n'es pas allée la chercher à 17 heures ? interrompit Kellal.

Serge dut percevoir la tension. Il tenta de s'interposer.

— Écoute, Riad...

Le lieutenant pointa un doigt dans sa direction.

— Toi, je t'ai pas sonné.

Mine résignée, le beauf battit en retraite. Sans attendre, Françoise se justifia :

— Les parents d'Agnès habitent la résidence. Les gamines ont l'habitude de faire le chemin à pied depuis l'année dernière. Compte tenu de ce qu'elles nous avaient raconté, on n'avait aucune raison de s'inquiéter.

— Précise.

— Le coup classique. Leïla devait dormir chez Agnès, Agnès à la maison. On n'a rien vu venir.

En dépit de la situation, le lieutenant ne put s'empêcher de saluer l'ingéniosité de sa fille. Encore au cœur de l'enfance, elle avait manipulé sa mère comme un soldat de plomb. Il regarda son ex-femme d'un air vide. Le fossé qui les séparait se creusait un peu plus. On lui avait confié la responsabilité de veiller sur sa chair : elle s'était plantée. Il n'y avait rien d'autre à dire.

Il questionna :

— Où avaient-elles prévu de passer la nuit ?

— Chez un garçon de leur classe. Les parents étaient partis pour vingt-quatre heures. Il y avait cinq ou six gosses dans le coup.

Kellal empoigna le dossier d'un fauteuil. Tête baissée, il murmura :

— Je le crois pas. Ils laissent des gamins de dix ans seuls toute une nuit... Tu as pu leur parler ?

Françoise frotta ses paumes l'une contre l'autre. Sa peau luisait d'angoisse.

— Les parents ne savent rien. Le petit m'a dit que les gamines étaient venues chez lui comme prévu. Ils ont passé la soirée à regarder des cassettes vidéo et se sont endormis vers minuit. Lorsqu'ils se sont réveillés le lendemain matin...

Elle s'interrompit, gorge entravée d'un sanglot.

— ... Leïla n'était plus là.

Kellal crispa le poing. Il devait garder la tête froide, réfléchir. Une fugue s'enracinait toujours dans un contexte. La gamine avait mal vécu la séparation. Une blessure rentrée, cicatrisée à force de volonté. Chaque fois qu'il abordait le sujet, elle changeait de conversation en douceur. Trois ans après le divorce, il ignorait tout des rapports qu'elle entretenait avec sa mère.

Une chose pourtant s'ancrait en évidence. À bientôt onze ans, Leïla commençait à prendre son envol. Son mensonge délibéré le démontrait. Avait-elle voulu aller plus loin ? Leur faire payer quelque chose ?

Il questionna encore :

— Le gosse, qu'est-ce qu'il a dit, exactement ?

— Rien de plus.

— Il y avait son petit ami dans la bande ?

— Non... Je ne crois pas. Enfin, je n'en sais rien.

Le lieutenant scruta la femme assise sur le divan. La mère de sa gamine. Comment avait-elle pu faire l'impasse sur ce point ? Quelle sorte de complicité avait-elle donc avec Leïla ? Il ordonna d'une voix sèche :

— Donne-moi l'adresse.

— Guillaume Merrant. Ils habitent une villa près du boulevard Michelet. Rue Desautel. Attends...

Elle attrapa un bloc. Le policier remarqua à son annulaire la présence d'une nouvelle bague. Un diamant serti dans un jonc d'or. De toute évidence, le PMU rapportait gros.

— Tiens, je te note aussi le téléphone.

Kellal jeta un regard rapide sur le morceau de papier et le fourra dans sa poche. Puis il se tourna vers la blonde et demanda d'un ton sec :

— Votre fille, où est-elle ?

— Elle était très choquée. Son père l'a emmenée au cinéma pour lui changer les idées.

— Prévenez-moi quand elle rentrera, elle sait peut-être quelque chose.

Puis, il s'adressa de nouveau à son ex.

— Comment était habillée Leïla ?

Françoise se moucha dans un Kleenex avant de répondre.

— Un short bleu ciel, un polo blanc, des sandales.

— Pas de bijoux ?

— Une gourmette en argent. Celle que tu lui avais offerte l'année dernière.

— Bien... On va lancer un avis de recherche.

Il extirpa son cellulaire et composa le numéro de la Brigade de protection des mineurs. Après s'être présenté, il donna la description de sa fille. Sa femme le regardait sans le voir. Lorsqu'il raccrocha, elle marmonna :

— C'est tout ?

— Je vais passer voir le gamin. Ensuite j'interrogerai Agnès. Le central va communiquer l'information à toutes les voitures de patrouille. Si elle a fait une fugue, on devrait le savoir assez vite. De toute façon, si on n'a rien demain matin, on diffusera son portrait et on enverra des gars sur le terrain.

Françoise baissa la tête. Des larmes roulaient sur ses joues en silence.

— Je t'en prie... Retrouve-la.

Kellal sortit sans dire un mot. Une masse de fonte corsetait sa cage thoracique. Depuis son arrivée, il avait essayé de réagir en flic, de collecter les faits, de chercher une explication. Soudain, une autre réalité lui explosait en pleine figure. L'affaire ne se résumait pas à une description griffonnée à la hâte sur un morceau de papier.

Cette fois, il s'agissait de sa fille.

Leïla lui ressemblait. De lui, elle avait pris les yeux, le nez, la silhouette sèche, ombre longiligne des marcheurs de l'Atlas. Mais plus encore, Kellal sentait chez elle une filiation de l'âme. Dans leurs silences partagés, ils dérivaient à l'unisson, portés par les images ondoyantes des fournaises sableuses.

Le lieutenant serra la crosse de son arme. D'autres images hurlaient à présent sous son crâne. Des liens qu'il n'avait pas voulu tisser. Une petite fille. Un cadavre mutilé, des regards de panique se reflétant dans la dureté d'une lame. Puis une silhouette. Haute stature, murée dans l'ombre, accomplissant sa tâche avec méthode.

Il chassa ces pensées et claqua la porte. Cette association n'avait pas lieu d'être. Il avait vu le corps. Même mutilée, il aurait reconnu Leïla. L'aurait sentie.

Il devait laisser ses craintes de père à leur place.

Agir en flic.

5

La villa se calfeutrait sous des bosquets de bambou. Une végétation exubérante, incongrue dans cette rue où les maisons particulières côtoyaient les sièges sociaux de compagnies d'assurance.

Le policier avait préféré ne pas attendre. Il avait appelé tout de suite, en sortant de chez Françoise.

Une voix jeune vibra dans l'interphone :

— Oui ?

— Riad Kellal. Je suis le père de Leïla.

Un claquement. La porte en métal peint roula sur ses gonds. Derrière, encadré par deux hauts murs de pierre, un jardinet propret déroulait sa banalité jusqu'à une construction moderne. Deux niveaux, rectangulaire, le bloc faisait penser à un cauchemar d'architecte. Un HLM, en modèle réduit.

Une jeune femme s'avança sur le perron. Cheveux mi-longs, sans coupe précise, visage émacié. Son corps trop maigre flottait dans un survêtement avachi, à peine rehaussé par un débardeur rose passé de nombreuses fois à la machine. À l'image de son accoutrement, la mère de famille semblait vieillie avant l'âge. Kellal imagina un quotidien de devoirs, ponctué d'accompagnements scolaires, de courses au supermarché, de linge à laver.

— Karine Merrant, fit-elle. Votre femme m'a téléphoné, il y a une heure.

Le policier hocha la tête en serrant sa main.

— Je voudrais voir votre fils, Guillaume.

La femme marqua un temps d'arrêt. Une louve, sur la défensive. En dépit de son propre état émotionnel, Kellal la rassura.

— Ne vous inquiétez pas. J'ai l'habitude. Je suis de la police.

— La police ?

Elle scruta le regard noir, à la recherche d'une explication. De toute évidence, Françoise avait omis de mentionner ce détail. Kellal proposa :

— On peut entrer ?

Ils pénétrèrent dans un décor hétéroclite. Des meubles rustiques, lourds, un canapé jaune vif, quelques babioles exposées sous verre dans des vitrines prétentieuses. Aux murs, des affiches insipides, souvenirs bon marché d'une culture de façade. Une odeur de courgette planait dans l'air. Le policier imagina un dîner familial. La messe intime du samedi soir, bien à l'abri du monde derrière l'écran d'une télé allumée en permanence.

Par procuration, Kellal eut l'impression de découvrir l'univers de son ex. Un sentiment qu'il s'était toujours interdit lors de ses rares visites chez Françoise. Tout lui sembla petit, étriqué, empestant la satisfaction. La classe moyenne dans toute sa splendeur, enkystée dans un mirage de bonheur factice. Un bonheur sage qui lui donnait envie de gerber.

La mère de famille déclara, d'un ton affirmatif :

— Je ne comprends pas... Guillaume est un enfant modèle. Nous lui faisons confiance. Il est très responsable pour son âge.

Kellal songea à l'inconscience de ces gens. Il préféra éluder les commentaires.

— Vous pouvez aller le chercher ?

— J'ai déjà tout raconté à votre femme. Il ne vous dira rien de plus. Les enfants ont fait une bêtise. Mais ils se sont vite endormis et...

— S'il vous plaît, allez le chercher, l'interrompit le policier.

À contrecœur, la jeune femme quitta le salon et monta à l'étage supérieur. Une porte grinça. Le lieutenant crut entendre des sons étouffés. La mère réapparut très vite, suivie d'un petit garçon aux cheveux roux, se dandinant dans un pyjama bleu.

Kellal tendit sa main. Il parla en souriant :

— Je m'appelle Riad. Tu es Guillaume ?

— Oui.

— Je suis le papa de Leïla.

— Je sais. Ma mère me l'a dit.

Le gosse fixait Kellal dans les yeux. Il lâcha d'une voix inquiète :

— Elle m'a dit aussi que tu étais policier. On va me mettre en prison ?

Le flic haussa les sourcils très haut.

— En prison ? Pourquoi est-ce qu'on te mettrait en prison ?

— Parce que j'ai menti.

— On ne met pas les gens en prison parce qu'ils mentent. Je suis juste venu parler un peu avec toi.

Le visage de Guillaume se détendit. Derrière la bouille piquetée de taches de rousseur, Kellal entraperçut néanmoins les traits acérés de sa mère.

— Raconte-moi ce qui s'est passé.

— Depuis le début ?

— Si tu veux.

Le gamin eut un sourire nerveux. Il prit une profonde inspiration, puis se lança.

— Après l'école, on est venus ici.

— Il y avait qui ?

— Ben... Thomas, Hugo, Jules et les filles.

Le policier sortit un bloc de sa poche et commença à prendre des notes.

— Comment s'appellent-elles ?

— Agnès, Marjorie et...

Il s'interrompit, comme s'il se rendait soudain compte de la portée de ce qu'il allait dire. Le lieutenant perçut sa crainte. Il l'encouragea.

— Leïla ?

— Oui... Au début, elle n'était pas d'accord. Elle disait que c'était pas bien de raconter des histoires. Après, elle est venue avec Agnès.

Le flic se tourna vers Karine Merrant.

— Vous pourrez me donner les noms et les adresses de chacun des parents ?

— Bien sûr.

Il revint vers Guillaume.

— Alors, après l'école, vous êtes venus ici. Que s'est-il passé ensuite ?

— Ben... Rien... On a écouté des lasers, on a mangé des chips devant la Star Ac'. Ensuite, les filles sont montées. Elles voulaient se dire des trucs.

— Toi et tes potes, qu'est-ce que vous avez fait ?

— Hugo voulait voir une cassette. Jules et moi, on était crevés, mais on est restés avec lui.

— Entre mecs, c'est ça ?

Le gosse eut un sourire de fierté.

— Ouais. De toute façon, les filles, elles n'aiment pas les films d'horreur.

Kellal opina du chef, complice.

— Vous avez dormi devant la télé ?

— Non. On est montés dans ma chambre.

— Et les filles ?

— Je sais pas. Elles étaient dans la salle de bains. On leur a dit bonsoir à travers la porte et on est allés se coucher. C'est Agnès qui est venue nous réveiller. Elle croyait que Leïla était avec nous. On a rigolé.

— Comment ça, rigolé ?

— Parce que Leïla, elle risquait pas de venir dormir avec des garçons. Leïla, elle embrasse même pas.

Kellal passa une main sur son front. La dispute avec un éventuel petit copain quittait la trajectoire des possibles.

— D'accord... Mais vous ne vous êtes pas demandé où elle était ?

— Non. On a pensé qu'elle était rentrée chez elle. Elle n'était pas trop contente de venir.

— Il était quelle heure quand Agnès vous a réveillés ?

— Le matin.

— Oui, mais quelle heure ?

Le ton du flic s'était durci. Malgré lui. Le gosse resta interdit. Sa mère s'interposa.

— Arrêtez, lieutenant. C'est un enfant. Comment voulez-vous qu'il sache ?

Kellal la remit à sa place d'une voix sèche.

— Je vous en prie, madame. Ma fille a disparu. Si Guillaume se souvient de quelque chose, je dois le savoir. Maintenant.

Il s'approcha du gamin, à portée de souffle.

— Alors, mon grand. Réfléchis. C'est important. Il faisait jour ? Nuit ?

— Jour je crois. Mais pas beaucoup. On s'est levés, et on est descendus prendre le p'tit déj.

En un battement de paupières, le flic recomposa l'emploi du temps des mômes. L'émission avait dû se terminer vers 23 heures 30, s'il rajoutait une heure et demie de film, on approchait 1 heure du matin. En cette saison, le jour se levait vers 5 heures. Leïla avait donc disparu dans ce créneau horaire. Pour plus de précision, il devrait entendre Agnès. La gamine était sa confidente. Elle lui avait certainement confié ses états d'âme.

Kellal se leva. L'odeur du gratin lui soulevait le cœur. L'ambiance l'oppressait. Il devait quitter ce cocon, retrouver la rue, la liberté.

Sa fille.

Un point néanmoins le tracassait. Une distorsion dans le discours du gamin.

— Dis-moi, Guillaume. Je pense à une chose. Tu m'as dit que tu avais peur d'aller en prison parce que tu avais menti. C'est quoi ton mensonge ?

L'enfant lança un regard interrogateur vers sa mère. La jeune femme cligna les paupières. Aussitôt, son fils débita d'un bloc :

— D'avoir invité des copains sans le dire à maman.

— Tu trouves que c'est un mensonge ça ?

— Ben... oui.

— Assez gros pour aller en prison ?

— Je...

De nouveau, la femme intervint. Sa voix masquait mal une tension à fleur de peau.

— Foutez-lui la paix, maintenant. Votre fille a fait une fugue. Elle est partie dans la nuit, il n'en sait pas plus.

Le policier ignora l'agression. Regard vrillé dans les prunelles du gamin, il continuait à s'adresser à lui.

— Réponds-moi, Guillaume. J'ai besoin de savoir. Leïla vous a parlé de quelque chose, hier soir ? Elle était triste ?

Karine Merrant attrapa son enfant par les épaules. Elle cria :

— Ça suffit ! Vous n'avez pas de mandat. Laissez-nous tranquilles.

Kellal perçut l'approche du point de rupture. Il était venu en père, pas en flic. Quelles que soient ses impressions, les arguments ne pouvaient être les mêmes. Il éclaircirait ce détail plus tard, en cas de besoin. Il se força à faire machine arrière :

— Vous avez raison. Excusez-moi. Tenez, voici ma carte. Contactez-moi, si Guillaume se rappelle un détail.

Il sortit du pavillon avec soulagement. La tension qui quadrillait son corps perdit quelques degrés, mais son esprit bouillonnait. L'enfant savait quelque chose. Et il n'osait pas en parler. Ses parents avaient dû lui faire la leçon. Pourquoi ? Que craignaient-ils ?

Il grimpa dans sa voiture avec l'impression de quitter un champ de mines. Le visage de Leïla dansait dans les scintillements du soir. Il lui apparaissait soudain plus lointain, comme auréolé de mystère.

Tel un tambour de guerre, le mensonge de Guillaume cognait contre ses tempes.

6

Le bitume traçait à flanc de colline un ruban sombre. Dans la clarté trop vive de ce début juillet, les roches à nu semblaient hacher le ciel.

Kellal avait pris la Gineste sans trop savoir pourquoi. Un besoin de s'évader, de dissoudre son angoisse dans une succession de gestes automatiques. Soleil dans les yeux, il roulait à faible allure, comme s'il s'attendait à voir sa fille surgir au détour d'un virage. Il la ferait monter dans la voiture, l'engueulerait comme il ne l'avait jamais fait, et la serrerait dans ses bras en essayant de comprendre.

Onze ans. Elle aurait onze ans en août. Encore une gamine, enthousiaste, crédule, fragile.

Et pourtant...

De temps à autre, des détails l'affolaient. Un regard, une mimique, une réflexion. Dans ces vacillements, Kellal sentait poindre en elle la femme volontaire qu'elle serait sous peu.

Que s'était-il passé ?

Il se gara sur un terre-plein et contempla la rade. Le soleil était encore haut, il fit descendre ses lunettes sur son nez. De ce point d'observation, la cité phocéenne avait des airs d'Alger. Même blancheur, même impression de foisonnement, mêmes grues démesurées arquant sur les miroitements du port leurs phalanges de fer.

Le flic avait arpenté l'asphalte dans ses replis les plus intimes. Il devinait l'entrelacs de rues, la succession de villages, de quartiers, liés peu à peu par l'urbanisation. Son cœur se serra. La ville s'étendait sur un rayon de quarante kilomètres. Une demi-lune adossée à la mer, une oasis de béton enserrée de collines. Un labyrinthe.

Où était Leïla ?

Il pouvait tout imaginer. Le pire des supplices.

Jusqu'à ce qu'on la retrouve.

Si on la retrouvait.

Il s'assit sur le capot et tenta d'ordonner ses pensées. Leïla avait fait une fugue. Pour l'heure, cette hypothèse lui semblait être la plus crédible. Sur ses raisons, il se sentait largué. Les conséquences, il pouvait les redouter sans peine. Une gamine de dix ans, seule, errant dans les rues, exposée aux fureurs de la ville. Il savait trop ce que cela voulait dire.

Les images de la morgue plaquèrent à nouveau sur ses nerfs leur chape de glace. Il tressaillit, se rendant compte à quel point son esprit luttait pour refuser une issue comparable.

Pouvait-il en parler à Françoise ? Et puis pour lui dire quoi ? Qu'il se sentait impuissant, dépassé. Inutile.

Il se souvint de ces instants monstrueux, lorsqu'il frappait à une porte inconnue, messager de l'inadmissible, avec pour toute armure sa rigidité de flic.

Leïla. Si le pire arrivait, qui viendrait lui annoncer la nouvelle ?

Il regagna sa voiture et décrocha son téléphone.

— Lieutenant Kellal. Le commissaire est encore là ?

Le timbre rugueux de Vial résonna dans son oreille.

— Où êtes-vous ? Je vous attends depuis une heure.

Le Beur parla d'une voix atone :

— Ma fille a disparu, commissaire.

— Votre fille ? Qu'est-ce que c'est que cette histoire ?

— Depuis hier soir.

Silence. Une moto passa à quelques mètres, châssis couché au ras du sol dans un scintillement de chromes. Vial revint à la charge, essayant de rassurer son subordonné :

— Vous avez lancé un avis de recherche ?

— Depuis une demi-heure.

— Vous avez une idée de ce qui a pu se passer ?

— Je pense qu'elle a fait une fugue.

Nouveau silence. Le commissaire cherchait ses mots.

— J'informe le préfet de police. Ne vous en faites pas, on va mettre le paquet pour la retrouver.

— Merci, commissaire.

— Que comptez-vous faire ?

Kellal hésita. L'idée de retourner se morfondre dans son trou le pétrifiait.

— Je rentre à la brigade. J'ai pu obtenir le rapport d'autopsie.

Vial l'attendait dans son bureau. Des stores en plastique beiges laissaient filtrer dans la pièce les derniers bâtonnets de soleil. Tapi dans leur ombre, le visage du patron de la criminelle reflétait une tension extrême. Il se leva sans un mot et ferma la porte derrière son flic.

— Asseyez-vous.

Kellal refusa. Rester debout lui donnait une impression de contrôle, un verrou dérisoire sur ce qui lui restait de raison. Il s'adossa au mur, mains dans les poches.

— Asseyez-vous, répéta le commissaire. Et ne discutez pas. C'est un ordre, espèce de tête de mule.

Sous ses airs autoritaires, Vial était un affectif. Il dirigeait ses hommes comme on conduit une équipe de foot. Ferme, mais attentif, toujours disponible, conscient de la difficulté du boulot, des coups de boutoir portés à l'âme par la déchirure incessante du quotidien.

Kellal se laissa choir dans le fauteuil, face à son chef. Sa chemise trempée de sueur collait au cuir. Au bout de quelques secondes, le commissaire l'encouragea d'une voix douce :

— Je vous écoute.

Le lieutenant déroula le récit des dernières heures. Les mots s'enchaînaient, insignifiants, abscons. En racontant son histoire, il avait l'impression de parler de quelqu'un d'autre.

— Elle a disparu pendant la nuit si je comprends bien ?

Le commissaire avait posé la question avec assurance. Comme s'il tenait un début de logique, une ébauche de raisonnement.

— Entre 1 heure et 5 heures du matin, répondit Kellal.

— Avait-elle une raison de fuguer ?

Le Beur n'était pas très sûr d'avoir envie de s'épancher sur ses fêlures intimes. Il botta en touche avec courtoisie.

— Je préférerais ne pas en parler, si ça ne vous dérange pas.

— C'est vous qui décidez. Mais... Si la gamine avait des problèmes, c'est peut-être le moment de se pencher dessus sérieusement. Ça pourrait aider à la retrouver.

Kellal saisit la crainte au vol. Une cassure imperceptible dans l'intonation. Vial voulait le protéger, trouver les mots qui rassurent. Mais son ton le trahissait. La gamine était livrée à elle-même. Un prédateur rôdait quelque part. Il avait lui aussi intégré ces données.

Le lieutenant demanda :

— On a des nouvelles de Coglio ?

— Pas encore. Une escouade de gendarmes fouille la zone avec elle. La nuit ne va pas tarder à tomber, on risque de perdre du temps.

— Et les autres ?

— On rame. Desruel vient d'appeler. Elle n'a pas pu mettre

la main sur le témoin. Plantier a vu le gardien du parking de la fac. Ça ne donne rien non plus. Quant à Macarian...

Vial laissa mourir sa phrase. Il savait trop bien ce que faisait son flic. Et Kellal le savait aussi. Sur le fichier des personnes disparues, un nouveau nom venait d'imprimer son estampille de crainte.

Les deux hommes restèrent silencieux. Dans la Brigade désertée, on pouvait presque entendre le sifflement des ordinateurs sous tension.

Le lieutenant tendit à son supérieur les quelques feuillets dactylographiés où s'inscrivait la folie d'un dément sans visage.

— Vous l'avez lu ? demanda Vial.

— En diagonale. Je n'ai pas eu le temps d'approfondir.

Le commissaire hocha la tête et parcourut le rapport d'autopsie. Toujours le même ton neutre, descriptif. L'horreur, parée d'un voile scientifique. Lorsqu'il eut terminé, il questionna Kellal :

— Qu'en pensez-vous ?

— Ce n'est pas une configuration classique. Il n'y a pas eu viol, tout au moins pas au sens habituel du terme.

— Elle a tout de même été déflorée.

— Oui, mais pas dans le but d'assouvrir une pulsion sexuelle. On n'a trouvé aucune trace de sperme, aucun résidu de latex, aucun poil pubien, rien. La pénétration a bien eu lieu, mais elle a pu se faire avec un objet quelconque. Il s'agit d'une mise en scène.

Les sourcils de Vial se froncèrent.

— Légalement, ça revient au même.

— Psychologiquement, c'est très différent. Je ne crois pas qu'on ait affaire à un pervers sexuel.

— Vous ne croyez pas ? Cette conclusion n'est pas un peu prématurée ?

— On a découvert des traces d'atropine dans le sang de la victime.

— Et alors ?

— Le légiste conclut à un collyre. Fortement dosé avec cette molécule. Mais je n'y crois pas. Je pense plutôt que le type a voulu la maintenir éveillée pendant qu'il la pelait.

La bouche du commissaire eut un frémissement incontrôlé.

— Il l'a... torturée ?

— C'est très probable. De plus, la mort provient d'un éclatement de la boîte crânienne, pas des mutilations. Sans l'hypothèse d'un maintien en vie artificiel, la gamine aurait dû mourir bien avant.

Le vieux flic replongea dans le rapport. Ses yeux sautaient de droite à gauche telles des puces affolées. Au bout de quelques secondes, il releva la tête :

— À votre avis, pourquoi aurait-il fait ça ?

Le Beur ne répondit pas tout de suite. Trop d'idées, trop d'amalgames. Son cerveau lui semblait sur le point d'imploser.

Il quitta son siège, écarta les stores. Plus bas, dans la rue, la terrasse du Bar Roger entamait sa décrue. Quelques éclats de voix, des rires épais, dans leur sillage des ombres incertaines déambulant vers une colonne de métal garée en double file.

— Difficile, finit-il par lâcher. Il peut s'agir d'un psychopathe, tout le laisse penser. Mais c'est peut-être autre chose. Une vengeance. Ou une punition.

Vial réfuta cette possibilité.

— Une punition ? La victime n'a pas plus de dix ans. Ça ne tient pas debout.

— Pourquoi pas ? Le corps était bien en vue. Suffisamment pour qu'on tombe dessus à la première occasion. On a pu faire ça pour atteindre ses parents.

— Non. Je n'y crois pas. Votre truc, c'est trop tordu. Un

mec capable d'aller au bout d'une telle horreur doit être rongé de l'intérieur. Forcément. Il faut en parler avec un expert.

Kellal acquiesça d'un hochement de menton. Lui non plus ne croyait pas vraiment à cette solution. Elle lui avait juste permis de shunter ses craintes, de trouver l'alternative rationnelle à l'inconcevable.

— Maintenant rentrez chez vous, ordonna Vial. Vous avez l'air crevé. Essayez de dormir un peu, on s'y remettra demain avec toute l'équipe.

— Je ne suis pas certain d'avoir envie de me reposer, commissaire.

— Forcez-vous. Dans votre état, vous n'avez plus les idées claires. Et j'ai besoin d'enquêteurs lucides.

Vial le raccompagna jusqu'à l'entrée. Au moment de le quitter, il posa une main sur son épaule.

— Vous êtes en train de tout mélanger. Ne vous en faites pas. On va vous la retrouver votre gamine.

Kellal eut un sourire vide. Il ne parvenait pas à se raisonner. Leïla pouvait tomber sur ce monstre. Peut-être l'avait-il déjà repérée.

Une biche, égarée dans une forêt profonde. Offerte au plus ignoble des sacrifices.

7

Kellal gara sa voiture sur les allées Gambetta. Un crochet imposé, parenthèse de vie avant de rejoindre son studio. Dans ce quartier surpeuplé, les places de stationnement ne couraient pas les rues. Depuis quelques années, la municipalité avait tenté de faire place nette, libérant les immeubles à grands coups d'expropriations. Mais la population était entrée en résistance. Les squats gagnaient du temps sur les plans d'urbanisme, les tribus urbaines occupaient le terrain.

Il bifurqua à gauche pour remonter le boulevard d'Athènes. Une artère animée, en plein cœur de la ville, où des générations d'immigrés avaient élu domicile avant lui. Algériens, Tunisiens, Marocains, Sénégalais, Zaïrois, depuis peu une communauté de Comoriens, tout un monde bigarré vivant en harmonie dans une débauche de couleurs et d'odeurs.

Comme d'habitude, les cafés affichaient complet. Une population exclusivement masculine, assise avec nonchalance sous des frondaisons de platanes. L'air était saturé de rires.

Il s'assit à une terrasse et commanda un thé à la menthe. Dans la perspective, les marches monumentales qui menaient à la gare ressemblaient à celles d'un cirque antique. Sur leur faîte, une pyramide de verre illuminait la nuit telle une étoile de Babel.

Kellal aimait l'endroit, surtout en cette saison. Une chaleur moite, des intonations familières, des fragrances épicées et, partout, des visages burinés, fiers, semblables au sien. Il lui semblait plonger au cœur de son être, sa part intuitive, comme une empreinte indélébile.

La France lui avait beaucoup donné. Le pacte républicain, l'égalité des chances, son destin avait valeur d'exemple. En retour, le fils d'immigré avait embrassé les règles de cette terre d'adoption, ses valeurs, une certaine éthique dont il se sentait proche.

Et qu'il revendiquait.

Mais dans l'intimité de ses songes, Kellal voguait sur d'autres territoires. Sa peau réagissait à des caresses brûlantes, ses papilles s'excitaient de saveurs de miel, il s'enivrait de parfums lourds, chargés d'encens.

Après des années de doute, de déchirure, l'homme qu'il était devenu avait choisi l'intégration. Pas celle dont on lui rebattait les oreilles, non, le chemin lui semblait encore long jusqu'à la société promise. Pour lui, ce mot prenait un autre sens, vibrait sur un mode plus intime. Il avait conjugué ses racines au présent, jugulé la dichotomie de son être par l'acceptation des contraires.

Deux cultures, deux univers, une seule réponse. Comme une figure imposée. Leïla était le fruit de ce cheminement. Peut-être le maillon d'une chaîne qui finirait par aboutir.

L'adrénaline chauffa son sang. Il regarda sa montre et fit jaillir son portable.

— Riad Kellal, le père de Leïla. Agnès est rentrée ?

À l'autre bout du réseau, la voix féminine hésita.

— Non... Pas encore.

Elle mentait, mais il n'insista pas. Il avançait en terrain miné et devait prendre garde à ne pas péter les plombs. Françoise ne manquerait pas de s'en servir en cas de besoin.

— Je passerai demain. Vers 10 heures, si vous n'y voyez pas d'inconvénient.

— Non. Bien sûr que non.

Il raccrocha. Son visage n'exprimait plus qu'une immense lassitude.

L'homme assis à la table voisine l'observait du coin de l'œil. Il tirait sur un joint en souriant. D'un mouvement de sourcils, il lui posa la question en silence.

Kellal prit le cône et aspira plusieurs fois. Du kif. Une saveur sucrée, douce. Dans quelques secondes, la pelote de clous qui cisaillait ses nerfs céderait la place à une douce torpeur. Alors, peut-être, il pourrait dormir.

Il remercia son complice avant de quitter le café. Cinq minutes de marche, il serait chez lui. Déjà, l'environnement se modifiait. Kellal fumait peu. Juste quelques taffes avec son père, les rares fois où il passait voir ses vieux, deux épaves exilées dans leur cité de merde pour une retraite aux allures de défaite.

Il parcourut la distance qui le séparait de son immeuble. Il avait l'impression de vibrer avec la ville, une communion sulfureuse dans laquelle il sentait sa conscience se dissoudre. Les phares, les klaxons, le ronronnement des moteurs, les cris des passants, toutes les sensations se fondaient en une nappe tactile dans laquelle il s'enfonçait.

De plus en plus profondément.

Peu à peu son esprit s'apaisa. Le commissaire était dans le vrai. Il mélangeait tout. Ses craintes de père avaient pris le dessus, relayées par celles de Françoise, amplifiées par les images insoutenables dont il avait été témoin. Bientôt, on retrouverait Leïla. Bientôt, tout rentrerait dans l'ordre.

Il esquissa un sourire en glissant sa clef dans la serrure.

À cet instant, une mèche de fer s'insinua sous ses côtes, bloquant son diaphragme. Il posa une main sur le mur. Plus l'habitude, pensa-t-il. Le mélange lui explosait les neurones ; l'angoisse grimpait en flèche. Dans le langage des junkies, un mauvais trip. Avec la journée qu'il venait de passer, rien d'étonnant.

Ne pas paniquer. L'affaire de quelques minutes. Il glissa le long du mur. Sa respiration s'était accélérée, il se força à la contrôler. Progressivement, le calme revint. Il ferma les yeux.

Une image monta alors. Lointaine. Un bébé, nu sur une table à langer. Deux jambes minuscules, relevées. Un coton imbibé de lait passant avec douceur dans les replis fragiles. L'angoisse l'attaqua de nouveau.

Il fouilla dans sa poche, geste mécanique, esprit en roue libre. Sa main agrippa le portable.

Les vibrations de la sonnerie n'accrochèrent que le vide. Vial avait dû plier bagage depuis longtemps. Il regarda de nouveau sa montre et composa le numéro de la morgue.

Une voix traînante agressa ses tympans. Le policier parla d'une traite :

— Est-ce que le Dr Landra est encore là ? Je suis le lieutenant Kellal, de la Brigade criminelle.

Hésitation.

— Attendez une seconde... Je vais essayer de vous le passer.

Le flic remercia la providence. Il patienta, l'esprit chauffé à blanc. La voix du légiste ronfla dans les basses.

— Riad, c'est toi ? Qu'est-ce qui se passe ?

— Tu as encore le corps ?

— Évidemment...

— Il faut que je le voie. Tout de suite.

— Quoi ? Tu as vu l'heure ? J'allais partir.

— Attends-moi. J'arrive.

La drogue courait toujours dans ses veines.

Sous l'effet du kif, la morgue lui sembla encore plus lugubre. Couloirs déserts, plongés dans une semi-obscurité, enfilade de portes claquemurées sur un silence oppressant. La mort, partout, couchée sur le dos dans son néant glacial.

Landra l'attendait dans son bureau. Lunettes sur le nez, il

prenait des notes en détaillant des clichés. Il esquissa un sourire fatigué.

— Toujours sur la brèche... Tu ne dors jamais ?

— Toi non plus, on dirait.

Le légiste s'adossa au fauteuil, nuque en appui. La lumière rasante d'une lampe halogène ravinait ses traits jusqu'à la corde.

— Tu n'as pas lu le rapport ? Tout y est pourtant.

— Je dois m'assurer d'une chose. Ça prendra cinq minutes.

Ils descendirent au sous-sol. Landra ouvrait la marche, Kellal suivait. Un carillon vibrait dans ses tympans, assourdissant, étranglant sa raison jusqu'au vertige. Tête baissée, épaules affaissées, il avait le sentiment d'aller à l'échafaud.

La salle était plongée dans le noir. Landra fit jouer l'interrupteur. Une débauche de néons cingla les rétines du flic. Il plissa les yeux, accommoda. Dans la blancheur du décor, la table d'autopsie luisait telle une fracture de chromes.

— Où est-elle ? s'étonna le lieutenant.

— Au frigo. On doit conserver le corps encore une semaine avant de délivrer le permis d'inhumer. Le juge pourrait ordonner des mesures complémentaires en vue de l'identification. Tu devrais le savoir.

Kellal ne réagit pas. Il connaissait la procédure mieux que personne. Depuis l'école de police, la compétence avait été sa meilleure carte.

Là, sur cette enquête, il avait perdu ses repères.

Le légiste consulta une feuille de papier punaisée sur le mur, au milieu d'autres pense-bêtes. Il s'approcha d'une trappe située à mi-hauteur, fit jouer un levier. La trappe ripa sur elle-même, révélant un trou noir. Kellal sentit un courant d'air froid lui hérisser les pores.

La main épaisse de Landra disparut dans le gouffre. Elle en ressortit aussitôt, accrochée à une barre métallique. Dans son sillage, une civière glissa vers eux.

— Je ne comprends pas ce que tu cherches, fit le médecin en se reculant.

Le lieutenant n'entendit pas la phrase. Il fixait la forme étendue à même la tôle. Traînées rouges, noires, chaque parcelle de ce corps semblait encore hurler sa douleur. Pour la seconde fois de la journée, son âme de flic vacillait.

Il s'approcha du pied droit, détailla les orteils. Le plus petit chevauchait son voisin, figé dans une position improbable. Il le manipula avec précaution, visage livide.

— On peut la retourner ?

Le légiste lui jeta un regard de ténèbres. Il s'approcha du cadavre, glissa ses mains sous les épaules.

— Prends-la par les jambes. On va la mettre sur le côté et la tirer vers nous. Fais attention à ne pas la laisser tomber.

Au signal de Landra, ils conjuguèrent leurs efforts. Le contact des chairs froides tétanisa le policier. Le corps roula sur le côté puis s'immobilisa sur le ventre. Kellal tendit sa main vers les reins, à la naissance des fessiers. Il hésita une seconde avant de poser son index sur le coccyx. Il s'attarda, remonta la colonne sur plusieurs centimètres, puis revint à son point de départ.

Landra ne le quittait pas des yeux.

— Putain, Riad tu vas me dire ce que tu fous ?

Le flic lâcha d'une voix blanche :

— Là. Mets ton doigt. Dis-moi ce que tu sens.

Le médecin s'exécuta, intrigué.

— On dirait un début de scoliose. Je l'ai noté à l'examen des radios.

— Non, je ne te parle pas de ça. Descends plus bas. Jusqu'au coccyx.

La main du praticien poursuivit son exploration, habile, rodée. Au bout de quelques secondes, il fronça les sourcils. Il se pencha plus près, observant la zone suspecte avec minutie. Finalement, il concéda :

— Tu as raison. Ce n'est pas osseux. On dirait qu'il y a un décalage au niveau des muscles fessiers. La séparation n'est pas rectiligne.

— Comme une virgule, c'est ça ?

— Ou un point d'interrogation. L'asymétrie n'a pas pu se révéler à la radio. Comment as-tu fait pour la repérer ?

Le flic ignora la question. Le monde se dédoublait. La position des orteils pouvait être une coïncidence. Il avait cherché un élément plus tangible, une preuve indiscutable.

Aux frontières de l'abîme, il demanda encore :

— Tu en as déjà vu ?

— Jamais. C'est plutôt rare.

Kellal resta interdit. Le temps s'arrêta. Puis, il s'entendit annoncer avec calme :

— Merci, mon vieux. Je te tiens au courant.

Il quitta la salle d'autopsie dans une bulle de vapeur. Ses pas le conduisirent au hasard des couloirs, une marche automatique.

Arrivé à sa voiture, il s'effondra sur le siège. Il extirpa son portefeuille de la poche arrière de son jean et alluma le plafonnier. Coincée entre les cartes de crédit, un photomaton de Leïla lui adressait un sourire confiant.

Il resta ainsi à la contempler, regard absent, indifférent aux minutes qui déroulaient leur course.

Soudain, la réalité déversa ses torrents d'eau croupie. Il claqua la portière et se mit à courir dans la nuit.

Landra avait confirmé ses craintes.

Sa fille portait cette marque de naissance.

Unique.

Comme une estampille d'horreur.

8

Philippe posa la sacoche dans la baignoire. Une valise en cuir à soufflets, de la taille d'un porte-documents. Sur ses parois, le sang avait séché. Il commençait à s'effriter, se répandant sur ses mains en fine poussière brune.

Il retourna dans l'entrée et inspecta son blouson. La toile n'avait pas trop souffert. À peine quelques taches au niveau des coudes. Pour le pantalon en revanche, il faudrait s'en débarrasser. Des zébrures marron le rendaient inutilisable. Même en le trempant dans la Javel, il pourrait encore flairer l'odeur de pétrole.

Il se mit en caleçon et retourna dans la salle d'eau. Ses pieds nus effleuraient la moquette, une caresse sensuelle, rassurante. L'impression de marcher sur une chevelure soyeuse.

Devant la glace, il ne put résister à la tentation de s'observer. Un corps nerveux, bronzé, des épaules larges, une taille étroite. Et un visage d'ange. Jeune encore. De quoi faire tourner la tête à n'importe quelle femme. Ou n'importe quel homme.

Il s'approcha, tendit son regard au-delà du miroir. Ses yeux verts souriaient, traçant sur leur pourtour des étoiles éphémères.

Puis le sourire s'effaça. D'un coup, comme une image qui saute. À la place, il contemplait un masque d'inquiétude, une grimace de crainte.

Il prit un gant, rinça la sacoche. Le sang se dissolvait dans l'eau, puis s'écoulait par la bonde telle une rivière de bauxite. En quelques minutes, elle reprit son aspect lisse. Il essuya les gouttes qui perlaient sur les soufflets et la posa sur le carrelage. Assis en tailleur, il fit jouer la combinaison.

Un claquement. La fermeture céda.

Une odeur familière caressa ses narines. Les flacons. Dans la course, l'un d'eux avait dû se renverser. Il farfouilla un peu, à l'aveugle. Une douleur vive l'électrisa, comme la morsure d'un chiot. Il retira sa main. L'extrémité de son majeur était couverte de sang.

La vue du fluide fit miroiter un gouffre. Son enveloppe sublime lui apparut soudain comme un leurre. Elle n'abritait qu'un assemblage d'organes écarlates, de viscères jaunâtres, de sucs visqueux. Une mécanique immonde, liée par des ruisseaux épais. Pour lui aussi, la vie se résumait à ça.

Il attrapa la serviette et comprima la phalange. Un nuage pourpre envahit le coton. Il resta ainsi plusieurs minutes, buste droit, yeux clos. Peu à peu le flot se tarit. Son esprit retrouva un semblant de calme.

Il obtura la plaie à l'aide d'un sparadrap et attaqua sa besogne.

La sacoche se divisait en trois compartiments. Le premier contenait les outils, le deuxième un dictaphone et des cassettes de rechange, et le troisième des flacons, remplis de liquides incolores.

Il évacua les débris de verre à l'aide d'un gant. La fiole s'était répandue sur le cuir. Il extirpa les autres avec précaution.

Il dégagea ensuite les instruments, un par un, et les posa devant lui. Il tendit son bras, attrapa la bouteille d'alcool ainsi qu'un paquet de coton.

Cette phase l'agaçait. Elle retardait la suite.

Mais Karl le lui avait répété une bonne dizaine de fois : elle était fondamentale, il devait la mener à bien.

Il commença par les scalpels. Trois lames fines, affûtées, froides. Il s'imagina des griffes d'ours. En quelques gestes précis, il nettoya l'acier. Puis vinrent les pinces. Des instruments grossiers, qui lui faisaient songer aux tenailles moyenâgeuses de bourreaux encapuchonnés. Elles subirent le même traitement avant de rejoindre les bistouris alignés sur le tapis.

Enfin, la pièce maîtresse. Une curieuse petite machine. On aurait dit une sorte de cylindre creux barré d'encoches sur sa longueur. Un système de vis en complétait la structure, placées sur les extrémités.

À quoi pouvait-il servir ?

Il saisit un poinçon, gratta les interstices, comme Karl le lui avait recommandé. Des fragments sombres tombèrent entre ses jambes. Il les ramassa à l'aide du coton et mit le tout dans la poubelle.

Lorsqu'il eut terminé, il plia le torchon et le posa à côté de lui. Il se pencha au-dessus de la sacoche, front soucieux. Ses doigts fouillèrent les entrailles de cuir. Il en retira deux gants en latex, retournés, maculés de taches brunes. D'un mouvement de poignet, il les fit atterrir dans la poubelle.

Son attention se focalisa de nouveau sur la sacoche. Ses lèvres se retroussèrent. Ce qui l'attendait justifiait tous les préliminaires.

Il extirpa le dictaphone. Un instant, il le conserva dans sa paume, retardant encore un peu le moment d'enclencher la cassette.

Il savait ce qu'elle contenait.

Ce qu'il ne comprenait pas, c'était pourquoi ces sons l'apaisaient. Il devait être fou. Complètement fou même d'avoir envie d'écouter ça. Si on le prenait avec de tels enregistrements, on l'enfermerait sur l'heure.

Il jeta un œil vers la porte, s'assurant qu'elle était bien fermée. Rassuré, il fit défiler la bande.

Des pleurs, des sanglots étouffés. Une voix. Fragile, aiguë, implorante. Puis des cris, des hurlements.

Qu'est-ce que Karl avait bien pu lui faire pour obtenir un tel concert ?

Perplexe, il interrompit son écoute. Des flashs mauves striaient son champ de vision, des ombres pourpres. Il prit une profonde inspiration.

Au fond quelle importance ?

Sa part du contrat était remplie. De son côté, Karl avait tenu parole.

Tout était en règle.

Son corps se déploya, il fila vers la cuisine. Il ouvrit le frigo et se servit un verre de lait.

Le Dictaphone l'attendait.

La nuit s'annonçait bonne.

II

1

La salle transpirait la haine.

Pleine à craquer, dopée par l'attente, on pouvait presque sentir son énergie déferler sur les travées. Assis, debout, seuls ou en groupes, les rares privilégiés qui avaient pu obtenir un sésame manifestaient déjà des signes d'impatience. Partout, les invectives fusaient, ponctuées de cris, d'exclamations. L'ensemble produisait sous les voûtes de métal un brouhaha insupportable.

Encore quinze minutes. Une odeur lourde flottait dans l'air. Un mélange d'adrénaline et de sueur. Le parfum des mises à mort.

Paul regarda son billet. La place acquise au marché noir lui avait coûté cher. Trop cher sans doute. Mais l'enjeu était de taille. Mouhamad Krim mettait son titre en jeu. Celui qu'on surnommait l'Indien sortait de sa tanière. Un événement espéré par des millions de fans depuis qu'il avait ravi la ceinture d'or des lourds au Caesar's Palace de Las Vegas.

Ce soir, le balafré de la cité Belzunce reprenait les gants.

Et il avait choisi Marseille pour le faire.

Sa ville.

L'opération était bien orchestrée. À la hauteur de la rencontre et des enjeux financiers colossaux qu'impliquait la présence de Krim sur un ring. Battage médiatique, forêt de caméras, audience mondiale, les droits de retransmission avaient été vendus aux enchères jusqu'au Japon.

Son manager pouvait se frotter les mains. Quelle que soit l'issue du combat, il réalisait un des plus beaux coups de sa carrière. La fédération avait cédé à toutes ses exigences et dégoté un challenger impressionnant. Max Vito, un Italien de race noire, deux mètres, visage vérolé et bras démesurés.

Le show était réglé dans les moindres détails. Les amateurs en auraient pour leur compte.

Mais personne n'était dupe. Face au tenant du titre, Vito ne faisait pas le poids. Dans les vestiaires des salles de boxe, des bruits couraient déjà. On parlait d'un match arrangé, d'un spectacle de cirque.

Une foule de supporters s'était massée dans la rue, rivée à des écrans géants fixés tout autour du bâtiment. Des jeunes des cités, issus de l'immigration pour la plupart. Pour eux, Krim avait valeur de mythe.

La tension montait de seconde en seconde. Des gardes mobiles patrouillaient, matraque à la ceinture. En plein cœur de la ville, la réunion pouvait tourner à l'émeute.

Paul descendit vers l'arène. Quatre travées de sièges formaient une croix celtique plongeant en pente douce vers le carré de cordes. Il ne se pressa pas, savourant cet instant. La boxe avait été son univers, un monde clos où il avait fourbi ses premières armes, tordu le cou à ses peurs. Longtemps, il avait espéré en faire un métier. Avant que sa mère s'en mêle, avant de devenir lieutenant de police, de rencontrer le commissaire Tomasini et d'intégrer la BAC.

Il s'assit face à l'estrade. Deuxième rang, assez près pour entendre le bruit sourd des impacts, pour saisir au vol les expressions des pugilistes.

Les ressentir.

Il s'adossa au siège et croisa les bras. Le cobra tatoué sur son biceps gonfla sa corolle. Sur sa droite, un cadre en costard se rongeait les ongles. Paul serra les mâchoires en lui lançant un regard noir. Ce genre de connard n'avait rien à foutre ici. Pas à sa place, comme une insulte au noble art.

Il tourna la tête. À gauche, une vision plus pétillante l'attendait. Une femme, plutôt jolie, la trentaine, en jean et débardeur.

Seule.

Il savait ce qu'elle était venue chercher.

— Deux reprises. Peut-être trois. L'Indien va l'éclater.

La jeune femme fixa les épaules nues, la queue-de-cheval, la dégaine de loubard. Elle releva ses cheveux et répondit avec assurance :

— Pas sûr... Vito a fait une belle saison. Cinq combats, cinq victoires, dont trois avant la limite.

— Il n'a pas eu de mal... On lui a aligné une brochette de tocards. L'Indien lui rend quinze kilos et il est beaucoup plus rapide. Il va voir la différence.

— Krim n'a rien fait depuis quatorze mois. Pas un combat dans le circuit pro. On l'a opéré du ménisque l'année dernière et sa jambe tient par miracle. Sa seule chance, c'est un K.-O. rapide. Au-delà de trois reprises, je ne donne pas cher de sa peau.

Interloqué par la tirade, Paul resta silencieux. Cette fille savait de quoi elle parlait. Pas comme les quelques excitées qui venaient se rincer l'œil à bon compte dans cet univers viril. Il demanda :

— Vous vous intéressez à la boxe depuis longtemps ?

— Assez, oui.

— Vous n'avez pas le physique de l'emploi.

— Pourquoi ? Il faut ressembler à quoi ?

Le flic au catogan eut une moue indécise. Un sourire traversa le visage de la jeune femme.

— Geneviève Planche. Journaliste. Service des sports de *La Tribune de Montréal.*

— Paul Cabrera. Ex-boxeur. Maintenant, je suis lieutenant de police.

Elle le scruta d'un air mutin.

— On ne peut pas dire non plus que vous ayez la tête d'un flic.

Le policier éclata de rire. La soirée commençait bien. Il lui restait encore un peu de temps pour transformer l'essai et l'inviter à boire un verre. Si le combat durait plus de cinq minutes.

Soudain, montant dans leur dos tel un chant primitif, une clameur envahit l'espace. Les gradins furent plongés dans le noir, tandis que deux énormes projecteurs éclairaient un corridor situé sous la travée nord.

Le temps s'immobilisa. Les cris montèrent en puissance, jusqu'à couvrir les vociférations du groupe de rap que crachaient les enceintes placées aux quatre coins de la salle. Des milliers de paumes frappaient le plastique des sièges à la façon de tambours africains.

Comme tous les autres, Paul s'était levé. Debout sur son siège, il cherchait à apercevoir quelque chose.

Une forme jaillit dans la lumière. Encapuchonnée, drapée dans un peignoir de soie blanche, elle marchait d'un pas posé vers le cœur du gymnase. Paul s'imagina un moine-soldat, sorte de templier moderne en route pour sa croisade. Une multitude de silhouettes l'entouraient, plongées dans l'ombre, hors du faisceau des projecteurs.

La foule scanda son nom. Une complainte lancinante, comme une prière dévote. D'un mouvement souple, l'Indien monta sur le ring.

Aussitôt, peignoir rouge sang et tête nue, son challenger se découpa au bout du corridor. Même cérémonial pompeux, même musique agressive, mais cette fois, l'ambiance avait changé. Sifflets, quolibets, insultes, l'Italien rejoignit l'arène avec difficulté, serré de près par une armée de gardes du corps.

Paul observait la journaliste du coin de l'œil. Elle était restée assise, parfaitement calme, ne participant d'aucune manière à l'hystérie collective qui enflammait les crânes. Stylo vissé au creux de la main, elle s'apprêtait à faire son boulot.

Deux hommes rejoignirent les champions sur le ring. L'arbitre, gueule inexpressive passée au laminoir, et un type au sourire enjôleur, tiré à quatre épingles dans un costume sombre. Affalés dans leur coin, les mastodontes faisaient craquer leurs cervicales en écoutant les derniers conseils de leur *team*.

— Deux reprises, fit Paul en se penchant vers l'oreille de sa voisine.

— Tenu.

— Si je gagne, vous m'invitez à dîner. Si c'est vous, c'est moi qui paie.

Sourires complices, clignements de paupières. Cabrera savait qu'il venait de marquer un point décisif. Rien n'était joué cependant. Il allait falloir conclure en finesse.

Depuis son aventure avec Meredith, l'année dernière, le Marseillais portait sur les femmes un regard différent. Les belles plantes l'ennuyaient vite. Comme les victoires faciles. Annie, l'esthéticienne, n'avait tenu la route qu'un week-end. À trente ans passés, Paul cherchait autre chose. Un défi plus complexe, un partage peut-être. La journaliste l'attirait. Intelligente, drôle, volontaire, et mignonne bien sûr. Pour la séduire, il devait oublier ses vieux réflexes de chasseur, entamer la relation sur un autre registre.

Un coup de gong le ramena à la réalité. Dans un concert de hurlements, les fauves amorçaient leur danse guerrière.

Krim fut le plus rapide. Feinte de corps, esquive, son direct partit tel un missile balistique. Une demie tonne en pleine gueule, pensa Paul. N'importe quel homme aurait eu les os en compote.

Vito recula à peine. Deux coups suivirent. Un crochet au

foie, un à la tempe. L'Italien chancela. L'Indien leva les bras en signe de victoire. Il sautillait d'un pied sur l'autre en haranguant la foule. Une onde de dépit chevaucha les gradins. Le challenger mit un genou au sol. L'arbitre commença à compter sous les sifflets.

— Alors ? fit Paul d'un air satisfait. C'était couru d'avance.

La jeune femme prenait des notes. Sans lever la tête, elle affirma :

— Attendez. Ce n'est pas fini. En Italie, ils ont donné un surnom à Vito.

— Ah ? Lequel ?

— Rocky. À cause du film. Vous n'imaginez pas ce que ce type peut encaisser.

Comme pour accréditer la remarque de la journaliste, une clameur fit vibrer les arcades. L'Italien venait de se relever. Il s'ébroua et se remit en garde. Le champion du monde en titre eut un flottement, un quart de seconde, qui n'échappa à personne. Il se remit à sautiller, moins sûr de lui.

La cloche tinta, suspendant le calvaire.

Lorsqu'ils engagèrent la deuxième reprise, le silence s'était fait dans le public. Krim virevoltait autour de sa proie, cherchant la faille. Il portait des coups indécis, comme un moustique piquant un taureau. Vito ne bronchait pas. Il esquivait, se protégeait. Encaissait.

Paul comprit qu'il attendait.

Les rounds se succédèrent. Krim s'épuisait, son entraîneur lui massait le genou à chaque temps mort. Paul savait déjà qu'il avait perdu son pari.

À la cinquième reprise, le tenant du titre se mouvait avec difficulté. Son challenger changea de tactique et passa à l'offensive. Les coups se mirent à pleuvoir. L'Indien se protégeait du mieux qu'il pouvait.

Soudain, l'uppercut claqua comme un coup de tonnerre,

laissant les spectateurs médusés. Vito venait d'assener le coup fatal. Krim s'affaissa et vint mordre le sol à quelques centimètres des cordes. Des gouttes de sang volèrent sur les spectateurs du premier rang.

— K.-O. Cinquième reprise, fit la jeune femme en souriant. Vous m'invitez.

Ils se levèrent aussitôt et quittèrent la salle avant les autres. Tout était dit, mieux valait éviter la cohue.

Dehors, la foule grondait. Pour les gosses des cités, l'humiliation de leur champion se déclinait sur un mode personnel. Il faudrait laver l'affront d'une façon ou d'une autre. En prévision, les gardes mobiles avaient coiffé leurs casques. Ils attendaient, ceinturant les rues d'un cordon hermétique. La nuit sentait la poudre.

Paul prit la main de Geneviève et l'entraîna vers une rue adjacente.

— Vous aimez la moto ?

Les yeux de la jeune femme brillèrent sous la clarté du lampadaire.

— J'adore.

Ils enfourchèrent le Firebird. Paul fit rugir le moteur. Machinalement, il réinitialisa son cellulaire. Aussitôt, une vibration annonça des messages en attente. Il les écouta.

Lorsqu'il ferma le boîtier, le policier avait changé de visage.

2

La scène avait quelque chose d'irréel.

Un soleil de plomb, un ciel limpide, et des piaillements d'oiseaux s'égaillant de cyprès en cyprès. Une image idyllique. Plus bas, dans les allées, son contrepoint. Une procession de formes noires suivant en silence un fourgon hermétique.

La colonne tourna à droite. Trois mètres de goudron, elle s'engagea sur une voie plus étroite, recouverte de graviers. De part et d'autre, des tombes, alignement indécis érigeant ses murailles d'affliction.

Paul accompagnait la procession, quelques personnes à peine, autorisées par la famille à franchir les grilles du cimetière. Relayée par la presse, l'émotion avait submergé la ville à la façon d'une marée noire. Depuis la veille, une foule d'anonymes attendait dans la rue.

Après la disparition de Kellal, les choses étaient allées très vite. À la brigade, on avait aussitôt fait le rapprochement et demandé un nouveau test ADN. Le comparatif pratiqué grâce à un cheveu de Leïla leur avait explosé au visage.

Le cortège s'immobilisa devant une stèle de marbre. Incrustés dans sa veine, les noms des disparus, des photos figées dans des cadres vieillots. Et tout autour, des fleurs. Des dizaines de bouquets colorés, témoignages silencieux d'une jeunesse anéantie par le drame.

Quatre hommes en noir sortirent de nulle part et s'affairèrent aussitôt. Ils extirpèrent le cercueil du corbillard et le posèrent sur le sol. Gestes précis, économie des mouvements, discrétion compassée. Leurs visages bronzés semblaient dénués d'affect.

Ils glissèrent des crochets dans les anses argentées et reculèrent d'un pas. Le caveau fraîchement ouvert laissait entrevoir un puits noir. Par discrétion, Paul resta en retrait. Il n'avait jamais eu à vivre ce genre d'épreuve. Pas encore. Il sentait juste qu'il préfèrerait être seul si ça lui arrivait.

Un prêtre s'approcha. Costume gris, col clergyman, des perles grasses constellaient son front haut. Des funérailles chrétiennes pour une fille de musulman, songea Paul. Riad avait aussi cédé sur ce point. Sans doute se disait-il qu'un jour sa fille choisirait son destin. En dépit de sa mère.

Le policier jeta un regard à Françoise. Visage transparent, mangé par d'énormes lunettes noires, elle dérivait à l'extérieur d'elle-même. Il constata l'absence de toute famille du côté de Riad. La femme de son pote les avait-elle seulement conviés ?

La prière fut brève. Comme si l'homme d'Église ne parvenait pas à trouver ses marques. Puis les croque-morts saisirent les cordes. Lentement, le cercueil s'enfonça dans l'oubli.

Le curé se signa. Il demanda aux proches d'avancer. Des roses furent jetées dans la tombe. Quelques poignées de main, des accolades appuyées. Les vivants reprirent le chemin de la sortie pendant qu'une équipe de cantonniers scellait la dalle.

Soixante-douze heures après sa fugue, Leïla venait de rejoindre sa dernière demeure.

Paul observait Vial avec attention.

Le commissaire triturait un élastique en feuilletant un amas de papiers. Il s'immobilisa soudain devant un formulaire administratif.

— Il vous suffit de signer ce document. Après, tout sera en ordre.

Le lieutenant saisit la feuille. Il la parcourut d'un œil distrait. Une demande de mise à disposition émanant de la Direction centrale de la Police judiciaire, pour une période indéterminée.

— Pourquoi faites-vous appel à moi ?

— Kellal est votre ami.

— Et alors ?

— De tous les flics du coin, vous êtes le mieux placé pour anticiper ses réactions.

Paul eut un sourire désabusé.

— Riad est un solitaire.

Les yeux du commissaire brillèrent d'un éclat de fer.

— C'est ce que vous êtes aussi, Cabrera. Une tête brûlée, un type sans préjugés. Comme lui, vous avancez en marge. Comme lui, vous portez votre croix. C'est votre atout.

— Je ne suis pas un enquêteur, commissaire. Mon job, c'est la rue. L'urgence, les cités, les caves. Je ne suis pas sûr d'être l'homme qu'il vous faut.

Vial tapa du poing sur le bureau.

— Bordel, vous êtes un flic, Cabrera. Vous fonctionnez à l'instinct, toujours. Tomasini vous faisait confiance. Alors je vous fais confiance. Vous le retrouverez.

Paul scruta le flic au nœud papillon. Ses mots étaient simples, authentiques, venus du cœur. Vial avait connu l'ancien patron de la BAC à l'école de police. Même génération, même détermination, même authenticité. Seules les méthodes différaient. Tomasini avait choisi la rue, Vial les arcanes plus subtils d'un Cluedo grandeur nature. Depuis la mort du Corse, le jeune lieutenant s'était senti orphelin.

Il quitta son siège et fit quelques pas. L'air était saturé d'émotions.

— Très bien. Mais à une condition.

— Je vous écoute.

— Je veux une liberté totale.

— Méthode Tomasini ?

— J'ai besoin de voir où je vais.

— Parfait... La Brigade poursuivra l'enquête principale en parallèle. On vous fournira tous les renseignements utiles, et une aide logistique en cas de besoin.

Paul revint s'asseoir et alluma un cigarillo. D'un geste sec, il parapha le formulaire.

— On dispose de combien de temps ?

— Quelques jours. Une semaine peut-être. Officiellement, Kellal se refait une santé en Algérie, dans sa famille. Mais ces charognes de journalistes ont flairé le bon coup. Ils vont essayer de dérouler le fil par tous les moyens.

Il marqua une pause, se massa les tempes du bout des doigts. Dans cette attitude, il ressemblait à un vieux prof méditant sur une mauvaise copie.

— Et il y a plus grave. L'IGPN ne va pas tarder à pointer son nez. Lorsqu'ils s'apercevront qu'on leur a monté un bateau, ça pourrait tourner au vinaigre.

— Ils n'y verront que du feu. Ces nazes ne connaissent rien au terrain.

— N'en soyez pas si sûr. Dans leur domaine, ces types sont des pros.

Le jeune lieutenant eut une moue dédaigneuse. L'autorité, les hiérarchies, ces valeurs corporatives avaient toujours exacerbé sa rage. Vial continua :

— Tout justifie que vous agissiez au plus vite. Sur le fond, l'enquête n'avance pas. Vu la situation, Kellal pourrait mettre la main sur ce malade avant nous. Avec toutes les conséquences que je vous laisse imaginer. Il est impératif de le neutraliser avant qu'il ne fasse une connerie.

Paul leva sa paume en signe d'objection.

— Attendez, commissaire. Pourquoi êtes-vous si certain qu'il va essayer de retrouver le tueur ? Il a peut-être seulement besoin d'être seul.

— Arrêtez vos conneries, Cabrera. Il est passé prendre le rapport d'autopsie et a fait une copie du dossier. Et de toute façon, on n'a pas les moyens de courir le risque.

Le flic de la BAC acquiesça à contrecœur.

— Ça ne va pas être simple. Riad est un type intelligent. Et motivé.

Le commissaire attrapa une bouteille d'eau minérale et vissa le goulot sur ses lèvres. Il ne quittait pas Paul du regard. Lorsqu'il parla, sa voix n'exprimait plus qu'une immense lassitude :

— Je sais tout ça. Alors ne perdez pas de temps. Foncez, et trouvez-le vite.

3

Deux voies s'ouvraient à lui.

Remonter la piste d'un psychopathe en collant le train aux limiers de la criminelle. Ou tracer tout droit vers Riad et prendre l'enquête de vitesse. Dans tous les cas, ses chances lui semblaient minces.

Paul ne se sentait pas l'étoffe d'un stratège. Son credo avait toujours été l'action, sa religion l'instant. Il remit à plus tard les choix stratégiques, enfourcha sa moto et démarra en trombe.

En route, ses pensées flottèrent vers Riad. Le Beur avait pris la tangente depuis bientôt trois jours. Il avait pété les plombs. Disjoncté. L'assassinat de sa fille l'avait propulsé de l'autre côté de la ligne.

Qu'allait-il faire ?

Le Marseillais chercha une aspérité pour y planter un piton de logique. En vain. Son pote parlait peu, jamais de lui. Leur amitié s'était construite sur des silences partagés, des regards entendus, des émotions communes. Lors des virées en bécane, les mots laissaient la place aux sensations. Rien d'autre.

L'appartement du quartier Saint-Charles constituait un point de départ acceptable. Dans cette bulle intime, il trouverait peut-être des bribes de réponses.

Paul localisa le numéro fourni par Vial et gara la Honda sur le trottoir. Il n'avait jamais mis les pieds chez Kellal. Des bières bues ensemble sur le port, des rendez-vous en ville, l'homme gardait jalousement l'accès de son jardin secret.

Le vieil immeuble en pierre de taille disparaissait sous la crasse. Le policier repéra le nom sur une plaque élimée, au milieu de six autres sonnettes. Il appuya au hasard. Après deux tentatives, la porte s'ouvrit.

Une odeur de poussière agrippa aussitôt ses narines, des particules anciennes, en suspension dans l'air. Paul examina les boîtes aux lettres. Troisième gauche. Dernier étage. Et pas d'ascenseur.

Il entama l'escalade. Murs maculés d'humidité, tomettes ébréchées, le lieu respirait l'oubli, la démission. Sur chaque palier, deux portes, face à face, sans doute fermées à double tour. Paul n'avait jamais vécu dans un appartement. Ces existences superposées le dérangeaient en profondeur.

Le flic força la serrure avec aisance et pénétra dans l'univers de Kellal. La pièce unique baignait dans la pénombre. Propre, meublée à la va-vite. Un canapé-lit, un matelas minuscule, une armoire en bois clair et une table basse, l'ensemble donnait une impression de départ. Ou d'arrivée. Paul ne parvint pas à se décider. Dans le fond, une fenêtre entrouverte laissait monter les clameurs de la ville.

Il fouilla le studio, sans conviction. Des assiettes dans l'évier, du linge sur un radiateur, les vestiges d'une existence arrêtée net. Il ouvrit l'armoire, les tiroirs, à la recherche d'un détail, d'une photo. Rien. Riad avait emporté son histoire avec lui.

Le policier s'assit sur la moquette et ferma les yeux. Il cherchait à imaginer ce qu'il aurait fait, lui. Comment il aurait réagi. Il n'avait pas d'enfant, mais l'agression de ses parents, l'hiver dernier, lui avait fait l'effet d'un tremblement de terre. Et ils s'en étaient sortis.

Ce qui arrivait à Riad dépassait l'entendement. Vial avait raison. À sa place, Paul aurait sans doute suivi la même route.

Un craquement dans son dos interrompit ses réflexions. Il se releva d'un bond, fit volte-face. Un jeune Noir s'encadrait dans la porte, une barre de fer rivée au poing.

— Qu'est-ce que tu fous là ? demanda Paul d'un ton sec.

— Et toi ? C'est pas ta piaule.

Le policier jaugea le gamin. Quatorze, quinze ans, cheveux rasés sur visage dur, survêtement Lacoste, chaussures de sport montantes. Pas le genre à coopérer avec la police.

— Je suis un pote de Riad.

Le jeune hésita.

— T'es un keuf ?

— Non. On fait de la bécane ensemble. Je m'appelle Paul.

Une lueur étincela dans les yeux de l'adolescent.

— T'es un motard... Et il est où ton casque ?

— À la révision.

Sourires partagés. Paul fit un pas vers le gosse et tendit sa main.

— Je suis venu récupérer un truc que j'avais prêté à Riad. Une urgence. Il m'a filé sa clef. Tiens, regarde.

Il fit jaillir une petite clef qu'il replaça aussitôt dans sa poche.

— C'est bon, fit le gamin. Je croyais que...

— Pas de souci. T'as eu raison. C'est quoi ton nom ?

— Mustapha. J'habite en dessous. Riad m'a demandé de surveiller son appart.

Le flic réagit au quart de tour.

— Il s'est cassé ?

Le Black alluma un joint et répondit d'un ton provocateur :

— Qu'est-ce que ça peut te foutre ?

Paul laissa glisser. Il avait l'habitude de ces échanges vifs. Le gosse le testait, ça n'irait pas plus loin.

— Je voudrais lui rendre sa clef. Je n'arrive pas à le joindre sur son portable, depuis dimanche. Tu sais où il est ?

— Que dalle. Il me l'a pas dit. Mais à mon avis, y risque pas de se repointer demain.

— Ah ouais ? Pourquoi ?

— Il a emporté un gros sac de sport. Bourré à ras bord.

Paul brûlait d'envie de lui demander des détails. Il fit mine néanmoins de se contenter de la réponse.

— Si tu le vois, dis-lui que je suis passé.

— J'lui dirai. Dis, elle est en bas ta bécane ?

Le lieutenant saisit l'opportunité. La confiance se gagnait dans le partage.

— Tu veux jeter un coup d'œil ?

Mustapha hocha la tête. Sous son air agressif, deux éclats de joie pure transfiguraient ses traits.

Paul ferma la fenêtre pendant que le jeune dévalait l'escalier. Il jeta un dernier coup d'œil au studio. Impression d'une béance, d'une poche de plastique vide. Kellal avait pris le maquis, empaqueté sa vie dans un sac et claqué la porte.

Il avait toujours été seul.

Maintenant, sa rage l'accompagnait.

En bas, Mustapha avait déjà enfourché l'engin. Il empoignait le guidon à pleines mains, buste couché sur le réservoir pour simuler une recherche de vitesse.

— Je peux l'essayer ?

— Tu n'as pas l'âge pour les gros cubes.

— Arrête. Sur la vie de ma mère. J'ai le permis.

Paul se planta face à lui. Dos au soleil, il croisa les bras. Son look de biker n'impressionna pas l'adolescent.

— Putain, j'te jure. Riad, il me la passe sa bécane.

— Il te passe rien du tout. C'est un flic ton pote. Il sait très bien que tu es trop jeune pour avoir le permis. Si tu veux, tu montes derrière et je te fais faire un tour.

Mustapha plissa les yeux, comme s'il réfléchissait.

— T'es un putain d'enfoiré.

— Alors ? Tu te décides ?

— C'est bon... on fait un tour.

Paul ferma son blouson et fit hurler le moteur. Il recommanda au gamin de s'accrocher aux poignées vissées en lisière de la selle. Le rodéo qu'il allait lui offrir forcerait son respect. De cette façon, il glanerait peut-être quelques infos.

Le Firebird partit dans un crissement de pneus. Neuf cents centimètres cubes de puissance montés en V sur un châssis allégé. De quoi exploser les limitations de vitesse.

Aussitôt, Mustapha s'accrocha au Perfecto. Paul songea qu'il avait planqué son Manhurin dans la poche intérieure. Par chance, le gamin ne sembla pas s'en apercevoir.

Ils descendirent le boulevard d'Athènes en deux battements de paupières. La moto zigzaguait entre les véhicules, frôlant des ailes, accrochant des rétroviseurs. Paul manipulait l'engin à la façon d'un funambule. Il anticipait en permanence, toujours en avance d'un obstacle. Dans le creux de son oreille, son passager hurlait des mots incompréhensibles.

Sur la Canebière, le flic lâcha la bride. Le Firebird cabra son nez, semblable à un mustang d'acier. Il parcourut une centaine de mètres sur la roue arrière, guidon penché vers la gauche pour équilibrer l'ensemble. Collé dans son dos, le jeune Noir avait cessé tout commentaire.

Ils remontèrent vers la gare par le boulevard de la République, compteur à cent cinquante, moteur dans la zone rouge. Concentré sur ses acrobaties, le cœur de Paul battait à peine plus vite. À en juger par la façon dont il serrait les jambes, celui de Mustapha devait frôler l'explosion.

Deux minutes plus tard, ils retrouvaient la rue étroite où Kellal avait élu domicile. Paul coupa le contact.

— Alors ?

Le gosse s'ébroua.

— Putain... T'es un *ouf.* T'as pris des cours de pilotage ou quoi ?

— Ouais. Avec Riad. On tourne au Castelet de temps en temps.

Une ombre obscurcit le regard du gamin. Après une courte hésitation, il questionna :

— Riad, c'est vraiment ton pote ?

— Un frère.

— Faut qu'j'te dise un truc.

Toujours en selle sur la bécane, le policier alluma un cigarillo. Mustapha sortit un nouveau joint et le fit rouler entre ses doigts.

— Hier, y a deux keufs qui sont passés. Des civils. Ils voulaient savoir où il était.

— Des flics ?

— Ouais, des putains de keufs. Ils ont fait chier tout l'immeuble. Rien de grave, y disaient. C'était pour le boulot.

— Et ?

Les traits du gamin se fermèrent.

— J'leur parle pas à ces enculés. Moi, Riad, j'l'ai jamais vu. J'le connais pas Riad.

Avec précaution, Paul avança un jalon.

— Tu as dit que c'étaient des civils ?

— Un vieux, avec un nœud papillon, et une meuf, blonde, genre salope.

Paul visualisa sans difficulté. Vial. Avec une des nanas de son équipe. Avant de sortir son joker, le commissaire s'était déplacé en personne.

— Il a des problèmes ? demanda le jeune avec une pointe d'anxiété dans la voix.

— Il m'en a pas parlé.

L'adolescent extirpa un briquet en or de sa poche et alluma son cône.

— C'est pas net tout ce bordel. Riad qui se rapplique en pleine nuit, qui se tire avec son sac, et le lendemain, les keufs qui débarquent. Tu peux m'expliquer ça, toi ?

— Moi, non. Mais si je savais où est Riad, on pourrait peut-être tirer ça au clair.

Mustapha passa une main sur son crâne. Il aspira une bouffée nerveuse et lâcha dans une volute de fumée :

— Chez Kader. S'il est dans la merde, il est sûrement allé là-bas.

— De quel Kader tu parles ?

— Ben... son frangin.

L'information prit Paul de court. Riad n'avait jamais fait mention de cette donnée familiale. Ni d'aucune autre d'ailleurs. Si Vial l'ignorait également, il n'avait pas pu envoyer ses gars défricher le terrain.

Sur ce coup, le Marseillais possédait une longueur d'avance. Avec un peu de chance, il trouverait peut-être une ébauche de piste.

— Rappelle-moi l'adresse.

— Cité Félix-Pyat.

Le Marseillais hocha la tête et pressa le démarreur.

— Hé mec, fit le jeune Noir pendant que le policier enclenchait la première. Si tu descends à Félix-Pyat, fais gaffe à ta tronche. Y a que des furieux dans cette zone.

4

Félix-Pyat.

Une cité de fous.

À deux pas du port de commerce, l'enclave ressemblait à un furoncle sur le point d'exploser. Oubliés des services sociaux, ignorés de la municipalité, les locataires à bout de nerfs défoulaient leur rancœur sur les parties communes. Plus un seul ascenseur en état de fonctionnement, des halls aux murs couverts d'excréments, des poubelles qu'on balançait par les fenêtres. Et un taux de délinquance incompatible avec les statistiques.

Régulièrement, la préfecture de police y envoyait ses troupes. Fouilles systématiques, mandats, arrestations. Des mesures stériles. La gangrène reprenait le dessus. Toujours.

Paul connaissait bien ces blocs multicolores. Il y avait coursé des gangs au fond de caves sordides, interpellé des mineurs aux manières de caïds, réconforté des mères à la dérive, affolées par la violence de leurs propres gosses. Tournantes, trafics, racket. Dans cet univers clos, la loi marquait le pas.

Par précaution, le policier laissa sa bécane un peu plus loin. À Félix-Pyat, un enfant de huit ans pouvait désosser n'importe quel engin en moins de cinq minutes et revendre les pièces dans l'heure.

Mains dans les poches, le lieutenant pénétra dans l'enceinte.

Impression d'étouffement, d'un temps suspendu. Des façades constellées de linge. Rouge, rose, orangé, or, un feu d'artifice d'étoffes fragiles séchant sur des étendoirs de fortune. Et partout, scellée dans le béton comme un cordon ombilical absurde, une forêt d'antennes paraboliques orientant son oreille démesurée vers la rumeur du monde.

Le flic traversa la place en contrôlant son allure. Des foulées longues, déliées. Et lentes à la fois. Il devait donner le change, transpirer le calme. Derrière les rideaux bon marché, il pouvait imaginer les centaines d'yeux braqués sur lui. La horde l'observait, le reniflait, cherchant la faille.

Très vite, une dizaine de gamins l'entourèrent. Douze ans en moyenne, cheveux coupés très court, oxygénés, tee-shirts et pantacourts.

Une face de hamster se planta face au flic et le dévisagea d'un œil narquois.

— Hé le bouffon, tu vas où ?

Paul s'immobilisa. Il fit riper le blouson, dégageant ses épaules musclées. L'arme apparut, bien en évidence dans le holster, au niveau de l'aisselle.

— C'est à moi que tu parles ?

Regard rivé sur le Manhurin, le gosse marqua un temps d'arrêt. Des rires nerveux se détachèrent du groupe. La tension grimpait en flèche. Le hamster croisa les bras dans une attitude bravache.

— T'es un keuf ?

— Ça se pourrait.

— Putain d'enfoiré... Y sont où tes potes ?

— J'ai pas de potes. Je viens pour une affaire perso.

L'information provoqua dans la petite bande une onde d'incompréhension. Dans l'esprit des gosses, les flics ne se déplaçaient jamais seuls. Et quand ils violaient leur territoire, c'était pour les provoquer, leur déclarer la guerre.

— Tu nous prends pour des cons, lança le gosse. T'es un putain d'éclaireur. Tes copains, on va les voir rappliquer vite fait.

Il fit un signe de tête. Un des mômes tourna les talons et disparut sous un porche. Le lieutenant savait qu'il était parti donner l'alerte. Dans cinq minutes, toute trace de trafic aurait disparu.

Le policier soupira. Cette fois, il n'était pas là pour ça.

— Kader Kellal. Tu connais ?

— C'est qui ce Rebeu ?

— Écoute, mec. J'ai pas envie de m'amuser. Je vais aller m'asseoir là-bas et je vais attendre. Si tu le remets pas, cherche quelqu'un qui peut le faire. Et dis-lui que c'est grave. C'est à propos de son frère.

Sans attendre la réponse, Paul se dirigea vers une carcasse de voiture et s'y adossa. La balle était dans leur camp. Si Mustapha avait dit vrai, le loup sortirait du bois très vite.

Le lieutenant alluma un cigarillo et se tourna vers le soleil. Des groupes de jeunes s'étaient formés un peu partout. Ils lançaient dans sa direction des regards de colère. Paul les ignora. Il connaissait la règle. Un flic n'était jamais le bienvenu. Quelles que soient ses intentions.

Déboulant d'une allée, une silhouette gracile fonça droit sur lui.

— C'est toi qui cherches Kader ?

— Ouais.

— Qu'est-ce que tu lui veux ?

Le lieutenant jaugea son interlocuteur. Polo ample, survêtement, casquette : l'uniforme. Sous la cuirasse, un visage de jeune fille. Typé, fin, éclairé par deux iris d'un vert sombre. Il répéta :

— Il faut que je lui parle.

— Je t'ai déjà vu. T'es un flic.

— T'as tout bon... Mais je suis aussi un ami de son frère.

Hésitation. Mélange de haine et de crainte. Finalement, la fille se décida.

— Viens.

Ils traversèrent le carré de bitume, escortés par une multitude de gosses aux allures d'hommes. Quelques insultes fusèrent. Paul suivait son guide, indifférent aux sarcasmes, parfaitement maître de lui.

Ils contournèrent un bloc et pénétrèrent dans un hall étroit, sombre, couvert de graffitis. Au sol, des canettes vides, des boîtes de conserve, des sacs plastique. Dans l'air, une odeur de benne à ordures, mêlée à celle plus entêtante de la pisse.

Paul chercha une hypothétique minuterie. Les interrupteurs avaient été arrachés, laissant à nu des fils de cuivre en partie calcinés. Ils montèrent les escaliers dans le noir. Sur chaque palier, un carré minuscule ouvrait dans cette nuit artificielle une lucarne de clarté.

Au cinquième, la fille s'arrêta. Elle frappa à une porte. Au bruit, le flic eut l'intuition d'un blindage épais. Il s'approcha. Scotché à même le fer, un morceau de papier tenait lieu de plaque nominative. Le patronyme écrit au feutre surprit le policier : Kader Ali.

Il posa une main sur l'épaule de son guide.

— Attends une seconde. On est où là ?

— Chez mon père. Tu voulais voir le frère de Riad, c'est ici qu'il habite.

— Comment se fait-il qu'il ne porte pas le même nom ?

— Riad a convaincu mon père d'en changer. Ne cherche pas à comprendre. C'est pas tes affaires.

Derrière la porte, une voix étouffée questionna :

— Qui c'est ?

— Malika. Je suis avec un keuf. Il veut te voir. Il dit qu'il connaît Riad.

— Qu'il aille se faire foutre.

La jeune fille haussa les épaules en se tournant vers Paul.

— Il a eu des embrouilles avec la justice. C'est pas gagné pour toi.

La révélation éclaira le policier. Elle expliquait la discrétion de Riad sur cette partie de sa vie, la modification du patronyme de Kader. Les deux frères couraient sous des bannières opposées. Le blanc, le noir, des réponses contradictoires pour affronter une société dans laquelle chacun cherchait sa place.

Sans attendre, Paul reprit la main.

— Fais pas le con, Kader. Je suis seul et j'ai juste besoin d'un renseignement. Ne m'oblige pas à revenir avec un mandat et à foutre le bordel dans ton business.

Silence. Puis des cliquetis sourds. La porte s'effaça. Le cœur du lieutenant fit une embardée. Dans la pénombre, il avait cru reconnaître son ami. La barbe en plus.

— Tu veux quoi ?

L'homme fixait le policier avec insistance.

— Kader ? On peut dire que tu ressembles à ton frangin.

— Accouche.

— Je peux entrer ?

— Non. Tu peux pas.

— Riad a disparu depuis deux jours. Je me suis dit que tu l'avais peut-être vu.

— Et pourquoi je l'aurais vu ? Riad, ça fait dix ans que je le vois plus. Les flics, ça me fout la gerbe. (Il jeta un regard furieux à la jeune femme.) Putain, Malika, qu'est-ce qui te prend de me ramener ça ici ?

La fille baissa la tête. Elle semblait terrorisée. Paul n'ajouta rien. Il cherchait à comprendre. Le voisin de Riad lui avait semblé sincère en lui refilant ce tuyau. Alors, à quoi jouait Kader ?

Il essaya autre chose.

— Tu savais que sa fille avait été assassinée ?

L'homme ne cilla pas. Paul enfonça le clou.

— Le type qui s'est occupé d'elle lui a arraché la peau avant de lui défoncer le crâne. Leïla est restée consciente jusqu'à la fin.

— Pourquoi tu me racontes ces conneries ?

— Ton frère s'est fait la malle. En ce moment, il doit chercher l'enfoiré qui lui a buté sa gosse. Les flics ne le laisseront pas faire. Je dois le trouver avant qu'il ne se foute dans la merde.

Les paupières de Kader tressautèrent.

— J't'ai dit que j'le voyais plus. Pour sa gamine, je suis désolé. Maintenant, casse-toi.

Le policier scruta le visage émacié, les pupilles noires. Kader mentait. Il était au courant pour Riad, l'avait sans doute vu dans les dernières vingt-quatre heures, aidé à préparer sa fuite.

Mais, il ne dirait rien.

Les hommes du désert se serraient les coudes. Sûrement depuis toujours. La vengeance leur appartenait, comme un devoir sacré. Le reste ne les concernait plus.

— Comme tu voudras. Si tu changes d'avis, tu peux me joindre à ce numéro. Mais réfléchis vite. Riad n'a plus beaucoup de temps.

Le lieutenant tendit une petite carte sur laquelle étaient inscrits son nom et son numéro de portable. Il tourna les talons et dévala les marches.

En bas, devant l'entrée du bloc, un comité d'accueil l'attendait. Une vingtaine de jeunes, postés en arc de cercle, hostiles. Paul sentit son corps s'électriser. Une envie de se défouler, de chasser la tension accumulée depuis une heure.

Visage fermé, il avança d'un pas. À cet instant, une main se posa sur son épaule.

— Attends.

Malika se tenait derrière lui.

5

Ils fendirent le groupe dans un silence acide. La haine suintait des pores, des regards aux allures de rasoirs hachaient l'espace.

Malika marchait devant, épaules à peine voûtées, allure molle, la gestuelle type du rappeur moyen. Paul la suivait de près, sens en alerte, muscles tendus. Pour l'instant, l'affrontement se déroulait sous les crânes. Une guerre des nerfs à la façon des chats, quand ils restent à s'observer pendant des heures, immobiles, jusqu'à l'explosion.

En une fraction de seconde, tout pouvait déraper. Quinze contre un. Jeunes, mais ultraviolents, sans doute armés de cutters ou d'armes tranchantes. D'une certaine façon, cette idée excitait Cabrera.

Mais la horde s'écartait sur le passage de Malika. Au cœur de cette forêt de haine, sa présence forait une trouée de respect.

Ils quittèrent la cité sans encombre. La rue pétillait encore de soleil, des filles aux épaules dénudées déambulaient sur les trottoirs dans un concert de rires. La tension retombait. Paul détacha ses cheveux.

— Pourquoi tu as fait ça ?

— Pour te parler.

— Tu veux parler à un flic ?

— Tout dépend du flic.

Pour la première fois depuis leur rencontre, Malika esquissa un sourire. Paul fronça les sourcils.

— D'autres policiers sont déjà passés ?

— On en voit tous les jours. Mais pour Riad, tu es le premier.

Le lieutenant marquait un point. En quelques heures, il avait doublé les limiers de la criminelle et avançait en terrain vierge. Il proposa :

— On va boire un verre ?

— Si tu veux. Mais pas ici. Tout le monde me connaît.

Ils enfourchèrent la moto et prirent la direction du Vieux-Port. Pendant le trajet, le lieutenant sentit dans son dos les formes de la jeune femme. Il imagina deux seins fermes, volontaires, corsetés dans un étui de soie. Malgré lui, ses lèvres s'étirèrent vers le haut.

Sur le quai de Rive-Neuve, les terrasses débordaient. Une foule hétéroclite, animée, joyeuse. Baignées de reflets orangés, les peaux se coloraient de teintes chaudes. Regard mi-clos, chacun humait l'odeur du large en attendant la nuit.

Malika prit place dans un fauteuil de toile, face à la mer. Elle retira sa casquette et s'ébroua. Une cascade de cheveux bruns encadra l'ovale de ses traits.

— Le papillon sort du cocon, lança Paul en s'asseyant près d'elle.

La jeune femme tira sa crinière vers l'arrière pour la nouer avec un élastique. Le renflement des pommettes conférait à son visage une expression de force.

— Tu sais ce que c'est d'être une meuf et d'avoir vingt-deux ans dans une cité ?

— Je sais. Tu as l'air de bien gérer le truc.

— Tant que je m'habille en mec et que je ferme ma gueule. J'ai de la chance, ils respectent mon père. Si je fais un pas de travers, j'y aurai droit comme les autres.

Le souvenir de certaines traques rongea la moelle du flic. Des gamines déflorées à douze ans, violées par vingt lascars en rut, à peine plus âgés qu'elles. Des destins fracassés en quelques heures, par pure connerie. Parce que les mômes se maquillaient, portaient des jupes, parce qu'elles marchaient la tête haute, inconscientes, parquées par leurs bourreaux dans une prison de préjugés.

Paul réprima une nausée.

— Tu voulais me parler. Je t'écoute.

— Riad est passé chez nous samedi. Enfin... dimanche, tôt le matin.

L'aveu ne surprit pas le policier. Il avait détecté dans le regard de Kader l'infime tressaillement du mensonge.

— Pourquoi tu l'as pas dit ?

— Je ne savais pas ce que tu voulais. J'avais peur. Mon père a eu des problèmes avec la justice. J'ai compris que je pouvais te faire confiance quand tu as parlé de ce qui est arrivé à Leïla.

Elle s'arrêta net. Des larmes tracèrent sur ses joues mates des rigoles d'eau claire.

— Je ne peux pas croire qu'on lui ait fait ça. C'est dégueulasse.

Paul scruta la jeune fille.

— Tu n'étais pas au courant pour Leïla ?

— Non...

Le flic ne put retenir un mouvement d'humeur.

— Bordel, mais dans quel monde vous vivez ? C'est ta cousine. Kader aurait pu t'en parler.

— Ça ne me regarde pas. C'est une histoire d'hommes.

— Et ta mère accepte ça ?

Malika répondit d'une voix étrangement calme :

— Ma mère est morte. Je vis seule avec mon père.

Paul laissa un silence s'installer. La Beurette jouait avec une bague d'argent enroulée sur son pouce. Regard absent, elle semblait repliée sur une souffrance ancienne.

Ils commandèrent des bières. À la table voisine, deux hommes dévisageaient Malika en douce, sourires entendus sur regards brillants. L'heure avançait, l'ambiance changeait. Paul se pencha vers elle :

— Parle-moi de ce que tu sais.

— Riad nous a réveillés en pleine nuit. Il était comme un fou. Il martelait la porte. Des voisins sont sortis. Mon père s'est levé et ils se sont enfermés dans la cuisine.

— Tu as entendu ce qu'ils se disaient ?

— Quelques mots. Des pleurs. Des invectives. De ma chambre, c'était difficile. Ils chuchotaient.

— Fais un effort. Essaye de te souvenir. Il a peut-être prononcé un nom, mentionné un endroit.

— Non, je t'assure. Je ne pouvais rien entendre.

Le flic contracta les mâchoires. Malika confirmait ses doutes, mais ne lui apportait aucun élément permettant de remonter la piste.

— Tu crois qu'il est parti en Algérie ?

La question étonna la jeune femme.

— En Algérie ? Pourquoi ?

— Je ne sais pas... chercher du renfort. Vous devez avoir encore de la famille là-bas. Des amis.

Un serveur au physique de culturiste déposa deux bouteilles sur la table. Malika porta le goulot à ses lèvres.

— On n'a plus rien en Algérie. On est tous nés ici. Dans nos générations, personne ne sait à quoi ça ressemble le bled. Le terreau des Beurs, c'est ces cages de merde dans lesquelles on a parqué nos rêves.

L'expression de Malika s'était modifiée. Dure. Paul songea à une pasionaria. Ces filles du Sud aux yeux de fièvre, aux bouches de douleur. La jeune femme portait sous sa peau la conscience d'un gâchis.

— J'ai fait une licence de socio, reprit-elle. Trois ans à la fac de lettres. Trois putains d'années où l'on m'a fait croire qu'en étant sage, tout se passerait bien.

— Et maintenant ?

— J'ai un emploi-jeune au centre social de Frais-Vallon. Je joue au foot avec des petits Arabes pour leur éviter de brûler des voitures.

Frais-Vallon. Une autre cité. Les mêmes exclus, la même haine. Paul ressentait sans mal ce que pouvait vivre la jeune femme. Lorsque la famille Cabrera avait débarqué de Sicile au début du siècle, son enthousiasme s'était brisé sur des falaises semblables. Pour devenir Marseillais, il leur avait fallu trimer pendant quatre générations.

Il hocha la tête. Chacun avait sa route à faire.

— Ton père sait sûrement où est Riad. S'il est venu chez lui, c'était pour chercher de l'aide. Il faut que tu essayes de savoir.

— Il ne me dira rien. Ni à moi, ni à personne.

— Il faut essayer quand même. Je suis certain que Riad va faire une connerie. Une connerie qui ne lui rendra pas sa fille et qui l'enverra au placard pour un bon bout de temps. Si tu découvres quelque chose, voici mon numéro.

Le lieutenant posa une carte de visite sur la table. Malika l'observa un instant avant de la glisser dans sa poche. Elle planta ses yeux d'émeraude dans ceux du policier.

— Mon père n'est pour rien dans cette histoire. S'il y a un problème, promets-moi que vous lui foutrez la paix.

Paul prit la main de Malika.

— Je ne peux rien te garantir. Ce n'est pas moi qui fais les règles. En cas de coup dur, il faut toujours des responsables. Et Kader a l'air d'avoir le profil. Aide-moi. C'est la meilleure façon d'éviter le pire.

6

Paul fit d'abord un crochet chez les parents de Riad. Sans réel espoir. Les deux vieillards parlaient à peine français, la discussion fut brève. Ils n'avaient pas vu leur fils depuis quinze jours, et avaient pris connaissance du drame en lisant les journaux. Quant à Kader, ils l'avaient exclu de leur vie depuis sa première incarcération.

La disparition de Riad provoqua chez la vieille dame un accès de panique. Son mari resta silencieux, comme si son âme voguait déjà vers d'autres rives.

Le policier quitta les lieux en s'excusant. L'idée était absurde, mais il avait le sentiment qu'une part de cette douleur lui incombait.

Aux environs de 20 heures, il regagna la brigade. Vial avait mis un bureau à sa disposition, un placard en fait, où s'entassaient des piles de dossiers en attente. Affaires non résolues, suspects en fuite, la police dissimulait son impuissance au fond d'une pièce obscure.

Il traversa les locaux sans saluer personne. Le patron de la criminelle n'avait pas fait les présentations, Paul ne souhaitait pas prendre les devants. Il sentit néanmoins les regards se tendre sur son passage.

Il s'enferma dans son réduit. La pression des dernières heures battait encore ses tempes. Son esprit avait besoin de paix. Les discussions viendraient plus tard.

Il fit place nette et écrasa le dos de ses rangers contre le métal du bureau. Son investigation n'avançait pas. Riad courait toujours. Ses proches le couvraient. Quant à Françoise, l'ex-femme de son pote, Paul n'avait même pas pris la peine d'aller la voir.

Restait Malika. La jeune Beurette tremblait pour son père. Et par ce biais, elle devenait une alliée. La seule. Si elle savait se montrer efficace.

Le policier s'étira. Ses vacances prenaient des airs de galère. La journaliste rencontrée au Palais des sports avait déjà dû s'envoler pour Montréal. Geneviève. Une femme à l'esprit libre, différente de ses conquêtes habituelles. Il songea de nouveau à Meredith. Elle aussi, un avion la lui avait ravie.

Et il n'avait rien fait pour la retenir.

La porte s'ouvrit à la volée.

— Ah ! Vous êtes là.

Vial s'approcha, traits déformés par la fatigue. Paul ne bougea pas d'un pouce.

— Alors ? fit le commissaire.

— Alors quoi ?

— Vous avez du nouveau ?

Le lieutenant de la BAC quitta son siège. Ses épaules puissantes saillaient du débardeur.

— Ça se complique.

— Merde, Cabrera, expliquez-vous.

— Vous aviez raison, Kellal cherche le tueur. J'ai eu la confirmation.

— Ah !

— Mais maintenant, il n'est plus seul à le traquer.

Vial prit une chaise et s'assit. Engoncé dans son costume, il suait à grosses gouttes.

— Qui ? Pas ses parents tout de même. Ils sont à la retraite depuis dix ans.

— Abdel Kader Ali. Ce nom ne vous dit rien ?

— Il y a trois mille Ali sur l'agglomération. C'est un patronyme courant chez les Français d'origine algérienne. Bordel, Cabrera, où voulez-vous en venir ?

Paul se retourna.

— Celui-là est le frère de Kellal. Son frère aîné. Il vit dans la cité Félix-Pyat. Si vous voulez son pedigree, allumez n'importe quel ordinateur. Vous saurez tout.

Le commissaire sortit un mouchoir de sa poche et s'épongea le front. Il semblait mal à l'aise. Comme pris au dépourvu sur son propre terrain.

— Comment l'avez-vous su ? Ils ne portent pas le même nom.

— Je fais mon boulot. C'est pour ça que vous m'avez débauché.

Vial se leva en soupirant.

— Très bien. Suivez-moi.

Paul emboîta le pas au commissaire. Ils rejoignirent un vaste plateau où s'éparpillaient des bureaux en métal. La Brigade criminelle travaillait en *open space*, une idée de Vial pour permettre aux idées de mieux circuler. Les enquêteurs avaient d'abord rechigné. À la longue, tout le monde s'y était fait.

Au fond de la pièce, deux femmes pianotaient derrière des écrans fluo. Une petite brune aux yeux cerclés de plastique, et une blonde bien roulée au visage de vicieuse. Paul se remémora les paroles de Mustapha. Ce devait être celle qui avait accompagné Vial lors de leur visite chez Riad.

Le commissaire s'approcha de la blonde et présenta Paul. La femme détailla le lieutenant sans retenue, comme une chasseresse. Elle dégageait une impression de force, de volonté, de solitude aussi. Lorsqu'elle parla, sa voix trop affirmée sonna faux :

— Alors, c'est vous. Le super-flic des rues. L'homme des

cités. Le chevalier blanc qui vole au secours des pauvres fonctionnaires de la criminelle.

Paul fixait la jeune inspectrice dans le blanc des yeux.

— Et vous, mis à part l'informatique, vous donnez dans quoi au juste ?

— Plein d'autres choses très intéressantes. Je vous montrerai si vous êtes sage.

La voix du commissaire interrompit la joute.

— Envoyez-moi une recherche, Desruel. Au nom de Kader Ali. Passez par le fichier central.

Tout en souriant, le lieutenant Sophie Desruel décrocha ses iris pâles de ceux de Paul. Ses ongles mauves claquèrent sur le clavier.

Une liste apparut. Une quarantaine d'Ali ayant frotté leur vie aux écailles de la machine judiciaire. Un seul Kader. Elle cliqua deux fois. La fiche envahit l'écran. En haut, en lettres rouges, le sigle de l'OCRB. Contre toute attente, l'homme était fiché au grand banditisme.

Cabrera se pencha vers l'avant, à portée de souffle de Desruel. Une fragrance de citron lui monta à la tête. Son cœur fit une embardée. Depuis Meredith, il n'avait plus respiré cette odeur.

Le policier reconnut Kader sans difficulté. Le visage immortalisé sur la pellicule ressemblait trait pour trait à l'original. L'adresse, en revanche, ne correspondait plus.

Il parcourut le CV. Vibrant tels des faits d'armes, la litanie des condamnations. Trafic de stupéfiants, braquages, homicides, association de malfaiteurs, l'homme avait passé la moitié de son existence derrière les barreaux. Dans le jargon, un gros poisson. Paul s'imagina le destin du voyou. Un paria déménageant de planque en planque, des flics sur le dos en permanence, toujours en avance d'un mauvais coup.

Il nota que la dernière condamnation datait de 1991. Quinzc

ans de réclusion criminelle, pour vol en réunion sous la menace d'une arme. Braquage en d'autres termes. Liberté conditionnelle accordée en septembre 2002. Qu'avait-il fait depuis ?

— Jolie famille ! fit Desruel en reculant son siège. Je comprends pourquoi Kellal était si discret sur le chapitre.

Paul n'aimait pas le ton de cette pétasse. Il parla, sans la regarder.

— La famille, on ne choisit pas. On fait avec. C'est tout.

Vial intervint.

— Arrêtez vos conneries !

Il les regarda tour à tour, furieux, puis questionna d'une voix froide :

— Vous pensez qu'ils resteront en contact ?

Paul haussa les épaules.

— Possible...

— On va laisser une voiture dans le périmètre et surveiller Kader. On mettra également sa ligne sur écoute.

— Pourquoi pas ? Mais ils se méfieront maintenant.

Une petite voix s'éleva derrière eux.

— On n'y arrivera pas comme ça.

Paul fit un quart de tour. La brunette se trémoussait d'un pied sur l'autre. Le commissaire l'apostropha :

— Expliquez-vous, Coglio.

— On connaît tous Kellal. C'est un flic, comme nous. Il maîtrise nos techniques, connaît nos moyens, peut les anticiper. Son frère est un voyou. Et une grosse pointure apparemment. À eux deux, ils couvrent tout le terrain. Le chasseur et la proie, réunis dans un dessein commun.

Le Marseillais acquiesça du menton. Cette fliquette au visage d'écolière était en train d'enfoncer un clou de taille. Elle continua :

— La dernière fois qu'on a vu Kellal, c'était à la morgue. Samedi aux environs de 22 heures. Depuis, plus rien. Toutes les personnes entendues déclarent soit ne pas le connaître, soit ignorer où il se trouve. Il n'utilise pas son cellulaire et, s'il communique avec son frère, ils pourront le faire sur des appareils volés. Dans les cités, ils n'auront pas de mal à s'en procurer.

— Le constat ne nous avance pas beaucoup, maugréa Vial.

— Au contraire, ça nous permet de nous recentrer. On sait maintenant comment se déroulera la partie.

Coglio se tourna vers Paul. Ses doigts jouaient avec un élastique.

— Vous nous avez démontré une chose, lieutenant Cabrera : Kellal sait qu'il est hors course dans cette enquête. Pas de moyens logistiques, pas de capacités matérielles d'investigation. Et ses collègues qui lui filent le train. S'il bouge, tout le monde lui tombera dessus.

Méprisante, Sophie Desruel l'interrompit :

— Tu enfonces des portes ouvertes. On a toujours pensé qu'il se planquerait jusqu'à ce qu'on débusque l'enfoiré qui a assassiné sa gosse.

— C'est exactement ce qu'il fera.

— Alors on est d'accord. Retour à la case départ, personne ne le retrouvera. Le beau lieutenant Cabrera a fait un tour de piste pour épater la galerie et rentre bien sagement chez lui.

Paul ne releva pas. Il réfléchissait aux déductions de l'écolière. Riad n'était pas né de la dernière pluie. Un flic intelligent, habile, expérimenté. Il avait dû évaluer ses chances. Seul, elles étaient nulles. Son pote avait forcément pensé à autre chose.

— Continuez, s'il vous plaît, demanda-t-il à Coglio.

— Kellal essayera de tuer ce dingue. C'est une certitude. La question est : quand ? Si on suit la première hypothèse, il sortira du bois au moment où nous l'arrêterons. Si on l'arrête. Maintenant, il y a une autre possibilité.

— Laquelle ?

— Il mène sa propre enquête. De loin, et par personne interposée.

— Kader ?

— Son frère lui a déjà prouvé sa loyauté. Il a changé de nom, ce n'est pas rien. Il suivra ses directives.

Le commissaire Vial observait l'échange en se grattant le front. Des nuages gris semblaient s'accumuler sous son crâne.

— Un ancien taulard ? Qui vit dans une cité ? Quels moyens d'action aurait-il ?

Coglio ôta ses lunettes et les essuya à l'aide d'un mouchoir piqué au point de croix.

— Les mêmes que les nôtres.

L'évidence percuta Paul.

— Les indics.

— À un détail près. Les motivations sont différentes. Leurs tuyaux seront fiables à chaque coup. Ils avanceront plus vite. Et ils trouveront peut-être le tueur avant nous.

Un silence ponctua sa phrase. Sans ses indicateurs, la police ressemblait à une colonie d'aveugles. Cette fois, leurs limiers de l'ombre allaient bosser pour la gloire. Coglio était dans le vrai. Les résultats pouvaient se révéler plus concluants.

Desruel interrompit leurs réflexions la première.

— On ne sait pas grand-chose du tueur. Mais si c'est ce que je crois, il opère seul.

— Il tue, affirma Coglio. D'une façon particulièrement perverse. Il a laissé des signes. On ne les voit pas, mais ils sont là. Kellal les utilisera.

— Comment ?

— La rue. Des milliers d'yeux et d'oreilles. Des satellites branchés en permanence. Et mieux encore, le Milieu. Une structure, un réseau de pouvoir, un câble où circule l'information. C'est son atout majeur.

Les quatre policiers échangèrent des regards perplexes. Une alliance infernale prenait corps dans leurs esprits.

Le bien et le mal, réunis sous les mêmes couleurs pour atteindre un unique but.

La vengeance.

7

Philippe détestait ces heures creuses.

Des tronçons de néant passés à attendre, espérer. Karl menait la danse. Il lui indiquerait le lieu et l'heure, en temps utile. Depuis le début, ils fonctionnaient ainsi.

Il ferma sa chemise. Une soie naturelle, aussi fluide qu'un courant d'air, laissant deviner un entrelacs de muscles longs. Puis il vérifia la charge de son téléphone cellulaire.

Cinq barrettes, à bloc.

Karl lui avait demandé d'attendre un peu avant de pointer son nez. Une simple précaution. Philippe avait obéi, sans réfléchir.

Après trois jours d'isolement, il frôlait la zone rouge.

Deux crises s'étaient succédé, une spirale incontrôlable le laissant sur le carreau. Seule l'audition des cassettes l'avait calmé.

Maintenant, il ressentait un besoin urgent d'extérieur. Comme une envie pressante d'uriner.

Une dernière fois, il contempla son reflet dans le miroir. Coiffure, bronzage, regard, tout semblait en ordre.

Démarche féline, il se glissa dans la nuit.

Il enfila les rues, les avenues, dérivant sans but précis au hasard de ses pas. Son corps happait chaque sensation à la façon d'une éponge. Au bout d'une heure d'errance, il héla un taxi et lui donna la direction de la Corniche.

Sur la promenade, une foule joyeuse savourait l'air du soir. Derrière les parapets, les pelouses s'étiraient jusqu'à la plage, voilées d'une pluie artificielle. Un espace d'ombre, peuplé de silhouettes fantômes, rempli de cris. Une brise de mer charriait sur les épaules des effluves de merguez et de sel.

Philippe aimait ce foisonnement. L'été lui apparaissait comme une parenthèse, un temps suspendu pendant lequel sa vie se remettait à battre. Partout, des êtres déchiraient leurs cocons pour s'offrir à la rue. Des hommes, des femmes, une multitude en quête de sens, d'aventure, de rencontres. Pendant deux mois, le carnaval de la séduction battait son plein.

Il suivit le flot jusqu'au David. Tournant le dos à l'horizon, la reproduction de l'éphèbe sculpté par Michel-Ange trônait en plein milieu du rond-point. Il l'observa un instant, comme s'il contemplait sa propre image. Même pureté dans les lignes, même nonchalance. La perfection des formes, pétrifiée dans un bloc d'éternité.

Une vague de désespoir le submergea. Dans moins d'un siècle, qui se souviendrait encore de lui ? Les photos auraient jauni, les mémoires se seraient dissoutes. Il ne resterait rien. Ce corps splendide pour lequel il suait sang et eau, ce visage parfait qu'il soignait chaque soir. Rien. Un tas de poussière, sous des décombres d'oubli.

Un choc dans son dos le ramena à lui.

— Hé ! Fais gaffe où tu marches !

Une fille d'une vingtaine d'années se tenait dans son périmètre, poings sur les hanches. Bronzée à mort, elle arborait des nattes rastas tressées de perles turquoise.

Philippe ânonna une excuse.

— Désolé... Je n'ai pas fait attention. Je... Je regardais la statue.

Sa voix avait déraillé sur la fin, trahissant son trouble. La minette n'y prêta pas attention. Elle jaugeait l'apparition plantée sur son chemin. Plus âgé qu'elle, mais d'une beauté à couper le souffle. Elle changea de ton.

— C'est bon... Y a pas mort d'homme. Tu n'es pas marseillais, on dirait ?

— Ah... Qu'est-ce qui vous fait dire ça ?

— Personne ne s'arrête pour mater les statues, ici.

Elle dressa son regard vers l'Adonis et prit un air malicieux.

— Surtout les tantes...

Philippe réprima une bouffée de rage. David... Une tante... Cette petite connasse venait de réduire l'essence de l'art à une image vulgaire. Il lui aurait bien collé une baffe, là, tout de suite, juste pour lui apprendre à vivre.

Mais Karl devait le joindre sur son portable. Ce n'était pas le moment de faire du grabuge. Il fallait rester concentré sur l'appel. Et uniquement sur ça.

— J'habite Paris. Je suis en vacances.

La fille minauda un peu. Elle s'étira, dévoilant un nombril orné d'un minuscule piercing.

— J'en étais sûre. T'as pas le *look* d'un supporter de l'OM. T'es mannequin, c'est ça ? J'ai l'impression de t'avoir déjà vu quelque part.

— Non...

— À la télé, alors. Tu présentes une émission.

Philippe se ferma. La conversation prenait un tour désagréable, trop personnel. La jeune fille dut sentir le malaise. Elle fit machine arrière.

— Laisse tomber... Je n'ai rien à faire ce soir. Si tu veux, je te montre un peu le coin.

Une lueur étrange ondoya dans les iris de Philippe. En une fraction de seconde, il avait reniflé l'appel intime. Cette pute le désirait. Un désir sauvage, physique. Une pulsion qu'il avait appris à repérer depuis longtemps, pour laquelle il vivait.

Il ne répondit pas tout de suite. Il souriait, comme s'il réfléchissait à la proposition. Au creux de son ventre, des forces brutes s'affrontaient, contradictoires dans leur essence.

Sans s'en apercevoir, il recula un peu. La fille haussa les sourcils, surprise.

— Ne t'inquiète pas. Je ne vais pas te manger.

Le jeune homme eut une hésitation. Il balbutia :

— Ce... Ce n'est pas ça... J'ai rendez-vous avec un ami.

Elle esquissa un sourire.

— Je vois...

— Une autre fois, peut-être.

— Ouais... Quand t'auras viré ta cuti.

Elle ouvrit les bras en signe d'impuissance et tourna les talons. Le flot l'avala, escarbille de rancœur dans l'océan de chair.

Philippe se détendit. Il avait capté la frustration. Un plaisir instantané. Rapide, puissant.

Il poursuivit sa route vers l'Escale Borely. Restaurants, bars, boîtes de nuit, en cette saison, le complexe construit à même la plage débordait de chasseurs et de proies.

De temps à autre, sa main extirpait le portable. L'écran l'observait d'un œil mort.

Karl lui avait promis un nouvel enregistrement avant la fin de la semaine. Cloîtré dans son réduit, Philippe avait écouté le dernier pendant des heures. En boucle. Jusqu'à en perdre pied. Les pleurs, les cris, les suppliques, il connaissait par cœur cette souffrance.

Son corps en réclamait une autre.

Mardi. Encore trois jours, et le délai expirait. Pour préparer le terrain, ce serait à peine suffisant.

Il serra les dents en débouchant sur la place. Terrasses pleines à craquer, pas un centimètre carré d'espace. Des jeunes, partout, assis sur des scooters, déboulant en rollers. Il marcha vers la mer. Sur son passage, les regards se tournaient.

Il n'y pensait plus.

Une unique chose obsédait son esprit.

La musique qu'il entendrait bientôt.

III

1

La douleur.

Comme une brûlure de glace. Partout. Constante. Aucune échappatoire.

Kellal porta le goulot de la bouteille à ses lèvres. La religion, les interdits, les soumissions, tous les préceptes auxquels il adhérait n'avaient plus cours. Dépassés.

Qui pourrait lui rendre Leïla ? Qui avait permis qu'on l'assassine ? Qui avait enfanté un monstre capable de torturer une enfant ?

Le whisky lui arracha la gorge. Il cracha une salive brune, acide. Depuis la morgue, il n'avait rien pu avaler. Seulement sa souffrance, s'enroulant sur elle-même tel un serpent sans vie.

Son frère l'avait écouté. Sans prononcer un mot. Puis, au creux d'un silence partagé, il avait pris sa main pour y glisser une balle. Leurs regards s'étaient croisés. Le sien, brouillé de larmes. Celui de Kader, creusé de haine.

En une fraction de seconde, tout était devenu limpide. Une existence de doutes, d'efforts, pour accepter des règles qui n'étaient pas les siennes.

Balayée.

Kellal avait toujours été sage. Enfant modèle, élève doué, on le citait en exemple à chaque occasion. Une sorte d'étendard, hissé lors des remises de prix pour convaincre les élites que leur système fonctionnait. Et il y avait cru. Jusqu'à embrasser la police, se visser une carte tricolore sur le torse et se prendre pour un flic.

Un flic comme les autres.

Bien sûr, certains détails éraflaient parfois sa carapace de certitude. Une remarque, l'incrédulité d'un regard, un sourire sur son passage. Mais le Beur refusait de voir, de ressentir. Sa frustration, il la laissait pourrir, enfermée à double tour dans des cages d'orgueil.

Il avançait.

Devant, bien au-delà de cette voûte artificielle, il y avait Leïla. Elle justifiait sa route, ses renoncements, les efforts quotidiens passés à s'oublier.

Les mensonges venaient de voler en éclats. Une ombre lui avait ravi son futur. Le présent hurlait maintenant des paroles de vengeance.

Il observa la balle. Un cylindre métallique, pas plus gros qu'un suppositoire. Une vérité simple, ancestrale, humaine.

Kader ne mentait pas. Arabe, Beur, Maghrébin, ces mots définissaient pour lui une réalité de rejet, d'exclusion. Il se sentait en marge, toléré, prisonnier d'une vie écrite par d'autres. Ou pour d'autres. Au fond, il n'avait jamais vraiment su.

L'enfant avait poussé sur ce terreau d'aigreur, mal dans sa peau, agressif, comme un chiendent de revanche. Rien ne l'apaisait. Parents, éducateurs, conseillers en tout genre, personne n'avait pu l'infléchir. Violent, hostile, colérique, il semblait jailli d'un hoquet de haine.

Puis la justice était passée. Comme une libération, une catharsis. La confirmation explicite de ses actes, de son parcours. La taule avait ouvert un monde nouveau. Avec ses lois, ses hiérarchies, son code d'honneur.

La réponse s'était imposée. Il serait un caïd. Craint, respecté, écouté. Au fond d'une cellule exiguë, le voyou avait trouvé sa vérité.

Kellal s'allongea sur le sommier. À ses côtés, le sac de sport où il avait jeté pêle-mêle quelques affaires. Ouvert. Une crosse en dépassait. Noire, luisante, tel un morceau d'ardoise.

Kader s'occupait de tout.

Il lui avait déjà trouvé une arme. Un fusil à lunette MG47, avec visée infrarouge et trois balles dans la chambre. Du matériel sophistiqué pour tir de précision. Depuis six mois, il était utilisé par les brigades de gendarmerie affectées à la protection des chefs d'État.

Kellal n'avait plus qu'à attendre. Et à réfléchir. Les informations remonteraient à leur rythme. Il avait tout son temps pour les organiser, les recouper.

Jusqu'à ce qu'il trouve.

Ou que les autres le fassent à sa place.

Dans les deux cas, il serait là.

Il croisa les bras sous l'oreiller, ferma les yeux. La planque n'avait rien d'un palace, mais elle était silencieuse. Et personne n'en connaissait l'existence. Il songea à Cabrera. Vial l'avait lancé à sa poursuite. À moins que ce ne soit déjà l'IGPN. Qu'espéraient-ils ? Qu'il le trouve ? Qu'il lui fasse la leçon ?

Paul était son ami. Un être de silence, comme lui. Le Marseillais était fait d'émotions contradictoires, de sentiments pudiques. Vrai. Au-delà des mots. Que se passerait-il si le destin les mettait face à face ?

Il cadenassa cette pensée. Pour l'heure, seul comptait le réel. Chaque minute gagnée sur la souffrance se transmuait en flot d'énergie pure.

Bientôt, la douleur serait son alliée.

Bientôt, il serait prêt.

2

La rue s'oubliait dans une étreinte solitaire.

Quelques rares voitures filaient vers les voies rapides, phares éblouissants, moteurs en surrégime. Sur les trottoirs, personne, comme pour mieux souligner l'embrasement des heures pleines.

Sept jours sur sept, les entrepôts de la Joliette tournaient à plein rendement. Camions, élévateurs, conteneurs, palettes, la ruche poussiéreuse débordait d'énergie. Partout, tels des forçats sans âme, une noria de manutentionnaires jouait du muscle pour sustenter la ville.

Kader scruta les alentours. En cette heure incertaine, les ombres prenaient possession des hangars. Les blocs démesurés s'alignaient avec une rectitude militaire, agglomérat de matières brutes aux formes strictes, épurées. Verre, béton, acier. Un univers froid, tranchant.

Le truand longea les passerelles. Une toile en quinconce, branlante, araignée immobile cramponnée au bitume. À mi-parcours, il prit à droite. Une ruelle à peine éclairée, tout juste goudronnée. Il parcourut une cinquantaine de mètres, entre deux haies de briques, et s'enfonça dans une poche de noirceur.

Il frappa, trois fois. Une trappe s'ouvrit dans la porte, à hauteur de gorge. Des vibrations s'en échappèrent, lointaines, comme des tambours de guerre. Une face vérolée s'encadra dans le carré de lumière.

— C'est un club privé. Vous avez la carte ?

— Je viens voir Saïd.

Les petits iris noirs ne cillèrent pas. Un claquement. La trappe se referma. Le truand attendit. Très vite, la plaque de métal bleuté roula sur ses gonds, émettant un couinement âpre. De nouveau les sons. Des battements de cœur, rapides, sourds, bouleversant les tripes en profondeur.

Le visage vérolé lui fit un signe de tête. Une marche, Kader pénétra dans le sas. Aussitôt, la fumée le prit à la gorge. Il cligna des paupières, jeta un bref regard circulaire. Rideaux lourds, lumières au néon, l'antichambre du *Tunnel* donnait l'impression d'un espace vide, hors du temps.

Tee-shirts moulants et poitrines agressives, deux roulures discutaient derrière un comptoir en fer-blanc. À son extrémité, comme soudée au mur, une caisse enregistreuse affichait des chiffres en digital.

Un homme écarta le rideau. Petit, musclé, boule à zéro, il arborait une magnifique chemise rouge dont les pans flottaient sur son jean. Complétant l'attirail, une paire de baskets montantes lançait des reflets fluorescents. Un second couteau, songea Kader. Jeune, sûr de lui, arrogant.

Le type se planta devant lui, bras croisés. Il s'exprima avec une pointe d'accent arabe.

— Tu viens voir Saïd ?

— Oui.

— Qui t'es ?

— Kader Ali.

— Connais pas.

Le frère de Riad sentit un picotement agacer sa nuque. Il fixa le mariole d'un air méchant.

— T'as pas besoin de me connaître. Va juste dire à ton maître que je veux le voir. Et bouge ton cul avant que je perde patience.

L'homme eut un mouvement de recul. Les deux pétasses tournèrent la tête. Déjà, face vérolée s'approchait.

Kader fit un pas de côté. Un éclair brilla dans sa main. Dans le sas, les attitudes se figèrent.

— On se calme, commanda le nervi en fixant le chrome du canon.

— J'ai rien à te dire, ducon. Préviens Saïd. C'est tout c'que j'te demande.

Le type hésita. Deux inspirations, une poignée de secondes. Puis il décrocha un combiné mural, et marmonna quelques mots en arabe. Planté en travers de la porte, le videur attendait, tendu comme un ressort. Les ouvreuses s'étaient rapprochées l'une de l'autre. Dans le sas, la tension atteignait son paroxysme.

Après deux hochements de menton, le jeune raccrocha. Il semblait embarrassé.

— Désolé, monsieur Ali. Faut pas m'en vouloir. Je fais mon boulot, vous comprenez...

— Laisse tomber. Conduis-moi.

— Tout de suite.

Il proposa sa main.

— Tarek.

Le truand enfourna son 45 dans la ceinture. D'une paume distraite, il tapota la joue du type. Ce merdeux ne méritait pas plus.

Ils soulevèrent les rideaux et s'immergèrent dans la boîte. Aussitôt les sons s'amplifièrent. Des rythmes technos, poussés au maximum dans un espace confiné. Kader eut l'impression de pénétrer dans un ventre, une matrice chaude, humide, lui renvoyant en démultiplié l'écho de ses propres pulsations.

Il plissa les yeux. Images éclatées, contours trop vifs. Un stroboscope hachait la nuit de lames pâles. Sur la piste, en contrebas, des corps désarticulés ondulaient en cadence. Une forêt de bras nus, tendus vers le plafond telles des baguettes de chair.

Une angoisse diffuse serra sa gorge. L'espace confiné, la promiscuité, les cris. Des souvenirs de taule. Il se concentra sur le crâne de son guide.

La traversée lui parut longue. Des ombres le frôlaient, irréelles, imprécises. Dans cette proximité, il pouvait sentir leur chaleur, l'odeur de leurs sucs. Un magma moite, musqué, synthèse de sueur et d'alcool.

Ils passèrent une arcade. Le bruit diminua. La foule aussi. Ils traversaient une salle sombre, voûtée, où s'entassaient des chaises, des tables, un bric-à-brac amoncelé par strates. Au bout, un escalier. Les marches s'enfonçaient dans le sol, raides, étroites, à peine assurées par une rampe en plastique.

Tarek s'arrêta, silhouette de papier découpée dans la pénombre comme un calque.

— Je m'excuse, monsieur Ali. Je dois vous prendre votre arme.

Kader s'exécuta. Le nervi coinça le calibre sous sa chemise. Il demanda à reculons :

— Bon... Maintenant je dois vérifier que vous n'avez rien d'autre.

Le truand connaissait la chanson. Il écarta les bras en soupirant. La fouille fut brève. Une procédure bien huilée, efficace. Hormis le magnum, qu'il avait pris pour l'occasion, le Beur gardait toujours un rasoir dans la poche arrière de son pantalon. Un coupe-chou à l'ancienne, deux branches équilibrées, l'une en bois, l'autre en métal. Tarek l'en délesta.

— C'est bon, monsieur Ali. Vous pouvez y aller. Tout droit, au fond du couloir. Quelqu'un vous récupérera.

Sans un regard pour l'autre, Kader descendit. En bas, un corridor prolongeait l'escalier. Sale, humide, mal éclairé par une unique ampoule. Fichée à même les fils, sa tête nue dévoilait une construction ancienne, bien antérieure aux étages supérieurs. Il avança. La peinture s'effritait, révélant par endroits des plaques lépreuses. Des gaines longeaient les murs, enlacées en faisceaux telles des lianes de plastique.

Pour la première fois, au cœur de cette marche silencieuse, le truand songea à la raison de sa virée nocturne. Depuis combien de temps n'avait-il pas revu Saïd ? Huit ans ? Neuf peut-être ? La carne était venue lui rendre visite une fois ou deux au parloir. Après, plus rien.

Dans le souvenir de Kader, Saïd Abdou affichait un physique de cimeterre. Long, courbé, ses articulations pointaient sous la peau telles des épines de métal. Chacune de ses phalanges avait la consistance d'un osselet. Lorsqu'il cognait, elles déchiraient les chairs à la façon d'un fil de fer barbelé.

Ses traits allaient avec le reste. Taillés à la serpe. Des joues creusées, anormalement, un nez de faucon, pas de lèvres. Et deux lentilles minuscules embusquées au fond des orbites, inexpressives, en permanence à l'affût.

La Lame.

Pour ceux qui le croisaient, ces évidences suffisaient. La partie émergée de l'iceberg. Les autres, amis ou ennemis, flics ou voyous, connaissaient la signification profonde de cette analogie. Plus qu'un surnom de mitard, ce qualificatif griffait une carrière, un état d'esprit.

Abdou façonnait son univers au cutter.

Débarqué d'Algérie après l'indépendance, le jeune paysan gardait en mémoire les massacres organisés par les bouchers du FLN. Un soir de juin, le Front avait décimé sa famille. Terré dans une soupente, celui qu'on appellerait la Lame avait vu éventrer sa mère, enceinte de six mois, et sectionner le fœtus de son frère au hachoir, comme un lapin.

De leurs méthodes, le harki avait retenu deux enseignements.

Le premier : mourir n'était rien. Seule comptait l'idée qu'on s'en faisait. Mutilations, tortures, visages arrachés et cousus sur des tentes, les rebelles n'avaient qu'un objectif : lacérer les consciences pour faire fleurir la peur.

Et conserver leur territoire.

Le second : sur l'échelle des angoisses viscérales, la mort par arme blanche caracolait en tête.

Traqué dans son pays, vendu par la France, le fugitif s'était réfugié à Marseille sous une identité d'emprunt. La haine avait grandi. Sans états d'âme, avec ses dogmes pour seul passeport, Abdou avait réussi en quelques mois l'exploit de s'imposer sur le pavé marseillais. Le Milieu historique, corse, italien, s'était fait prendre de vitesse. La Lame était partout. On ne le trouvait nulle part. Ses méthodes glaçaient les plus endurcis, sa folie forçait le respect. Plus encore, son potentiel de troupes semblait illimité. Rapatriées par vagues, parquées dans des ghettos de rancœur, ses légions croissaient sans cesse.

Aujourd'hui, son empire couvrait tous les secteurs : drogue, bien sûr, racket, prostitution : les grands classiques. Mais avec l'âge, ses ambitions avaient pris de l'envergure. Il fricotait avec certains élus, se pavanait dans des réceptions officielles, dirigeait des affaires ayant pignon sur rue. À soixante-treize hivers, Saïd Abdou pouvait se sentir satisfait.

Il se taillait dans le Milieu la part du lion.

— Stop !

Une main énorme venait de se poser sur la poitrine de Kader. Dans son prolongement, un bras, tout aussi énorme. Au bout, une masse de muscles en bermuda long et chemise hawaïenne.

Nouvelle fouille.

— Attends.

Fixant toujours Kader, la masse cogna du poing contre la porte. Une voix ferme traversa la cloison, comme venue d'outre-tombe.

— C'est bon. Fais-le entrer.

3

Double porte, matelassée. En deux mouvements de jambes, Kader venait de changer d'univers.

— *Salam aleikoum*, Saïd !

— *Aleikoum salam*, mon ami !

La Lame se tenait derrière un bureau de bois sombre sur lequel s'alignaient trois ordinateurs branchés en réseau. Il portait une djellaba bleu ciel, ouverte sur des tresses d'or aussi rutilantes que des serpents aztèques.

La pièce lui ressemblait. Toute en longueur, froide, dépouillée, fonctionnelle. Sol, mur, plafond, elle semblait faite d'un seul tenant, moulée dans un même bloc de marbre noir. Impossible d'y accrocher un tableau. Seule touche de chaleur, des tapis aux motifs compliqués ouvraient par endroits des abîmes de pourpre.

Fondu dans le cadre, un Noir en costume sombre manipulait un poignard de plongée. Le métal cranté sur une arête décochait des flèches bleutées.

Abdou quitta son siège avec souplesse. Il trottina vers Kader, bras ouverts, face enjôleuse.

— Alors ? Tu te fais rare depuis quelque temps.

— J'essaye de garder le cap.

La Lame éclata d'un rire franc. Il referma son étreinte sur les épaules du Beur. Les deux hommes s'embrassèrent.

— Le cap ? Arrête tes conneries. Tu ne vas pas me faire croire que tu travailles.

— Comme ci, comme ça.

— Tu es sorti quand ?

— L'année dernière. Neuf mois, treize jours, exactement.

— Bordel... Déjà neuf mois... Pourquoi tu t'es pas pointé avant ?

— J'ai les flics sur le paletot en permanence. Ces enfoirés ne me lâchent pas d'un pouce.

— Il faut dire qu'avec ton palmarès...

Le harki avait laissé traîner sa phrase. Kader eut du mal à en apprécier la portée. Marque de respect ? Signe de défiance ? Dix ans plus tôt, le braquage du Crédit Lyonnais à Nice avait marqué la fin de leur parcours commun. Neuf années de placard pour l'un, quarante-huit heures de garde à vue pour l'autre. Le Beur avait fermé sa gueule.

Aujourd'hui, ils étaient en compte. Et chacun d'eux le savait.

Kader n'embraya pas tout de suite. Il avait tout son temps.

— Les années glissent sur toi comme de l'eau claire, mon frère.

La Lame haussa les sourcils, indécis. Ses petites billes de suie scrutèrent l'ancien braqueur, à la recherche d'un indice. Un silence se déploya. Finalement, il désigna un siège.

— Assieds-toi, mon ami. Tu apprécies toujours la tequila ?

— Donne-moi plutôt un thé.

— Plus d'alcool ?

— J'en ai fini avec ça.

Abdou ne cilla pas. D'un claquement de doigts, il interpella son gorille. L'homme fit coulisser un panneau serti dans la veine même du marbre. Un bar apparut, rutilant de cristal. Il s'affaira pendant que la Lame rejoignait son fauteuil.

— Bon. Si on parlait sérieusement maintenant. Qu'est-ce que je peux faire pour toi ?

Kader laissa s'évaporer quelques secondes. Il détailla les lieux, frappa son talon contre le sol. Le bout ferré claqua comme une langue.

— On dirait que les affaires marchent.

— J'ai pas à me plaindre.

— Je ne te comprendrai jamais. Avec tout ton pognon, tes relations, tu continues à te planquer dans ce trou à rat.

Un doigt, aussi noueux qu'une trique, sortit de la djellaba.

— À chaque secteur ses plaisirs. Ici, c'est le noyau dur. Pour le reste, j'ai des bureaux en ville, un chauffeur, et des costumes sur mesure. Dis-moi... Tu n'es quand même pas venu en pleine nuit me parler de mes locaux ?

— Pas vraiment.

Une ride se forma entre les sourcils du mafieux, profonde, sinueuse, comme martelée au burin.

— Tu veux ton blé ? C'est ça ?

— Avec les intérêts et le préjudice. Neuf années de taule, ça va chercher dans les combien ?

La ride se creusa encore, jusqu'à engloutir les yeux du parrain dans un canyon de cuir. Kader ne devinait plus que deux aiguilles de charbon sous lesquelles couvaient des braises.

— Tu tombes mal. J'ai tout placé en Bourse. (Il désigna les ordinateurs d'un sourire satisfait.) Les marchés, mon frère. L'arnaque de l'avenir.

— Et la came ?

Le vieux fit mine de réfléchir.

— Je peux te faire entrer dans le système... Mais il faudra être patient. Les Russes et les Ouzbeks nous mordent les mollets. Ils cassent les prix, ces macaques. On a du mal à s'aligner.

Le Beur esquissa un sourire las. Il connaissait l'énergumène. Menteur, voleur, pour son pognon, il aurait fait n'importe quoi. Kader profita de l'avantage.

— Tu raques toujours les flics ?

— Toujours.

— Les juges ?

— Certains.

— Alors, on va s'entendre.

La Lame creusa ses joues. Avec l'âge, cette mimique lui donnait des airs de cadavre. La mort en marche...

— Sois plus clair.

— La gamine qu'on a retrouvée dans les calanques, t'en as entendu parler ?

— Comme tout le monde. Je lis les journaux.

Le voyou attrapa le siège. Il le retourna et s'assit à califourchon, ses avant-bras sur le dossier.

— Je la connaissais.

Les sourcils de la Lame se transformèrent en faucilles.

— La fille d'un poulet ?

— Qu'est-ce que ça change ?

— Faut voir...

Comme beaucoup de monde, Saïd ignorait qu'un même sang unissait les deux frères. Depuis que Riad avait intégré la police, le truand s'était conformé point par point à chacune de ses instructions. Jusqu'à changer de patronyme.

Il laissa le mafieux dans le flou.

— La gosse était une protégée de Malika. Je lui ai promis que je m'en occuperai.

Abdou se détendit d'un coup. L'affaire redevenait saine et on oubliait le chapitre comptable. Il se pencha vers l'avant, mimant avec perfection l'intérêt.

— Malika... Ça lui fait quel âge maintenant ?

— Vingt-deux.

— Une jeune fille... Et que lui as-tu promis ?

— De trouver le dingue qui a dépiauté sa copine.

— Rien que ça...

— Comme tu dis... Et j'ai besoin de ta science si je veux respecter ma parole.

Silence. Les anciens complices s'observaient.

Le gorille s'intercala, un plateau en argent dans les mains. Dessus, un service ciselé, porcelaine et or, des gâteaux gorgés d'huile dans une coupelle de cristal. Il fit couler le thé à la façon traditionnelle, la théière en hauteur, à quarante centimètres des tasses. Une fragrance de menthe s'échappa du breuvage, comme une promesse de fraîcheur.

— Comment veux-tu que je fasse ? finit par s'étonner Abdou. C'est le boulot des poulets ça.

— Justement. T'auras qu'à te baisser pour ramasser. Je veux être informé de tout ce qu'ils découvriront. Heure par heure.

Le harki porta la tasse à ses lèvres. Geste lent, anachronique, comme un cérémonial. Il ressemblait à une momie expulsée de son sarcophage.

— Tu veux que je pirate la criminelle ?

— Contente-toi de son patron. Le commissaire principal Roger Vial. Le dossier est à l'instruction chez la juge Galeotti.

Son sec de la porcelaine sur la coupelle. Chaque cellule du vieillard semblait s'activer d'une vie propre. Pour. Contre. Intérêts. Risques.

Décision.

— Je ne les connais ni l'un ni l'autre.

Le Beur s'attendait à cette dérobade.

— Réfléchis bien, mon ami. Je suis venu en frère. Je sollicite ton aide. Ne me laisse pas partir l'esprit en guerre.

Sous les paupières d'Abdou, les flammèches s'allumèrent.

— En guerre ? Tes mots dépassent ta pensée, Kader. Prie pour que je les oublie vite.

— Je vais prier pour toi si tu joues au con. Et crois-moi, tu en auras besoin.

La Lame se figea. L'assurance du braqueur avait quelque

chose d'irréel. Seul, sans artillerie, à l'intérieur même de cette place fortifiée, il menaçait l'un des parrains les plus craints de la faune marseillaise.

Le vieux truand joignit ses paumes l'une contre l'autre, à hauteur de moustache. Visage de carbone, lisse, impénétrable. Derrière le masque, son âme fouillait Kader à la façon d'un scanner.

Ombre dans l'ombre, le Moricaud ne bougeait plus. Il fixait son poignard. Une parenthèse de givre enserrait chaque seconde. Le Beur étala son jeu.

— Je suis venu te proposer un deal. Tu me connectes, je continue à faire le mort. En prime, tu gardes mes stock-options.

— Sinon ?

— Tu es dans la merde. Je te balance aux bouledogues de l'antigang et tu plonges pour un paquet d'années. À ton âge...

Les cordes vocales d'Abdou grincèrent une question :

— Nice ?

— Pour se mettre en bouche.

— T'as que dalle sur cette affaire. Personne n'a jamais eu que dalle. Et puis... y a prescription. Dossier bouclé.

— Tu rêves. La flicaille se fera un plaisir d'écouter les confessions d'un repenti. Dans ta position, ça risque de faire désordre.

Abdou vira au rouge.

— Tu sais ce que je leur fais aux fiottes dans ton genre ?

— Change pas de sujet, Saïd. Fais jouer tes méninges pour une fois. Tu crois que je suis assez fou pour venir te provoquer chez toi sans répondant ?

— J'en ai rien à battre. Je vais te crever.

La carne se levait déjà. Il brandissait une dague au manche de nacre. Une veine palpitait sur son cou décharné, énorme, noire, semblable à une rigole de tourbe. Un peu en retrait, le garde du corps se redressa.

Kader hurla :

— Regarde-moi d'abord, putain de bourrique. Je ne bois plus d'alcool. Je porte la barbe. Tu ne comprends pas ?

Abdou se pétrifia.

Kader hurlait toujours :

— Qu'est-ce que tu crois ? Que je t'ai attendu ? Je me suis fait de nouveaux potes aux Beaumettes. Des types qui ne pensent pas comme toi. Des purs.

— Ne me dis pas que...

— Allah est mon guide. Si tu me butes, mes frères décréteront une *fatwa*. Tu sais ce que ça veut dire ou ton fric t'a trop ramolli le bulbe ?

— Tu bluffes.

— Tu prends le pari ?

— Le recteur de la mosquée est un ami. Personne n'osera...

Kader eut un sourire mauvais.

— Tu vieillis, Saïd. T'es plus dans le coup. Le mec qui t'arrachera les yeux n'aura pas plus de douze ans. Il te chopera au moment où tu t'y attendras le moins. Et s'il le faut, il se fera sauter la tronche avec toi.

Le harki déglutit. Il demanda d'une voix blanche :

— Qui... Qui es-tu devenu ?

— Peu importe. Rends-moi ce service. Après, tu as ma parole, je disparais.

4

Riad passa une main sur ses joues.

Cinq jours. Une toison poivre et sel galopait sur sa peau, lisse, lustrée comme une armure de soie. Il scruta sa nouvelle apparence. Plus dure, plus âgée, une expression hiératique transfigurait ses traits. Avec la barbe, la ressemblance conjurait la réalité, la défiait.

Il contemplait Kader.

L'idée venait de lui. Un moyen simple pour émousser la vigilance policière. Gagner du temps. À cette heure, la cité Félix-Pyat devait ressembler à un aquarium. Table d'écoute, voitures banalisées, civils planqués autour du périmètre, Vial avait dû déployer l'artillerie lourde. En fin de carrière, le commissaire ne souhaitait pas voir un de ses gars appliquer la loi du talion.

Riad esquissa un sourire.

Deux frères.

Un seul visage.

Cabrera avait débusqué Kader, flairé la piste. Logique instinctive, connaissance du terrain, savoir-faire, ces qualités l'avaient conduit très vite dans la cité-poubelle. Vial avait vu juste en le collant à ses basques. Le Beur s'était réfugié sur un territoire sans loi, aux frontières mouvantes, aux codes tacites. Cabrera surfait sur ces océans de boue avec l'adresse d'un funambule. Qui d'autre aurait-on pu choisir ?

La glace l'aspira de nouveau.

Deux frères. Un seul visage.

Et depuis peu, un même destin.

Le flic de la BAC cherchait un autre flic. Un lieutenant de police en cavale, rasé de près, prévisible. Pour le trouver, il ne tenait qu'un mince cordon. Kader Ali. Un ancien braqueur dont le passé empestait la cordite. Cabrera le traquerait, utiliserait ses indics pour connaître ses moindres mouvements, les anticiper. Et, à un moment ou à un autre, mettre la main sur Riad.

Là était son erreur.

L'appât et la proie allaient se confondre. Ils opéreraient chacun en pleine lumière. Sous l'apparence de son frère, Riad mènerait son investigation. Les flics le suivraient, peut-être, mais ne l'intercepteraient pas.

Ils cherchaient autre chose.

Le Beur rabattit la capuche du survêtement et dévala les marches de fer. La rue l'accueillit, vibrante, chaude, saturée d'odeurs pesantes. Dans l'interstice des toits, un soleil docile tentait de se frayer un passage.

Il resta quelques secondes sous le porche, immobile, guettant les signes d'une éventuelle présence policière. Rien. Les livreurs occupaient le terrain. Certains déambulaient entre les voitures, bras encombrés de cartons énormes, visages absents. D'autres poussaient des présentoirs chargés de cuir, de daim, suspendus au coude à coude telles des dépouilles vibrantes. Un concert de klaxons accompagnait leurs pérégrinations, ponctué de jurons, de frustrations acerbes.

Riad connaissait le rituel.

La rue du Tapis-Vert entamait sa journée.

Il longea des façades de verre derrière lesquelles se devinaient des espaces vides, bruts, où s'entassaient à même le sol des montagnes d'étoffes. Des ombres affairées rôdaient autour, stylo en main, regards tendus. Sur les devantures, deux mots, comme un leitmotiv, un sésame : Gros/Demi-gros.

Rien d'autre.

Le Beur fila vers la Canebière, adaptant son rythme à celui de la foule. Trottoirs étroits, espace amputé, il se faisait l'impression d'être une particule de poussière aspirée par un siphon monstrueux. De temps à autre, ses épaules se tournaient. Un mouvement lent, anodin, impossible à repérer. Sous la capuche, les yeux du flic scrutaient l'environnement, le disséquaient.

À la hauteur du Centre Bourse, il plongea dans les entrailles du métro.

Contraste.

Peu de monde, de larges couloirs, un éclairage cru, agressif. Encastrés dans le plafond, d'énormes ventilateurs pulsaient par à-coups un blizzard artificiel.

Riad gagna les quais. Ligne 2. La ligne du stade Vélodrome. Directe jusqu'au rond-point du Prado. Au-delà, les quartiers sud. Bourgeois. Sûrs. Ceux où habitait désormais Françoise. Où elle avait enlevé leur fille pour lui assurer un avenir.

Qu'avait-elle fait pour éviter le pire ?

Il se laissa choir sur un siège, respira. Des lucioles électriques dansaient sous ses paupières. Trois jours qu'il n'avait pas fermé l'œil. Ou si peu. Chaque fois qu'il essayait, la sarabande infernale se mettait en branle. Des images incohérentes, hachées, insupportables. Des bruits aussi. Secs, sourds, comme des claquements de porte. Des cliquetis d'acier.

La rame déboula en hurlant. Riad sursauta. Électrisé, il s'engouffra à l'intérieur.

5

Le pavillon baignait dans le silence.

Ses façades insipides absorbaient la lumière, réfractant un reflet terne, gris, comme passé à la chaux. On sentait dans son maintien trop lourd, l'arrogance étriquée des anciens pauvres.

Riad passa devant la grille une première fois, sans s'arrêter. Visage dissimulé par la capuche, il scrutait chaque voiture stationnée à proximité.

Vides.

Vial n'avait pas posté ses limiers dans le périmètre.

Cette constatation le rassura. Après avoir entendu la famille Merrant, ses collègues de la Crime étaient passés à autre chose. L'idée que Kellal puisse se risquer au cœur de l'enquête ne les avait peut-être même pas effleurés. Ses prévisions se révélaient justes.

Tout en marchant, il fit jaillir son cellulaire. Une femme décrocha, agitée. Plus loin, comme une rumeur rassurante, le ronronnement d'un téléviseur. Il coupa la communication aussitôt.

Elle était là. Sans doute avec le môme.

Le flic revint sur ses pas. Bref mouvement de tête, il enjamba le portail. Son cœur battait la chamade, un mélange d'excitation et de crainte. L'impression d'avancer sur un fil, en équilibre au-dessus d'un précipice.

Le jardinet lui sembla encore plus minable que la première fois. Des fleurs à quatre sous, alignées avec la rectitude triste d'un parterre de square. Au fond, un portique en plastique rouge sur lequel somnolait une balançoire de gosse. Des meubles de jardin en PVC achevaient de se décomposer sur la terrasse. On devinait des cendres calcinées au fond d'un barbecue en pierre.

Le flic se remémora les rêves de Françoise. Des clichés de bonheur fade dans un décor de jeu télévisé. En le quittant, elle l'avait au moins sauvé de ce naufrage.

Il s'immobilisa devant l'entrée. Sa main frôla le bois, puis recula.

Sa première entrevue avec Karine Merrant avait ciselé sa méfiance. La femme avait menti. Elle avait forcé son gamin à mentir.

Et à l'époque, il était flic.

Pour obtenir des aveux, il ne restait que la manière forte.

Il contourna le bloc. Sur le côté, il trouva ce qu'il cherchait. Un carré de fenêtre, entrebâillée, dont l'ouverture donnait sur une chambre. Il se glissa à l'intérieur. Lit deux places, draps blancs à motifs cerises, meubles en bois clair. Au sol, une moquette écrue parcourue de lisérés noirs. Toujours le même sentiment de confort aseptisé, de bonheur sur mesure.

Le miaulement d'un aspirateur vint confirmer le tableau. Le policier s'approcha de la porte, fit jouer la poignée. Dans le prolongement, un couloir, tapissé de placards, de trappes.

Nouvelle porte. Derrière, la salle à manger, le hall. Plantée en plein milieu dans son survêtement avachi, Karine Merrant toilettait sa maisonnée.

La femme dut sentir sa présence. Elle se retourna et poussa un cri.

— Qu'est-ce que vous faites là ?

Riad abaissa la capuche. Avec la barbe, la mère de Guillaume ne reconnut pas son visage. Voix chevrotante, elle questionna encore :

— Que voulez-vous ?

Terrorisée, elle le fixait de ses yeux las, deux mares sableuses où s'enlisait sa vie. Riad fit un pas vers elle. Du pied, il éteignit l'aspirateur. Ses traits avaient pris l'aspect d'une brisure de glace.

— Vous ne me reconnaissez pas ?

— Non...

— Riad Kellal. Le père de Leïla.

Une seconde, le temps se figea. Les lèvres de la femme frémirent. Elle parla d'une voix hachée.

— Guillaume vous a dit ce qu'il savait. Il a tout répété à vos collègues.

Le Beur s'approcha encore, à portée de paume. Il lui saisit le bras, serra.

— Où est-il ?

La femme grimaça.

— Au rugby...

Riad serra les dents. Sans le môme, le scénario se compliquait.

— Bien... On s'en passera. Votre fils m'a caché quelque chose. Vous le savez. Je le sais. Dites-le-moi.

— Non... C'est la vérité. Je vous le jure.

La gifle partit à toute volée, un revers de main. Karine Merrant perdit l'équilibre. Elle s'effondra sur la moquette. Riad la releva sans ménagement.

— Écoute-moi bien. Un dingue a torturé ma fille. Il lui a arraché la peau avant de lui défoncer le crâne. Alors il faut que je sache. Tu comprends ? Il faut que je sache !

Le policier avait crié. Un flot de rage inondait la pièce, palpable. La femme eut un soubresaut. Un filet vermillon s'écoulait de ses narines. Elle hoqueta :

— Ce n'est pas sa faute... C'est juste un enfant.

La main du flic se leva à nouveau. La femme se protégea le visage. Elle lâcha dans un souffle :

— Guillaume n'y est pour rien... C'est moi... C'est moi qui lui ai ordonné de se taire.

— Pourquoi ?

— Je ne voulais pas qu'il ait des ennuis.

L'horizon s'éclaircissait. Riad n'avait plus qu'à dérouler le fil.

— Je t'écoute.

La mère de famille renifla. Des larmes noires couraient sur ses joues.

— Quand on est rentrés, les gamins semblaient bizarres.

— Bizarres ? Bizarres comment ?

— Pas dans leur état normal. Comme s'ils n'avaient pas dormi de la nuit.

— Sois plus claire.

Karine Merrant hésita. Elle entrelaçait ses doigts à s'en faire péter les articulations. Finalement, elle souffla :

— Ils ont passé la nuit à fumer. Du haschisch... de l'herbe... je ne sais pas.

Le policier écarquilla les yeux. Les gosses avaient dix ans en moyenne. Issus d'un milieu protégé. Aucune raison de se défoncer. Il réprima une nausée en songeant à sa fille. Comment avait-elle pu se retrouver là ?

La femme poursuivait sa confession, comme libérée d'un poids trop lourd.

— Ça dure depuis trois mois. Et personne n'a rien vu. Ils se réunissaient le mercredi après-midi à la campagne Pastré. Dans la pinède. Je... Je ne comprends pas...

Un sanglot roula dans sa gorge. Les digues venaient de lâcher, emportant dans leur flot ses ultimes certitudes.

Riad la laissa pleurer. Il vomissait cette femme. Son univers, son idéal. Pourtant, devant cette détresse, une compassion inattendue montait soudain en lui. Un lien se tissait, viscéral, indicible. Il unissait dans une même étreinte leurs aveuglements d'adultes.

Il lui prit le bras, avec douceur cette fois, et l'aida à s'asseoir. Il repassa au vouvoiement.

— Racontez-moi. Que s'est-il passé pendant cette nuit ?

Karine Merrant posa sa nuque sur le divan. Les pleurs avaient lavé son âme. Elle paraissait soudain plus jeune, plus lisse.

— D'après Guillaume, ils ont commencé à fumer vers 10 heures, devant la télé. Ensuite... ses souvenirs sont plus confus. J'ai eu du mal à comprendre.

— Ce n'est pas grave. Allez-y. Je ferai le tri.

— Je crois qu'ils se sont disputés.

— Pourquoi ?

— Il a parlé de tour de courses, ou de marché, je ne sais plus.

Le policier s'accrocha au siège. Les gamins utilisaient des expressions de consommateurs avertis. Ils avaient fumé toute leur came, et s'étaient embrouillés pour déterminer lequel d'entre eux irait aux provisions. Leïla avait été des leurs. Comment avait-il pu passer à côté ?

Dans le même temps, l'évidence s'imposa.

— Ma fille... C'était son tour.

La femme acquiesça d'un mouvement de menton.

— Elle a quitté la maison vers minuit. Les enfants l'ont attendue pendant une heure. Puis ils se sont endormis. Je... Croyez-moi, je suis désolée.

Une vague acide se déversa dans l'estomac du flic. Comme un ulcère de remords. En apprenant la disparition de sa fille, il avait d'abord songé à une fugue. Un mouvement d'humeur dont la responsabilité incombait à Françoise.

Puis l'horreur l'avait rattrapé, submergé, avalant tout sur son passage.

Maintenant qu'il connaissait la vérité, d'autres schémas prenaient le relais. Des failles de doutes ouvraient leur béance jusque dans ses plus intimes refuges.

Leïla avait fugué. Depuis longtemps.

Depuis le divorce.

Une fuite intérieure, dissimulée, pudique. Elle s'était réfugiée dans une jonque chimique, au-delà des souffrances, hors d'atteinte de l'ouragan qui avait ravagé sa vie.

Riad se leva d'un bond. Son corps, son cœur, toutes ses cellules frémissaient. Il traversa le hall, indécis. Prostrée au fond du canapé, la mère de famille attendait.

Après un long silence, la phrase qu'elle redoutait perfora ses tympans.

— Il faut que je voie Guillaume.

Elle tenta une ultime dérobade.

— Je vous en prie... Laissez-nous tranquilles. Il ne se souvient plus de rien.

Le ton du flic reprit sa dureté métallique.

— Je n'ai pas le choix.

6

Le club n'était qu'à un quart d'heure.

Ils traversèrent le boulevard Michelet, descendirent l'avenue de Mazargues, et tournèrent dans la rue Callelongue. Karine Merrant conduisait sa Mégane le regard absent, comme sous hypnose.

Muré dans sa colère, Riad ne desserra pas les lèvres. Il laissait flotter ses yeux sur les façades rénovées, les murs de crépi blanc, les toits en pente, une haie de béton frais coulé par les nouveaux seigneurs urbains. Fuyant leurs pays de grisaille, les Parisiens prenaient d'assaut le TGV pour s'approprier la ville.

La voiture s'immobilisa sur un vaste parking. Accolée au bitume, une verrière démesurée dressait dans le ciel bleu ses formes pures. À l'intérieur, une ribambelle de gosses en maillot de bain courait autour d'un carré d'eau.

Riad songea à son enfance. Pas de piscine. Pas de club. Les digues du port en guise de plongeoirs. Il ne regrettait rien, n'enviait personne. Dans ce terreau grossier, il avait éprouvé ses premières sensations de liberté.

Ils longèrent un terrain vague où s'égosillaient des adolescents. En contrebas, un petit bois. Dans ses interstices, des flaques plus claires, comme des langueurs d'émeraude. Elles laissaient deviner un stade immense.

Ils dévalèrent des marches en pierre. Les doigts du flic

enserraient le bras de la femme. Un crochet de fer, pour éviter le dérapage.

Ils franchirent une esplanade cimentée, tandem étrange dans ce décor hétéroclite. Nouvel escalier. En parallèle, un plan incliné, grillagé, cadenassé, comme une cage de fauves. L'accès des joueurs. En division d'honneur, les matchs prenaient parfois des airs de cirque. Certains dimanches, les canettes volaient bas. Remplies de sable.

Ils accédèrent à la pelouse.

Des gosses couraient un peu partout, affublés de polos larges. Bleus, rouges, des couleurs nettes, pour différencier les équipes. S'essoufflant avec eux, un homme en short noir donnait du sifflet à intervalles réguliers.

Guillaume aperçut rapidement sa mère. Signe de main. Rapide, discret, comme en catimini. Riad perçut la gêne. Devant le groupe, le gamin redoutait cette présence maternelle. Il tourna les talons et se jeta dans la mêlée.

Dix minutes plus tard, joues empourprées, genou râpé, sa tignasse rousse déboulait sur eux.

— Maman ! Tu as vu ? C'est moi qui ai marqué.

Karine Merrant s'agenouilla. Elle le prit dans ses bras.

— J'ai vu. C'est génial, mon chéri.

Elle se recula, fixa l'enfant. Un temps trop long, comme un arrêt sur image. Guillaume pencha la tête sur le côté.

— Qu'est-ce qu'il y a, maman ?

— Tu te souviens du papa de Leïla ?

Le gosse chercha à percer l'ombre sous la capuche. Il nia du menton. Sa mère poursuivit :

— Il sait ce que vous avez fait avec les filles.

— Tu... Tu lui as dit ? bredouilla le gosse.

Le policier découvrit son visage.

— Je le sais par Agnès. Ta copine vous a balancés.

Guillaume scruta les pupilles de sa mère. Karine Merrant baissa les yeux.

Riad se composa un masque sévère.

— Maintenant, bonhomme, ouvre bien tes oreilles. Si tu me dis tout, j'oublierai cette histoire. Si je sens que tu me caches quelque chose, je t'emmène avec moi.

— Pour me mettre dans une prison d'enfants ?

— C'est ça... Une prison d'enfants.

La gorge de Riad se constella de clous. La manipulation, il connaissait. Une qualité dans son métier. Indispensable pour retourner les détraqués qu'il côtoyait au quotidien. Là, ce qu'il faisait le répugnait.

— Depuis quand vous fumez cette saloperie ?

— On a commencé aux vacances de Pâques.

— À l'école ?

— Oui... C'est un garçon de ma classe qui nous a montré.

— Son nom.

— Arthur.

— Arthur comment ?

Le visage du môme se creusa. De rouge, sa peau avait viré au blanc.

— Je sais pas.

La mère s'interposa. Ses mèches ternes lui collaient aux joues.

— Je peux me renseigner.

Riad dressa sa paume en signe de refus. Il savait qu'il n'aurait pas une seconde chance. Après leur entretien, la femme se précipiterait chez les flics. Les infos, il les fallait tout de suite, même fragmentaires.

— Il ressemble à quoi ton copain ?

Le gosse fit mine de réfléchir.

— Il est grand comme moi. Il a des cheveux noirs, des yeux noirs, un peu tirés.

— Tirés ?

— Oui... Sa maman est vietnamienne, je crois.

Le Beur sentit qu'enfin, il tenait quelque chose. Il fouilla cette voie.

— C'est Arthur qui vous procurait la fumette ?

— Au début... Après, on s'est débrouillés.

— Débrouillés comment ?

— Il nous a présenté quelqu'un.

— Un garçon de l'école ?

— Non, un adulte.

Les jambes du flic flageolèrent. Se pouvait-il que ce dealer soit l'homme qu'il recherchait ? Les prédateurs chassaient le plus souvent sur leur territoire. Dans la plupart des cas, ils connaissaient leurs victimes, les côtoyaient. Chaque fois, au centre du labyrinthe, on retrouvait ce lien.

Il s'agenouilla face au gosse, à portée de murmure.

— Tu l'as déjà vu ?

— Non.

L'espoir de Riad s'envola. Il insista pourtant :

— Qui alors ? Leïla ?

— Oui. Et les autres filles aussi.

— Jamais les garçons ?

— Le type ne voulait pas. C'étaient les filles ou rien.

La révélation désarçonna le policier. Pourquoi cette exigence ? Le salopard estimait-il que les gamines étaient plus sûres ? Ou en profitait-il pour assouvir d'autres besoins ? Cette hypothèse lui souleva le cœur.

Il reprit :

— Elles allaient où faire les courses ? Chez lui ? Dans la rue ?

— La rue, je crois.

— Tu sais où c'est ?

— Non.

Le Beur tenta de réfléchir. En plein milieu de la nuit, sa fille ne pouvait aller bien loin. Il s'imagina un endroit proche, un square, une barre d'immeubles, un parking de supermarché. Le quartier offrait des possibilités multiples.

Il donna un tour de vis supplémentaire à ses méninges.

Un homme adulte. Des clients encore dans l'enfance. Le deal sortait de la norme. Le vendeur n'attendait pas le chaland au coin d'une rue.

Il affirma :

— Elle l'a appelé.

— Peut-être... Les filles se sont parlé dans la chambre. On n'a rien entendu. Quand elles sont sorties, elles nous ont dit que Leïla fournirait.

Le vocabulaire surprit encore le flic. Incongru dans cette bouche d'ange. Il passa outre. L'itinéraire de sa fille clignotait comme une piste d'atterrissage. Elle avait donné rendez-vous au type dans la rue. Assez loin pour respecter la règle. Pas trop pour s'y rendre à pied. Il était venu. Il savait qu'elle serait seule. Sans doute attendait-il ce moment pour la coincer. Depuis le début.

— T'ont-elles parlé de lui ? Son âge ? Sa taille ? La couleur de ses cheveux ?

Le gosse se gratta le crâne. Des perles de sueur parcheminaient son front.

— Non. C'était leur secret. Elles nous faisaient marcher avec ça. Et nous, on pouvait rien dire.

Riad arracha une poignée d'herbe. Ses doigts se contractaient malgré lui pour n'étreindre que le vide. À deux pas du but, sa construction s'écroulait. Il refusa l'impasse.

— Cherche bien, mon grand. Cet homme a peut-être tué ta copine. Tu voudrais qu'on le retrouve n'est-ce pas ?

Riad avait pris son ton le plus doux, presque une prière.

— Oui..., souffla le gosse.

— C'est bien... Concentre-toi. Comme si tu récitais une leçon. Pense aux moments où elles revenaient avec la drogue. Elles devaient parler entre elles. Se dire des choses de filles. Des choses que vous ne compreniez pas.

— Oui...

— Quoi, par exemple ?

Les sourcils roux marquèrent un angle. Puis les iris pétillèrent.

— Elles l'appelaient Mains d'or.

— Quoi ?

— À cause des bagues. Il en porte une à chaque doigt. Même le pouce.

Un coup de sifflet laboura l'air. Les deux équipes regagnaient le terrain en trottinant. Guillaume s'impatienta.

— Je peux y aller, maintenant ?

— Pas encore. Parle-moi de ces bagues. Grosses ? Petites ? Avec des motifs ?

— Je... Je sais pas. C'est tout c'que j'ai entendu.

Riad n'insista pas. Le ton du gosse révélait la fêlure. L'instant où tout pouvait basculer. Où pour s'en sortir, il raconterait n'importe quoi.

— Laisse tomber. Tu as été un champion.

— Vous ne me mettrez pas en prison ?

Le policier regarda l'enfant. Sa bouille toute ronde le scrutait avec inquiétude.

— Si tu me promets une chose. De ne plus jamais fumer cette saloperie.

Guillaume acquiesça. Il décocha un sourire à sa mère et fila en courant.

La femme se retourna vers Riad. Il avait disparu. Au loin, grimpant les marches au pas de course, elle aperçut une capuche grise qui s'effaçait peu à peu dans la moirure des arbres.

7

— Mains d'or ?

Accoudé au bastingage, Kader jouait avec un chapelet de bois blanc. Les billes pleines s'entrechoquaient au rythme de ses nerfs, comme autant de souhaits creux arrachés au futur.

Il tourna le dos à l'étrave et se campa devant Riad. Avec la mer en toile de fond, il ressemblait à un pirate mauresque jailli des dunes pour déchirer la chrétienté.

— On ne va pas aller loin avec ça.

— Je n'ai rien pu avoir d'autre, concéda le policier. Le petit m'a lâché tout ce qu'il savait.

Kader scruta son cadet.

— Tu es sûr ?

Riad contint son agacement.

— Fais-moi confiance... Il tremblait comme une feuille.

Un silence s'installa. Depuis l'enfance, les routes des deux hommes se construisaient à l'opposé. Ombre pour l'un. Lumière pour l'autre. Chaque parcelle de vécu les éloignait un peu plus, à la façon d'aimants se repoussant l'un l'autre. Pourtant, en regardant vieillir son frère, Riad avait appréhendé sa propre errance. L'instant où les fils se noueraient, où les contraires se rejoindraient.

Plus qu'une attache de sang, son âme en portait l'évidence. Ils venaient du même ventre, une matrice de sable balayée par le vent, tantôt brûlante, tantôt glaciale, mais toujours en mouvement.

Instable.

Un coup de corne. La navette du Frioul s'ébranla. Sur le pont arrière, des touristes en débardeur orientaient leurs peaux trop claires vers l'astre jaune. Des odeurs de crème déambulaient entre les sièges, contredites par des remugles de gazole.

Les deux hommes allèrent s'asseoir à l'intérieur.

Banquettes de Skaï bordeaux, peinture écaillée, hublots sales. Pas un souffle. Une chaleur étouffante enserrait leurs poumons tel un corset de braise. Seul passager dans cette fournaise, une vieille en chapeau de paille et robe à fleurs somnolait à l'avant de la cabine.

— On t'a suivi ? questionna Kader.

— Pas pour l'instant. De toute façon, ils pensent que je me terre dans mon trou en attendant que tu fasses le boulot.

— Fais gaffe quand même. De loin, on peut nous confondre. Si tu te fais serrer, il faudra trouver d'autres arguments.

Le flic ignora l'avertissement. Depuis cinq jours, il courait sur une autoroute. Un sens unique. Sans espoir de retour. Il enchaîna :

— Un dealer. Avec des mains baguées. On doit pouvoir l'identifier.

— Dans ce milieu, ils ont tous des bagues.

— À chaque doigt ?

— Et même parfois dans le cul... C'est trop mince. On n'y arrivera pas comme ça.

— Bordel ! Comment alors ?

Le volume venait de monter d'un cran. La vieille tressaillit sur son siège. Kader roula des yeux cinglants.

— Pète pas les plombs, frérot. Tu sais combien de mecs arrondissent leurs fins de mois en vendant de la dope ? Des centaines, rien que sur Marseille. Sans compter les occasionnels qui viennent de l'extérieur pour se goinfrer au râtelier.

— Il doit avoir ses habitudes.

— Des clous. Il leur filait rancard par téléphone. Ça peut être n'importe où.

Riad balaya l'argument.

— Pas n'importe où. C'est forcément dans le quartier. Quand tu accroches des gamins, tu viens vers eux. Pas le contraire.

— Ouais... Tu sais aujourd'hui, avec les gosses...

Le fort Saint-Jean se découpa sur la droite. De l'autre côté de la passe, le fort Saint-Nicolas. Deux masses de pierre sévères s'observant en chiens de faïence. Riad songea à ses vieux livres d'école. Le voyage d'Ulysse. Charybde et Scylla. Les deux faces de son existence. Il insista :

— Branche un de tes jeunes sur le coup.

— Tu veux parler d'un mec de la cité ?

— Par exemple.

— Négatif. Ils ne bossent pas dans les quartiers sud. Jamais. La dope, c'est une affaire de territoire.

Riad sourit en secouant la tête.

— Non. Tu comprends pas. Je parle d'un appât.

Une lueur s'alluma dans les prunelles de Kader.

— Un appât ?

— Les alentours de l'école doivent êtres minés de flics. Ni toi ni moi ne pourrons nous en approcher. Il faut une taupe.

— Continue.

— J'ai le prénom et le signalement du gosse qui les a rancardés sur Mains d'or. Il sera facile à repérer, c'est un Asiatique. On lui envoie notre éclaireur pour qu'il nous conduise à l'assassin de Leïla.

Le truand l'interrompit.

— T'emballe pas. Même si on chope ce fils de pute, rien ne nous garantit qu'il s'agira de notre homme.

— On jugera sur pièce. D'abord, on le cravate. Ensuite, on voit.

— Tu t'imagines qu'avec ce qui s'est passé, il va continuer à rôder dans le coin ?

Le flic reprit son ton de flic. Démonstratif.

— Deux possibilités. Soit il s'agit d'un simple revendeur, et l'on ne voit pas pourquoi il arrêterait son business. Soit, si on a de la chance, on traque le bon lièvre. Cet enfoiré n'a laissé aucune trace la nuit du meurtre. Il n'a pas de raison de se planquer.

Riad voulait croire à la deuxième option. Le temps pressait. Il possédait un avantage, un éclairage qui pour l'instant avait échappé à l'équipe du commissaire.

Jusqu'à quand ?

Il poursuivit :

— La came est un bon moyen pour endormir les gosses. Si ça a pu marcher une fois, il remettra le couvert.

— Il faudrait qu'il soit dingue.

— Justement. C'est un dingue.

Kader croisa les bras sur sa poitrine. De profil, il avait des allures de statue perse. Les secondes s'enroulèrent. La cabine craquait de part en part, chahutée par une houle vicieuse.

Il lissa sa barbe et murmura :

— J'ai contacté Saïd.

— Saïd Abdou ?

— Pas de panique. Il n'a jamais fait le rapprochement entre nous. Il ne sait même pas que tu existes.

— Vaudrait mieux. Vendre un poulet en cavale, il n'hésiterait pas une seconde.

Une vague fit rouler le pont à la façon d'un tonneau. Des larmes de mer s'accrochèrent aux hublots.

— Saïd est un renard, poursuivit Kader. On va très vite avoir un œil sur l'enquête. On devrait se concentrer là-dessus et choper le tueur en douceur.

La réponse fusa :

— Pas le temps d'attendre. On a une piste et je veux l'exploiter. S'il existe la moindre chance de le coincer, je dois la saisir.

Le braqueur joignit les paumes, comme s'il allait réciter une prière. Il porta le chapelet au plus près de ses lèvres. Un souffle expulsa ses paroles :

— Comme tu voudras... C'est toi qui décides.

8

Philippe piaffait.

Toutes ces heures de dérive, avec pour seule compagnie ses phobies. La ville l'oppressait. Inconnue, hostile, comme animée d'une vie propre dont la logique défiait sa raison. Il se faisait penser à un fauve. Prisonnier volontaire, il arpentait une cage invisible dont les murailles l'enserraient jusqu'au vertige.

Le supplice prendrait bientôt fin.

Karl l'avait contacté.

Mieux, Karl l'attendait.

Six jours. Son associé tenait ses engagements. En contrepartie, Philippe se chargeait de l'intendance : transport du matériel, nettoyage, stérilisation, entreposage. De la menue besogne au regard de sa mission première : la capture des proies.

Un frisson parcourut son échine.

Il avait lu dans la presse ce que Karl avait fait à la dernière. Des mots crus, des descriptions précises. L'horreur dans toute sa splendeur.

Curieusement, Philippe avait eu peur.

Jusqu'à présent, le jeune homme s'était contenté d'imaginer. Les enregistrements ouvraient des perspectives infinies. Ils calmaient les crises, explosaient ses limites, jusqu'à l'extase. Le son lui suffisait. Il permettait un sentiment de déréalité, une distance, comme un filtre posé sur sa folie.

Couchées sur le papier, ses obsessions prenaient une autre dimension. Elles s'incarnaient en vérités abruptes, en images concrètes.

De l'autre côté du miroir, le fantasme s'habillait de terreur.

Philippe régla la course. Il s'extirpa de la berline et retira sa chemise. Teint hâlé, lunettes miroirs, son allure collait à celle de l'estivant moyen, à l'affût d'un coin tranquille pour y passer la journée.

Il attendit un peu, mains dans les poches. Déjà, le taxi s'éloignait, avalé par les courbes tel un jouet facétieux.

Philippe se mit en marche. Il arpenta le bitume sur une centaine de mètres, serviette à l'épaule. En contrebas, la mer léchait les roches. Chaque pierre portait son sceau, des cratères acérés, comme une vérole salée. Des chairs ambrées étalaient leur langueur sur ce tapis de clous, insouciantes, offertes en sacrifice à la brûlure du ciel.

Il traversa la route. De l'autre côté, la rocaille avalait la colline. Aucune végétation, hormis quelques arbustes émergeant au hasard de la caillasse. Le paysage lui fit songer à une plaine de lave, comme une terre rongée, un après coup de volcan.

Il suivit le sentier. Ses baskets roulaient parfois sur des cailloux polis, ronds comme des billes de verre.

Très vite, le blockhaus apparut. Une masse de béton brut, ramassée sur elle-même, inexpugnable. Les Allemands en avaient couvert la côte pendant la dernière guerre. Sans grand succès. La plupart s'étaient disloqués sous les bombes des Alliés, emportant dans leur chute les fantômes d'un rêve noir.

Philippe scruta les alentours. Déserts. Il réprima une onde de crainte. La proximité physique de Karl l'angoissait chaque fois un peu plus.

Le dernier rendez-vous avait eu lieu dans une église. Ils s'étaient parlé au confessionnal, à travers un panneau de bois percé d'alvéoles minuscules. Philippe n'avait entrevu qu'une ombre. Frémissante, inquiétante. Après deux mois de collaboration, il ne connaissait toujours pas son visage.

Cette fois, Karl lui avait recommandé d'emporter une torche. Que lui réservait-il ?

La haute silhouette contourna le blockhaus. La construction s'enfonçait en partie dans la roche, comme un fossile arraché au passé. Des tags obscènes couvraient chaque centimètre de béton. Une fresque crue, explicite, désespérée.

Il repéra l'entrée. Trois marches serties à même le bloc créaient un léger dénivelé jusqu'à une porte en métal rouillé.

Entrebâillée.

Philippe colla ses paumes sur la plaque sombre, poussa. Le panneau pivota à moitié, produisant un cri d'oiseau.

L'intérieur baignait dans une mare de suie. Une odeur d'excréments, de plastique brûlé. Il reconnut aussi le parfum lourd des chairs en décomposition. Il murmura :

— Karl ?

Pas de réponse.

— Karl... C'est moi. Tu es là ?

Des raclements agitèrent la nuit. Une cavalcade désordonnée. Puis le silence, à nouveau.

Philippe alluma la torche. Il se faufila par l'interstice. L'odeur de cadavre s'épaissit, lui arrachant un haut-le-cœur. Dans la mouvance du faisceau, il découvrit le réduit. Sale, malsain, humide. Des formes fracassées jonchaient le sol. Canettes, bouteilles, casseroles, souvenir d'une bonbonne de gaz aux parois cabossées. Sur une paillasse éventrée, la charogne d'un chien tressautait sous les assauts des rats.

Philippe s'immobilisa. Devant cette carne, il pressentait soudain son propre trépas. Un corps gonflé, livide, dévoré de l'intérieur par une armée invisible.

La terreur déferla. Ce lieu lui faisait l'effet d'une tombe. Un caveau oublié où il allait disparaître.

Karl l'avait-il attiré ici pour le supprimer ?

— Reste où tu es !

La voix était montée dans l'obscurité, fluette, haut perchée, comme un sifflet de pie. Philippe se figea. Puis, lentement, il effectua une légère rotation.

Son sang se siphonna d'un coup.

Telle une cagoule de cire, un visage le fixait au milieu des ténèbres. Son propre visage, halluciné, flottant au milieu de nulle part comme un spectre vaporeux.

— N'aie pas peur, reprit la voix. C'est un miroir.

Philippe fit un pas, tendit le bras. Une marbrure froide agaça ses phalanges. Il s'approcha encore. Scellée dans la pierre, une glace en pied démultipliait l'espace.

— Bordel, Karl. Tu m'as foutu les jetons. Où es-tu ?

— Derrière.

— Quoi ?

— Derrière la glace. Il y a une petite pièce.

La respiration de Philippe retrouva un rythme acceptable. Il demanda :

— Tu me vois ?

— C'est un miroir sans tain. La Gestapo utilisait parfois ces bunkers pendant l'occupation. Elle y avait conçu quelques aménagements pour pimenter ses interrogatoires.

— T'es complètement à la masse.

Un bref silence, comme un aveu tacite. La voix de Karl monta dans les aigus :

— Tout est prêt ?

Philippe hocha la tête. Il attendait cet instant depuis trop longtemps. Karl poursuivait :

— Les instruments ?

— Stérilisés.

— Bien... Tu iras déposer la sacoche cette nuit. Il faudra aussi vérifier le reste du matériel.

— C'est pour quand ?

— Demain soir. Regarde à droite, il y a quelque chose pour toi.

Philippe braqua le faisceau de sa torche dans la direction indiquée. Une chaise en paille accrocha la lumière. Dessus, une chemise cartonnée. Il s'en empara pendant que Karl poursuivait :

— Je t'ai fourni l'essentiel. Photos, adresse, habitudes.

Philippe contempla les clichés. Des mèches blondes, des yeux noisette, un sourire triste. La proie devait avoir douze ans.

— Encore un gamin ?

— Ça te pose un problème ?

— Non...

— Alors, exécute.

Philippe ne répondit pas. Karl ne se souciait pas de lui. Il le méprisait, l'utilisait. Comme un pantin dérisoire, un rouage nécessaire dans la mécanique de ses crimes.

Pour l'instant, il avait besoin de son aide.

Jusqu'à quand ?

Le jeune homme serra les poings, impuissant. Il le savait : sans Karl, il n'était rien.

IV

1

Quatre jours. Et toujours rien.

Riad s'était évaporé. Quant à l'enquête, sa physionomie s'altérait chaque minute un peu plus, à la façon d'un cliché délavé par le temps.

Les gendarmes avaient passé le plateau de Luminy au peigne fin. Sans succès. Toutes les grottes avaient été fouillées. Le dingue n'avait laissé aucune trace et l'hypothèse Coglio prenaient l'eau. Devant ce naufrage, Macarian ricanait.

De leur côté, Desruel et Plantier n'avaient pas eu plus de succès. Le témoin tombé par hasard sur le corps n'avait été d'aucune utilité. Le gardien de la faculté – après deux heures d'interrogatoire – avait fini par avouer qu'il était trop saoul cette nuit-là pour se souvenir de quoi que ce soit.

Vial n'était pas resté sur la touche. Il avait refait le trajet de Kellal, interrogé l'ex-femme de son flic et rencontré la famille Merrant. Tous les gosses présents cette nuit-là avaient été entendus. Sans résultat. Au bout du compte, le commissaire ne tenait qu'une chose : le créneau horaire de la disparition. Cloîtré dans son bureau, il subissait maintenant la pression de sa hiérarchie et jonglait avec la presse. Sa bonhomie naturelle déclinait à vue d'œil.

Dans cette ambiance d'échec, Cabrera attendait. Quoi ? Il n'en savait rien lui-même. Son esprit programmé pour l'action n'accrochait aucune bribe de repère.

La voix du commissaire sortit tout le monde de sa torpeur.

— Je viens d'avoir Paris. Il débarque à Marignane dans une heure.

Les regards s'éveillèrent. Tout en tournant son café, Macarian demanda :

— On peut savoir qui ?

— Michel Foulon. Expert psychiatre auprès de la cour d'appel de Paris. Un *profiler*.

— Un quoi ? s'étonna Paul.

— Vous n'allez jamais au cinéma, Cabrera ?

Paul eut un sourire désabusé.

— Pour quoi faire ? J'ai tout ce qu'il faut dans la réalité.

— Un spécialiste du comportement. Le terme vient des États-Unis. La police les utilise pour cerner la personnalité et le profil des tueurs en série.

— Qui vous dit qu'il s'agit d'une série ?

— Hormis la thèse de Coglio, rien. Mais si c'est le cas, Foulon nous apportera ses lumières.

La brunette se dandina sur son siège. Le commissaire n'avalisait pas ses théories, mais la venue d'un psy posait un premier jalon.

— On n'a pas besoin de ce genre de guignol, siffla Macarian. Il va nous faire perdre notre temps.

— D'accord avec toi, approuva Desruel.

La blonde leva son avant-bras. Son collègue claqua sa paume dans la sienne. Agacé, Vial prit sur lui pour ne pas relever.

— Bien, fit-il. Plantier, vous venez avec moi le récupérer à l'aéroport. Les autres, vous pouvez aller faire un tour. Rendez-vous ici à 11 heures. Et je compte sur votre ponctualité.

Michel Foulon n'avait rien d'un héros de film à gros budget. Petit, fluet, il masquait sa calvitie par une longue mèche enroulée sur son crâne. Derrière ses lunettes demi-lune, deux billes noires disséquaient les regards.

Vial répéta son topo. Les photos circulèrent à nouveau. Personne ne s'attarda. L'expert prit la parole, une voix grave, posée, en décalage avec son physique fragile.

— Avant que nous ne commencions, je voudrais préciser une chose. N'attendez pas de moi une réponse immédiate, encore moins un miracle. Mon domaine de compétence est empirique. Il s'appuie sur des hypothèses, des déductions, procède souvent par éliminations. De plus, nous ne possédons pas, en France, suffisamment de recul sur le sujet pour tirer des règles infaillibles des constatations opérées. Tout est affaire de circonstances. Chaque fois.

Il marqua un temps d'arrêt, scruta les visages, sondant les réactions. La face burinée de Macarian s'anima la première.

— À la base, vous êtes bien psychiatre ?

— À la base, comme vous dites. J'ai également deux autres doctorats. Un en criminologie, et un en sociologie.

— Impressionnant, fit Desruel en levant les yeux au ciel.

Le petit homme laissa le silence s'installer, puis s'exprima d'une voix tranquille.

— Je sais que vous avez du mal... Un type qui débarque de Paris, un expert, dix fois plus diplômé que vous tous réunis. Vous vous dites que l'enquête va vous échapper. C'est dur à avaler.

L'attaque frontale surprit le groupe. La justesse de l'analyse le déstabilisa. Seule Coglio souriait.

— Je ne suis pas là pour vous mettre des bâtons dans les roues, poursuivit Foulon. Je vais juste essayer de vous apporter un éclairage supplémentaire. Je vous l'ai dit, nous tâtonnons encore dans ce domaine. Je n'ai pas la prétention de vous apporter une vérité toute faite. Encore moins une solution.

L'expert marqua une nouvelle pause, une poignée de

secondes. On entendait ronronner le moteur d'une photocopieuse. Personne n'osa prendre la parole. Foulon fit quelques pas au milieu des flics.

— J'ai regardé le dossier pendant le trajet. La violence de l'attaque et son... processus laissent penser qu'il s'agit d'un homme. Une femme, même gouvernée par des pulsions meurtrières, n'aurait pas pu agir comme ça.

— Vous en êtes sûr ?

C'était Paul qui avait interpellé l'expert. Les clichés de la victime entre les mains, il feuilletait l'horreur d'un œil absent. Le psychiatre lui répondit d'une voix douce.

— Quatre-vingt-quinze pour cent des homicides volontaires sont perpétrés par des sujets de sexe masculin. Dans les cinq pour cent restants, seul un dixième de ceux attribués à des femmes le sont pour des mobiles non passionnels.

— Vous voulez dire crapuleux ?

— Exactement. Et pour ainsi dire, exclusivement. La perversité des femmes – il esquissa un sourire à l'intention des collaboratrices de Vial –, au sens psychiatrique du terme, j'entends, s'exprime d'une tout autre manière.

Paul apprécia le trait. Ce type n'était pas dépourvu d'humour. Ils avaient tous besoin de prendre un peu de recul. Foulon leur tendait une perche pour relâcher la tension.

— Va pour un homme, fit-il en se redressant. Âge, race, milieu social ? Qu'est-ce que vous pouvez nous dire ?

— *A priori*, race blanche, entre vingt-cinq et quarante ans. D'un milieu social aisé ou, je dirais, cultivé. Assez tout au moins pour avoir intégré des valeurs esthétiques.

Sophie Desruel s'étrangla.

— Esthétiques ?

— Le tueur accomplit un rituel très original. L'aspect le plus marquant en est bien sûr l'écorchage intégral de la surface corporelle. Mais il y a une autre chose qui me semble plus importante.

— Ah oui ?

— La douleur, intervint Vial.

— Tout à fait, confirma Foulon.

L'équipe dans son entier pivota vers le commissaire. Les regards cherchaient à comprendre. Vial avait préféré attendre la venue de l'expert pour leur révéler la vérité sur cet aspect du dossier. Il finit par lâcher :

— L'autopsie a confirmé que la victime était vivante lorsqu'on lui a arraché la peau.

Aucun son ne put sortir des gorges. Un garrot de colère écrasait les carotides, jusqu'au vertige. Foulon redémarra en douceur.

— Le mode opératoire ne doit pas nous égarer. Il signe simplement une connaissance précise du fonctionnement de la souffrance. La peau est un des organes les plus sensibles du corps humain. Capable de nous procurer les plus grands plaisirs... comme les plus grandes douleurs. Avec une gradation infinie. C'est pour ça qu'il l'a écorchée. Uniquement pour ça.

Le silence martela ses derniers mots. Dans la pièce baignée de soleil, les visages n'accrochaient plus la lumière.

— Et vous osez parler d'esthétisme ? rugit Desruel.

L'expert retira ses lunettes. Il soutint le regard de l'inspectrice.

— Le meurtrier a fait des injections d'atropine à la victime... Pour la maintenir éveillée pendant qu'il lui prélevait la peau. Cela démontre son goût pour les supplices raffinés. C'est en ce sens que je parlais d'esthétisme...

— Du délire..., souffla Macarian entre ses dents. Du délire...

Foulon rechaussa ses montures et poursuivit :

— Certaines civilisations orientales ont érigé la torture en art à part entière. Un art dans lequel victime et bourreau peignent ensemble une toile intime. Éprouvent leurs limites. Notre criminel se prend pour un artiste. Il jouit de ses créations. Pour lui, la douleur de l'autre est comme une partition, qu'il écrirait tout en en percevant la musique.

Paul quitta son siège et se planta face au psychiatre.

— Vous avez émis l'hypothèse d'un homme de race blanche. Pas d'un Asiatique.

— C'est exact. Les méthodes pourraient laisser penser à celles utilisées dans la Chine de l'ère Ming. Mais rassurez-vous. Nos civilisations sont tout à fait capables de produire des monstres assez pervers pour s'en inspirer.

— Un monstre bien de chez nous ?

— Français de souche ou originaire du Maghreb. Dans tous les cas, un homme apparenté au groupe ethnique de la victime. Le processus pervers ne se joue que dans l'identification.

— Donc, vous excluez le mobile raciste.

— Sans hésiter. Le scénario est trop complexe pour des pulsions aussi simples.

Paul se gratta la joue. Une barbe dure commençait à dévorer ses pores.

— Deux communautés... Ça fait du monde !

— Pas tant que ça. Si nous prenons la douleur infligée pour point d'ancrage, le profil psychologique du tueur est de type pervers narcissique.

— En clair ?

— Ces personnalités trouvent leur équilibre dans les tourments qu'elles infligent aux autres. Elles déchargent ainsi la douleur qu'elles ne peuvent ressentir, les contradictions internes qu'elles ne peuvent percevoir. En termes psychiatriques, on pourrait dire qu'elles *transfèrent* leur souffrance.

— Une psychose, murmura Coglio.

— Oui. Mais sans symptômes. Le sujet peut apparaître

comme tout à fait normal, intégré. C'est en observant la relation qu'il entretient avec ses victimes qu'on décèle la pathologie. Et c'est au niveau d'angoisse de ces dernières qu'on apprécie la sienne.

Paul fit quelques pas. Douleur, souffrance, angoisse. Ces mots éveillaient en lui des fantômes assoupis. Maîtrisés dans l'action.

Il interpella Foulon :

— Leïla a été écorchée vive. Si l'on suit vos théories, ce fou doit souffrir plus que la normale.

— Sans aucun doute.

— Il a pu faire un séjour dans un service psychiatrique ?

— Pas forcément. Il souffre, mais ne le sait pas. Les pervers narcissiques sont insensibles, sans affects.

— Il sait tout de même ce qu'il a infligé à la gamine.

— Oui. Et c'est de là qu'il tire sa jouissance. Mais je vous l'ai dit, il ignore pourquoi la douleur de l'autre l'apaise. Pour lui, la victime est un miroir, un reflet vide dans lequel il se cherche en vain.

— Un putain de psychopathe, qui finira dans un asile si on l'accroche. On aurait peut-être intérêt à laisser les coudées franches à Kellal.

Macarian avait prononcé sa sentence à la cantonade. Lorsqu'il s'agissait d'enfants, il nourrissait des nostalgies de peine capitale.

Une petite main se leva au fond de la pièce. Coglio racla sa gorge avant de parler :

— Excusez-moi, docteur. Il y a un point que nous n'avons pas abordé. Que pensez-vous du simulacre de pénétration ?

— Vous l'avez dit vous-même : c'est un simulacre. Notre homme s'est sans doute imaginé qu'il pouvait nous conduire sur une fausse piste.

— Pour quelqu'un de raffiné, ce n'est pas très malin, ironisa Desruel.

Coglio enfonça le clou :

— Je ne comprends pas l'intérêt d'une fausse piste. Il a laissé le corps en évidence. Peut-être même pour qu'on le trouve. Où veut-il en venir ?

— Une fausse piste sur ses motivations profondes, expliqua Foulon. Son désir d'être découvert répond à une logique de provocation. De toute-puissance. Il se croit très fort. Et il veut que ça se sache.

Paul décocha un regard inquiet en direction de Vial. Le commissaire avait compris, lui aussi. Il rajusta son nœud papillon et affirma :

— Il va y avoir d'autres meurtres.

L'expert croisa les bras. Depuis le début de l'entretien, il n'avait pas ôté son blazer.

— Très certainement.

La Brigade dévisagea le médecin, tétanisée par sa prophétie. Foulon s'en rendit compte. Il essaya un sourire rassurant.

— À moins que...

— Quoi ? l'interrompit Desruel.

— Vous ne l'arrêtiez avant...

2

Coglio l'avait pressenti, Foulon confirmé. Il s'agissait d'une série. Le profil psychologique esquissé par l'expert conduisait à cette conclusion.

Bousculée par l'urgence, la Brigade cherchait en vain des connexions aléatoires. Au fond des crânes, une question supplantait toutes les autres : de combien de temps disposait-on avant que le dingue frappe à nouveau ?

Pour l'instant, Paul faisait équipe avec Desruel. Une alliance explosive. La blonde lui tenait la dragée haute et commençait à l'agacer au-delà du supportable.

Elle se gara sur un passage clouté, posa le gyrophare sur le toit et sortit de la 306. Son Levi's ajusté moulait ses fesses à la perfection. Pourtant, dans l'esprit du jeune lieutenant, cette invitation résonnait comme une promesse creuse, un rêve sans lendemain.

Il lui emboîta le pas.

— Place réservée ?

— Débranchez-moi, Cabrera. J'ai passé une nuit d'enfer. Je ne suis pas d'humeur.

L'occasion était trop belle. Paul ne put s'empêcher d'ironiser.

— Des problèmes personnels ?

Elle s'arrêta, planta ses iris dans ceux du Marseillais. Son visage de poupée slave portait les stigmates d'une fatigue alcoolisée.

— Je vais être claire, Cabrera. On est là pour bosser. Alors on bosse. Et sans commentaires.

Paul sortit ses lunettes. Deux hublots noirs, oblongs, comme un masque futuriste. Avec cet accessoire, sa dégaine de loubard prenait dix points de plus.

— No problemo. Prévenez-moi quand même si vous changez d'avis.

Ils traversèrent l'avenue, étrange binôme glissant sous l'ombre des platanes.

Le bâtiment faisait songer à une forteresse. Ou une prison. Six masses de pierre, aux formes lourdes à peine allégées par des arches, plantées telles des sentinelles aux angles d'une cour pavée. Tout autour, des murs hauts, épais. Dans l'axe du corps principal, une entrée démesurée, barrée par une grille en fer forgé. Gravées sur son fronton, des lettres majuscules immenses :

ABATTOIRS

L'idée venait de Paul. L'application d'un principe simple, legs de Tomasini lorsqu'il traçait au plus court pour une opération, loin des procédures et des fatras administratifs.

Suivre son intuition.

La fille de Riad avait été écorchée. Un geste précis, efficace. Qui pouvait prétendre à une telle maîtrise ? D'après le rapport du légiste, un étudiant en médecine aurait pu y parvenir. À condition d'en avoir la force. Plantier et Macarian, creusaient cette piste.

Pour le flic de la BAC, la brutalité du comportement évoquait autre chose. Un acte plus prosaïque, perpétré sans filet, hors procédure.

Il avait songé à un équarrisseur.

Ils présentèrent leurs cartes officielles au vigile et gagnèrent le parvis. Les bruits de la ville s'atténuèrent. Un calme étrange avalait chaque réminiscence de décibel.

Dans leur dos, l'employé décrocha un téléphone.

Un homme apparut sur le perron. Grand, lourd, crinière neigeuse, des traits avachis sous une couperose violacée. Un fort des halles sur le retour, en chemisette et pantalon de toile. Tout en s'approchant, il les apostropha d'une voix puissante :

— Bonjour, lieutenant. Encore sur un coup ?

— Salut, Kovacs. J'ai besoin de tes lumières.

— Si je peux vous aider.

Échanges de sourires. Dans les quartiers nord de Marseille, les routes conduisaient souvent aux mêmes impasses. Les leurs s'étaient croisées à plusieurs reprises, à l'occasion de vols de viande sur le marché de la criée.

L'homme se planta face aux flics. Il tendit sa main vers Desruel.

— Gérard Kovacs. Je suis le gardien de ce tas de briques.

— Lieutenant Sophie Desruel, SRPJ de Marseille, Brigade criminelle.

La paume gigantesque de Kovacs avala tour à tour les mains des flics. Paul eut l'impression d'étreindre un gant de baseball. Derrière, dans l'énergie du mouvement, toujours le même contact sincère, chaleureux.

— Dis-moi, c'est férié aujourd'hui ?

L'homme déclara, sur un ton las :

— Les cours commencent à 18 heures.

La jeune femme écarquilla les yeux.

— Les cours ? Quels cours ?

— Ces abattoirs ne fonctionnent plus depuis longtemps, mademoiselle. Depuis la fin des années quatre-vingt. Une grande partie des locaux a été réaménagée pour accueillir l'école de la deuxième chance. Des cours pour adultes, victimes de l'illettrisme.

— Je ne comprends pas. Vous n'êtes pas...

— Si. À la retraite. J'ai pu obtenir une prolongation avec la ville pour surveiller les anciens entrepôts. Enfin... ce qu'il en reste. Le lieutenant ne vous l'a pas dit ?

Desruel foudroya Paul du regard. Le Marseillais lui rendit un sourire railleur.

— Un café ? proposa le géant.

Ils s'engouffrèrent dans un hall où des instruments d'un autre âge scintillaient sur les murs. Couteaux, haches, scies, d'autres plus mystérieux, faits de lames recourbées, d'arêtes vives. Leur surface piquetée par le temps brillait d'un éclat terne. Ils rappelèrent à Paul une vieille illustration, un livre de gosse calfeutré dans les replis de sa mémoire : le château de l'Ogre, à l'instant où le Petit Poucet y pénétrait.

Kovacs les fit entrer dans un bureau minuscule. Une odeur de tabac froid empestait l'atmosphère.

Pendant que les flics s'asseyaient, il ferma la porte derrière lui. Disproportionnée en regard du lieu, sa stature imposante occupait tout l'espace. Il remplit trois tasses, provenant d'une cafetière en plastique ébréchée au niveau du verseur.

— C'est tout ce qu'on m'a laissé. Je crois que le directeur de l'école ne m'apprécie pas. Il aurait bien aimé placer un gars à lui.

— Tu as entendu parler du meurtre des calanques ? questionna Paul.

Les traits joviaux s'assombrirent.

— Sale histoire... C'est la première fois qu'on voit un truc pareil dans la région.

Desruel croisa les jambes. Coincée dans cette pièce étouffante, la jeune femme contrôlait de plus en plus mal ses nerfs. Elle tendit un dossier et ordonna d'une voix sèche :

— Regardez les photos, monsieur Kovacs. Prenez votre temps.

L'homme contourna les chaises avec peine. Sa masse frôla une pile de papiers, rasa une armoire métallique, pour finir par s'incarcérer entre la fenêtre et le bureau. Il se laissa choir en poussant un profond soupir. Puis, sans se presser, il détailla chaque cliché. Lorsqu'il eut terminé, il murmura :

— C'est dégueulasse...

— Et il est fort possible que ce ne soit pas terminé, ajouta Desruel.

— Une petite fille ?

— Dix ans.

— Qu'est-ce que je peux faire ?

Paul glissa un cigarillo entre ses lèvres. Il savait qu'il ne l'allumerait pas avant d'être sorti.

— Parle-nous d'abord de ton métier.

— Que voulez-vous savoir ?

— Tout. N'importe quoi. Ce qui te vient à l'esprit.

Une brume voila les prunelles de Kovacs. Il tira une pipe d'un tiroir et la bourra jusqu'à la garde. Les souvenirs affluèrent.

— J'ai passé ma vie au milieu des carcasses. Mon père était déjà dans la profession. Et mon grand-père. On fonctionne un peu comme les dockers. Les places se transmettent avec l'aval de la mairie. On reste entre nous.

— Que faisais-tu précisément ?

— Je m'occupais du désossage.

Paul détailla le boucher. Sous l'enveloppe des ans, on devinait la brute aux bras puissants, au coffre large. Il l'imagina sans peine en train de rompre des os, d'arracher des ligaments, visage enfiévré par l'effort. Le tueur lui ressemblait-il ?

Le flic demanda, sans quitter Kovacs des yeux :

— Ça doit être physique comme boulot, non ?

— Je veux. Surtout à l'époque. Il fallait avoir du jus. Maintenant, tout est automatisé. De l'abattage à la découpe. Ils emploient même des femmes...

L'homme avait prononcé cette phrase avec un soupçon de regret dans la voix. Paul songea à son père. Le vieux n'avait pas supporté l'évolution de la profession, la venue sur les quais de concurrents en jupons. Pour lui, la pêche était une affaire d'hommes.

Il repoussa une vague de tendresse et questionna :

— T'est-il arrivé de dépouiller les carcasses ? Je veux dire, sans l'aide d'une machine ?

— De temps en temps. Pour ce type de job, il y avait des spécialistes.

— Des spécialistes ? Quel genre ?

— Du genre qui vous écorchait un bœuf au couteau sans abîmer la viande. On n'enlève pas une couenne comme ça. Même avec du bon matériel.

En retrait sur sa chaise, Sophie Desruel s'épongeait le front. Son visage ressemblait à une porcelaine fragile. Kovacs entrebâilla la fenêtre et alluma sa pipe.

— Votre type... On voit qu'il connaît son affaire. On dirait qu'il s'est servi d'un enrouleur.

— Un enrouleur ?

— On les utilisait dans le temps. On n'en trouve plus. Ou alors dans un musée.

— Qu'est-ce qui te fait dire ça ?

Le fort des halles pointa son doigt sur un gros plan.

— Là. Les marques au niveau des poignets.

Paul se força à regarder. Une petite main pâle, recroquevillée comme un moineau blessé. À la lisière des chairs, là où la peau subsistait, on remarquait des entailles minuscules espacées à la façon d'un bracelet. Il secoua la tête.

— L'autopsie a conclu à des marques de liens.

— Avec tout mon respect, le type qui vous a rancardé s'est foutu le doigt dans l'œil. Remarquez, il pouvait pas savoir.

Le flic eut le sentiment qu'enfin, il tenait quelque chose.

— Ça ressemble à quoi ton truc ?

— Attendez-moi une seconde. Je vais vous montrer.

Kovacs se fraya un chemin jusqu'à la porte et disparut. Les deux flics échangèrent un regard. Une lueur grise s'était allumée dans les prunelles de Desruel.

Le gardien revint au bout de quelques secondes. Il tenait dans les mains un objet cylindrique. On aurait dit un tuyau de métal, fendu en son centre d'une mâchoire crantée. Une manivelle plantée dans l'axe complétait le dispositif.

— Tenez, regardez. Après l'avoir entaillée, vous placez la peau à cet endroit, entre les dents. Ensuite vous serrez avec cette petite vis et vous n'avez plus qu'à tourner.

Desruel osa un regard dégoûté pendant que Paul faisait fonctionner l'appareil. Kovacs réintégra son fauteuil.

— Pour sûr, maintenant c'est dépassé. Avec toutes leurs conneries de normes d'hygiène et de foutoir européen, les abattoirs ressemblent à des cliniques.

Paul n'entendit pas. Un élément important venait d'entrer dans la danse. Un élément matériel. Identifiable. Par sa spécificité, il restreignait le champ de l'investigation. Le policier essaya d'en savoir plus :

— C'est quoi, ces trous ?

— Les points d'arrimage. Pour fonctionner, l'enrouleur doit être fixé sur un plan rigide.

— Explique.

— Les carcasses sont pendues par les pieds, à proximité du mur. On entaille le cuir le long des axes en introduisant un couteau entre la peau et le muscle. Ensuite, on fixe l'enrouleur sur un rail pour avoir un point d'appui. La bête est remontée à l'aide d'un treuil pendant qu'on l'habille.

— Quoi ?

— Qu'on la pèle, si vous préférez.

Kovacs parlait avec une vigueur nouvelle. L'expression de son visage s'était modifiée. Comme rajeunie. Il poursuivit sur sa lancée :

— Pour réussir son coup, le type doit suivre le mouvement du treuil. Ni trop lentement. Ni trop vite.

— Le treuil, il fonctionnait comment ?

— La plupart du temps à la main. Avec un autre gars. Les mecs devaient être synchro. Si l'un des deux se loupait, tout foirait.

Le flic visualisa l'opération. Des mastodontes en blouses blanches maculées de traînées rouges, des gestes calculés, un travail d'équipe. Comment le dingue s'y était-il pris ? Quelqu'un l'assistait-il ? Un autre fêlé, une alliance morbide, un trip de groupe jusqu'au bout de l'indicible ?

Les cordes vocales de Kovacs vibrèrent dans les basses, ramenant le policier à la réalité.

— Votre type, il a aussi pu faire ça seul. Avec un petit moteur pour remonter le treuil.

Paul haussa les sourcils. Seul, à plusieurs, le résultat lui semblait identique. Il reposa l'enrouleur et le fixa d'un air songeur.

— Depuis combien de temps a-t-on mis cette antiquité au rancart ?

— Je dirais... une quarantaine d'années.

— Le tueur a quand même réussi à s'en procurer un. Tu parlais d'un musée. Il doit y avoir d'autres endroits ?

Le front du désosseur se plissa. Il paraissait gêné.

— Peut-être... Certains paysans écorchent encore leurs bêtes eux-mêmes. C'est interdit, mais allez-le-leur dire.

— Et où les achètent-ils ?

— Ça, lieutenant... J'en ai pas la moindre idée.

Paul se pencha en avant. Ses yeux ne riaient plus.

— Arrête tes conneries, Kovacs. Où les achètent-ils ?

L'homme se raidit. En une fraction de seconde, l'ambiance venait de prendre une tournure inquiétante. Il marmonna :

— On en trouve parfois sur les foires agricoles. C'est assez rare et ils sont vendus sous le manteau.

Le flic se redressa. Toute trace d'agressivité l'avait déserté.

— Ben voilà... Tu vois que tu en sais des choses. Parle-moi de ces foires.

— Il y en a chaque printemps. Arles, Tarascon, Manosque, pour celles qui sont dans le coin. Les autres, j'sais pas trop.

Paul mentalisa les possibilités. Ces manifestations se tenaient sur l'ensemble du territoire, des centaines de professionnels les fréquentaient. Où l'assassin s'était-il procuré l'enrouleur ? Auprès de qui ?

La réponse ressemblait à un champ d'étoiles.

— Il faut m'en dire plus, Kovacs. Réfléchis bien. Tu t'y prendrais comment si tu avais besoin d'en acheter un ?

L'homme fit mine de se concentrer. Il finit par lâcher :

— Je passerais par un chevillard.

— Explique.

— Ce sont des courtiers. Ils connaissent tout le monde. On leur fait confiance.

— Donne-moi un nom.

La face couperosée prit une teinte pourpre.

— Je suis à la retraite depuis trois ans, lieutenant. Je ne sais pas si...

— Accouche, Kovacs.

— Maurice Ferchaud. C'est un des plus anciens. Pour ce genre de truc, tout passe par lui.

— Où ?

À reculons, le fort des halles murmura :

— Arles. Son bureau est sur le rond-point des Arènes. Tel

que je le connais, son nom doit encore être inscrit en gros sur la vitrine.

Un sourire éclaira les traits du policier. Il se tourna vers Desruel. La blonde n'avait pas prononcé un mot depuis dix minutes.

— Autre chose, miss ?

Elle eut une moue boudeuse et secoua la tête. Paul repoussa sa chaise.

— Merci, Kovacs. À charge de revanche.

L'homme quitta son réduit pour les raccompagner. Sa voix dérapa un peu lorsqu'il parla :

— J'ai votre parole, lieutenant. Je ne vous ai rien dit.

Le Marseillais lui décocha un clin d'œil.

— Pas de souci.

Les policiers prirent congé. Sur le parvis chauffé à blanc, des brumes saturaient l'air comme dans un désert de sel.

Paul alluma son cigarillo. Si les précisions de Kovacs soulevaient d'autres hypothèses, elles l'éclairaient aussi sur un point essentiel. La boucherie nécessitait une infrastructure. Treuil, poulie, support, moteur, du matériel voyant, encombrant. Bruyant.

Cette constatation se recoupait avec celles collectées sur la scène de crime. Pas de sang, pas de trace. Le tueur avait donc un repaire. Il ne dépeçait pas à la va-vite, en pleine nature.

Où se planquait-il ?

Pour Coglio, la découverte du corps sur le plateau ne relevait pas du hasard. Compte tenu des contraintes objectives, le lieu du supplice se trouvait forcément à proximité. Les gendarmes avaient fouillé les grottes dans un rayon de cinq kilomètres. Les calanques avaient été retournées en tout sens. Rien. Au bout du compte, Vial avait décidé d'abandonner cette piste.

Le flic envisagea une cave. Un endroit oublié, creusé dans les entrailles de la terre pour avaler les cris. Dans ce sanctuaire, le dément aurait pu s'en donner à cœur joie. Ensuite, il n'aurait eu qu'à transporter le corps jusqu'au plateau. Un chemin de caillasse montait jusqu'au col, une route du feu réservée aux véhicules des pompiers. Praticable en 4×4.

Sur ce point Coglio avait commis une erreur. La nuit, la barrière fermant l'accès des calanques restait ouverte.

En grimpant dans la voiture, Paul songea à Riad. Avait-il progressé ? Que savait-il du tueur à cet instant précis ?

Puis, une forme floue traversa sa conscience. Des épaules larges, enrobées d'ombre.

Dans combien de temps le dingue remettrait-il le couvert ?

— Il n'y a rien à comprendre. Il est là ?

— Non. Je... Je suis sa secrétaire. Je peux peut-être...

Le flic lança son casque sur le bureau, au milieu des papiers. Il se planta face à la femme, bras croisés.

— C'est pourtant simple. Vous me dites où est votre patron et je me casse.

Deux ou trois secondes s'étirèrent. La vieille observait le tatouage, les cheveux longs, les hublots noirs plantés sur le front mat. Malgré son trouble, elle réfléchissait.

— Vous avez une carte ? Un mandat ?

Paul se raidit. Il colla son document bleu, blanc, rouge sous les lunettes à monture violette.

— Pas besoin de mandat pour entendre un témoin. C'est une enquête criminelle.

La vieille bique ne se laissa pas démonter. Peu à peu, elle retrouvait l'assurance hautaine qu'elle devait associer à sa fonction.

— Monsieur Ferchaud est un homme très occupé. Vous ne nous avez pas prévenus. Je ne peux pas le déranger sous n'importe quel prétexte.

Les mots flottèrent un instant dans la pièce. Comme un écho. Paul sentit ses nerfs se torsader. Le cadavre dépecé de Leïla venait d'envahir son champ de vision. Il murmurait d'autres sons. Des suppliques de douleur, des paroles de terreur.

Il contourna le bureau, se pencha vers le cerbère, jusqu'à sentir son odeur rance.

— Écoute, mamie. On arrête de jouer. Tu me craches le morceau, ou je t'embarque avec moi.

Cette fois, la vieille lâcha prise.

— Il est aux abattoirs... À Tarascon.

Le flic saisit un cadre sur le bureau et le planta sous le nez de la femme.

Depuis l'enfance, Paul haïssait cet endroit. Une sorte d'arrière-cuisine, de salle des machines, où la région puisait son énergie pour continuer d'exister. Un purgatoire.

Puis, le panorama se transforma.

Le lieutenant abordait la plaine de la Crau. Une étendue désertique, oubliée, suffoquant dans une chaleur de four. Le Marseillais songea au désert de la mort, à la route 66, au parcours mythique des routards de tout poil venus dans le Nevada pour chevaucher leur rêve.

Ils en avaient souvent parlé avec Riad. Quinze jours sur leurs machines, avec la piste comme seul objectif. Un voyage initiatique, aux frontières mouvantes. Un pied de nez à la mort en territoire indien. Lorsqu'ils échafaudaient leur plan, les yeux du Beur s'allumaient comme ceux d'un môme.

Ses mâchoires se crispèrent. Depuis l'assassinat de sa fille, son pote roulait en solitaire. Une virée incertaine, dangereuse, avec au bout, une unique certitude : après l'avoir intégré au forceps, la police n'allait pas le rater.

Il maîtrisa sa colère. Riad avait peut-être encore une chance. Dans sa galère, il possédait une carte, un joker.

Lui.

Paul déboula en Arles gonflé à bloc.

Il se faufila entre les mailles d'un gigantesque embouteillage, casque au bras, lunettes dans les cheveux. Sur les trottoirs bondés, une foule paresseuse promenait sa nonchalance à la recherche d'un coin d'ombre.

Moteur au ralenti, il s'engouffra dans la vieille ville. Un dédale de ruelles. Balcons fleuris, volets repeints de frais, la saison battait son plein.

Il se gara près des arènes. L'amphithéâtre antique ouvrait dans la vieille ville un cratère de passé. Une construction ellip-

3

Paul prit sa décision rapidement.

En forçant un peu, il serait sur place avant la fermeture des bureaux.

Il récupéra sa bécane et quitta Marseille vers 16 heures.

Pas un souffle. Des nuages de chaleur se condensaient sur la rade. Gris, troubles, laiteux. Ils emprisonnaient dans leurs rets les vapeurs lourdes d'une ville au bord de l'asphyxie.

Le lieutenant rejoignit l'A55. Direction Arles, Nîmes, Montpellier. De part et d'autre du ruban noir, le paysage variait peu. Déprimant. En contrebas, l'étang de Berre, une mer intérieure, polluée jusqu'à l'os. Sur ses rives, une suite chaotique de zones industrielles, de villes pavillonnaires, de centres commerciaux.

Paul slalomait au milieu d'une noria de camions. Des projections de terre frappaient sa visière, percutaient ses bras telles des aiguilles de glace. Il avait l'impression d'évoluer dans un chantier à ciel ouvert, une ruche de métal dont les abeilles hurlaient leur rage à pleins poumons.

Après Martigues, la Méditerranée apparut.

Cabrera roulait à présent sur la nationale 568, le long du port de Fos. Un terminal pétrolier aux airs de sauterelle mutante. Dans une lumière d'aluminium, il entraperçut des tubulures d'acier, des passerelles chromées, des cheminées démesurées, des torchères. La bête éructait par à-coups des hoquets enflammés.

tique, grandiose, assemblage d'arcades soudées les unes aux autres autour de donjons médiévaux. Paul songea à des bouches vides, ouvertes en un cri silencieux sur la fureur des hommes.

Il entama un tour du rond-point. L'échoppe de Ferchaud était là. Quelque part entre les bars, les terrasses, les parasols et les marchands de bonheur.

Comme prédit par Kovacs, le flic trouva très vite. À l'angle d'une ruelle, le nom du chevillard se pavanait en caractères démesurés sur une enseigne blanche.

Paul poussa une porte en verre. Derrière, une pièce fraîche, tendue de tissu blanc, moquettée de crème. Deux bureaux face à face, des meubles de prix, anciens, occupés par des ordinateurs, des téléphones. Des poutres apparentes striaient le plafond, des arches de pierre arrondissaient l'espace. Un savant mélange de tradition et de modernisme.

Une face flétrie émergea derrière un écran.

— Oui ?

— Paul Cabrera... lieutenant de police. Je voudrais voir monsieur Ferchaud.

Le lieutenant avait décliné sa qualité avec un temps de retard. Brigade anti-criminalité, Brigade criminelle, détective privé, il ne savait plus au juste dans quelle case son enquête l'enfermait. Il s'en moquait. Son amitié pour Riad lui tenait lieu de laissez-passer.

La momie – une femme tout en longueur, au cou de grive enserré dans un chemisier de soie bleue – prit un air condescendant.

— C'est à quel sujet ?

— Je dois l'entendre. Dans le cadre d'une procédure criminelle.

La femme pâlit subitement. Elle tenta malgré tout de faire front.

— Mais... Je ne comprends pas...

— C’est lui ?

Une gêne diffuse empourpra la relique. Comme une histoire honteuse, planquée sous les lambris du temps.

— Oui… Mais je vous préviens…

Paul n’entendit pas la fin de la phrase. La vie de cette pimbêche le laissait froid. Il avait déjà rejoint la fournaise et courait vers sa bécane.

4

Vue de la route, la construction faisait penser à une clinique. Deux blocs aux murs étincelants, alignés en parallèle, cernés par un grillage flambant neuf. Des camions frigorifiques patientaient le long d'un quai, cul collé à des sas hermétiques.

Paul roula jusqu'à l'entrée. De grosses cylindrées se pressaient sur un parking, immatriculées dans des départements limitrophes. Il se gara à côté d'une Mercedes 300 SL, couverte de poussière.

D'un pas rapide, il gravit les trois marches menant au bâtiment. À l'intérieur, le lieu tenait ses promesses. Verrières, bois blanc, espace. Le tout, immaculé.

Il s'accouda au comptoir.

— Lieutenant de police Cabrera. On m'a dit que monsieur Maurice Ferchaud était chez vous.

Une blonde entre deux âges leva vers lui des yeux éteints.

— Oui.

La lassitude du ton désarçonna le policier. La femme semblait planer dans un songe permanent.

— Vous pouvez l'appeler ?

— Non.

Sourire crispé du policier.

— Pourquoi ?

— Il est dans la chambre froide.

— Et alors ?

Haussement de sourcils de la blonde.

— Le nouveau standard… Ils n'ont pas encore réussi à brancher toutes les lignes.

— Magnifique. Qu'est-ce qu'on fait ?

Elle poussa un profond soupir et décrocha un combiné.

— Laurent. Tu peux venir à la réception ? Apporte une tenue, c'est pour un visiteur.

Elle désigna une grappe de sièges plantés contre un mur.

— Asseyez-vous là-bas. On vient vous chercher.

Puis sans rien ajouter, elle replongea dans la lecture d'un magazine.

Paul s'affala à l'endroit indiqué. La fatigue commençait à lui broyer le dos. Sous l'effet de la climatisation, le mélange sueur-poussière accroché durant le trajet se cristallisait sur sa peau.

Il étendit les jambes, muscles contractés pour chasser la tension. Ce geste, combien de fois l'avait-il répété ?

Des souvenirs de route lui collèrent aux rétines. Trois jours dans les Cévennes, l'été dernier. Avec une avocate, Charlotte, rencontrée dans les locaux de la BAC à l'occasion d'une garde à vue. La jeune stagiaire s'était offerte sans faire d'histoires. Le temps du voyage. Après quarante-huit heures, c'était à peine si elle le reconnaissait.

Un sourire détendit son visage. Les femmes le fascinaient. Depuis toujours. Plus le temps passait, moins il les comprenait. C'était sans conséquences. Dans sa logique, une seule chose importait : leur existence.

— C'est vous le visiteur ?

Un type rondouillard se tenait face à Paul, enveloppé d'une blouse blanche, le crâne couvert par un calot.

— C'est moi.

— Vous êtes de l'hygiène ?

— Non. De la police.

De nouveau, la réticence, l'inquiétude. Puis l'homme se justifia :

— L'usine est neuve. On a pas mal de contrôles en ce moment. En principe ils envoient des...

— Je cherche Maurice Ferchaud.

— Ah ? Il a des problèmes ?

— Pas qui vous concernent.

L'employé haussa les épaules.

— Tenez, passez ça.

Le Marseillais s'emmaillota dans une tunique plastique aussi fine que du papier à cigarette. Il demanda :

— Les bottes, c'est obligatoire ?

— Conseillé.

Paul acheva de s'équiper. Il se faisait l'impression de partir pour une terre inconnue, hostile, une géhenne de cristal peuplée de plantes mutantes et vénéneuses. Lorsqu'il fut prêt, son guide lui fit signe de le suivre.

Une porte. Un sas. Des lamelles de plastique superposées à la façon d'un jeu de cartes. La température chuta. Les muscles du policier se tendirent.

Ils traversèrent une première zone. Un concert de beuglements éclata les tympans du lieutenant. Des sons déchirants, désespérés. Des bœufs attendaient, en file indienne, parqués dans un corridor aux parois métalliques. Au bout, un malabar sur une estrade. Il appliquait entre les cornes des animaux un cylindre chromé. Couvrant le vacarme, Paul crut distinguer des bruits d'air comprimé.

La seconde zone était moins bruyante. Des sifflements aigus, des claquements froids, des chocs sourds. Les bovins s'alignaient sur un rail, pendus par les antérieurs à des crochets épais. Autour, d'étranges lutins en blouse blanche jouaient du couteau dans une débauche de pourpre.

Pour la première fois, Paul ressentit une gêne.

Il y avait trop de sang.

Le flux semblait jaillir des murs, du sol, ruisseler des poutrelles. On pouvait presque le respirer. Le long des allées, des bacs carrelés débordaient. Au milieu, point de convergence des ruisseaux sombres, un caniveau charriait vers une énorme cuve l'essence vitale.

Derrière un coude, une nouvelle zone apparut. Toujours les mêmes carcasses, mais écorchées. Paul frissonna. Les photos de l'identité judiciaire superposaient leur grain blafard à l'orgie écarlate. Chairs roses, filaments beiges, Leïla avait connu le même sort.

Sans anesthésie.

Puis l'enfer monta encore d'un cran. Éviscérations, découpes des bestioles à la tronçonneuse, le flic déambulait dans une folie contrôlée, rationalisée.

En contrepoint, l'image de la gamine l'obsédait.

Il posa une main sur l'épaule de son guide et lui fit signe de presser le pas.

Enfin, ils débouchèrent dans une salle blanche. Trois types y discutaient autour d'une machine à pesée. Un quatrième prenait des notes. D'après la photo, ce pouvait être Ferchaud. Paul l'interpella :

— Maurice Ferchaud ?

En guise de réponse, la cible leva un menton arrogant. Lunettes demi-lune sur le nez, tempes grises débordant du calot, visage aigu. Sous la blouse, on apercevait le chatoiement d'une cravate en soie.

Le flic capta le mépris. Le monde de la viande lui apparut soudain sous un autre éclairage. Un business lucratif, des hommes d'affaires aiguisés, des codes d'appartenance.

— Lieutenant de police Cabrera. Vous avez une minute ?

Ferchaud scruta le policier.

Un temps de trop.

— Attendez-moi dehors, je suis à vous tout de suite.

Le ton était donné. Sec, cassant.

Le Marseillais refoula l'envie pressante d'attraper ce connard par le col et de le sortir du frigo *manu militari*. Il se contenta de cligner les paupières. La pièce ne comportait qu'un seul accès. Le gibier était à lui.

Il patienta un bon quart d'heure. Autour, les bouchers continuaient leur besogne, imperturbables. Il s'imagina une armée de démons, les légions de l'horreur. À leur tête, Ferchaud. Un désosseur aux allures de banquier.

Le chevillard était certainement au courant pour le meurtre. Toute la France en parlait. Que lui apprendrait-il ?

Paul rêva d'une solution rapide, d'une piste claire, évidente, où chaque pièce s'imbriquerait dans la suivante comme dans un jeu de gosse.

Le temps pressait. Bientôt, peut-être, un autre meurtre. Bientôt, sans doute, la curée sur Riad.

La porte s'ouvrit à la volée. Ferchaud marcha sur le policier d'un pas décidé.

— Que me voulez-vous ? Je n'ai pas beaucoup de temps.

Paul ne broncha pas d'un pouce. Il dépassait son interlocuteur d'une bonne tête et lui rendait vingt kilos.

— Leïla Kellal. Vous êtes au courant ?

— La gamine assassinée à Marseille ?

Le flic rectifia d'un ton glacial.

— Torturée à mort. Écorchée vive. On lui a éclaté le crâne sur un rocher pour la finir.

Le chevillard avala sa salive.

— Je ne comprends pas.

— Je vous explique. Le dingue qui s'est acharné sur elle s'est servi d'un outil qu'on utilise dans votre profession. Un enrouleur. J'ai besoin d'infos.

Les mains du boucher glissèrent dans ses poches, comme s'il cherchait un stylo.

— Techniques ?

— Non. Personnelles.

Ferchaud changea d'expression. Paul exploita son avantage.

— Je sais qu'on n'utilise plus ces engins. Je sais aussi qu'on peut se les procurer par la bande. Enfin, je sais que vous êtes bien placé pour ce genre de trafic.

Le chevillard se raidit.

— Qu'est-ce que vous insinuez ?

— Que vous avez peut-être vu l'arme du crime.

— C'est une plaisanterie ?

— J'ai l'air de plaisanter ?

Le policier avait fait un pas en avant. Il surplombait Ferchaud de ses épaules.

L'homme essaya de garder une contenance.

— Je fais des affaires, lieutenant Cabrera. Je ne me livre pas à ce genre de... trafics. Je n'ai pas besoin de ça.

— Qui alors ?

— Mais... Je n'en sais rien.

Paul sentit l'odeur de la peur. Elle empestait à cent mètres. Il attrapa Ferchaud à la gorge et le tira à lui.

— Je connaissais la gamine, salopard. Si tu sais quelque chose, je te conseille de me le dire vite fait. Sinon, je reviendrai. Et ton petit costume ne te protégera pas lorsque je t'éclaterai la tronche.

Le courtier roula des yeux exorbités.

— Je...

Une voix de stentor interrompit la confession.

— Des problèmes, monsieur Ferchaud ?

Un désosseur s'était approché. Un gorille, aux avant-bras épais comme des troncs d'arbres. Il tenait dans son poing un hachoir. De sa main libre, Paul dégagea sa blouse plastique. La crosse du Manhurin apparut, plaquée sous l'aisselle.

— Police, connard. Barre-toi.

La masse s'esquiva à reculons, paumes écartées en une excuse muette.

Le flic se tourna vers Ferchaud. L'altercation avait dopé sa rage. Ses doigts crochetaient toujours la gorge étroite.

— Tu as cinq secondes.

— Je n'y suis pour rien dans cette histoire de meurtre.

— Quatre. Trois...

— Il y en a un qui a circulé, cracha le chevillard.

— Un quoi ?

— Un enrouleur.

— Tu l'as fourgué toi-même ?

— Oui...

Une espérance gonfla le cœur du jeune lieutenant. Il desserra à peine son étreinte.

— À qui ?

Ferchaud se contorsionna. Des plaques rouges coloraient ses joues. Il avait peur. Et ce n'était pas seulement de Paul.

De quoi alors ?

Le Marseillais haussa le ton pour répéter :

— À qui, bordel ?

— Un type grand, brun... Basané.

— Tu te fous de ma gueule ? Où tu veux que j'aille avec ça ?

— C'est tout ce que je sais. Je vous le jure.

Paul jaugea son témoin. Fragile, craintif, sa morgue n'était plus qu'un lointain souvenir. Il décida de le croire.

Puis il songea aux explications de Kovacs. Un marché parallèle. Des outils d'un autre âge. Illicites. Comment Ferchaud avait-il pu se compromettre avec un inconnu, sans aucune garantie ?

Il questionna encore :

— Où l'as-tu rencontré ?

La question prit Ferchaud de court. Paul eut le sentiment qu'il venait de tirer un fil. Il serra plus fort.

— Où ?

La face du boucher ressemblait à une pivoine. Il éructa :

— Aux... Saintes-Maries-de-la-Mer... Dans les arènes.

— Précise.

— Il y travaille...

— Quel genre de boulot ?

— Pour la saison... Je ne sais pas exactement.

Paul envoya Ferchaud valser dans les carcasses.

— Arrête de me prendre pour un con.

Prostré à même le sol, l'homme se tenait la gorge et cherchait son souffle. Il murmura :

— Il faut me croire...

Le policier se pencha.

— Qu'est-ce que tu racontes ?

— Je... Je n'ai pas pu refuser.

— Bordel, de quoi tu parles ?

— Des gitans. C'est eux qui sont venus me voir... Je n'ai pas pu refuser...

Paul recula, désorienté. Le psychiatre avait esquissé le portrait d'un homme cultivé, raffiné, érigeant la souffrance en art à part entière. Un esthète du crime, appartenant au même groupe ethnique que la victime. Le chevillard venait de lui livrer un gitan, payé à la tâche pour s'occuper d'une étable.

Quelle que soit la marge d'erreur, l'écart était trop grand.

L'idée qu'il se soit planté depuis le début le picota. Son intuition quant à un équarrisseur, la révélation de Kovacs sur le mode opératoire, même l'aveu de Ferchaud.

Soudain, tout lui semblait absurde.

Il fit quelques pas, cherchant à retrouver son calme. Des

quartiers de viande défilaient sur un rail, projetant par saccades des cliquetis inquiétants. Immobile, Ferchaud semblait recroquevillé sur une prière intérieure.

Peu à peu, l'esprit du jeune lieutenant s'apaisa. Il retrouvait ses certitudes, sa façon de faire, directe et simple. L'objectif s'éloignait, mais pour l'instant, rien ne démontrait qu'il fût sur une voie de garage. Vial lui avait laissé carte blanche. Le commissaire l'avait choisi pour son instinct, sa connaissance du terrain, son imprévisibilité.

Il devait rester à ce niveau. Remonter son propre chemin. Aller jusqu'au bout. Quels que soient les écueils.

Et de toute façon, il n'avait pas d'autre piste.

En quittant les abattoirs, il prit la direction des Saintes. Couché sur son bolide, il s'imaginait qu'il remontait une ancre. Une chaîne sans fin, aux maillons tranchants, plongeant dans l'eau noire d'un cerveau malade.

À son extrémité, peut-être, il trouverait le dingue.

Et sans doute aussi Riad.

5

Un cerceau blanc, à ciel ouvert, strié de gradins en béton. Des barrières grises, serrées, comme un filet. Une coursive circulaire, à peine un mètre de profondeur, délimitée par un auvent de bois rouge.

Au-delà, l'arène.

Le sang.

La mort.

Paul embrassa le cirque du regard. Quelques silhouettes voûtées se dirigeaient vers les sorties, démarche molle, casquettes vissées aux crânes. Plus bas, à l'intérieur du disque, des hommes en bleu de travail lavaient le sable à l'aide d'engins motorisés.

Paul remarqua les souillures. Des traînées sombres, des taches asymétriques. L'histoire des dernières heures. Elle colorait la pâleur limoneuse d'une palette pourpre.

Il sauta la barrière et atterrit dans la coursive. Bref coup d'œil, comme un réflexe, une peur ancienne.

Déserte.

Il avança. Tous les deux mètres, des panneaux de bois rouge, rectangulaires, à hauteur d'homme. Accolés au béton, ils ménageaient aux artistes un espace de survie.

En cas de dérapage.

Un souvenir assaillit sa mémoire. Une bête noire, aux yeux vitreux. Une palissade éclatée. La foule qui se lève. Des hommes qui courent, paillettes et or. Des capes roses. Des cris. Une poupée molle projetée dans les airs, piétinée, puis projetée encore.

Le silence.

Le lieutenant alluma un cigarillo. Cet après-midi-là, il était dans le goulet, aux premières loges. Le taureau avait empalé son bourreau à plusieurs reprises. Section de l'artère fémorale, perforation de l'estomac, le matador s'était vidé en quelques minutes.

Les risques du métier.

Paul se dirigea vers le toril. Si le suspect était sur place, il devrait le coincer par surprise. Avec les gitans, les scénarios tordus étaient de mise.

Il franchit la grille métallique. Le sentiment de pénétrer dans une fosse où croupiraient des lions. La même odeur, peu d'ouvertures, juste quelques meurtrières laissant filtrer une lumière de sépulcre.

L'endroit n'était qu'un long couloir où s'alignaient des boxes. À l'autre extrémité, une porte à double battant, monumentale. Sur la terre battue, trois taureaux ensanglantés, couchés sur le flanc. Des fauves énormes, puissants, aux robes crème, mouchetées de brun. Cornes courtes, front large, Paul reconnut l'élevage des Miura.

Une dizaine de types s'affairaient autour, des ombres sales, aux mains gantées.

Lequel était le sien ?

Il s'approcha d'un malingre, à la chevelure lustrée. Crasse ou gomina ? Il eut du mal à trancher. Il lui tapa sur l'épaule.

— C'est qui ton chef ?

Le manœuvre se retourna. Un mégot lui collait aux lèvres, ses yeux injectés laissaient deviner la nature du mélange qu'il inhalait. Il pointa un ongle noir vers un box.

Paul remercia d'un mouvement de menton et s'enfonça dans

la tanière. Les ombres le regardèrent passer à la dérobée, sans cesser de travailler.

Il fut sur l'homme en quelques enjambées. Un beauf en chemise à motifs provençaux, au ventre en avant, débordant sur une ceinture cloutée. Une paire de bottes jaunies complétait le style du pseudo-gaucho.

— Vous êtes le responsable ? questionna Paul.

Le gros vociféra :

— Ouais... Pourquoi ?

Le lieutenant se pencha et lui murmura à l'oreille.

— Police. J'ai deux mots à vous dire. En privé.

Le gaucho grommela un juron. Il leva un bras épais et hurla à la cantonade :

— Bougez-vous le cul bande de larves. On a plus qu'un quart d'heure avant le ramassage des bestioles.

Puis, s'adressant à Paul :

— Venez.

Ils marchèrent vers le fond du toril, grimpèrent cinq marches branlantes. Une porte vitrée ouvrait sur un capharnaüm bourré de cartons, de papiers sales, de récipients en plastique. Placé dans un angle, un bureau minuscule disparaissait sous des objets hétéroclites : étriers, banderilles, lanières de cuir, couteaux. L'endroit sentait le moisi.

L'homme claqua la porte.

— Qu'est-ce qui se passe ?

Paul attaqua sans détour :

— Vous faites bosser des gitans en ce moment ?

— C'est pas interdit que je sache.

Le ton fleurait le parfum de l'embrouille. Travail au noir, cadences infernales, certains corps de métiers ne s'embarrassaient pas avec les lois sociales. Il rassura l'esclavagiste.

— Ce n'est pas mon problème. Je ne suis pas là pour ça.

Le beauf eut une moue hésitante. Sa trogne respirait la hargne.

— Ah ouais... Alors c'est quoi votre truc ?

— Le crime.

Un étonnement teinté d'amusement transfigura le visage porcin.

— Sérieux ?

— Un de vos gars est peut-être mêlé à une sale histoire. Grand, brun, basané. Un gitan.

Sourire du gaucho.

— J'ai que des gitans l'été. Les locaux veulent plus se salir les mains. Et pour la description, vous repasserez. Ils se ressemblent tous.

— Je voudrais les interroger. Mais avant, expliquez-moi quelque chose.

— Si j'peux.

Paul allongea ses jambes sur le bureau et alluma un cigarillo.

— On utilisait des enrouleurs dans le temps. Pour écorcher les bêtes.

— J'connais.

— Et vous savez que c'est interdit aujourd'hui.

— J'le sais.

— Pourtant, il en circule encore quelques-uns qui sont utilisés par des particuliers.

Le gaucho croisa les bras sur sa bedaine. Ses yeux brûlaient d'un éclat noir.

— Vous croyez peut-être que je m'amuse avec ces conneries ?

Paul leva la main en signe d'apaisement.

— Pas vous. Les gitans.

— Vous voulez dire, pour leur propre usage ?

— Pourquoi pas ?

L'homme éclata d'un rire gras.

— Vous savez ce que c'est de peler une couenne ? Faut du doigté. Ces rastaquouères ont de la merde dans les mains. À part torcher les écuries et faire la manche, faut pas compter sur eux.

Paul s'attendait à cette confirmation. Il n'avait jamais cru à l'hypothèse d'un simple trafic de viande. Il fixa le gaucho, prenant sur lui pour ignorer le propos raciste.

— Il me faut leur état civil.

— Ça va pas être simple... Ces racailles n'ont jamais de papiers. Ils en profitent pour vous raconter n'importe quoi.

— On laisse tomber les papiers. Je vais noter les noms et j'irai les voir après.

L'homme acquiesça, satisfait. Il se planta devant le carré vitré. En bas, ses péons s'affairaient. Un par un, il les passa en revue, donnant le prénom, parfois le nom, mais pas toujours.

Paul notait ces éléments sur une feuille maculée d'auréoles, récupérée sur le bureau. Du coin de l'œil, il suivait la galerie de portraits. Sans conviction. À cette distance, courbés sur les carcasses, les types se ressemblaient. Des baguettes sombres, sans aspérités ni relief.

Soudain, il en repéra un.

Une stature haute, des épaules de lutteur. Même plié en deux, le type tranchait dans l'uniformité.

Il écouta la fin de la litanie, sans lâcher la silhouette du regard. L'homme allait et venait entre les boxes, sans but précis. De temps à autre, il levait la tête dans leur direction.

En une fraction de seconde, Paul saisit l'inquiétude.

— Celui-là, fit-il en désignant sa cible.

— Manuel. Il est là depuis le mois de mai. Ne me demandez pas d'où il vient.

À cet instant, le type s'immobilisa. Comme s'il avait compris qu'on parlait de lui. Il recula et s'enfonça dans la pénombre.

Le lieutenant réagit au quart de tour. Il planta le gros en plein milieu de sa phrase et bondit à l'extérieur.

Il dévala les marches, fouillant le toril du regard.

En un battement de cils, le type s'était volatilisé.

Paul dégaina son Manhurin. Il n'y avait que deux options pour quitter la cage : la double porte donnant sur la rue, par où étaient amenés les taureaux ; la grille ouvrant sur l'arène.

L'une et l'autre étaient fermées.

Le mec se planquait quelque part.

Le flic courut vers la piste, arme au poing. Les têtes pivotèrent dans sa direction, pupilles absentes. Une cohorte de spectres.

À la hauteur des grilles, il fit demi-tour et se planta dans l'axe. Le couloir déroulait devant lui sa langue de terre humide. Il revint en arrière, sans perdre de vue l'autre issue, et fouilla les boxes un par un, méthodique. Porte en fer, gonds grinçants, il avait l'impression de sonder une pissotière où se serait terré un dealer.

Au sol, des vestiges de paille, des tas d'excréments.

Rien d'autre.

Le flic s'arrêta au niveau du bureau. À moins d'un mètre, la sortie, la rue. Où était passé le type ?

Trois coups secs lui firent lever la tête. Derrière la vitre, une forme floue. Le gaucho. L'enfoiré pointait son doigt vers un puits d'ombre. Depuis le début, il n'avait pas perdu une miette du spectacle.

Le policier serra la crosse de son arme. Il fit quelques pas. À cet endroit, la visibilité avoisinait le zéro.

Il laissa ses yeux s'accommoder à la pénombre. Peu à peu, une alcôve émergea du néant. Trois boxes, placés en arc de cercle, formaient un cul-de-sac. Plus spacieux que les autres, sans fermeture, le flic en déduisit qu'on y parquait des chevaux.

Il avança, canon en position d'attaque, dans le prolongement des bras.

Un bruit de pas dans son dos. Il fit volte-face.

Avec un temps de retard.

Le poing le cueillit au niveau du plexus, un coup vicieux, d'une puissance phénoménale. Il se courba en deux. L'air cessa de circuler dans ses poumons. Un nouveau choc. À la tête cette fois. Une pluie de verre. Il perdit l'équilibre et roula à terre. Dans le mouvement, l'arme lui échappa.

Chancelant, il se releva. Dans le contre-jour, il reconnut la haute stature du fuyard. Un tesson de bouteille pendait au bout de son bras.

Le type se jeta sur lui. Paul interposa son genou par réflexe. Les os broyèrent les testicules. Son agresseur se plia.

Le flic chercha son flingue. Des lucioles traversaient son champ de vision. Un liquide tiède coulait sur sa tempe.

Finalement, il l'aperçut.

Il avança.

Le temps marqua une pause.

Une ombre avait surgi du vide. Elle se baissait, ramassait le Manhurin, le braquait maintenant vers lui. La voix du premier type hurla dans son dos :

— *¡ Mata lo ! ¡ Mata lo !*

Le cri avait crevé l'espace, pétrifiant l'instant dans un infini de terreur. Paul fixa son destin. Il avait pris l'allure d'un nervi aux épaules musculeuses, au cou épais, aux cheveux de corbeau. Une balafre se devinait sur sa joue droite, un trait épais courant de l'œil à la mâchoire. En clair-obscur, le flic crut distinguer l'ombre d'une créole plantée dans son oreille.

Le type s'approcha. Sa main tremblait. Il hésita une poignée de secondes. L'autre hurlait toujours. Des phrases courtes, en espagnol.

Le gitan posa son canon contre la tempe du policier. Il se

mordait les lèvres, respirait fort. Paul n'entrevoyait que des formes, ondoyantes, lointaines. Dans un brouillard de fer, il capta un déclic. Le chien s'armait.

Tout alla très vite. Des heures d'entraînement, gestes répétés à l'infini, yeux bandés, aux frontières de l'épuisement. La mémoire aveugle d'une machine de combat.

Son coude se propulsa vers le flingue. L'arme vola des mains du gitan. Puis, dans la continuité du mouvement, ses phalanges décrivirent un arc de cercle pour venir fracasser le nez du nervi. Le cartilage explosa. L'homme tituba. Il colla ses paumes sur ses narines dévastées pour tenter de contenir l'hémorragie. Le sang lui inondait le visage, comme une bouillie noire.

Paul plongea sur le Manhurin. Ses rétines n'imprimaient toujours rien. Il pointa le calibre vers les ombres qui détalaient.

Avant de sombrer dans l'inconscience, il capta au vol des bribes de mots :

— *¡ Venga ! ¡ Venga !*

6

Paul battit des paupières.

Une trogne indécise était penchée sur lui. Des bajoues molles, des lèvres fines, il reconnut le gaucho. Sa face de teigne dansait à la lueur d'un Zippo.

— Ça va, mec ?

Les mots ricochèrent en écho, lointains, vaporeux, comme des abîmes de brume. Il ne chercha pas à les retenir. Il hocha la tête et essaya de s'asseoir.

Vertige.

À chaque battement de cœur, une masse de fonte explosait sous son crâne. Il ferma les yeux, attendit. Peu à peu, l'oreille interne s'ajusta.

— J'vous l'avais dit, reprit la voix. Des raclures. Et rapides... J'ai pas eu le temps de les choper.

Paul n'entendait pas. Il rassemblait ses forces pour s'extraire de la boue. Dans le même temps, des lambeaux de mémoire agressaient sa conscience.

Deux loups sauvages. Ils l'avaient pris en tenaille. Le plus petit s'était planqué pendant que le grand l'attendait. Une manœuvre concertée, imparable.

Dans son esprit, il coursait un lièvre.

Pas deux.

Il se redressa avec difficulté, prenant appui sur le bras du gaucho. D'autres douleurs l'assaillirent. Brûlantes, glaciales. Des épines de verre égratignaient ses bras. Il les retira en grimaçant. Il posa une paume sur sa tempe. Dans la masse de cheveux, une croûte s'était déjà formée.

— Passez-moi votre briquet.

— Quoi ?

— Votre briquet, bordel !

Le beauf lui tendit le Zippo. Paul se pencha et promena la flamme sur le sol. Il repéra le Manhurin et le replaça dans son holster. À pas lents, il arpenta l'étable, à la recherche d'un détail, d'un indice. Sans succès. Les gitans s'étaient carapatés en toute discrétion.

Il balança un coup de pied dans le vide. L'impasse se profilait plus vite que prévu. Pas de noms. Pas de papiers. Des visages flous, comme des masques de ténèbres.

Autant dire, rien.

Pourtant, un point positif illuminait ce brouillard. Son intuition se révélait juste. L'attaque qu'il venait d'essuyer le confirmait.

Il s'arrêta devant le gaucho.

L'homme attendait, bras croisés, visage tiraillé entre crainte et jubilation. Paul connaissait ce genre d'énergumène. Lâche, limite facho, toujours à la lisière du Code pénal, le spectacle d'un flic amoché le faisait triquer sans retenue. Rien à attendre de cet enfoiré.

Il détourna son regard. Derrière, au-delà des épaules molles, se profilait la troupe des ouvriers.

— On va tout reprendre à zéro, lança-t-il.

La face du beauf se figea.

— Comment, à zéro ?

— Vos gars. Je veux les entendre.

— Pour quoi faire ?

Paul en avait assez de jouer. Sa réponse claqua comme un coup de cravache.

— T'occupe !

Le gros tourna les talons et fila se réfugier dans son antre. Le policier rassembla les péons. Des visages marqués, sales ; des bouches trouées de chicots ; des yeux vides, comme des écrans éteints. Aucun ne parlait le français, juste quelques expressions basiques avec un fort accent espagnol : « oui », « non », « pas savoir », « Espagne », « Europe ».

Ces fantômes semblaient débarquer de nulle part, surgis d'un néant de soleil et de terre telles des icônes de glaise.

Paul eut néanmoins une certitude. Derrière ces figures tristes, ces feintes maladroites, se profilait la peur. Une peur archaïque, animale, aux relents de soumission.

Il insista un peu, puis finit par renoncer.

La rage au ventre, il monta récupérer son casque. Le gros faisait semblant de s'affairer sur une calculette. Il leva un sourcil goguenard.

Le flic posa ses paumes sur le bureau. Buste penché vers l'avant, il tenta une dernière intimidation.

— Tu es bien sûr que tu n'as rien ? Ces mecs travaillent pour toi. Ils se pointent ici tous les jours.

— Sûr à cent pour cent. Il en vient un nouveau chaque fois. Un cousin, un frère, ils se refilent l'adresse et bossent à la journée. Tenez... Celui qui s'est tiré avec Manuel, je l'avais jamais vu avant.

— Il faut bien qu'ils dorment quelque part.

Le gros replongea dans ses calculs.

— Qu'est-ce que j'en ai à foutre d'où ils crèchent ? Ils torchent les écuries à chaque corrida. J'leur file leur fric et y se cassent. C'est tout ce que je leur demande.

— Il doit y avoir des caravanes, merde, quelque chose.

— J'en sais foutre rien.

Le flic attendit quelques secondes. Il fulminait. L'envie d'attraper cette daube et de lui exploser les dents. Il se maîtrisa avant de lâcher :

— Tu sais ce que ça coûte de faire obstruction à une enquête criminelle ? Sans compter tes magouilles de merde. Je vais te faire plonger salopard.

Le négrier haussa les épaules.

— Foutez-moi au trou si ça vous chante. Je vous ai dit tout ce que je savais.

Paul eut l'intime conviction qu'il disait la vérité. Pour lui, les péons ne valaient pas plus que son bétail. S'il avait pu, il les aurait balancés avec joie.

Par frustration, le flic le saisit par le col et lui écrasa le visage sur la table. Le nez craqua au contact du bois.

— Ouvre bien tes oreilles, tête de nœud. J'ai pas le temps de m'occuper de toi aujourd'hui. Mais je vais revenir. Plus tard. Et je t'éclaterai la tronche. Juste pour le fun.

Il attrapa son casque. En franchissant la porte, il en balança un coup dans la vitre. Des morceaux de verre volèrent vers le toril.

Et avec eux ses espoirs.

7

Le bilan n'avait rien de reluisant.

Une piste chaude, brûlante, arrêtée net sans espoir de retour. Les gitans vivaient pour le voyage. Des êtres instables, des ombres en mouvement, promenant leurs vies dans une roulotte à la façon des tortues.

Où se terraient-ils à présent ?

Paul roulait vers la mer. Le ciel renvoyait des filaments de braise dans les dernières lueurs du jour. Assises sur le sable, quelques silhouettes tranquilles savouraient cette heure magique en contemplant l'horizon.

Il longea la plage à faible allure. Souffle chaud, odeurs d'iode, la perfection de l'instant ne parvenait pourtant pas à l'apaiser.

Il pensait à Leïla, à Riad, à ces destinées d'espérance, brisées sur des récifs de douleur. Il imaginait aussi l'homme qui avait pillé leurs vies. Un pervers déterminé, possédant une expertise parfaite des techniques d'écorchage. Foulon avait dépeint son âme et esquissé un vague portrait-robot. Kovacs avait précisé son mode opératoire. Paul en avait déduit la nécessité d'une organisation matérielle complexe.

Mais la gamine ? Pourquoi elle ? Avait-il frappé au hasard ? S'était-il renseigné avant ?

Dans les deux cas, le dingue n'avait laissé aucune trace.

Hormis l'enrouleur.

Le flic se concentra sur les derniers événements. Les gitans n'utilisaient pas de tels outils. Ni pour eux-mêmes, ni pour d'éventuels trafics de viande taurine. Le gaucho l'avait clamé haut et fort, confirmant en ce sens son impression. De plus ils ne correspondaient pas au profil du tueur. Ils avaient donc seulement fourni l'objet, après se l'être procuré auprès du chevillard.

De simples intermédiaires. Une commande.

Pourquoi avaient-ils passé un tel marché ?

Paul envisagea une opportunité financière. Un objet rare, illicite, le prix pouvait valoir le déplacement.

Il abandonna aussitôt l'hypothèse.

Les gens du voyage ne s'embarrassaient pas de plans compliqués. Même bien payés. Ils préféraient l'instant, les rapines faciles, les coups sans lendemain. Depuis des siècles, leur liberté valait tous les palais.

Alors quoi ?

Dans ce fatras de questions, un élément revenait de façon récurrente.

La peur.

Ferchaud, ses agresseurs, la cohorte des péons, tous redoutaient quelque chose. Une crainte palpable, qui dépassait les conséquences d'un simple trafic ou de leur implication dans un crime. Le flic la percevait dans son essence primitive, brutale, comme un enjeu vital.

La moto arriva à l'extrémité de la lagune. Paul coupa le contact. Partout s'étendait la Camargue. Un marécage en forme de plaine, bassins d'eau croupie nés des amours fétides d'une mer et d'un fleuve. Planté en plein milieu, un panneau flambant neuf donnait la direction de sa capitale : Arles.

Paul hésita. Revenir en arrière, retraverser les Saintes, remuer cette terre saumâtre pour dénicher un indice. Ou retourner à

Marseille, soumettre ses découvertes au commissaire et bosser avec la Brigade.

L'idée de rentrer dans le rang ne l'enthousiasmait pas.

Pourtant...

Vial pourrait peut-être l'aider. Barrages routiers, escadrons de gendarmerie, fouille de chaque camping, de chaque caravane : la technique de l'escargot. Une recherche tous azimuts à partir du point d'agression. Le vieux briscard consulterait également le fichier des romanos interpellés dans le périmètre.

Après tout, c'était son job.

Paul s'engagea sur la nationale dans un crissement de pneus. Dans le toril, il avait laissé passer une occasion. Inutile de gaspiller encore du temps.

Il traversa les salins. Des flamants roses tournoyaient dans l'or du soir, pattes tendues dans une posture hiératique. Empêtré dans ses suppositions, il ne les voyait pas.

Il allait reprendre l'autoroute lorsqu'il remarqua un terrain vague, situé en contrebas. Il freina brutalement et se gara sur le bas-côté. Échouées dans l'herbe haute, une dizaine de roulottes formaient un arc de cercle autour d'un baraquement de planches.

Paul regarda sa montre. Rien ne bougerait avant demain matin. Qu'avait-il à perdre ?

Il enjamba la barrière, descendit le talus, et parvint à une sorte d'enclos, entouré de cyprès. L'endroit paraissait abandonné, comme hors du temps. Il jeta un œil aux caravanes. Petites, vieillottes, des bois vernis, des roues à bâtons, des bras d'attelage. Les flancs s'ornaient de dessins criards, lustrés, une débauche de rouges et d'or. Habillées d'ombre, les roulottes semblaient recueillies sur leur passé glorieux.

Le Marseillais songea à un film qu'affectionnait son père. Une comédie italienne, populaire, réalisée dans les années cinquante.

Un cirque, la route.

L'amitié, la douleur.

L'histoire s'enroulait sur elle-même.

Il s'approcha de la première roulotte, colla son nez contre la vitre. Le noir. Le silence. Il fit le tour, aux aguets. Chaque antiquité lui renvoyait la même absence.

Il s'achemina vers la baraque centrale, une sorte de cahute derrière laquelle on devinait une tente. Un écriteau planté dans la terre indiquait : « Musée de la roulotte ». Sous l'écriture maladroite, les tarifs de visite et les heures d'ouverture.

Fermé depuis deux heures.

Par pur dépit, il frappa les planches de sa paume. La colère l'assaillait par vagues. Il réitéra son geste, plus violemment cette fois.

Une voix de femme racla la nuit.

— C'est fermé...

Paul sursauta. Il ne s'attendait pas à ça. Il répondit sans réfléchir.

— Je suis de la police.

— La police... Ah... J'arrive. Laissez-moi passer quelque chose.

Une lueur révéla la tente. Elle vacillait sous la toile, dévoilant les ombres. Paul eut l'impression qu'un insecte monstrueux s'agitait à l'intérieur.

Une jeune femme émergea. Elle tenait à la main une lampe-tempête. Il apprécia le spectacle. Petit modèle, mais proportionné à la perfection, une bouche charnue, des pommettes hautes. Elle portait un débardeur moulant engoncé dans un short en jean. Une odeur d'herbe planait dans son sillage.

— Qui c'est qui vous a appelé cette fois ?

— Quoi ?

— Vous ne venez pas pour les rôdeurs ?

— Non...

La jeune femme scruta le flic sans exprimer la moindre crainte. Elle lança d'une voix arrogante :

— Alors, où est le problème ?

— Je cherche un gitan. J'ai vu les roulottes. J'ai pensé qu'il se cachait peut-être ici.

Les traits pulpeux s'étirèrent en une moue surprise. Elle alluma une cigarette.

— Mauvaise pioche. Il n'y a que des fantômes dans le coin. Et on me paye pour qu'ils ne s'envolent pas. Si vous avez cinq minutes, allez l'expliquer aux blaireaux d'à côté. Ça me fera des vacances.

Paul sentit un picotement familier dans sa nuque. Ce ton, cette assurance, ce détachement ajouté à une plastique prometteuse l'excitaient.

La jeune femme dut sentir son désir. Elle promena un œil conquérant sur son anatomie. Paul croisa les bras en souriant. Pour la première fois depuis le début de sa virée, il rencontrait quelqu'un qui ne tremblait pas. Si la jeune femme savait quelque chose, elle n'hésiterait pas à le lui dire.

Il demanda :

— Vous travaillez ici depuis longtemps ?

— L'été seulement. Je fais les saisons pour payer mes études.

— Une thèse sur les gens du voyage ? ironisa le policier.

— Médecine. Je passe l'internat l'année prochaine.

Le jeune lieutenant fut stupéfié. La fille avait du cran. Elle n'hésitait pas à croupir dans ce trou pour se construire un futur. Il se sentit stupide. Qu'avait-il sacrifié pour atteindre ses rêves ? La rue avait toujours été une évidence. Le boulot de flic, une conséquence.

Il changea de ton.

— Il y a des camps de gitans dans le coin ?

— Non. Pas à ma connaissance. Enfin... Pas en ce moment.

— Que voulez-vous dire ?

— Ils débarquent au mois de mai pour leur pèlerinage annuel. La Vierge noire, vous connaissez ?

— Vaguement.

— Quatre jours de célébration. Toutes les communautés sont représentées. Roms, manouches, tsiganes. Plusieurs milliers de bohémiens. La ville ouvre des terrains communaux pour parquer leurs caravanes.

— Et après ?

— Ils s'envolent. Comme les oiseaux migrateurs.

— Où ?

La jeune femme haussa les épaules.

— Espagne, Portugal, Maghreb, Europe de l'Est... Plus loin peut-être. Ils viennent du monde entier rendre hommage à leur sainte.

Il y eut un silence. Sur le terrain vague, la nuit enveloppait les formes d'un voile opaque. Paul la sentait s'insinuer sous sa peau à la façon d'un onguent tiède.

Il débita d'un bloc :

— Celui que je course est espagnol. Il travaille aux arènes pendant l'été. Avec ses frères, ses cousins. Toute une bande. Tous du même coin. Ça vous parle ?

— Désolé. Les corridas et moi...

Le flic s'approcha de la jeune femme. Derrière le parfum d'herbe, il flaira des effluves plus musqués.

— Vous tenez le musée de la roulotte. Faites un effort, mademoiselle. Un grand, costaud, et un nervi, avec une balafre qui lui coupe le visage. Ils ne sont jamais venus ici ?

— Il n'y a que des touristes pour s'intéresser à ces reliques.

Paul ouvrit la bouche, se ravisa. Il cherchait une nouvelle question, une autre approche. Il n'en trouva pas.

La fille remonta ses cheveux en chignon. Un duvet blond courait sous ses aisselles. Elle proposa d'un ton neutre.

— Vous avez essayé la plage ?

Il hocha la tête, sans conviction. Il avait longé la grève jusqu'à l'embouchure du Petit Rhône. Des kilomètres de sable gris, durcis par le ressac. Et aucune caravane.

— Derrière les arènes, côté marina, insista-t-elle. L'été, c'est le rendez-vous des SDF. Si vos types traînent dans les parages, quelqu'un les aura peut-être vus.

Le policier ne répondit pas. Il ne croyait pas à cette éventualité. Les gitans n'aimaient pas se mélanger. Ils vivaient en vase clos, avec leurs règles, leurs codes, leurs territoires. Dans leur misère, ils restaient fiers. La compagnie de clochards les aurait indisposés.

Il remercia la jeune femme et regagna sa moto. La nuit avalait la topographie. Il songea à une matrice de carbone, peuplée de monstres aux traits rugueux, couverts de cicatrices.

Les manouches étaient là.

Quelque part, à portée de main.

Son unique piste.

Paul fit rugir son moteur. Il entama un demi-tour et s'élança vers les Saintes.

8

— Salut, les gars.

Paul s'assit en tailleur en plein milieu du groupe, à même le sable. Il les avait repérés assez vite. Une dizaine d'épaves, avachies derrière un muret en ciment. Toutes, sans exception, avinées au dernier degré.

— T'es qui toi ?

La question venait de ramper d'un tas informe. Une élocution traînante, pâteuse, à la limite de l'audible. Le flic avait décidé de passer sa qualité sous silence. Il prit sa voix la plus neutre :

— Paul.

— Casse-toi, pauvre merde.

Le tas reprit son immobilité. Une ombre, à peine éclairée par les reflets lunaires.

Le policier scruta les clodos. Des formes vagues, visages pochés, ravinés par la rue. Leurs vies s'amoncelaient dans le périmètre, tassées dans des chariots de supermarché, des poussettes d'enfant, des cartons. Des cadavres de bouteilles traînaient un peu partout. L'odeur de vinasse frôlait l'insupportable.

Paul attendit. Le temps que les épaves intègrent sa présence. Flics en civil, skinheads bourrés, camés en manque, les périls étaient variés. Pour survivre, ces fantômes fonctionnaient à l'instinct. Les mots viendraient après, lorsqu'ils auraient la certitude que l'inconnu ne représentait pas une menace.

Des minutes s'égrenèrent, chargées de tension. Sous les vestiges de traits, les yeux brillaient.

Soudain, un homme tendit une bouteille en plastique. Dans la pénombre, Paul devina une barbe grise, un chapeau mou. À la largeur du thorax, il évalua une stature imposante.

Il saisit le cadeau et porta le goulot à ses lèvres. Chaud, aigre, le liquide lui brûla l'œsophage. Il déglutit en silence.

Sur sa droite, une voix de femme érailla la nuit.

— Putain, le Pasteur, pourquoi que tu lui donnes ta picole ?

— Ta gueule, poufiasse. Je t'ai pas sonnée.

— Hé ! Comment que tu me parles, connard ? Va te faire mettre !

Des rires gras fusèrent. La bande s'animait.

— Fermez-la !

Les cloches se recroquevillèrent. Le patriarche s'adressa de nouveau à Paul :

— T'endors pas sur la bouteille, gamin. Elle s'appelle « reviens ».

Le Marseillais esquissa un sourire et restitua le précieux récipient.

— Merci, mon pote.

— Pas de quoi.

Le vieux tendit une main large. Ses doigts fracassés de rhumatismes ressemblaient à des serres.

— On m'appelle le Pasteur. Et toi ?

— Paul.

— D'où tu viens ?

— Marseille.

— Putain, ça fait une trotte.

Le clodo essuya le goulot de la bouteille sur son pull.

— Qu'est-ce que tu fous ici ?

— Je cherche un type.

Sous la pilosité, un sourire s'esquissa.

— On cherche tous un homme, gamin. Il n'y en a plus.

Le type sentait l'alcool à plein nez, mais s'exprimait avec aisance. Derrière la grossièreté du langage, pointait une sorte de classe.

— Un gitan, murmura le Marseillais. Avec une balafre sur la joue droite.

Le patriarche ferma les yeux. Il engloutit une rasade et fit claquer sa langue.

— Un gitan... Un jour ici, l'autre là... C'est pas bon de les fréquenter, gamin. Ils parlent avec le diable.

— J'en ai rien à cirer. Il faut que je le trouve.

— Il faut... T'es quoi au juste pour exiger ?

— Cherche pas à savoir, papy.

Le clodo le regarda avec insistance. Il sortit un Opinel et se cura les dents.

— T'es un poulet, hein ?

Sans trop savoir pourquoi, Paul renonça à mentir.

— T'as tout juste, l'ancêtre. Un lieutenant de police. Et j'enquête sur un crime.

Un murmure courut le long des gorges. Le Pasteur leva une main apaisante.

— Je le savais. Dès que je t'ai vu.

— Tu peux m'aider ?

— Tu as bien fait de me dire la vérité. C'est important la vérité. Tout le monde se cache, tout le monde ment. On ne peut plus se fier à personne dans ce putain de monde.

Le vieux regardait les étoiles. Paul eut le sentiment qu'il oscillait entre rêve et réalité. Il devait le recadrer en douceur.

— Il fait partie d'une bande. Ils font des gâches aux arènes.

— Du calme, gamin. Du calme... Je réfléchis.

Le Pasteur avala le reste de la bibine d'un trait. Il éructa et prononça d'une voix sentencieuse :

— Les démons vont par deux. Toujours. Un balafré, un géant. L'alliance parfaite.

— Tu les connais ?

— Ça se pourrait bien.

Paul jugula son emballement. Le vieux lui montrait la voie. À son rythme. Il devait l'accepter.

— Ils vendent de l'herbe à fumer, poursuivit le Pasteur. Des petits paquets enveloppés dans du papier journal. Ils sont là tous les soirs.

Le flic songea à sa visite au musée. La nana venait de se rouler un joint. Elle disait ne pas connaître les gitans, mais l'avait orienté vers la plage. Une façon de lui tendre la main sans se mouiller. Il la remercia en silence et poursuivit :

— Ils crèchent dans le coin ? Sur la plage ?

— Peut-être... Le sable appartient à tout le monde...

Le ton évasif signait la fin du chapitre. Paul tourna la page.

— Et après ? Qu'est-ce que tu sais d'autre ?

Front plissé, le clodo lissa sa barbe.

— C'est dur ce que tu me demandes. J'ai plus trop les idées claires. Faudrait que je boive un coup.

Son bras rampa vers un paquet de chiffons. Il en extirpa une bouteille pleine. Paul lui bloqua le poignet.

— Tu te rempliras plus tard, papy. Cette histoire, c'est sérieux.

— La picole aussi, gamin. T'as pas idée...

Le ton désarçonna le Marseillais. Profond, grave. Sans appel. Il lâcha sa prise et regarda l'homme engloutir sa mixture. Tête rejetée en arrière, il semblait accomplir un rituel. Finalement, il reprit :

— Un soir, il y a une camionnette qui est venue les chercher. Elle s'est garée sur le parking, juste derrière.

Paul s'emballa :

— Le numéro ? Tu as vu le numéro ?

— Tu veux rire ?

— Ok... Alors essaye de te souvenir. Quel genre la camionnette ?

— Blanche, je crois. Ouais, c'est ça... Une camionnette blanche. La pureté des anges pour éloigner la Bête.

Le policier l'encouragea :

— Continue. Décris-la-moi.

— Il y avait une cabine. Et un plateau avec tout un bordel de ferraille dessus. Je m'en souviens à cause du bruit. Lorsqu'ils passaient le dos-d'âne, on aurait dit que l'enfer se déchaînait.

Paul eut la vision d'un véhicule usé jusqu'à la corde. Une épave de métal poussée à sa limite ultime. Avec ses ravines de chair, le Pasteur se dirigeait vers la même fin prévisible. Il questionna encore :

— Un sigle. Est-ce qu'il y avait un sigle ?

— Tu me demandes si j'ai vu la marque, gamin ?

— La marque ou autre chose. Un truc qui me permettrait de l'identifier.

— Possible. Mais...

— Mais quoi !

— Regarde toi-même.

Le patriarche pointa son index en direction du parking. La place éclairée par des lampadaires orangés se devinait à une cinquantaine de mètres. À cette distance, les lignes se confondaient.

Dépité, le policier se redressa, avec la certitude qu'il n'en saurait pas plus. Le Pasteur s'enfila une nouvelle rasade et l'apostropha :

— Hé ! T'aurais pas une petite pièce ? Pour le renseignement.

Paul lui jeta un regard de pitié. Il fouilla ses poches et lui balança un billet de dix euros. Le poivrot émit un sifflement admiratif.

— Mon prince...

— Tu les boiras à la santé de la police.

Le vieux fourra le pactole dans sa poche sous le regard mauvais des épaves. D'un ton grave, il s'adressa encore à Paul :

— Tu cherches des spectres, gamin. Fais gaffe de pas t'enterrer avec eux.

Paul resta silencieux. Il avait l'impression d'arracher chaque parcelle de vérité aux forceps. Depuis le départ, il s'était senti en décalage avec l'enquête. La BAC opérait dans l'instant, l'urgence. Là, il découvrait un processus fait de détours imprévisibles, d'attentes, de renoncements, situé à l'opposé de ses vérités immédiates.

Sur ce terrain, Riad possédait plusieurs longueurs d'avance. De plus, il faisait équipe avec son frère. Deux hommes d'expérience, deux profils complémentaires. Leurs moyens d'action dépassaient de beaucoup ses propres capacités d'investigation.

Comment lutter ?

Il quitta la plage avec un goût de défaite au fond des tripes. La démarche solitaire venait de trouver sa limite. Le temps du collectif approchait.

Avec la Brigade, il aurait peut-être une chance.

9

Une fois encore, l'intelligence de Karl l'impressionnait.

Un cerveau supérieur, aux circonvolutions retorses, à la logique glacée. Il ne laissait aucune trace. Jamais. Surgissant à l'ultime seconde, il opérait son patient et se dissolvait dans l'éther.

Un souffle. Une ombre.

Le néant.

Philippe enjamba le parapet. Une rampe de béton glissait en pente douce vers une forêt de tôles. Il l'emprunta, les nerfs ourlés d'adrénaline.

Trente mètres. Le plan incliné s'arrêtait net. Il s'immobilisa. Ses yeux cherchaient à deviner la nuit. Personne. Il sauta dans l'enclos.

Le lieu n'attirait pas les visiteurs. Des squelettes de métal s'empilaient à perte de vue, formant des haies de rouille suintant sur la terre meuble. La lune dévoilait par endroits ces délabrements d'orgueil. Calandres éventrées, jantes griffées, phares éborgnés. Pour des milliers de véhicules, l'histoire s'arrêtait là.

Philippe longea la nécropole. Ses pieds butaient sur des obstacles amorphes, s'enfonçaient dans des cavités incertaines. Chaque fois, ses muscles se tendaient, sa raison vacillait.

Il songea aux dernières semaines. Trop de tension. Trop de

responsabilités. Hormis la petite machine, il s'était occupé de tout.

Depuis le début.

D'abord, le matériel de base. Indispensable. Difficile à dénicher. Scalpels, pinces, des outils de précision qu'il devait conserver et nettoyer après chaque intervention. Karl en avait dressé l'inventaire, il s'était épuisé à les réunir.

Ensuite, l'endroit. Un repli de cauchemar, isolé, indétectable, planqué au fond d'un cimetière oublié. Il l'avait trouvé, aménagé, équipé. Un travail de fourmi. Une condition *sine qua non* pour permettre à Karl d'exercer son art.

Enfin, les cibles. Karl les repérait, les étudiait. Il passait leurs vies au crible, cherchant la faille, le moyen, le moment. Philippe prenait le dossier et les approchait. Sa séduction, sa capacité d'adaptation, il jouait sur ces qualités pour les mettre en confiance. Le rapt s'effectuait sans heurt.

Karl entrait alors en scène. Seul. Une cérémonie macabre, aux confins de l'indicible. Il officiait la nuit, toujours, attendant que Philippe lui ait cédé la place. Il se chargeait de faire disparaître le corps, laissant à son assistant le soin de s'occuper de l'intendance.

Une mécanique bien rodée où chacun remplissait son rôle.

Trois victimes en moins d'un mois.

Les deux premières avaient été enlevées et assassinées dans la région lyonnaise. Un homme, une femme. Jeunes, célibataires, sans aucun lien de parenté. Après les avoir torturés à mort, Karl avait découpé les corps et brûlé les restes. Du boulot propre. Chaque année, des centaines de gens disparaissaient. La police ne s'enthousiasmait pas pour ces affaires.

Jusqu'à présent, Philippe n'avait posé aucune question, se contentant des enregistrements. Mais depuis Marseille, les choses se corsaient. Son partenaire changeait les règles. Il s'attaquait à des gamins – ce point le laissait à peu près froid – mais surtout, il avait abandonné le cadavre de la petite fille bien en vue.

Pourquoi ?

Philippe se sentait pris au piège. Il se faisait soudain l'impression d'être une sorte de fusible, un pion de papier manipulé par le diable en personne. Si on remontait jusqu'à lui, il ne pourrait même pas décrire le dingue qui donnait vie à ses fantasmes.

Un dingue qui le tenait.

Un psychopathe hors norme qui s'était arrangé pour fabriquer un coupable.

Lui.

Il regarda ses mains. Fines, soignées, aux ongles lisses. Des tremblements les agitaient, incontrôlables. Une nouvelle crise se profilait. En son for intérieur, Philippe en pressentait la puissance.

Il se concentra sur son but. La clef tourna dans la serrure.

Aussitôt, ses narines palpitèrent. Un remugle de terre grasse confinait l'air, alourdi par des relents de moisissure. Il actionna l'interrupteur. Une lumière crue se déversa sur lui.

La pièce était petite. Vingt mètres carrés, des murs aveugles sur lesquels luisait une laine de verre épaisse. Le sol était recouvert dans son intégralité d'une immense bâche en plastique jaune. Des zébrures sombres la parcouraient, hachées et filiformes, comme une toile d'art contemporain.

Il jeta un regard circulaire. Au centre, une bassine en inox brillait tel un soleil de fer. Dans l'axe du récipient, suspendu au plafond par une chaîne, un treuil, relié à un moteur de tondeuse posé à même le sol. Une table roulante complétait le dispositif.

Il referma la porte à double tour et s'avança. La sacoche cognait contre sa jambe. Un rythme syncopé, anarchique. Il lui sembla que son cœur battait à l'unisson.

Quelques secondes. Pour se calmer.

Ses mains retrouvèrent leur immobilité.

Il enclencha la procédure.

Un : vérification du moteur. Essence, jauge d'huile, bougies. Il enroula l'amorce autour de l'axe et tira d'un coup sec. Un ronflement caverneux assourdit l'espace.

Deux : le treuil. Il fit pivoter une languette de métal placée sur le sommet de la machine. Centimètre par centimètre, le câble se déroula en couinant. Par précaution, Philippe l'enduisit d'une pellicule de graisse.

Trois : les sangles. Deux bracelets de cuir, fixés au bout du câble par des goupilles de voile. En contrepoint, les mêmes bracelets, arrimés à un crochet vissé dans la terre.

Philippe n'avait pas de mal à imaginer leur finalité. Karl immobilisait le corps en position verticale, bras et jambes tendus par les sangles à la façon d'un crucifié. Ainsi, chaque repli intime pouvait s'offrir à sa folie. Ensuite, il utilisait le treuil. Et sans doute le cylindre.

Philippe noya le moteur. Un silence oppressant s'abattit. Il fit rouler la table jusqu'au dispositif. Des croûtes de sang témoignaient de sa récente utilisation. Il nettoya l'inox avec de la Javel et y posa la sacoche.

Quelques déclics. Les flancs de cuir s'écartèrent.

Des éclairs bleus, des fils de glace. Il aligna les outils, tel un aide-soignant vérifiant du matériel opératoire.

Au fond, qu'était-il d'autre ? Un exécutant. Un larbin dévoué.

Pourquoi Karl l'avait-il choisi ?

Leur rencontre restait un mystère.

Par pseudos interposés, sur un site trash du web, Karl l'avait appâté avec ses délires à propos de la souffrance. Selon lui, la torture s'identifiait à la beauté pure du Mal. Une rédemption.

Une catharsis. Peu à peu, Philippe s'était reconnu dans cette allégorie.

Au fil de leurs chats, Karl lui avait proposé d'aller plus loin. De mettre en pratique ses fantasmes. Il avait d'abord refusé. Karl l'avait convaincu.

Il ne ferait rien. Ne verrait rien.

Il l'assisterait.

Tout simplement.

Alors viendrait la récompense. Ces sons déchirants qui lui permettaient d'imaginer le fond de l'âme humaine. De s'en approprier le désespoir.

Philippe sentit une onde de détente le parcourir. Les cris des victimes, leurs suppliques, leur souffrance, il en voulait encore. Ces perceptions agissaient à la façon d'un calmant, le seul capable d'apaiser sa douleur.

Il contempla son travail. Les seringues hypodermiques avaient rejoint les autres instruments, huit pompes minuscules emballées individuellement dans des pochettes stériles. Le flacon de collyre, remplacé depuis l'incident de l'autre soir. Les gants de latex.

Le petit cylindre.

Karl l'utilisait pour écorcher ses proies. Les restes de la gamine ne laissaient aucun doute sur ce point. Pourquoi ne lui avait-il rien dit ? Avait-il travaillé les deux premiers corps de la même façon ?

Il saisit l'objet avec précaution. Sa rareté, sa perfection, ses potentialités le fascinaient. En comparaison, les scalpels et les pinces lui faisaient l'impression d'outils rudimentaires, destinés à des tortionnaires de second ordre.

Une bouffée d'anxiété figea son geste.

Si par malheur quelqu'un trouvait le local, ils pourraient toujours rebondir. Ce lieu était le deuxième. Il y en aurait d'autres.

Mais s'ils perdaient le cylindre...

Il le reposa, éteignit la lumière et referma la porte.

Demain.

Un jour de liesse se préparait. Une célébration maudite aux relents de sabbat.

Une chose était certaine.

Il en aurait sa part.

V

1

Une face ronde, lunaire.

Sertis sous deux barres sombres, des globes de charbon, sans expression. Plus bas, une arête nasale tourmentée, suivie de lèvres inexistantes fendues d'une cicatrice. Des oreilles démesurées, ouvertes en éventail. Une peau grisâtre, au grain lâche, comme un brouillard de givre. Coiffant le tout, des touffes de crin jaune, plantées de façon anarchique sur un front bas.

Le visage de Francis pouvait passer pour une erreur. Une faute de frappe. À sa naissance, sa mère avait hurlé. Un mugissement d'effroi, de culpabilité aussi. Quinze ans plus tard, après la réduction chirurgicale du bec-de-lièvre et une certaine habitude, elle regardait encore son fils avec un sentiment de honte.

Les trois premières années du nourrisson s'étaient passées à peu près normalement. Fils unique, protégé par une mère célibataire perfusée au RMI, il vivait en vase clos. Il ne sortait jamais, hormis pour les visites chez le pédiatre.

Le véritable enfer avait débuté plus tard. Au temps de la maternelle. Un univers sans tabous ni limites, où Francis avait appris très vite à endurer sa différence. Les gosses posaient leurs mains sur son visage, palpant les chairs revêches, les lignes de fuite, les cicatrices. Certains pleuraient en reculant, d'autres, indécis, frôlaient les formes étranges de leurs paumes minuscules.

Tous, sans exception, le brutalisaient.

Francis se verrouilla dans un silence d'attente. À quatre ans, il ne marchait pas, ne parlait pas, ne riait pas. Sa bouche mordait toute main tendue vers lui pour le nourrir.

Très vite, on dut le retirer de l'école.

Commença alors une longue errance. Hôpitaux de jour, service de psychiatrie infantile, aide éducative. Le parcours d'un combattant de la douleur. Les diagnostics se succédaient, incapables de définir le mal qui dévorait l'enfant. Lorsqu'on parla d'autisme, de services spécialisés, sa mère claqua la porte aux hommes en blanc.

Six mois passèrent, pendant lesquels le couple mère-fils se resserra encore. Une pause dans la bataille. Une trêve de tendresse. Au creux de cet îlot, Francis apprit peu à peu à se réapproprier son âme.

Sa mère lui expliqua. Des mots simples pour une évidence de malheur. La vie s'était moquée de lui. Une mauvaise farce, dont malgré tout, il devrait rire.

Un matin, il se mit à parler.

Sans s'arrêter.

Dans la cité, les comportements se modifièrent. On le trouvait marrant, on avait pitié de lui. En plein cœur de l'adolescence, il conservait encore un physique d'enfant. Les grands en firent leur mascotte.

Fort de cette avancée, Francis peaufina son talent. Les mots jaillissaient sous sa langue avec facilité, méchants parfois, précis toujours. Ses potes lui trouvèrent vite un surnom. « Uzi », en référence au pistolet-mitrailleur israélien. Un débit en rafales, rapide, mordant, des phrases aux allures de mitraille. Lorsqu'il tirait, personne n'en ressortait indemne. Ses diatribes percutaient les consciences, ses reparties déstabilisaient les plus retors. Vif, intelligent, malin, le gosse à la rature de traits comprit vite où se trouvait son salut.

Il s'enchaîna au rap.

Des paroles aiguës, comme des missiles d'acide, des rythmes sourds, des envolées lyriques. La frustration aussi, avec dans son sillage la colère et la haine. Francis possédait tout ça. Naturellement.

Revenu d'entre les morts avec le verbe pour seul passeport, il utilisa d'abord son talent dans les caves. Puis vinrent les foyers, les MJC, les salles. Sa réputation grandissait. Son nom de guerre : Monster Mix. Ses arguments : son existence. Dans cet univers de violence, sa laideur devenait un atout. Une marque de fabrique.

Il s'était donné quatre ans pour enterrer les pros.

— Enlève tes pompes.

Mains hésitantes, Francis retira ses Nike. Il franchit la porte blindée avec le cœur dans la gorge. Malgré son assurance, l'appréhension prenait le dessus. L'homme qui le dévisageait véhiculait le souffle des légendes. Kader Ali. Ancien braqueur. Ancien taulard. Des couilles plus grosses que des pastèques. On racontait qu'à sa sortie de prison, le truand s'était acoquiné avec les barbus.

Que lui voulait-il ?

La nasse se referma dans une rafale de cliquètements.

— Tu as soif ?

Francis eut une hésitation d'épaules. Il s'entendit répondre :

— Un coke...

Kader traversa le salon à pas lents. Il portait un cafetan blanc et des babouches de daim fauve. L'ampleur du vêtement, sa fluidité, donnait l'impression de contempler un abîme de calme.

Le gosse resta sur place, tétanisé. Dans la cité, peu de gens pouvaient se vanter d'avoir été invité à boire un verre chez Ali. Le braqueur avait érigé autour de lui des miradors de crainte.

La curiosité l'emporta. Francis détailla les lieux.

Le repaire du mafieux tranchait sur le délabrement habituel de la cité Félix-Pyat. Propre, clair, spacieux. Les cloisons de placo avaient été abattues pour ouvrir une pièce aux dimensions étonnantes. Un loft insoupçonné, dont les parois climatisées semblaient tenir la misère à distance. Une baie vitrée filtrait la lumière derrière des chatoiements de mauves. On marchait sur un entrelacs de tapis aux motifs ciselés de fauve, d'indigo, de bleu. Des laines épaisses, brodées de constructions géométriques savantes, comme autant de songes intemporels réitérés à l'infini.

Francis avança sur cette mouvance de signes. La pièce s'étirait en longueur, fracturée par quelques meubles bas où s'empilaient des livres. Il nota l'absence de téléviseur. À droite, trois portes. Deux d'entre elles étaient closes, murées sur leurs secrets.

Kader jaillit de la troisième, une canette dans la main. Il la tendit à Francis.

— J'ai beaucoup entendu parler de toi.

Le gosse avala sa salive.

— Ah...

— Viens par là. Faut qu'on discute.

Le truand s'assit en tailleur sur un coussin au cuir râpé. Épaules voûtées, regard cerné, il semblait porter dans sa besace l'entière misère du monde.

— Tu es très doué à ce qu'on dit. Véronique peut être fière de toi.

La gorge de Francis se contracta. Le voyou connaissait sa mère. Cette incursion familiale lui donnait l'impression d'un déséquilibre supplémentaire dans le rapport de force.

Le braqueur capta la panique et corrigea le tir.

— J'ai beaucoup de respect pour elle. C'est une femme courageuse. Elle sait qu'elle peut compter sur moi. Et toi aussi tu devrais le savoir... Je suis l'ami de ta famille, Francis. Maintenant, assieds-toi.

La crainte s'effaça des prunelles du rappeur. Il s'accroupit, face à Kader.

— Merci, monsieur Ali.

— J'ai besoin d'un coup de main, Francis.

— Tout ce que vous voudrez, monsieur Ali.

— Quel âge as-tu exactement ?

— Quinze ans.

— Tu ne les fais pas.

— Je sais.

— Tu fumes ?

Francis eut un sourire entendu. Il consommait son paquet quotidien depuis déjà quatre ans.

Quant au reste... Le shit courait dans les cités comme une eau claire. Les frères de la rime se défonçaient plus dur à chaque génération. Il n'y avait qu'à tendre la main.

— Un dealer aux doigts couverts de bagues, reprit Kader. Tu as déjà fait du business avec lui ?

— Non.

— On doit coincer ce salopard. Il coupe sa came avec de la mort-aux-rats. C'est mauvais pour les affaires.

Les sourcils du rappeur s'arquèrent en demi-cercle de stupeur. La légende s'était reconvertie dans le produit. Il imagina un cartel des cités, une pieuvre aux ramifications lointaines : Maroc, Afghanistan, Pakistan. Les mollahs s'occupaient des cultures, Kader Ali les écoulait pour eux. La drogue pour corrompre les hérétiques, l'argent pour financer le djihad. Ainsi, ils gagnaient sur les deux tableaux.

Le truand poursuivait :

— Le type vend à des gamins. Dans les quartiers sud. À part les bagues, on ne sait pas à quoi ressemble cette ordure.

Il s'interrompit et épingla Francis de ses yeux d'ombre.

— Il nous faut un appât.

Le gosse eut un sursaut de surprise.

— Un appât ?

— On te donne dix ans et tu es plus malin qu'un chimpanzé. Tu me sembles avoir toutes les qualités pour jouer cette partie.

Sous la caricature de traits, une fierté scintilla.

— Pas de problème, monsieur Ali.

— On a une piste pour serrer l'homme aux bagues. Un de ses clients. Un gosse d'une dizaine d'années qui s'appelle Arthur.

— Arthur comment ?

— J'ai que son prénom. Mais tu ne devrais pas avoir de difficulté pour le repérer. C'est un bridé. Un Viet, je crois. Il va à l'école du Cabot. Tu n'auras qu'à l'attendre à la sortie et lui dire que tu cherches de la fumette.

— Il risque de se méfier. Je veux dire... À cause de ma gueule.

Kader ajusta les pans de son cafetan.

— Ta tronche, c'est pas un obstacle. L'important, c'est ton attitude. Ce que tu vas lui raconter pour le ferrer.

La pièce se rétrécit, à la dimension d'une tête d'épingle. Francis avala une gorgée de bulles pour desserrer sa gorge.

— Ok, monsieur Ali... Je vous suis.

— Parfait.

Un instant, le temps s'enroula en spirale creuse. Francis découvrait la vraie nature du braqueur. Une volonté à l'état brut, inflexible, forant les consciences jusqu'à l'écorce.

Il questionna pour la forme :

— Comment ça se passera lorsque j'aurai trouvé le bridé ?

— Tu te présenteras comme un pote de Guillaume.

— Qui ?

— Guillaume Merrant. Un autre gamin. Ils fument ensemble.

— Et après ?

Kader sortit une liasse de son cafetan. Des coupures de vingt euros, flambant neuves.

— Tu achètes. Tu goûtes. Et tu lui files un rancard pour une quantité plus importante.

— Combien ?

— Beaucoup. J'en ai rien à foutre. Ce que je veux, c'est qu'il te mène à son dealer. Tu te démerdes.

Francis hocha la tête, comme un enfant pris en faute. Kader jeta la liasse entre ses jambes.

— Fais-moi plaisir. Repère cet enfoiré avant ce soir. Je saurai m'en souvenir.

Francis quitta le loft en titubant. En moins d'une heure, son plan de carrière s'était transformé en tombola. Il venait de conclure un marché avec la légende.

Si tout se passait bien, son avenir serait semé de roses.

Dans le cas contraire, les jours sombres déferleraient à nouveau.

2

Depuis quinze minutes, Francis attendait.

Il avait dégoté un point d'observation idéal. Un muret de brique blanche, de l'autre côté de la rue, face au portail de l'école. Devant, tenues légères et regards distraits, des femmes faisaient le pied de grue sur le bitume.

Une heure plus tôt, Francis s'était offert le tour du complexe. La communale du Cabot ressemblait à ses cauchemars de gosse. Des blocs anémiés, cernés de grilles hautes, à travers lesquelles on devinait des espaces vides. Quelques arbres, prisonniers de cages d'acier, et du béton, partout, comme une gangue sulfureuse. Francis avait eu le sentiment d'un dispensaire, une caserne du savoir où la vie se masquait derrière des cuirasses de livres.

Un négatif de sa propre expérience.

Ses yeux clipèrent l'horloge du portable.

17 : 07. La classe prenait fin à cinq heures. Ces enfoirés de fonctionnaires vivaient avec une pendule dans la tronche. Que se passait-il ?

Au même instant, il remarqua une Clio blanche, garée à l'ombre d'un cerisier. Avachis sur les sièges, le profil caractéristique de deux flics en jupon. Les poulets planquaient devant le bahut. Coursaient-ils le même gibier ?

Une stridulation creva la torpeur. Comme un réveil. Sur

l'esplanade, les groupes s'animèrent. Francis se redressa et ajusta sa casquette.

Aussitôt, un flot de moutards déboula dans une cacophonie de cris. Les mères se précipitèrent, des goûters plein les mains. Les fliquettes quittèrent la Clio et se mêlèrent au tumulte. Une foule compacte grouillait devant le portail.

Francis força son attention. Les gamins chahutaient en tous sens, des éclairs de rire impossibles à fixer. Plusieurs fois, il crut distinguer sa cible. Elle disparaissait dans l'instant, avalée par le magma humain. Kader Ali l'avait envoyé chercher l'impossible. Une aiguille de nacre, perdue dans un océan d'ivoire.

Il scruta encore, concentrant son champ visuel à la façon d'un laser. La cohue perdait en intensité, les morveux se dispersaient.

Soudain, il le vit.

Petit, menu, des cheveux lissés, séparés par une raie impeccable. Adossé au capot d'une Mégane, le Viet pérorait devant trois ou quatre merdeux. Même à distance, Francis capta l'odeur arrogante du fric. En short et polo blancs, le gosse donnait l'impression de sortir d'un catalogue de vente par correspondance.

Le rappeur verrouilla l'objectif. Le gamin tapait sa paume dans celle des autres, à la façon des cités. La black attitude. Courante chez les petits bourges en mal d'identité. Il le suivit du regard pendant qu'il traversait la rue, sans bouger d'un pouce. Pas de parent, pas d'accompagnateur. La Clio des flics s'était évaporée.

Il sauta de son perchoir et entama la filature.

Le bridé marchait à quelques mètres, mains dans les poches, démarche indolente des êtres épargnés par la vie. De temps à autre, son pied frappait dans un caillou imaginaire. Il levait les bras en signe de victoire et reprenait sa déambulation.

Bientôt, les murmures de l'école s'estompèrent. Ils longeaient un mur d'enceinte hérissé de tessons multicolores, de clous rouillés. L'Asiatique prit à droite, une impasse bordée de platanes où s'alignaient des pavillons. Déserte.

Francis accéléra son allure. En quelques enjambées, il fondit sur le gosse.

— Yo, man. Attends un peu.

Le Viet se retourna, surpris. Ses traits se figèrent en découvrant la face chaotique.

— Qu'est-ce qu'il y a ?

— Arthur, c'est toi ?

— Oui.

— Je viens de la part de Guillaume.

Francis se tenait les côtes, mimant une reprise de souffle laborieuse. Arthur se détendit à peine. Il questionna d'une voix méfiante :

— Guillaume Merrant ? Celui de la classe de madame Bonafé ?

— Lui-même.

Arthur jaugea la gargouille en survêtement d'un œil réprobateur.

— Tu le connais ?

— Puisque je te le dis.

— T'es pas de l'école. Je t'ai jamais vu.

— Non, man. Mes parents et ceux de Guillaume sont des potes. On vient d'arriver de Cannes, pour le week-end.

— Où il est Guillaume ?

— Sa mère le flique en ce moment. Il peut pas lever le petit doigt. C'est pour ça que je suis venu seul.

L'Asiatique plissa les yeux. Deux fentes félines aux reflets d'ambre.

— Qu'est-ce que tu veux ?

Francis balança son sourire enjôleur.

— À ton avis ?

— Aucune idée.

— Je voudrais trouver de quoi fumer. Du shit ou de l'herbe, je m'en fous.

— J'ai pas.

— Tu veux dire, pas sur toi ?

— Non. Je veux dire que je fume pas.

Le rappeur éclata d'un rire en biais. Son visage ressemblait à un collage.

— Arrête, man. Guillaume m'a branché sur toi. Il paraît que t'as des super-plans.

— Il t'a menti.

Francis soupira. Le Viet se méfiait. Une réaction prévisible. Il devait l'attaquer autrement. Son ton changea de registre. Il ressemblait tout à coup à celui d'un homme mûr.

— Ah ouais ? Et le type qui te fournit, couvert de bagues, c'est quoi ? Une hallucination ?

Les joues d'Arthur virèrent au jaune cireux. Il bredouilla :

— Co... Comment tu sais ça ?

— Guillaume m'a mis au parfum. On se connaît depuis le berceau.

Francis passa un bras autour du cou d'Arthur. Il lui souffla dans l'oreille :

— Sois cool, man. J'veux juste un peu de shit. Y a pas de souci.

Le gamin se dégagea.

— J'ai... J'ai rien sur moi.

— Chez toi, alors ?

— Non !

Le gosse avait crié. Au même instant, une Golf se gara dans l'impasse. Une femme en sortit, bras chargés de courses. Elle les observa du coin de l'œil et s'engouffra à l'abri d'une haie.

— Tu peux pas venir à la maison, reprit le Viet. C'est... C'est pas possible...

— Je pourrais faire peur à ta mère ?

— Tu... Oui, tu pourrais... Mais...

— Mais quoi ? siffla Francis.

— J'en ai plus. J'te jure, c'est vrai.

Une grimace défigura un peu plus les traits du rappeur. Le bourge le menait-il en bateau ? Avait-il réellement épuisé son stock ? D'une certaine façon, la configuration pouvait lui faire gagner du temps. Il affirma :

— Je vois qu'une solution. On va voir ton dealer. Tous les deux.

— Il ne te connaît pas. Ça risque de poser un problème.

— Tu préfères qu'on en parle à ta mère ?

Arthur se raidit. Il scruta la trogne rapiécée avec appréhension. Francis saisit l'évolution. Le bridé devait commencer à se dire qu'un truc déconnait. Que le tableau ne collait pas dans le cadre.

Il ne lui laissa pas le temps d'approfondir. Il enfonça le clou d'un ton froid.

— Lui... ou elle ? Choisis.

L'Asiatique regarda ses tennis. Puis il fixa le haut de la rue. Une maison blanche imposait sa stature derrière des grilles en fer forgé. Lorsqu'il s'en détacha, des gouttes de sueur luisaient sur ses tempes.

— D'accord. Retrouve-moi ici dans une heure. Je vais voir ce que je peux faire.

— Pas d'embrouilles ?

— Tu as ma parole.

3

Le Viet s'était métamorphosé.

Il portait un polo kaki imprimé d'une tête de mort, et un jean large vagabondant sur une paire de Reebok argentées. Sa coupe bien élevée avait cédé la place à l'explosion d'un pétard. Une chaîne en or cerclait son cou racé.

En découvrant ce pur produit banlieue, Francis prit la mesure de ses capacités d'adaptation. L'ange laissait la place au démon, question de moment. D'un certain point de vue, il lui tirait son chapeau.

Ils grimpèrent dans le bus. Chaleur à crever, remugles de transpiration, l'ouverture des fenêtres ne parvenait pas à dissiper le malaise. À cette heure, chaque parcelle d'espace étouffait sous la pression des usagers.

— On va où ? questionna Francis.

— Quartier Noailles.

— J'connais pas.

— Centre ville. Derrière la Canebière.

Arthur fixa son nouveau copain d'un œil noir. Il inspira, comme s'il allait lâcher quelque chose. Finalement, il se ravisa. Le reste du trajet s'effectua dans un silence acide.

Une demi-heure plus tard, le tandem descendait sur la Canebière, à hauteur de l'ancien hôtel Noailles. Le géant déchu disparaissait sous des bâches crasseuses, dans l'attente d'une improbable rénovation.

Ils prirent tout de suite à gauche, la rue Papère, et débouchèrent sur la place du Marché-des-Capucins.

Des emballages éventrés – cartons, plastiques, cagettes – souillaient chaque coin de trottoir. On distinguait par endroits des restes de coriandre, de menthe verte, de thé, flétris sur le bitume telles des plantes momifiées. Ailleurs, des fruits éclatés, répandus sur le sol en traînées palpitantes, des papiers gras, couverts de mouches. Des parfums d'épices planaient encore dans l'air. Poivrés, capiteux, enivrants.

Chaque matin, tous les peuples du Sud se donnaient rendez-vous là. Une enclave tropicale où se mélangeaient les couleurs, les odeurs, les dialectes. La ville entière venait y faire provision d'exotisme, soudée pour un instant dans une ambiance bon enfant.

L'après-midi, des hommes en chemise propre jouaient aux dés sur des tables de fortune, s'invectivant dans des langues rappeuses, puis explosant de rire en se gorgeant de thé.

À la tombée du jour, le climat se modifiait. Des lieux obscurs ouvraient leurs rideaux de fer, découvrant des gouffres bleutés, des plafonds bas, des arrière-salles. Des ombres calcinées erraient sur le pavé poisseux, titubant de bar en bar à la recherche d'une oreille complaisante.

La faune reprenait ses droits. Africaine en majorité, elle s'était concentrée sur le seul business lucratif qu'on lui abandonnait.

La drogue.

Francis maîtrisait bien cet univers. Les Blacks qui zonaient dans le coin s'approvisionnaient dans les cités. Des petits dealers sans envergure, agressifs, défoncés. Lui aussi aurait pu se laisser happer. Par chance, sa disgrâce lui avait ouvert d'autres voies.

Il regarda Arthur. Malgré son déguisement, on détectait la

différence. Un port de tête, une contenance, des gestes. Que foutait-il ici ?

Comme en réponse, l'Asiatique demanda :

— On y va ?

— C'est parti.

Ils longèrent la place, écrasant sous leurs semelles des grains de café oubliés. Autour d'eux, les immeubles décrépis composaient un triangle de grisaille. Telle une vestale pétrifiée, une statue rutilante les épiait en souriant.

Vautré sur un fauteuil d'osier, un Noir au torse nu salua le rappeur. Francis l'ignora. Arthur demanda, agité :

— Un pote à toi ?

— Inconnu au bataillon.

— Bon, je te montre l'endroit et je me casse.

— Quoi ? Tu te fous de ma gueule ?

— Le type vient tous les soirs. Tu te débrouilleras très bien tout seul.

— Merde, tu fais chier. Je débarque, j'connais personne, et tu vas me planter dans cette zone.

— Arrête tes conneries. Tu ne débarques pas plus que moi. J'ignore comment tu connais Guillaume, et si même tu l'as déjà vu. Je ne sais pas ce que tu cherches et je m'en tape. Je ne veux pas d'histoires avec mes parents. C'est pour ça que je te donne un coup de main. Mais ne va pas trop loin.

L'assurance du bridé prit le rappeur de court. Le gosse était coriace. Et il ne pourrait pas mettre son chantage à exécution. Il leva les paumes vers le ciel.

— D'accord. C'est cool. Tu me montres l'endroit et tu te casses.

Ils s'engouffrèrent dans la rue Longue-des-Capucins. L'impression d'asphyxie grimpa encore d'un cran. Trottoirs étroits, façades délabrées, devantures claquemurées. Épiceries, boucheries hallal, comptoirs orientaux, les fonds de commerce minables sentaient l'huile rance. Plus haut, telles des voiles sans navire, des paquets de linge terne pendaient aux fenêtres. L'endroit donnait l'impression d'avoir été bombé au gris.

Arthur tourna à gauche, rue du Musée. Ici, plus de commerces, plus de trottoirs, plus rien. La peinture s'écaillait par plaques sur les façades sinistres, les fenêtres se barricadaient de planches pourries, le bitume ondulait pour former des bulles creuses.

La fin de la civilisation. En plein cœur de la ville.

Il s'immobilisa devant une porte en métal noir. Un crâne ricanait en plein milieu, fondu dans la masse. Francis tordit sa nuque pour déchiffrer l'inscription ciselée tout autour, en arc de cercle :

— « GHOST ». Merde... C'est quoi ce délire ?

Le Viet répondit d'un ton neutre :

— Un bar, réservé aux Hell's.

— Aux quoi ?

— Hell's Angels. Les Anges de l'enfer. Ça ouvre à 22 heures.

Francis n'entendit pas la fin de la phrase. Il voyait déferler sur lui des hordes casquées, motorisées, bardées de cuir et de haine. Parfois, des affrontements avaient lieu entre bandes des cités et routards. Des guérillas sanglantes à coups de fusil à pompe, de pistolet-mitrailleur. Un convoi de Zaïrois faisant le trajet d'Amsterdam s'était même fait pulvériser par un missile Stinger. La drogue permettait les plus improbables rencontres. Son potentiel, sa valeur ajoutée, déchaînait des orages de fer.

Le jeune rappeur sentit des picotements lui parcourir le corps. Il enchaîna :

— Ton mec, c'est un enculé de motard ?

— Il a un shit de folie. C'est bien ce que tu voulais, non ? Pointe-toi ce soir et tu seras pas déçu.

— À part les bagues, je le reconnais comment ?

— Physiquement, tu veux dire ?

— Ouais, par exemple.

— Rien de spécial. Cheveux longs, jean et cuir. Mais tu le repéreras à son écusson. Il fait partie du club des Bandidos et c'est le seul de ce gang à fréquenter l'endroit.

Arthur se passa une main dans les cheveux. Un geste étrange, presque efféminé. Il rajouta :

— Dis-lui que tu viens de ma part. Demi-lune, c'est sous ce nom qu'il me connaît.

— Et je fais comment pour entrer dans ce bunker ?

L'Asiatique réfléchit. Il secoua la tête.

— Tu pourras pas. Essaye de le choper dehors. Il roule sur une Electra Glide avec un masque de Darth Vador au-dessus du phare.

Francis opina. Il enregistrait les informations, trop sidéré pour commenter. Le gamin des quartiers chic se défonçait. Jusque-là, pas de quoi fouetter un chat. Mais il achetait sa dope à des motards ultraviolents, la nuit, au fond d'un bouge gothique aux airs de coupe-gorge.

Comment s'y était-il pris pour gagner leur confiance ? Cette petite ordure de bridé n'était-il pas en train de le rouler dans la farine avec son plan rocambolesque ?

Il abandonna les suppositions. Pour la forme, il envoya un dernier coup de pression :

— Je te préviens, si tu m'as pris pour un con...

— Laisse tomber. J'ai autre chose à foutre.

Les deux gamins se séparèrent. Arthur remonta la rue jusqu'au marché et disparut derrière un mur. Francis regarda son portable.

19 : 30.

Le club ouvrait dans plus de deux heures. Bien assez pour permettre à Kader de s'organiser. Et de lui témoigner sa reconnaissance.

Avant de faire demi-tour, il jeta un dernier regard sur la porte. Le crâne lui souriait de toutes ses dents, comme une invitation aux pires délires.

4

Cinq heures de planque.

En vain.

Riad contrôlait la rue du Marché, assis à même le sol contre un conteneur à ordures. Kader verrouillait l'autre issue, tassé dans un renfoncement d'immeuble. Deux camés aux regards incertains, sans existence réelle.

Dans cette parenthèse imposée, le flic avait rendu visite au passé. Des souvenirs délavés, comme autant d'aiguilles de deuil. Le sourire de sa fille, son innocence, les promesses qu'elle portait. Son huitième anniversaire, le premier après le divorce, fêté en tête-à-tête dans une complicité nouvelle. Au fond de son amertume, Riad s'était accroché à son unique enfant.

Pour elle, il voulait tout, espérait tout. Pour elle, il affrontait un quotidien d'ingratitude et d'incompréhension.

En retour, Leïla le comblait. Bulletins de notes exceptionnels, intuition et intelligence hors du commun, sa maturité impressionnait ses maîtres. Physiquement, la contempler frisait le ravissement. Une fleur sur le point d'éclore, précipité sublime de ce que la nature pouvait espérer de mieux lorsqu'elle acceptait de se mélanger.

En quelques battements de terreur, l'ascension s'était arrêtée net. Depuis, la vie de Riad prenait des allures de châtiment.

Des larmes de colère roulèrent sur ses joues. Quel Dieu avait-il offensé ? Quel crime avait-il commis ?

Une forme ondula à l'autre bout de la ruelle. Riad leva un bras. Il s'extirpa de son refuge et s'engagea dans la pénombre. Kader marchait à sa rencontre, silhouette indécise aux contours de granit.

Ils se rejoignirent devant l'entrée du GHOST. Quatre monstres chromés s'alignaient épaule contre épaule en plein milieu de l'impasse. Riad reconnut sans peine les modèles : Electra Glide, Fat Boy, Sporster, et un V Rod flambant neuf aux airs de dragster. Les Harley-Davidson brillaient comme pour un soir d'Halloween.

— C'est mort. Il viendra pas.

Kader s'était assis sur une selle minuscule au cuir couleur rouge sang. Riad le fixait, sans relancer. Parler, c'était entériner l'évidence. Et ça, il n'y parvenait pas.

— On se replie ? hasarda le braqueur.

— Merde ! J'arrive pas à y croire.

— Calmos. Il a peut-être eu un problème. C'est courant avec ce genre de taré.

— Tous les soirs, nous a dit ton crapaud. Tous les putains de soirs. Réglé comme du papier à musique.

— On a qu'à se repointer demain. On appellera Saïd. Il a peut-être des nouvelles de ses obligés.

— Non !

Kader se raidit devant l'irruption de violence.

— On doit aller au bout, reprit Riad. On entre et on interroge tout le monde.

— Tu délires ?

— Si j'ai bien compté, il en reste cinq.

— Plus le patron. En tout, ça fait six.

Le flic exhiba son arme, un Beretta 9 mm automatique aussi noir qu'un scorpion.

— Où est le problème ?

Le truand eut un haussement d'épaules.

— Tu veux faire quoi avec ce jouet ? Ces enfoirés doivent planquer un arsenal dans leur tanière.

Le policier fit jaillir sa carte tricolore.

— Joker. Sans une raison valable et hors danger vital, personne n'allume un flic.

— Flic ou pas flic, ils ne vont pas se gêner pour se faire un Arabe.

— On tente le coup.

Le braqueur soupira, comme s'il se résignait à pénétrer dans un concasseur. Il palpa la poche arrière de son pantalon. Le 38 déformait la toile sur vingt centimètres.

— Passe devant. Avec ton carton, on devrait bénéficier de la surprise.

Riad tapa du poing contre la porte. Ils attendirent, artères palpitantes. Au bout d'une quinzaine de secondes, un rectangle de métal coulissa, à hauteur de regard. Le flic plaqua sa carte contre l'ouverture.

— Police, Brigade des jeux.

La meurtrière se referma. Un silence. Un vide. Huit, peut-être dix secondes. Les deux frères se regardèrent, indécis. Un claquement de targette électrique.

La porte s'ouvrit sur un cauchemar. Un type tout en longueur, visage aux allures d'os, crinière platine filasse, accoutré d'un jean noir moulant. Sur son débardeur, noir également, un crâne bleuté barré de deux pistons entrecroisés.

— Qu'est-ce... ?

Le Hell's s'arrêta net en découvrant les faces bronzées. Riad le repoussa d'un coup d'épaule et s'engagea dans l'ouverture. Ombre d'airain, Kader lui collait au train.

Ce qu'ils découvrirent leur hérissa les poils. Une salle au plafond bas, voûté, des murs couleur de nuit. Partout, bombées au pochoir, des têtes de mort, des croix gammées, des inscriptions gothiques. Au-dessus du bar, gravé sur une plaque de tungstène, le nom de guerre d'un des gangs les plus violents des États-Unis : Outlaw Motor Club.

L'antre du diable. À mille lieues des clubs BCBG où se côtoyaient des notables déguisés en bikers.

Riad compta cinq brutes accoudées au comptoir. Cuirs, rangers, tignasses huileuses. Les routards les observaient du coin de l'œil, visages fermés.

La voix du patron monta dans leur dos. Un accent flamand, rugueux.

— C'est quoi ce bordel ? J'ai eu un contrôle la semaine dernière.

Le flic se retourna avec calme.

— On voudrait voir un pote à toi. Couvert de bagouses, club des Bandidos. Tu vois de qui je parle ?

L'homme eut un sourire narquois. Il tendit ses mains.

— Couvert comme ça ?

Riad baissa la tête sur la constellation d'argent. Vautrés sur leurs chopes, les cinq chevelus ricanaient.

— Du genre.

— Va te faire foutre, Mohamed. J'cause pas aux crouilles.

Le Beretta jaillit tel un éclair. Riad le pressait contre la joue du Hell's à lui en déformer la mâchoire.

— Qu'est-ce que j'ai entendu, face de rat ?

— J't'encule, bicot.

Ce fut comme un signal. Les brutes sortirent de leur torpeur et firent mine d'avancer. Kader avait anticipé. Il les tenait en respect avec son Magnum.

— Tout doux, les filles. Assis, et mains à plat sur le comptoir.

La bande se figea. Des flammes de haine embrasaient leurs pupilles.

Le lieutenant de police plaqua la tête du Flamand contre le zinc.

— Je vais t'expliquer les règles, connard. Je te pose des questions, tu réponds aux questions. Une mauvaise réponse, t'as plus de dents. Deux mauvaises réponses, je te fais éclater le crâne. Je répète : où est ton pote ?

L'homme éructa un mot à consonance allemande. Il ricanait toujours. Le flic saisit la maigre toison et cogna plusieurs fois. Des bruits de branches brisées. Le bar se couvrit de rouge.

Riad arma le chien. Il détacha chaque syllabe.

— Où est-il ?

Le type éclata d'un rire dingue. Riad n'obtiendrait rien avec lui. Le Hell's irait jusqu'au bout, par pure provocation.

Il fit un pas en arrière. Un rythme sourd pulsait dans ses tempes à la façon d'un métronome. Il pressa la détente. La balle atomisa la rotule, projetant des morceaux de cartilage sur plus d'un mètre. Le patron roula à terre en hurlant.

La salle se pétrifia sur un silence de fer.

Riad laissa la loque recroquevillée et s'approcha des autres. Les Hell's baissaient la tête, interloqués. Les durs n'en menaient plus large.

— À genoux, mains derrière la tête. Grouillez-vous.

La horde obtempéra sans se faire prier. Les cinq mastodontes s'alignèrent sur le sol en file indienne. Riad ordonna à Kader :

— Ton rasoir.

Le braqueur fixa son frère. Les pupilles questionnèrent en silence.

— Ton rasoir, répéta-t-il d'une voix ferme.

Kader extirpa le coupe-chou de sa poche de chemise. Une onde d'angoisse courut dans les rangs des routards. Riad déplia la lame.

— Écoutez bien, bande de tarés. Je suis un poulet. J'ai tous les droits. Si je vous crève, on me donnera peut-être une médaille. Et la façon dont je m'y serai pris n'aura aucune importance.

— Qu'est-ce... ? Qu'est-ce que tu veux ? bégaya un barbu dont le ventre bedonnait par-dessus la ceinture.

— Des infos.

— Sur quoi ?

— Sur un enfoiré qui deal à des gosses de dix ans.

— T'es pas de la mondaine ? Bordel, t'es qui ?

Pour toute réponse, Kader lui balança un coup de pied dans le foie. Le Hell's percuta le sol. Les autres ne bougèrent pas d'un pouce, obnubilés par le coupe-chou.

— Cherche pas, répondit Riad. Pour l'instant, je suis juste un Arabe qui tient un rasoir et qui gerbe les taches dans ton genre.

L'homme s'appuya sur un coude avec difficulté.

— C'est un Bandidos. On le connaît pas.

— Arrête tes conneries. Il vient tous les soirs.

— Et alors ? On est des Outlaws, mec. Pas des fiottes.

Riad saisit un degré supplémentaire dans la logique des Hell's. Leur racisme ne se limitait pas aux nègres et aux Arabes. Il englobait tout ce qui n'était pas leur clan.

Le flic ferma les yeux. Mains d'or fréquentait quand même l'endroit.

Il questionna :

— Qu'est-ce qu'il fout ici ?

Le motard haussa les épaules.

— Comme nous. Il boit des bières.

— Et vous le tolérez ?

— On a conclu une trêve avec ces empaffés. Au niveau national. Libre circulation pour tout le monde.

Leur cible se risquait en territoire ennemi. En dépit des accords, la situation ne devait pas être confortable. Le gros lui cachait quelque chose.

Riad s'accroupit et manipula le rasoir devant le nez du Hell's.

— Tu me prends pour une bille.

— Non... Demande aux autres. J'te jure.

— Je vais te couper le nez, enfoiré.

Il se redressa et lui envoya un coup de talon dans les côtes. L'homme s'affaissa en couinant. Riad tira la tête épaisse vers l'arrière et approcha la lame des narines.

— Crache. J'ai plus de temps à perdre.

Dans un gargouillis, le mastodonte siffla ses aveux.

— Il nous fournit de la came.

— Shit ?

— Tout... Shit, héro, coke, PCP. C'qu'on veut. Des grosses quantités.

— Où il se planque ?

— Y me l'a pas dit.

Riad pressa le rasoir sur la peau grasse. Des gouttes vermeilles cloquèrent en chapelet. Il répéta dans un murmure :

— Où ?

L'homme fixait l'éclair d'acier, terrorisé.

— La gare. Il y est toujours fourré.

— La gare Saint-Charles ?

— Ouais... Tu me lâches maintenant ?

— Pas encore. C'est grand la gare. Je ne vais pas passer trois plombes à tourner en rond en attendant qu'il se montre.

Le gros esquissa un sourire de vipère.

— T'auras pas besoin d'y entrer. À cette heure, tu le trouveras sur l'esplanade.

Riad se releva et essuya sa main sur son pantalon. Il avait eu ce qu'il voulait. Il regarda son frère. Le braqueur haussa les sourcils en signe d'assentiment.

Ils quittèrent les lieux à reculons, canons toujours braqués sur les routards. Au passage, Riad décocha un coup de pied au Flamand, par plaisir.

Ils retrouvèrent la rue. Le flic songeait à son ancien appartement, dans le quartier Saint-Charles. Le bourreau de sa fille foulait le même bitume que lui. Il l'avait peut-être croisé dans le quartier, avait traîné dans les mêmes bars. Le tueur avait peut-être repéré Leïla depuis longtemps.

Mais pourquoi elle ?

Sans un mot, ils prirent la direction de la gare.

5

Trois heures.

La gare Saint-Charles somnolait dans un parfum de poussière. Grilles tirées, portes fermées, l'administration des chemins de fer protégeait son patrimoine avec ferveur.

Les deux frères longèrent la verrière. Riad marchait d'un pas rapide. Le souvenir de la baston électrisait ses muscles. Cette battue improvisée le raccordait avec sa vérité profonde. Un fauve en liberté, façonné par les dunes, formaté pour survivre.

Depuis toujours, il le savait. Cette nuit, enfin, il le vivait.

Dernière ligne droite.

Mains d'or ne les attendait pas. Il n'avait pas pu prévoir qu'un flic remonterait la piste. Pas aussi rapidement.

Riad l'imaginait sûr de lui, conquérant. Un monstre de cuir, cyborg aux doigts de fer tournant et déchirant les chairs pour broyer les entrailles. Le Hell's dealait en gros. À cet échelon du business, les places se taillaient à la hache.

Il pria. Une supplique sans retenue, nourrie de ces bribes de foi qui s'agrippaient encore à lui. Si le Prophète l'entendait, il lui offrirait la victoire.

Tout de suite.

Ils s'immobilisèrent derrière un Abribus, en lisière de l'esplanade. Des éclairages bleutés flottaient sur le bitume, traçant un halo irréel aux frontières irisées. Dans cette frange incertaine, une cohorte fantomatique battait le pavé.

Kader eut un sourire méprisant.

— Ça tapine encore dur. Les Yougos font des heures sup.

Le flic n'entendit pas le sarcasme. Il répondit à côté.

— Qu'est-ce qu'il vient foutre ici ?

— Soit il écoule sa came. Soit il se tape des mignons. Ou les deux ensemble. Ces gamins sont tous défoncés.

Riad se sentait largué. Le Hell's avait la stature d'un grossiste. Aucune raison de se risquer sur des affaires de merde. Il songea également aux paroles de Guillaume. Mains d'or ne traitait qu'avec les filles. Il refusait de voir les garçons. Hormis le Viet.

Rien ne collait.

Il pointa son index vers une poche d'ombre.

— Là !

Kader scruta la nuit. En équilibre sur sa béquille, on devinait un chopper aux formes fuselées, encore allongées d'une fourche avant démesurée. Une silhouette élancée faisait corps avec l'engin. Impossible de distinguer ses traits, à peine l'incandescence d'une cigarette crépitant par intermittence.

Riad empoigna le bras de son frère.

— C'est lui.

— Ouais... Va falloir le coincer par surprise, sinon y risque de nous filer entre les doigts.

Le policier exposa son plan.

— Tu fais le tour par l'avenue Paul-Sémard. On le prendra en tenaille.

— Les gitons croiront qu'on vient pour une gâterie. Ils risquent de nous faire repérer.

— Tant mieux. Le type ne fera pas attention à nous si on fait semblant de s'intéresser aux Yougos.

— Et les condés ?

Kellal eut un mouvement circulaire du menton.

— Personne ce soir. Vu l'heure, ils sont déjà au pieu.

Ils se séparèrent. Kader rebroussa chemin et disparut dans l'escalier. Riad quitta son abri pour se mêler à la faune.

Il déambula au milieu d'adolescents maigrichons. Des garçons, exclusivement. Shorts moulants, regards en berne. Ils exhibaient leurs torses glabres comme autant de préludes pathétiques. Sur son passage, ils prirent des poses lascives, aguicheuses. Riad jouait le jeu, allant de micheton en micheton, répondant d'un sourire aux invitations susurrées dans des râpements de langues.

Une envie de vomir lui tenaillait les tripes. Les gosses se tapaient en moyenne quinze passes par nuit. Souvent mineurs, toujours en situation irrégulière, ils avaient quitté leur pays de guerre en se vendant à la mafia croate ou slovaque. Les passeurs leur assuraient un point de chute – hôtels douteux, squats, meublés sordides où s'entassaient six familles – puis se payaient sur la bête. Dès leur arrivée, ils arpentaient le bitume. Pourtant, malgré l'horreur, les trottoirs de France avaient des airs d'eldorado.

Le flic verrouilla ses yeux sur le Hell's. L'homme ne prêtait aucune attention à lui. Il discutait avec un blondinet à la tignasse soyeuse.

De l'autre côté de l'esplanade, la silhouette de Kader profila ses contours anguleux. L'objectif n'était plus qu'à une dizaine de mètres, à mi-distance de chacun.

Les deux frères se mirent au diapason. Ils progressaient au même rythme, nonchalants, tels des cobras en chasse.

Cinq mètres.

Trois mètres.

Riad reconnut le masque de Darth Vador encastré au-dessus du guidon.

Il braqua son arme.

— Police, bouge plus.

Kader l'imita.

— Tes mains. Sur le guidon.

Le Hell's jeta son mégot avec calme et s'exécuta. Ses doigts lançaient des reflets d'or.

Terrorisé, le blondinet ne respirait plus. Kader l'écarta d'un geste.

— Toi, tu te casses.

Le Yougo détala, entraînant dans son sillage le reste de la volière. En dix secondes, le lieu s'était vidé.

— Qu'est-ce que vous voulez ? racla le biker.

Riad donna le ton de la partie :

— Écrase. Kader, fouille-le.

Le truand palpa chaque centimètre de jean. Il exhuma un cran d'arrêt et un automatique à crosse chromée.

Riad le tenait toujours dans sa ligne de mire.

— Viens un peu par là, qu'on voie à quoi tu ressembles.

L'homme déplia une jambe d'araignée au-dessus du réservoir et s'avança vers la lumière. Une gueule passée à la chaux, la trentaine, des yeux clairs comme des lacs. Sur son gilet de cuir, le sigle des Bandidos.

Le lieutenant de police le menotta sans ménagement, poignets dans les reins. Le type grimaça.

— Je sais pas qui vous cherchez, mais vous vous plantez, les mecs.

— Je crois pas, ducon.

— Vous êtes nouveaux dans le coin ?

— Qu'est-ce que ça peut te foutre ?

— Faudrait vous renseigner auprès de vos collègues ! J'ai l'immunité diplomatique.

— T'es un cousin ?

— Appelez ça comme vous voulez. Je travaille pour le commissaire Kerkerian.

Riad encaissa le coup. Le routard balançait aux Stups. Les

Stups le protégeaient. Sa condition d'indic lui permettait d'afficher un calme olympien.

— On n'est pas ici pour la dope, siffla le flic.

— Brigade des mineurs ?

— Non plus.

L'homme ricana.

— Vous venez vous faire sucer à l'œil ?

Une masse de fonte raya son sourire de la carte. Le Beretta du flic venait de percuter ses mâchoires.

— Une petite fille. Écorchée la semaine dernière. Tu veux encore des précisions ?

Le Hell's cracha un glaviot noir. Une estafilade vermeille étoilait sa pommette. Il répondit sans s'affoler.

— Vous vous trompez d'adresse. Je vends de la dope et je fournis des tuyaux aux poulets. La boucherie, c'est pas mon rayon.

— Pourquoi je te croirais, raclure ? Elle a disparu la nuit où elle t'a rencontré. Tu es une des dernières personnes à l'avoir vue vivante.

Il y eut une pause. Le dealer oscillait maintenant sur ses cannes. Il débita d'une voix blanche :

— Elle est pas venue au rancard. J'ai poireauté jusqu'à 1 heure et je me suis cassé.

Riad s'attendait à ce genre de bateau. Son pouce allait et venait sur le chien du Beretta. Pourtant, il devait être sûr.

— Explique-moi. Tu deales en gros ou tu vends au détail ?

— Le détail, c'est pour rendre service.

— Tiens donc ! Tu fais dans les bonnes œuvres ?

— Je connais un des gamins.

— Ça, on savait. Précise.

— Je... Je voulais lui faire plaisir...

Le ton, le rythme, Riad comprit aussitôt.

— Tu te le tapes, ordure.

L'homme resta silencieux. Le Beur s'approcha et lui grinça à l'oreille :

— Et les filles ? Tu te les fais aussi, c'est ça ? À voile et à vapeur ?

Le routard eut un frémissement.

— Non... Les filles, c'est pas mon truc. J'ai préféré la jouer comme ça pour éviter les tentations.

Riad abattit son arme une nouvelle fois sur la face du routard. Ses yeux de charbon luisaient de rage.

— Tu mens. Ton truc, c'est les gosses. Filles ou garçons. T'es un putain de détraqué.

L'homme pissait le sang. Il éructa :

— C'est pas moi.

Riad posa l'œil du canon sur le front du biker.

— La victime, c'était ma fille. Je vais te crever, tarlouze.

La panique submergea le routard. En une fraction de seconde, il venait de comprendre qu'il n'avait pas affaire à une enquête classique. Il bégaya :

— Attendez... J'ai... J'ai un tuyau pour vous.

— Mon cul. Tu gagnes du temps.

Le Hell's roulait des yeux exorbités.

— Un détraqué. Un type qui s'est fait serrer pour des histoires de mœurs.

Le policier eut un rictus. La peur stimulait l'imagination. Au bord du précipice, l'indic cherchait à se raccrocher aux branches.

— Va te faire foutre.

Il plaça sa main gauche au-dessus du canon, en paravent pour éviter les projections. La voix de Kader suggéra dans son dos :

— Laisse-le parler. Tu le buteras après.

Riad eut une hésitation. Finalement, il abaissa son arme.

— T'as intérêt à être convaincant.

— Je connais pas son nom. Juste un surnom.

— Dis toujours.

— Brad Pitt. À cause de son look. Une gueule d'ange et une coupe en brosse. Il était avec moi aux Glycines.

— Je comprends pas.

— Un HP. À côté de Lyon.

L'intérêt de Riad s'éveilla. L'éventualité d'antécédents psychiatriques s'était imposée depuis le début. Une piste trop complexe, trop aléatoire au regard des renseignements dont il disposait. La traque l'avait mené ailleurs. Elle revenait maintenant croiser cette hypothèse.

— On t'a interné pourquoi ?

— Une cure de désintox. Je tournais à trois grammes par jour.

Le biker portait une chemise en jean manches longues, incongrue dans la chaleur de juin. Dans l'action, le policier n'avait pas remarqué ce détail. Il ordonna :

— Fais voir tes bras.

L'homme se tourna.

Riad remonta les protections de toile.

La peau ressemblait à une surface lunaire. Des cratères crénelés s'ouvraient un peu partout, cernés d'hématomes virant au jaune. Les veines tendues à mort roulaient sous les doigts comme des pailles de plastique.

L'héroïne. Sous l'armure de cuir, le Hell's pourrissait à petit feu.

Riad eut un mouvement de recul. Une répulsion incontrôlée face à la décomposition des tissus. Le cadavre de Leïla émergea d'une fosse de barbarie. Dépecée, méthodiquement. Une technique précise. Des gestes médicaux.

Il observa l'épave. Soudain, sa culpabilité lui semblait moins évidente.

— Parle-moi de ton copain.

— Il y avait un pavillon de haute sécurité dans l'hôpital. Une cage pour les ultraviolents. Brad y était interné quand je suis arrivé.

— Les toxicos, c'est un service à part. Comment as-tu pu entrer en contact avec lui ?

— La musique, les mecs. Ça ouvre toutes les portes.

— J'pige pas.

— Les psys nous faisaient écouter des trucs. Violon, piano, genre symphonique. D'après eux, ça aidait à calmer le boucan. Le manque, si tu préfères.

Le personnage n'avait pas une tête à écouter de la « musique ». Plutôt du heavy métal, poussé à fond sur des enceintes saturées d'arcs électriques. Riad se passa une main sur le visage. Dans le monde des dingues, les repères explosaient aussi sûrement que des grenades offensives.

Il s'étonna tout de même :

— Quel rapport avec Brad ?

— La salle était coupée en deux. Avec une sorte de vitre au milieu. Pas mal de toxicos venaient s'adoucir l'oreille avec leurs conneries. Surtout les injonctions-thérapeutiques. Ils se faisaient bien voir pour se barrer plus vite.

— Et ? s'impatienta le flic.

— Un matin, Brad s'est pointé. Le flash. Personne n'arrivait à détacher son regard.

— On l'a mis avec vous ?

— Valait mieux pas d'après ce que j'ai cru comprendre. Il était de l'autre côté de la frontière. À tous les sens du terme. Camisole serrée à bloc, et un infirmier dans son dos qui le verrouillait au bout d'une laisse.

Riad sentit ses mains poisser sur la crosse. La description du monstre collait avec l'idée qu'il s'en faisait. Plus sûrement en tout cas que l'épave farcie de dope qui piquait du nez devant lui.

— Tu as pu lui parler ?

— Personne ne pouvait l'approcher. C'est un infirmier qui m'a rancardé.

— Qu'est-ce qu'il t'a dit ?

— Un truc qui sautait aux yeux. Brad est un furieux. Il était de passage dans cette unité. Pour des tests, je crois. L'histoire de mœurs, c'est tout ce qu'il m'a lâché de sérieux.

Un scénario se dessina dans le cerveau du policier. L'homme était suivi, sous contrôle. Il avait dû se faire alpaguer après avoir commis un ou plusieurs autres crimes. Cour d'assises, expertise psychiatrique, irresponsabilité pénale et internement à durée indéterminée. Le parcours habituel avec ce genre de psychopathe.

Que ferait-il dehors ?

Riad dévisagea l'indic. Une autre énigme englobait la première. Ou un nouveau mensonge.

— Pourquoi tu me balances ce taré ? Avec son pedigree, il doit compter les mouches dans une cellule capitonnée.

— T'as sûrement raison. Mais j'l'ai vu dehors. Y a un mois. Il est venu m'acheter de la dope.

— Tu crois que je vais avaler ça ?

— Tu fais comme tu veux. C'est la vérité.

Le Beur plissa les sourcils. La parole d'un junkie valait autant que ses promesses de décrocher. Mais il n'avait rien d'autre.

— Il t'a fait des confidences ?

— Non. Il a pris sa came et il s'est barré.

— Héroïne ?

— Je veux. Et de la blanche. Il a dû se faire un sacré trip.

Riad classa cette donnée. Dans son esprit, elle ne démontrait rien, n'apportait rien. Elle signait simplement l'intelligence du tueur. Il s'était rapproché du dealer pour l'observer, détailler ses habitudes, ses potentialités.

C'était de cette façon qu'il avait flairé la piste de Leïla.

— Le nom du soignant. Tu t'en souviens ?

— Pierre. Une brute, avec une moustache en fer à cheval.

Riad glissa le Beretta dans ses reins et se tourna vers Kader.

— On met les voiles.

Le Hell's retrouva son sourire et avança ses poignets.

— Oubliez pas vos menottes.

— Rigole pas trop, cracha Riad. Tu viens avec nous.

La face du junkie se décomposa. Il supplia presque :

— Où ?

— On va faire un tour.

— Vous allez pas me buter ?

— Pour l'instant, t'es en sursis. T'as intérêt à pas m'avoir menti.

Les deux frères encadrèrent le Hell's à la façon d'une garde prétorienne. Leurs mains crochetèrent les biceps atrophiés par la came. L'homme n'essaya pas de se débattre.

Riad quitta le marché aux plaisirs sans regret. Déjà, l'aube violaçait le ciel de traînées floues. Les premiers bus entamaient leur ronde molle dans les avenues ensommeillées. Une fraîcheur moite courait sur la ville.

Il remonta la capuche sur son crâne. La traque le menait dans une autre direction. Un univers sans limites, sans balises, où même la procédure pénale se dissolvait dans une vapeur d'éther.

La partie se compliquait.

La rue, sa faune, le Milieu ou les routards dégénérés, il pouvait gérer ça en solo. Face à une administration, ses chances de réussite lui semblaient nulles.

6

Philippe décolla les paupières avec le sentiment qu'on lui trouait le cristallin. Il regarda la baie vitrée. Une lueur glauque révélait la tache grise des collines. Plus bas, dans la continuité du trait, la mer formait une masse noire qui avalait les ombres.

Il se leva d'un bond.

C'était pour aujourd'hui.

En dépit de la fatigue, cette réalité le propulsait vers des sommets d'excitation.

Il avait quitté le cimetière de métal vers minuit, après avoir revérifié chaque phase du processus. Un oubli, et Karl se retrouvait bloqué. Compte tenu du contexte, de la tension qui régissait leur relation, les conséquences pouvaient prendre une tournure désagréable.

Il était ensuite rentré directement, impatient d'étudier le dossier, de réfléchir, de se préparer. Si Karl était satisfait, lui le serait en retour.

Mais rien ne s'était passé comme prévu.

La crise l'avait devancé.

Violente.

Totale.

Le corps sabré de spasmes, il s'était traîné jusqu'au lit et avait enclenché une cassette. Des flots de souffrance pure s'étaient répandus dans la pièce. Sans résultat. L'ampleur de la crise dépassait ses prévisions.

Tétanisé, il avait attendu.

Combien de temps ?

Dans ces instants de vide, les repères éclataient. Les minutes contractaient leurs battements, telles des heures de fonte, puis s'étiraient jusqu'à former une plage sans fin, désertique. L'irréalité de ces gouffres lui faisait songer aux toiles du maître catalan, Salvador Dalí, avec ses montres molles surgies d'un songe dément, plantées au hasard de l'esprit pour raviner la raison.

Deux mots pourtant s'inscrivaient en fil rouge pour baliser ce précipice.

Bouffées délirantes.

À quand remontait la première attaque ? Quel en avait été le déclencheur ?

Là aussi, les jalons temporels vacillaient.

Cette fois encore, Philippe avait tenté de lutter. Un combat inégal, où chacune de ses fibres cherchait à contrôler le processus, à l'inverser.

En vain.

Une canopée rougeâtre avait envahi sa vision.

La suite ne variait pas. Ventilation, pression artérielle, réflexes, les fonctions basales déclinaient. Un état hypnotique l'engourdissait, comme une catalepsie.

Il s'enfonçait.

Là, le véritable cauchemar commençait.

D'abord, des formes floues, sortes de chrysalides ondoyant sous la pelure d'une soie d'albâtre. Elles avançaient vers lui, baignées de lumière pâle, l'entouraient, le frôlaient. Sous la mouvance du filtre, il devinait des visages. Arête nasale, proéminence d'une lèvre, ligne d'un front. Des lignes pures, comme des statues antiques.

Philippe les entendait pleurer, une complainte de souffrance, comme un appel à l'aide.

Puis les évanescences déchiraient leur cocon. Elles révélaient sous le masque des faces à vif, monceaux de chairs pelées d'où émergeaient des plaques d'ivoire.

Dans son esprit, Philippe se débattait. Cloué au lit comme à un pilori mental, ses membres ne bougeaient pas d'un pouce.

Des silhouettes apparaissaient alors, lointaines, drapées de brume. Elles descendaient d'un promontoire pour le rejoindre. Des masses granitiques, glissant sur une fêlure de glace. Pourtant, dans l'esprit du jeune homme, leurs pas faisaient trembler le sol.

Lorsque les silhouettes se penchaient, l'angoisse montait en flèche. Elles murmuraient des mots à son oreille. Voix douces, parfums d'enfance, réminiscences.

Mais leurs paroles glaçaient son sang.

Il s'habilla rapidement et se fit du café. La terreur refluait, son cerveau fonctionnait de nouveau normalement. Plus vite peut-être. Les crises lui faisaient toujours cet effet-là. Après, lorsque le calme revenait, il sentait monter la puissance. Une lame de fond aux allures de tempête, dont la crête frémissait tel un orgasme.

Il étala les documents sur la table et commença leur tri. Il étudia les clichés, analysa les notes, consulta les plans.

Au bout d'une demi-heure, un sourire éclaira son visage.

La solution venait de s'imposer.

Claire, limpide.

Comme une évidence.

VI

1

— Tu veux un café ?

Paul décolla les paupières. Penché vers lui, un visage parcheminé de rides lui adressait un sourire tendre.

Il s'étira en acquiesçant du menton. Sa mère palpa la croûte noirâtre, au niveau de la tempe.

— Tu t'es encore battu ?

— Des égratignures...

La vieille eut un profond soupir. Elle tourna les talons et trottina vers la cuisine, frêle figurine emmaillotée de tissu noir.

Paul fit craquer ses cervicales. Après la route, le divan élimé avait fini d'achever sa colonne. À son retour des Saintes, il s'était décidé pour un stop au Vallon. Un besoin de chaleur, de compréhension inconditionnelle, comme un arrêt sur image. Parfois, ça lui manquait. Lorsque sa vie de flic prenait trop d'importance, que les temps morts se refusaient, qu'il dévissait.

Planquée sous la Corniche, la maison familiale répondait à cette urgence. Petite, proprette, elle dépeignait en traits précis l'histoire des Cabrera.

D'abord, la mer. Des filets de pêche quadrillaient les murs blancs pour composer un damier filiforme. Quelques huiles naïves entrecoupaient leurs mailles, figeant sous un trait maladroit des poissons argentés.

Ensuite, la terre. Des meubles en bois brut, sans fioritures, des objets lourds, fonctionnels, un sol en tomettes ocre. Le cadre imposait sa stature campagnarde jusque dans ses plus intimes recoins.

Enfin, le ciel. Des images pieuses, des crucifix, des statuettes à l'effigie de saints. Ils encadraient çà et là une dévotion sans faille.

Les parents de Paul venaient d'une île. Un rocher de granit battu par le ressac, isolé dans une tourmente solaire. Bien qu'exilés à Marseille, la Sicile pulsait encore dans leurs veines son jus sec, ses priorités d'évidence, ses croyances d'un autre âge. Dans cette alcôve de passé, une odeur rassurante d'enfance se mélangeait à celle plus entêtante de la cire. Au seuil de la trentaine, le flic en conservait encore les clefs.

Il laissa aller sa nuque contre le canapé. Cette fois, sur cette enquête, la pression frôlait le paroxysme.

Le meurtre de Leïla l'horrifiait. Une vrille de barbarie, aux confins de l'envisageable. Il comprenait la réaction viscérale de Riad. Sur un mode personnel, son âme et celle de son pote brûlaient à l'unisson.

Mais sa raison lui dictait un autre discours. La loi, les règles, l'éthique d'une civilisation plus humaine. Personne ne pouvait s'arroger le droit de prendre une vie. Quel que soit le motif.

Depuis presque une semaine, le jeune lieutenant surfait sur ces rouleaux de doutes. Pour les négocier, il s'était raccroché à ses préceptes intimes : l'amitié, la fidélité.

Riad était en danger.

Il se battait pour le sauver.

Il avisa son cellulaire, posé à même le sol à côté de ses rangers. Déjà 10 heures. Vial n'avait pas encore essayé de le joindre. Le commissaire devait se ronger les sangs, mais honorait le marché. Cabrera menait l'enquête à sa façon. C'est lui qui choisirait le moment de contacter la Brigade.

Paul saisit le boîtier gris.

— Cabrera. Passez-moi le commissaire.

Une musique incongrue flotta dans le combiné. Un tube de Mylène Farmer, aux sonorités langoureuses, aux paroles chaotiques. L'administration voulait changer d'image. Plus proche des usagers, des victimes. Au fond, une façon de noyer le poisson et de faire avaler le durcissement récent des méthodes policières.

— Vial, j'écoute.

— J'ai du nouveau, commissaire.

— Ravi de l'apprendre.

Le Marseillais capta le sarcasme. Derrière, il imagina un précipice d'épuisement. Le chef de la Crime se donnait à fond sur cette affaire. Il aimait bien Riad, ce point avait son importance, mais surtout, il ne souhaitait pas faire les frais d'une bavure.

— L'enrouleur, vous êtes au courant ? questionna Paul.

— Desruel m'a fait un rapport sur votre visite aux abattoirs.

— J'avais raison. On est sur la bonne piste.

— Qu'est-ce qui vous fait dire ça ?

— Un calibre, braqué sur mon front.

Une parenthèse, comme un temps suspendu. Vial ordonna d'un ton neutre :

— Expliquez-vous.

— J'ai retrouvé Ferchaud. Le chevillard était réticent, mais je l'ai convaincu de se mettre à table. Il a vendu un enrouleur sous le manteau le mois dernier. À un gitan.

— Et après ? On ne cherche pas un manouche que je sache ?

Paul fit mine de ne pas entendre. Il arpentait la pièce, pieds nus, enroulant ses phrases au rythme de ses pas :

— Je suis allé aux Saintes pour essayer de coincer l'acheteur. Un journalier qui travaillait aux arènes. Le type a été plus malin que moi. Deux types en fait. Ils m'ont surpris avant que je puisse les cuisiner.

— Ils ont peut-être d'autres motifs de craindre la visite d'un policier. L'équarrissage sauvage est illicite d'après ce que j'ai cru comprendre.

— Possible. Mais je n'y crois pas. Les gitans sont incapables d'utiliser ce type de matériel. De plus, ils magouillent petit. Ce ne sont pas des tueurs de flics.

À l'autre bout du réseau, un souffle lourd siffla dans le combiné.

— Admettons. Où voulez-vous en venir ?

— Les romanos sont des intermédiaires. Ils ont honoré une commande.

— Rien ne prouve que le commanditaire soit notre homme.

— Rien, effectivement. Mais il y a autre chose. Ils avaient peur. Une peur panique. C'est pour ça qu'ils s'en sont pris à moi.

Un nouveau silence plana sur la ligne. Vial devait soupeser la réaction des manouches à l'aune de son expérience.

Il affirma :

— Ils doivent être au courant pour le meurtre. Ce qui explique leur comportement.

— Non. Pas à ce point. Ils ont fourni l'arme. C'est tout. Et ils n'ont certainement pas cherché à savoir à quoi elle devait servir.

— À quoi pensez-vous ?

Paul ne répondit pas. Cellulaire à l'oreille, il se dirigea vers la terrasse. La pièce était tronçonnée de soleil, des flèches vives traçant sur les tomettes le dessin inversé des fenêtres. Par-delà les carreaux, il apercevait les barques multicolores sagement alignées sur leur lit d'onde.

Son hypothèse le glaçait. Un homme, seul, terrorisant une communauté soudée, violente.

Qui était-il ?

Que leur avait-il fait pour justifier une telle terreur ?

Le commissaire s'impatienta :

— Cabrera ? Vous êtes toujours là ?

Paul répondit de façon mécanique.

— Le tueur.

— Quoi, le tueur ?

— C'est de lui qu'ils ont peur. Pourquoi ? Je n'en sais rien. Ce dont je suis certain, c'est que le dingue leur a fichu une frousse carabinée. On doit retrouver les manouches. Ils nous mèneront à lui.

— Vous avez leur signalement ?

— Un grand costaud et un petit nerveux. Cheveux noirs tous les deux, sans doute espagnols. Le petit a le visage balafré sur toute la longueur. Et je crois qu'il porte une créole.

— C'est tout ?

— Non. Ils dealent de l'herbe et roulent dans un pick-up chargé avec de la ferraille.

— La marque ?

— Aucune idée.

— Bien... On va chercher dans le fichier des gens du voyage. On va aussi établir la liste des casses de la région.

— Vous ne vous rancardez pas sur les Stups ?

— On verra plus tard. Le spectre est trop large.

— Commissaire, je crois que...

Vial ne le laissa pas aller plus loin.

— Laissez-moi faire mon boulot, Cabrera. J'ai l'habitude.

Paul serra les mâchoires. Il demanda, pour reprendre l'avantage :

— Où en êtes-vous de votre côté ?

— Nulle part. On triture le corps médical. Les étudiants, les chirurgiens, les légistes, tous ceux qui pourraient avoir les compétences d'une telle pratique. Pour l'instant, personne ne correspond au profil. On a également fait établir un comparatif par « Judex ». Aucun crime impliquant le même mode opératoire ne ressort sur cette base de données.

— Et Riad ?

— Calme plat. Il doit se terrer en attendant que ça bouge. Kader est sous surveillance, mais vous connaissez les cités. S'il veut nous fausser compagnie, il trouvera un moyen.

Le Marseillais posa son front contre le mur. Sur ce plan, il faisait confiance au truand. La rue possédait toujours une longueur d'avance.

Un soudain sentiment d'impuissance l'assaillit. Côté officiel, l'enquête piétinait. Les recherches administratives prendraient du temps et aboutiraient peut-être à une impasse. Côté officieux, Riad s'était fondu dans le paysage.

Attendre.

Que pouvait-il faire d'autre ?

Il songea soudain à Malika. La fille de Kader. Elle ne s'était pas manifestée. Parce qu'elle ne savait rien ? Parce qu'elle avait peur ? Parce qu'elle obéissait ?

Il devait essayer.

— Je vous rappelle, commissaire.

Paul raccrocha. Sa mère apparut aussitôt, un plateau dans les bras, sur lequel étaient posées deux tranches de pain beurré et une tasse de café. Elle fixait son fils d'un air inquiet.

— Tout va bien ?

Le jeune lieutenant eut un sourire lointain.

— Je ne sais pas... Pas encore.

Il engloutit son petit déjeuner et fila prendre une douche. Le crépitement des jets dopa son moral. La perspective des prochaines heures aussi.

Il repartait en chasse.

Mieux, il retrouvait ses marques.

2

Main gauche en pare-soleil, Paul colla son nez sur la vitre.

Derrière les carreaux sales, il découvrit une pièce cinglée de tags. Des lettres bombées, des flèches vives, dessinaient sur les murs en agglo des arabesques de défis. Pour seul ameublement, une table et des bancs métalliques. Au fond, un tableau noir où se croisaient des traits, des ronds, une juxtaposition de lignes tracées à la craie.

Le flic songea à une bataille, des forteresses à prendre, une guerre à emporter.

Assis sur le carrelage, une dizaine de morveux offraient leurs dos étroits à la lumière. Ils fixaient une silhouette gracile, aux longs cheveux gaufrés, vêtue comme eux d'un survêtement de toile rouge.

Le Marseillais claqua des phalanges contre le verre.

Aussitôt, Malika se retourna.

Elle resta suspendue un instant, croisant ses yeux dans ceux de Paul. Puis elle battit ses paumes l'une contre l'autre, à la façon d'une institutrice.

Dans la seconde, un essaim enfiévré jaillit de l'enclos. Têtes brunes, rires fusants, les enfants s'égaillèrent en hurlant dans le dédale de béton.

La Beurette franchit la porte dans leur sillage.

— Qu'est-ce que tu veux ?

Effacés le sourire complice, la fluidité du ton. La jeune femme offrait un masque dur, un pincement de narines agressif. Le policier imaginait sans peine le sermon servi par Kader. Un carcan de dogmes, des muselières d'archaïsme pour contrôler sa fille.

Il pointa son doigt vers le tableau noir :

— Tactique de jeu ?

— Après chaque match. Ça les structure.

Bras croisés, Malika scrutait le policier. Elle répéta sa question.

— Qu'est-ce que tu veux ?

— Tu devais m'appeler...

— Si j'avais de l'info.

— Et tu n'en as pas ?

— Non.

Paul opina du chef. Il voulait la jouer en douceur avec elle. Parce qu'il connaissait son histoire. Parce qu'il la respectait. Et surtout, parce qu'il savait que l'intimidation n'aurait aucune prise sur ce bloc volontaire.

Il proposa :

— On marche ?

— Pour aller où ?

Le lieutenant jeta une œillade circulaire. Cubes moroses, couloirs de béton disposés en quinconce, l'habitat encerclait une agora-prétexte livrée aux seuls trafics. Frais-Vallon ou Félix-Pyat : même combat. Un décor sans lendemain, imbibé de tristesse et d'ennui, où le dépit corrodait chaque seconde.

Il prit le bras de la jeune femme et l'entraîna vers l'unique carré d'herbe.

— Les choses se compliquent.

Malika eut un regard de fièvre.

— Ah oui ? Et elles se compliquent pour qui ?

— Tout le monde.

— Mon père ?

— En première ligne.

La jeune Beurette se laissa choir sur la pelouse minable. Elle respirait plus vite.

— Il n'y est pour rien, bordel. Lâchez-le.

— Faux, ma grande. Riad est recherché. Kader le couvre. Sur un strict plan légal, c'est de la complicité.

— Complicité de quoi ? Mon oncle n'a tué personne.

— Pas encore.

— Tu bluffes. Vous n'avez rien contre eux.

Le policier encaissa l'évidence. Il inventa aussitôt un bobard plausible.

— Riad a braqué des pièces dans un dossier d'instruction. La juge l'a eu mauvaise. Elle a déterré un chef de mise en examen et délivré un mandat d'amener. Ton père est dans le même train. Et avec son CV...

Paul s'interrompit, laissant à Malika le soin de deviner la suite.

La réaction creva le mur du son.

— Enfoirés...

Il y eut un silence, un temps creux pendant lequel la jeune femme devait faire son chemin. Peser le pour, le contre. Obéir à son père, ou l'aider malgré lui. Lorsqu'elle se décida, des larmes mouillaient ses joues.

— Ils... Ils ont une piste...

Le lieutenant s'assit en tailleur, à côté de la jeune femme. On entendait au loin des pétarades aiguës, des emballements stridents, cris de victoire de scooters lancés à fond sur les allées.

— Dis-moi tout. C'est le meilleur moyen d'aider Kader.

Malika rejeta la tête en arrière. Son cou fragile offrait l'image d'une beauté pure, palpitante. Paul eut soudain envie d'y enfouir son visage.

Elle se cala sur ses coudes. Ses pupilles scrutaient le policier d'un air méfiant.

— S'ils serrent mon père, tu me promets de faire quelque chose ?

— Juré.

Hochement de tête lointain, douloureux. Malika délivra sa conscience.

— Il est passé ce matin, très tôt. Dix minutes plus tard, on a sonné. Je ne sais pas qui c'était. Une voix d'homme. Mon père parlait d'un routard qu'ils avaient chopé dans la nuit.

Paul sentit un gouffre avaler son assise.

Riad avait-il tiré le bon numéro ? Déjà ?

Malika poursuivait :

— J'ai pas entendu grand-chose, mais j'ai fait le rapprochement.

— Le rapprochement ?

— Avec les bruits. La rumeur des cités.

— Explique.

— Depuis trois jours, on murmure à propos d'un biker. Une sorte de Hell's Angel, avec Harley, cuir et rangers. Leïla lui achetait de l'herbe. Elle avait rendez-vous avec lui cette nuit-là.

La révélation stupéfia le flic.

— Les gosses se défonçaient ?

— Qu'est-ce que tu crois ? Que c'est réservé aux paumés des cités ?

Pris en défaut, il bégaya :

— Non... C'est pas c'que je voulais dire...

— Ouvre les yeux. Ils en prennent tous. De plus en plus tôt. Le milieu social n'a rien à voir.

Silence. Paul avait fait une bourde, il l'assumait. Il enchaîna.

— Le rancard, c'était pour quelle heure ?

— Cherche pas. Ce type, c'est la dernière personne à l'avoir vue vivante.

Paul hocha la tête. Il hésitait à poser la question ultime. Par crainte de la réponse.

Les mots jaillirent malgré lui.

— Tu crois qu'il peut s'agir du tueur ?

— Aucune chance.

— Qu'est-ce qui te fait penser ça ?

— Ils disaient qu'il fallait le surveiller de près. En attendant de se faire l'autre. S'ils étaient tombés sur le bon, ils l'auraient égorgé dans la seconde.

Paul acquiesça en silence. La certitude de Malika le soulageait et confirmait sa propre vision des choses. Riad connaissait son boulot. Il n'aurait pas frappé au hasard.

Il songea également à son enquête, à son périple aux Saintes, au récit du clodo : « *Ils vendent de l'herbe à fumer. Des petits paquets enveloppés dans du papier journal.* »

Un pont se matérialisait. Gitans, routards, tous des coureurs d'asphalte, des trafiquants de fumette. Les manouches s'étaient contentés de fournir l'enrouleur. Des OS du crime, payés à la tâche et cantonnés sur la périphérie.

Le rôle du Hell's semblait plus complexe.

Avait-il mené la transaction pour le compte du dingue ?

Appâté Leïla pour la lui livrer ?

Dans les deux cas, un point commun : la drogue. Elle constituait un socle de négociation, une monnaie d'échange.

Le policier creusa encore.

— Parle-moi du biker.

— J'en sais pas plus.

— Un signe particulier ? Un tatouage ? Ces mecs aiment bien se faire tatouer.

La jeune femme accrocha le cobra du regard.

— Tu parles en connaisseur.

— Change pas de sujet.

— Je crois qu'il porte des bagues. Des bagues en or.

Le flic eut un sourire en coin.

— Des bagues ? Où veux-tu que j'aille avec ça ?

— C'est à moi de te le dire ?

Paul posa une main sur son épaule.

— Relax ! Tout va bien.

— Merde... C'est toi le keuf.

Il réajusta son interrogatoire :

— Tu parlais de bruits. Il y a bien quelqu'un qui les a fait courir ?

— On ne sait jamais d'où ça part. Surtout cette fois. Mon père leur fait trop peur.

Le policier lui souffla dans l'oreille :

— Plus que moi ?

Malika caressa la pelouse. Des reflets rouges parcouraient ses cheveux, comme des flammèches de velours.

— Vous ne leur avez jamais fait peur. Pour ça, il aurait fallu leur inculquer le respect.

Paul baissa la tête. Les petits caïds ne craignaient pas la police. Ils insultaient l'uniforme, crachaient sur les képis, caillassaient les fourgons. Un flot de bile jaillissait en continu des ghettos urbains, une lave purulente aux relents de défaite.

Il haussa les épaules. Cette haine, il ne s'en sentait pas responsable. Il luttait simplement contre ses conséquences. Sans états d'âme.

— Aide-moi, Malika. Je dois trouver ce taré avant eux. Si je me plante, s'ils le débusquent et qu'ils le butent, Riad plongera. Et ton père le suivra. Je ne pourrai plus rien faire.

La jeune Beurette ramena ses genoux contre sa poitrine en un geste de repli. Elle débita d'une voix atone :

— Je t'ai refilé tous mes tuyaux. J'peux pas t'aider plus. Si on apprend que j'ai parlé...

Paul essaya de la rassurer.

— On te mettra à l'abri. Le temps que ça se calme.

Malika leva des yeux désespérés.

— Tu ne comprends pas. Ce sont les miens. Mon monde. Ma famille. Je ne veux pas les quitter.

L'aveu toucha le Marseillais en profondeur. Lui aussi venait de l'immigration. Plus ancienne, digérée, mais aux valeurs semblables. Marseillais de hasard, la Sicile caracolait encore dans ses artères, avec ses codes, ses règles, ses liens ténus signant sa différence. Pour rien au monde, il ne les aurait reniés.

D'une paume pudique, il effleura la joue de Malika. Puis, il quitta la cité sans un mot. La jeune femme affrontait ses démons. Sur ce plan personnel, il ne pouvait l'assister. Chacun vivait son histoire. Seul, et à son rythme.

La sienne le menait vers Riad. Vers une confrontation dont il percevait l'imminence. Comme un retour sur lui-même, un miroir où contempler la face cachée de ses doutes.

Un miroir de sang.

3

Pour retourner cette ornière, il n'y avait qu'un seul type.

Un vétéran de la BAC, blanchi sous le harnais des rondes nocturnes, des enquêtes improbables, des interpellations musclées menées par groupes de trois ou quatre dans les égouts de la ville.

Crâne rasé, chaîne en or et veste en cuir, le brigadier-chef Atavian se fondait dans le paysage. Marseille lui collait à la peau, chantait dans son accent, brûlait dans ses yeux d'encre. Sa silhouette épaisse semblait jaillie d'une matrice d'iode et d'asphalte, un composite rugueux, sombre, subtil mélange de nonchalance et de férocité.

Paul l'avait contacté en quittant Frais-Vallon. L'accueil avait été glacial. Bien que prioritaire sur les tours de service – l'ancienneté lui conférait cet avantage –, l'Arménien continuait pourtant à se taper les nuits.

Une philosophie.

Un art de vivre.

En début d'après-midi, le bouledogue émergeait avec peine de son linceul neuroleptique.

Paul s'engagea dans le boulevard National. Des javelots de lumière perçaient par endroits les feuillages, mouchetant la rue de taches fluorescentes. Peu de voitures à cette heure, des terrasses presque vides où déjeunaient des ouvriers en bleu de travail. Un lieu d'ombre perpétuelle, de fraîcheur carbonique, de tranquillité discrète.

Il gara sa moto sur le trottoir, sans l'attacher. Coincé dans une alcôve de pierre, le Bar des Platanes lui faisait face. À portée de tir des locaux de la BAC nord, il offrait aux fonctionnaires de police une cantine conviviale et bon marché.

Paul retira son casque et pénétra à l'intérieur. Tables désertées, comptoir lisse, une ambiance d'après coup de feu flottait dans l'air. Au fond de la salle, arrimé en hauteur sur un bras articulé, un écran seize pouces projetait en boucle des clips vidéo.

Aucun signe d'Atavian.

Le policier prit place sur une banquette trop neuve. Un similicuir empestant le plastique, brillant comme une toile cirée. Ancré dans le plafond, un ventilateur à pales chromées brassait des restes de poisseur rance.

Aussitôt, un demi et une assiette de pistaches s'alignèrent sur la table. Le patron, un jeune à coupe branchée et polo moulant, lui décocha un clin d'œil avant de retourner dans l'arrière-salle.

Paul but une gorgée de mousse. Il songeait aux soirées de matchs, lorsque les habitués s'agglutinaient sous le poste. L'air se tendait d'arcs électriques, des hurlements perforaient les tympans, les tournées générales se succédaient, attisant les passions jusqu'au vertige.

Ces instants, il les aimait. Une communion absurde et vaine, sans autre finalité qu'elle-même. Des instants d'hommes.

— T'es déjà au demi ?

Atavian s'assit dans un froissement de cuir. Deux poches ventrues palpitaient sous ses yeux, donnant l'impression qu'une armée d'insectes frétillait entre la chair et l'os. Il leva un bras en direction du comptoir pendant que Paul esquissait un sourire.

— Tout le monde picole dans la police. Tu es bien placé pour le savoir.

Le bouledogue joua avec son bracelet, un jonc épais tressé avec trois câbles d'acier. Un kir se matérialisa devant lui, comme une réponse explicite. Lèvres serrées, il demanda :

— T'es pas en congé ?

— Plus vraiment... J'ai un contrat avec la Crime.

— La Crime ?

Le jeune lieutenant observa ses ongles avec sérieux.

— Ma réputation...

— Arrête ton char. Raconte.

Paul se fendit d'un sourire large. En quelques mots, il résuma la situation : le meurtre de la gamine, la disparition de Kellal, l'alliance avec Kader. Un labyrinthe qui pour l'instant ne le menait nulle part.

Jusqu'aux révélations de Malika.

Buste en avant, Atavian ne perdait pas une miette de l'histoire. Il secouait la tête, fronçait les sourcils, écarquillait les yeux, ponctuant les propos de jurons virulents.

— J'ai besoin d'un coup de main, conclut Cabrera.

— Je t'écoute.

— Le biker. Il faut me l'identifier.

— Tu te fous de ma gueule ?

Paul mima un air offusqué.

— Un peu de respect pour ton supérieur, brigadier-chef.

— Va te faire foutre, lieutenant. Tu me tires du pieu à 2 plombes de l'après-midi pour me refiler un plan foireux dont tu peux t'occuper mieux que moi.

— Non.

— Quoi, non ?

— Si Riad me renifle, c'est mort. Je dois lui laisser croire qu'il conserve une longueur d'avance.

— J'comprends pas.

Paul accrocha la table avec ses mains. Ses narines palpitaient.

— Il a ferré un poisson. Pas le bon, mais la grosse prise

viendra peut-être derrière. Deux possibilités. Un : les frangins cavalent toujours après le barjo. Je remonte la ligne en douceur, et je cueille tout ce petit monde au moment où ils vont se le faire. Deux : ils l'ont déjà serré...

— Là, fin de l'histoire, l'interrompit Atavian.

— Pas encore. Si c'est ce que je pense, ils vont prendre tout leur temps.

— Ouais... Possible... Mais t'as quand même un problème.

— Lequel ?

— Tu vas les loger comment ?

Il haussa les épaules.

— Chaque chose en son temps.

Atavian porta le verre sous son nez, humant le mélange cassis-vin blanc avec des coquetteries d'œnologue.

— T'as intérêt à les trouver fissa si tu veux récupérer les morceaux.

— C'est ma seule chance. Kader contrôle la rue. Je bouge, ils le savent dans l'heure. Ils ne me donneront pas l'occasion de faire foirer leur coup.

— Laisse bosser Vial. C'est un spécialiste.

— L'équipe est encore plus visible. Il nous faut un électron libre.

Le bouledogue plaqua une main sur son crâne lisse.

— Merde... Tu fais chier, Cabrera. Tu crois que j'ai que ça à foutre ? T'es en vacances, on a deux gars sur le carreau. Il me faudrait une bonne raison pour me rajouter du taf.

Le visage de Paul s'aiguisa. Deux pommettes hautes, saillantes, surmontant des joues creusées au scalpel.

— On a tué une gamine, Atavian. La gamine d'un flic. Et ce flic, c'est mon pote. Compte bien. Ça fait trois bonnes raisons de bouger ton cul vite fait.

Le brigadier-chef eut un frémissement. Les yeux du

Marseillais ne le lâchaient pas. Atavian grommela encore, pour la forme, et s'aligna.

— C'est toi le boss après tout. Si c'est le bordel à ton retour, faudra pas te plaindre.

— Ça roule, ma poule.

— J'attaque par quoi ?

Paul engloutit sa bière et donna la liste des réjouissances.

— Tu me fais un relevé des bouges où on peut croiser ce genre d'oiseau. Clubs, locaux, boîtes, bars. La totale. Vérifie également sur le fichier des Stups. Le type deale de l'herbe et porte des bagues en or. Il a peut-être laissé un souvenir.

— Tu veux ça pour quand ?

— Je te laisse une heure.

4

Un caveau, ouvert.

Autour, des bruissements d'herbe, des frôlements de feuilles. Une ombre dense avale chaque particule de lune.

Le champ est taillé au carré. On devine par endroits des scintillements, des éclairs fugitifs. Des pavés de marbre quadrillent le sol. Ils tracent un dessin parfait, des avenues rectilignes, une rigueur militaire.

Pas une croix.

Pas une stèle.

Un dépouillement total.

Puis, dans ce silence trop lourd, un raclement. Des ongles grattant le chêne. Derrière, un gémissement, une supplique hachée de sanglots vains.

Paul s'agenouille. Il embrasse la médaille accrochée à son cou. Une armée en marche piétine son thorax. Malgré lui, son buste s'incline vers le trou.

Une lumière bleue éclaire le cercueil. Une boîte minuscule, au bois verni, cerclée de fer. Rivée dans sa veine, une plaque de cuivre, des lettres en partie effacées.

Les bruits s'intensifient.

Grattements... Chocs... Murmures...

Paul respire mal. La panique corsète ses gestes. Il approche le poignard et fait jouer la lame.

Le bois craque.

Le couvercle cède.

Soudain, le temps se pétrifie, devient concret, palpable, comme une présence supplémentaire.

Paul fait riper le bois. Ses mains vacillent. Il sait ce qu'il va trouver, ce qu'il est venu chercher. Sa mémoire s'en souvient. Il n'a pas réussi à l'effacer. Depuis ce jour, il court. Sa vie n'est plus qu'une fuite. Un risque. Un pari tenu contre la mort.

Le corps est là. Petit, fragile. Un amas de chairs vives, de grouillements sombres.

Tout va très vite.

Comme chaque fois, Paul saisit le nourrisson. Comme chaque fois, il l'extirpe du cercueil.

Mais là, quelque chose a changé.

C'est une fille.

Il ne la connaît pas, ne peut pas la connaître.

Il sait seulement son nom.

Leïla.

Paul jaillit du cauchemar dans un cri. Une sueur glacée trempait sa peau. Il se laissa quelques minutes, un répit pour digérer ces visions, essayer de les comprendre.

Il n'avait pas fait ce rêve depuis au moins six mois. Une avancée inespérée qu'il reliait à Meredith, à leur rencontre, aux perspectives dévoilées par la psy. Sans le vouloir, l'Américaine aux mèches blondes l'avait délivré de ce fardeau.

Le jeune flic inspira profondément. L'assassinat de Leïla venait de ranimer les démons. Serge le hanterait toujours. Ce jumeau de glaise, mort-né, aîné d'à peine quelques minutes dissous à jamais dans ses peurs.

Paul quitta la chaise longue et retourna dans le séjour. Murs de pierre, plafonds hauts, sa maison de Vauban conservait la fraîcheur dans une anse de pénombre.

Il regarda l'horloge digitale du micro-onde.

15 : 07.

Il s'était assoupi vingt minutes.

Après le briefing du Bar des Platanes, il s'était rendu dans le quartier où avait disparu Leïla. Une démarche irrationnelle, la zone ayant été retournée par les enquêteurs de la gendarmerie dans ses replis les plus cachés. Pourtant, il avait refait le chemin à l'envers, quadrillant les ruelles en quête d'un signe, d'une illumination.

Sans succès.

Il était alors rentré chez lui et, poussé par la même dynamique, avait farfouillé dans une pile de revues traînant dans le séjour. Il en avait exhumé un vieux numéro de *Wild Motorcycles*, le magazine des V-Twin auquel il était abonné depuis trois ans. Un article y dévoilait les arcanes du système Hell's dans l'Hexagone, calqué à peu de chose près sur celui de son grand frère américain.

Paul avait parcouru les colonnes de signes, scruté les photos alignant des routards à la physionomie féroce, aux gestes provocants. Les beuglards du bitume ressemblaient à une horde de loups. Ils vivaient en bande, en clan, se saoulaient à la bière et s'allumaient au hard-rock, tendance metal. Lorsqu'ils semaient la mort, ils le faisaient pour des questions de territoire, à coups de fusil à pompe ou de pistolet automatique.

Le flic avait froissé les pages glacées. Rien, chez les guerriers de cuir, ne permettait d'imaginer un lien avec l'univers du tueur. L'argent, le profit, les moteurs classiques ne pouvaient constituer une explication suffisante.

Pas lorsqu'il s'agissait de torturer une gamine.

Paul s'était accroché à cette idée. Les deux hommes s'étaient connus avant. Forcément. Une rencontre improbable, contre nature, nouée en amont du meurtre.

Où ?

Dans quelles circonstances ?

En creusant de ce côté, il avait eu le sentiment qu'il lèverait un pan du voile.

Il jeta un coup d'œil à son cellulaire. Aucun message. Il composa le numéro d'Atavian.

— Cabrera. Où en es-tu ?

À l'autre bout du réseau, la voix de l'Arménien ronfla dans les basses.

— Je l'ai... Ton mec s'appelle Marius Ferracci... Vingt-huit ans, cheveux châtains... Un mètre quatre-vingt-dix pour soixante-dix kilos. Adhérent au club des Bandidos. Signe particulier : doigts recouverts par des plaques d'or...

— Des plaques ? Ce ne sont pas des bagues ?

— Pas exactement. Plutôt des cylindres, ajustés au millimètre sur chaque phalange pour permettre la mobilité des doigts. Il y a un cliché dans le dossier. Mains tendues, on dirait que le type s'est fait poser des prothèses en or massif.

Paul émit un sifflement d'admiration.

— Magnifique... Tu l'as logé où ?

— Il est fiché aux Stups. Première interpellation en 1993, l'âge de sa majorité. Détention et usage d'héroïne. Depuis, c'est du non-stop. Son parcours dans la came doit remonter plus loin, mais les dossiers de mineurs sont effacés.

— Un junkie ?

— Jusqu'à l'os.

Paul soupesa la révélation. Il savait que les bikers ne lésinaient pas sur la défonce. Pourtant, rares étaient ceux qui s'immergeaient jusqu'à ces profondeurs. Il encouragea Atavian à poursuivre.

— Quoi d'autre ?

— Un truc bizarre. Son dossier est verrouillé.

— Un indic ?

— Peut-être... Mais alors un empereur. La possibilité d'accès est au niveau V.

— En clair ?

— Limitée aux Directions centrales.

Paul grimaça. L'organigramme de la maison n'était pas sa préoccupation principale. Il comprenait pourtant une chose. Quel que soit le cas de figure, l'ordure était sous surveillance, sous protection.

Cette donnée ralentirait sans doute Riad. Elle le rendrait aussi plus vulnérable.

— Comment as-tu dégoté l'info ?

L'Arménien ricana, un bruit aigre, comme un gond mal graissé.

— T'occupe. C'est ma cuisine.

Sur ce chapitre, Paul n'insista pas. Il connaissait les méthodes du bouledogue, ses accointances, ses débiteurs. Atavian militait au SGP-FO, le syndicat majoritaire dans la profession, tout-puissant vis-à-vis de la hiérarchie.

— Tu as une idée de l'endroit où on va pouvoir l'alpaguer ?

— Le dossier mentionne une adresse. Attends une seconde...

Froissements de feuilles.

— 156, boulevard Chave.

Paul secoua la tête. Un camé changeait souvent de piaule, surtout lorsque son portrait s'affichait dans le trombinoscope de la police. Il demanda quand même :

— Jette toujours un œil. À part ça ?

— J'ai repéré trois bars où ces tordus se réunissent. Deux à Marseille, un à Aix. Il y a également quelques clubs, gérés sous forme d'association loi 1901.

— Tu as les coordonnées ?

— Je termine la récolte.

Un signal d'appel ponctua les propos d'Atavian. Paul clipa l'écran de son cellulaire. Le numéro de la Brigade criminelle clignotait en continu. Il expédia le brigadier :

— Fonce, ma poule. Tu commences par les clubs, les bars doivent ouvrir plus tard. On reste branchés.

Sans attendre les commentaires, il bascula la ligne.

— Cabrera.

La voix élégante du commissaire enfla dans l'appareil :

— On a repéré les gitans.

— Quoi ?

— Terrain municipal de Mazargues. Grouillez-vous. L'opération démarre dans trente minutes.

5

Il avait trente minutes.

Chaque décision devait faire mouche. Une faute, un dérapage, et l'affaire tournait court. Un scénario dont il ne souhaitait pas envisager les conséquences.

Philippe s'enveloppa dans la blouse. Un peu trop ajustée pour son mètre quatre-vingt-dix, elle lui moulait le thorax au plus près et restreignait sa liberté de mouvements. Il allongea les bras, les replia, cherchant à imposer aux fibres un semblant de souplesse. Un craquement dans son dos l'informa des limites de l'acrylique.

Joues empourprées, il tourna la clef de contact. L'ambulance s'inséra dans le flot à la façon d'un iguane.

L'idée d'un enlèvement en plein jour s'était imposée peu à peu. Comme d'habitude, Karl lui avait fourni un dossier. Des photos prises au téléobjectif, des plans, des notes, l'essentiel d'un quotidien résumé en quelques images fortes. Pour le mode opératoire, Philippe avait les coudées franches. Il lui fallait seulement remettre le gosse avant minuit.

Il avait d'abord volé une ambulance, un break Audi flambant neuf, garé en double file devant l'hôpital du Camas. Par chance, une blouse aux armes de la société privée « La Pastorale », propriétaire du véhicule, traînait sur le siège passager avec d'autres accréditations.

Il avait ensuite appelé la mère du gamin pour l'informer de son passage aux environs de 17 heures, soit un quart d'heure plus tôt que d'habitude. La femme n'avait pas bronché. Ni sur le fait qu'un nouvel ambulancier prenait son fils en charge, ni sur celui que l'heure de la séance était légèrement modifiée. Le traitement s'éternisait depuis six mois, la Sécu payait tous les frais, deux bonnes raisons pour relâcher sa vigilance.

Philippe avait appris dans le dossier que Thibaud Martial fréquentait la clinique Saint-Martin cinq fois par semaine. Kinésithérapie, rééducation en piscine, le gosse souffrait le martyre pour maîtriser son handicap. Une procédure lourde, dans un établissement spécialisé qui se vantait de ressusciter les morts. Après sa chute du toit et la rupture de sa colonne, Thibaud avait été laissé pour tel.

Philippe remontait maintenant l'avenue Saint-Barnabé, une vieille dame élégante, un rien bourgeoise, jouant du charme discret de ses parcs ombragés. Sur ses abords, les écoles crachaient leurs flots de vie brute, une marée ondoyante qui s'étalait jusqu'à la rue.

La circulation s'engorgea.

Partout, des gosses surexcités se poursuivaient dans un concert de cris. Ils se faufilaient sur le bitume, invincibles, martelant les capots en signe de victoire.

Philippe ne put retenir un sourire. Pour lui aussi, la fin de l'année scolaire avait transporté dans ses plis un parfum d'aventure.

Il regarda le plan. La rue des Caillols se trouverait sur sa droite. Une impasse, sertie dans le boulevard des Alpes.

Encore deux cents mètres.

À ce rythme, il arriverait trop tard.

Il farfouilla dans les boutons alignés sur le tableau de bord. Un clapet. Une lampe rouge. La sirène s'enclencha.

Philippe sentit ses pulsations changer de tempo. Il approchait du but et se conditionnait. Un visage neutre, plutôt avenant, mais pas trop. Des gestes précis, professionnels. Peu de mots. Le moins possible.

Il se gara devant le 114. Une maison de village, à deux étages, couverte de lierre. Pas de jardin. L'entrée donnait sur la rue, trois marches créant un dénivelé au niveau du rez-de-chaussée.

Impossible de faire passer le brancard par ce trou de souris.

Philippe scanna les environs. Quelques voitures garées. Personne. Une tranquillité assourdissante succédait aux bourdonnements des minutes précédentes.

Sans attendre, il ouvrit la portière et jaillit sur le trottoir. La chaleur de fin d'après-midi s'insinua dans sa gorge comme une bouffée de propane.

Il contourna l'ambulance et ouvrit le panneau arrière. Un lit en métal était rivé dans une glissière, sur la gauche du plateau. À droite, un siège-baquet, des couvertures, une bouteille d'oxygène liquide avec inhalateur. Une trousse de première urgence complétait l'arsenal.

Il déverrouilla les loquets et fit venir le lit. Deux armatures se déplièrent sous le matelas, telles des pattes d'insecte. Un claquement l'informa du déblocage des roues.

Il s'épongea le front et poussa la civière. Ses mouvements s'enchaînaient, lents, méthodiques. En trois enjambées, il fut devant la porte.

Son doigt écrasa un bouton de cuivre dissimulé entre deux feuilles de lierre. Dans la seconde, un claquement, comme un pétard de carnaval. Le battant s'entrouvrit. Philippe grimpa les marches, abandonnant le brancard derrière lui.

À l'intérieur, des plafonds hauts, des moulures, un lustre en cristal et des meubles laqués. Un cadre cossu, prévisible dans cet environnement. Pourtant, le lieu se distinguait sur un autre registre. L'endroit ressemblait à une serre. Toutes sortes de plantes s'appropriaient l'espace, vertes exclusivement, courant le long des murs tel un collier de sève. Longues feuilles bombées, cannelures effilées, finesse des pétioles, chaque limbe semblait avoir été sélectionné pour composer une fresque vive.

Une voix féminine s'éleva au premier, agressive.

— Dépêchez-vous ! Je dois partir dans cinq minutes.

Philippe se dirigea à l'oreille. Un fluide brûlant dilatait ses artères, des bruits de gong pulsaient dans ses tympans.

Il déboucha sur un palier. Des masques africains s'observaient en chiens de faïence, orbites vides, comme des regards de cadavre.

Au fond, une porte entrebaillée.

Il marcha sur une moquette épaisse, au milieu de vases posés à même le sol. Des fleurs, partout. Rouge, jaune, fuchsia, une féerie de couleurs chaudes, de parfums capiteux. Ses narines se dilatèrent. Derrière ce voile sucré, il percevait la cause même de cette débauche de sens.

Une odeur plus glacée.

Celle de l'antiseptique, de la maladie, de la mort lente.

Il rationna son air en entrant dans la chambre.

Une femme se tenait près d'un lit, rectangle de bois bleu orné de frises Mickey. Buste penché vers l'avant, elle murmurait.

De dos, elle pouvait avoir la trentaine. Lorsqu'elle se retourna, Philippe découvrit des joues ravinées, des yeux bouffis, une bouche molle. Une face de pocharde, déformée par l'angoisse et l'alcool.

— Faites attention en le descendant. Il a un début d'escarre sur la cuisse gauche.

Philippe hocha la tête avec assurance. Déjà, la mère se ruait dans le couloir en hurlant.

— Vous pouvez le ramener tout de suite après. Je serai rentrée. Et tirez bien la porte quand vous partez.

L'ambulancier cligna des paupières, absent.

Il n'entendait plus rien.

Il contemplait sa proie.

Le gosse gisait sur le dos, un tas osseux aux cernes de suie. Ses pupilles fixaient un point imaginaire, deux billes trop fixes où se lisait le renoncement, la résignation.

Philippe s'approcha. Il passa ses bras sous les épaules de Thibaud. Des remugles de putréfaction envahirent ses narines, provoquant un spasme involontaire. La décomposition des chairs le pétrifiait. Elle réveillait en lui une terreur sourde, inexplicable. Comme un vaisseau fantôme cinglant dans sa mémoire.

Le gosse se laissa faire. Il pesait à peine plus lourd qu'un paquet de couvertures. En le couchant sur la civière, Philippe songea à Karl.

Qu'allait-il faire de celui-là ?

Que pouvait-il en espérer ?

Un frisson parcourut son échine. La folie de son associé montait encore d'un cran. Il avait l'impression de contempler un quasar, un trou noir de l'horreur où se dissolvait sa raison.

Ce qu'il en restait.

VII

1

À l'aube du même jour, Riad mettait en œuvre son plan de bataille.

Dans la noirceur des rues, son frère représentait un atout maître. Là, sous l'éclairage glacé d'une administration, l'allure du braqueur pénaliserait leur progression.

Après la gare, ils s'étaient séparés. Le flic roulait vers son enquête, le truand s'occupait du Hell's. Une répartition des rôles sans surprise, en adéquation parfaite avec leurs compétences.

Riad franchit la porte d'Aix et s'engagea sur l'autoroute. Les panneaux indicateurs donnaient Lyon à trois cent sept kilomètres. L'horloge de bord marquait 6 heures 45.

Dans moins de trois heures, il longerait le Rhône.

Le policier boucla sa ceinture. Une ébauche de trafic s'amorçait dans la lumière rasante, des conducteurs pressés, aux traits froissés de sommeil.

Clignotant, mouvement de tête, il se cala sur la file centrale. Cent trente. Pas un iota de plus. La Laguna empruntée par Kader et immatriculée dans le 92 passerait inaperçue. À condition de respecter les limitations de vitesse. Au lever du jour, les probabilités d'un contrôle routier – type coup de poing – avoisinaient le zéro. Quant à l'hypothèse d'une traque à grande échelle, elle lui semblait plus nulle encore.

Vial avait collé Cabrera à ses basques, démontrant ainsi qu'il préférait garder l'affaire discrète.

Pour l'instant.

D'une certaine façon, le Beur s'en félicitait. D'une autre, cette donne compliquait tout. D'abord, parce qu'il redoutait l'imprévisibilité de Paul. Ensuite, et surtout, parce que le cowboy de la BAC était son ami.

Riad posa sa nuque sur l'appui-tête. Où en était le Marseillais ? Quelle piste reniflait-il ? Qu'avait-il découvert ? À toutes ces interrogations, une seule réponse s'imposait : il valait mieux pour eux que son pote reste à la traîne.

Il manipula une commande nichée dans le volant. Une voix de taré satura l'habitacle, emplie d'une énergie factice, d'une bonne humeur vénale. Il zappa deux ou trois fois avant de tomber sur France Info. Incendies criminels dans le sud-est, mouvements de grève dans la fonction publique, référendum en Corse, la canicule qui pointait son nez semblait attiser les folies.

Le Beur écoutait, sans conviction, du bout des tympans. L'agitation du monde le laissait froid. Il espérait seulement qu'on parlerait de Leïla, de l'enquête, de sa fuite.

Silence radio.

Le meurtre de la gamine n'intéressait plus personne, sa cavale était passée sous silence.

Pourtant...

La douleur d'un père, les difficultés d'intégration d'un policier maghrébin, la justice privée. Le sujet aurait dû faire mouche.

Riad esquissa un sourire. Vial tenait bon. Il protégeait son investigation mieux qu'un cerbère. Une semaine, et rien n'avait filtré.

La certitude d'une chasse en parallèle s'imposait. *Mano a mano*. Flic contre flic. L'heure des braves.

Il éteignit le poste et fit le point.

Depuis le départ, il avait bondi de surprise en surprise. Les gosses, sa fille la première, planquaient dans leurs cartables des secrets explosifs. La drogue, le sexe, un monde en principe réservé aux adultes.

Le meurtrier avait surfé sur cette fêlure. Il s'était rapproché du camé, certain de repérer dans son sillage la proie parfaite. Des enfants mal dans leur peau, errant la nuit dans des quartiers déserts, seuls, fragiles, sans défense. L'enfoiré devait les pister depuis un bon moment, étudier leurs allées et venues, attendre l'opportunité, l'instant.

Le sort avait désigné sa gamine. Une pioche absurde, qui charriait sous son crâne des paquets de remords. Sa fille dérivait. Il n'avait rien vu, rien compris.

Rien fait.

Des larmes brouillèrent ses yeux. La route lui renvoya l'image de son absence. Un serpent de bitume, froid, lointain, déroulant ses doutes à l'infini.

Du temps coula. Sans consistance.

Peu à peu, Riad se rassembla. La colère s'insinuait sous son armure de douleur. Il la sentait monter, grandir, se transmuer en haine froide.

Les rivières de son âme se tarirent.

Il contracta ses muscles et laissa son cerveau prendre le relais.

Le camé avait fait rebondir l'enquête. Riad tenait une description physique du tueur, et un *curriculum vitae*. Un fou répertorié, à la folie décortiquée. Sans doute d'une grande intelligence. Des hordes de psys s'étaient penchés sur lui. Ils avaient pu quantifier sa dangerosité, la faire rentrer dans une case.

Une case dont il n'aurait jamais dû sortir.

La même question clignota à nouveau.

Que faisait-il dehors ?

Un sifflement strident lui vola la réponse. Un voyant rouge

venait de s'allumer à droite du tableau de bord. La réserve. Riad serra les dents. La berline roulait maintenant sur une aire dégagée, barrée à une centaine de mètres par un cordon de guérites orange.

Il saisit le ticket et démarra en douceur. Le péage de Lançon s'effaça peu à peu de la vitre arrière. Très vite, un panneau lui indiqua la proximité d'une station. Elf, vingt-trois kilomètres. Il pourrait faire le plein et s'avaler un café. Trente-six heures sans sommeil, l'urgence d'un coup de fouet s'imposait.

Surtout avec ce qui l'attendait.

2

Les Glycines n'avaient rien d'un asile d'aliénés.

Tout au moins, vu de l'extérieur.

Niché au fond d'un parc d'ombre, l'hôpital psychiatrique ressemblait plutôt à une maison de repos, un lieu de convalescence pour dépressifs en mal de vivre.

Riad n'avait eu aucun mal à dégoter l'endroit. À Collonges-au-Mont-d'Or, commune limitrophe de Lyon, tout le monde connaissait le « Château ». Un ancien relais de chasse, racheté par l'État pour y créer une UMD – unité pour malades difficiles. Une vingtaine de lits, des pathologies incurables, ultraviolentes.

Le fin du fin de la dinguerie.

Trop grande au regard de sa vocation première, la bâtisse abritait également dans une aile un centre de désintoxication dépendant du ministère de la Justice.

La Laguna franchit la grille en fer forgé et pénétra dans le sanctuaire. Le flic s'étonna de l'absence de barrière, de garde, et plus généralement, de tout système de vidéosurveillance.

Très vite, ses sens furent captivés par une féerie végétale. Des allées taillées au cordeau fuyaient sous les futaies, bordées de massifs à la blancheur nuptiale. Disposées en damier, des pelouses tondues de frais étalaient leur langueur dans des fragrances d'humus. Au-dessus, masquant le ciel, des branches de hêtres enchevêtraient leurs mailles dans des froissements de soie.

Il parcourut plusieurs centaines de mètres sans croiser âme qui vive. Le lieu lui donna l'impression d'une enclave, d'un théâtre intemporel, plongé dans le recueillement et la méditation. Il songea également à la proximité des zones résidentielles, aux villas à plusieurs millions d'euros barricadées derrière des murs de pierre, à cette population nantie qui côtoyait dans l'insouciance les spécimens les plus incontrôlables de toute l'humanité.

Les corps de bâtiments apparurent derrière une haie de cyprès. Une construction centrale, masse imposante en pierre de taille, ornée de frontons, percée de niches. Des ailes annexes, sans doute d'anciennes écuries, couraient sur les côtés. Un peu à l'écart, comme un anachronisme, une flaque de bitume sur laquelle s'alignait des voitures.

Riad se gara sous un saule. Il s'orienta vers l'édifice principal. Accrochée à la porte, une simple plaque en plexi révélait à demi-mot la vérité du lieu :

CENTRE DE SOINS DES GLYCINES
SERVICE DE PSYCHIATRIE
DOCTEUR NICOLET

Riad sonna. Aussitôt, une caméra s'enclencha. Il tendit sa carte tricolore en direction de l'espion. Personne n'était au courant de sa cavale. Autant utiliser cet avantage.

La serrure émit un claquement bref. Il s'engouffra dans l'ouverture.

Changement de ton.

Peinture blanche, éclairages aux néons. L'ambiance HP, dans toute sa splendeur.

Un gardien à face de bille lui demanda, avant toute chose, de signer un registre. Après s'être assuré de la formalité, l'homme écouta ses explications d'un air blasé. Il décrocha un téléphone et lui demanda de patienter.

Riad hocha la tête. Il fit quelques pas dans le hall, laissant son regard apprivoiser la pièce. Un détail le frappa. Tout était lisse. Sol, murs, plafond, pas une aspérité. Les lampes, intégrées. Les portes, coulissantes. Aucune poignée, aucun meuble. Rien qui pût servir la violence concentrée sous cette cape d'inox.

Soudain, un son déchira ses tympans, lointain. On aurait dit un ululement. Un autre résonna en écho. Plus proche.

Un sentiment de malaise gagna le policier, à la limite du contrôlable. Il jeta un œil en direction du gardien. L'homme lisait son journal, impassible.

Un bruit de klaxon ramena Riad à la réalité. Une lampe rouge clignotait dans le hall.

Claquement d'un verrou électrique.

Une porte coulissa au fond de la pièce.

Un avorton en costume crème et cravate rouge s'avança. On pouvait deviner sous la finesse du lin les lances osseuses de son squelette. Ses cheveux d'un noir de jais tombaient sur ses épaules, gonflés au séchoir électrique. Riad s'imagina un marquis, sorti sans crier gare d'une reconstitution historique.

— Je suis le Dr Nicolet. Vous vouliez me voir ?

L'homme avait parlé d'une voix affectée. Ses yeux ressemblaient à des trous noirs, avalant en profondeur l'essence de son interlocuteur.

Riad présenta sa carte en s'efforçant de sourire.

— Lieutenant de police, Riad Kellal. SRPJ de Marseille.

— Marseille ? Vous n'êtes pas dans votre juridiction.

— Effectivement. Ça pose un problème ?

Le médecin se contracta, comme sous l'effet d'une décharge électrique.

— Non... Enfin... Pas *a priori*.

— Parfait. J'ai besoin de consulter un dossier.

Le psychiatre eut une moue dédaigneuse.

— Vous connaissez la spécificité de notre centre ?

— Je la connais.

L'homme lissa son brushing. Il questionna de biais :

— Puis-je vous demander quel type d'enquête vous menez, lieutenant ?

Riad sentit surgir le point de blocage. Le type maîtrisait la procédure. Il n'ignorait pas la nécessité d'une commission rogatoire pour lever le secret médical. Le policier prit un air exaspéré et tenta un coup de bluff.

— Criminelle. Si vous voulez voir le tampon de l'instruction, donnez-moi votre numéro de fax. Mais grouillez-vous, j'ai pas la journée.

Nicolet jaugea le flic. Une gueule taillée à la serpe, des yeux mauvais. Il fit machine arrière.

— Ce ne sera pas nécessaire. Quoi qu'il arrive, ce ne sont pas nos patients qui viendront se plaindre.

Il marqua une courte pause, fit un signe au gardien et lança avec assurance :

— Suivez-moi. C'est au premier.

Bruits de fer. La porte se verrouillait déjà derrière eux.

Ils empruntèrent un couloir aveugle. Leurs pas crissaient sur le linoléum. Au bout, un sas, délimité par un panneau transparent. Riad estima l'épaisseur à dix centimètres. Un clavier digital en assurait l'ouverture.

— Plastique ignifugé, laissa tomber le psychiatre. Un polymère incassable et inoffensif. Dans cette partie du centre, les mesures de sécurité sont notre première préoccupation.

Le flic colla son nez sur la frontière translucide. Derrière, s'ouvrait une rotonde, gouvernée en son centre par une guérite hermétique. Des portes à verrous extérieurs couraient le long de la circonférence, munies de meurtrières. Un homme, blouse blanche et physique de catcheur, allait de l'une à l'autre en prenant des relevés sur un bloc rigide.

Un cri perfora le silence. Riad sentit sa nuque se raidir. Nicolet eut un sourire amusé.

— Ne vous inquiétez pas. Le matin, nos pensionnaires sont assez calmes. Les incidents ont plutôt lieu en début de soirée.

— Que voulez-vous dire ?

— Agressions du personnel, automutilations, tentatives de suicide, c'est assez récurrent. J'en ai vu un se dévorer la langue et se vider en cinq minutes.

Un ululement ponctua le propos du psychiatre. Riad chassa les images qui tailladaient son esprit.

— Pourquoi crient-ils ?

Pour la première fois, le visage du médecin s'habilla de compassion.

— Au juste, nous n'en savons rien. La plupart d'entre eux souffrent de psychose déficitaire. Le néant, en termes d'organisation psychique. Ils vivent dans un monde de cauchemar, peuplé de visions délirantes, de culpabilité, de souffrances. Leurs pulsions les transpercent, comme des tisonniers. Personne ne peut quantifier la profondeur de leurs pathologies. Nous essayons seulement de les accompagner.

Une brèche fractura le cortex de Riad. Il captait en direct les affres de la démence. Une énergie en négatif, concrète, incarnée dans des suppliques de désespoir. Un point de non-retour où se dissolvait la conscience. Le type qui avait mutilé sa fille avait plongé dans cet abîme.

Il lui semblait soudain plus réel.

Plus terrifiant.

Un ascenseur entrebâilla ses battants. Ils montèrent au premier et s'installèrent dans le bureau de Nicolet.

Pour les parties administratives de son établissement, le médecin avait pu conserver le style dix-huitième de la bâtisse.

Plafonds couverts de fresques – scènes de chasse, jeu de colin-maillard –, boiseries, parquets en acajou. D'immenses fenêtres rectangulaires enluminaient la pièce de taches claires.

Il prit place derrière un secrétaire en marqueterie et joignit les mains devant ses lèvres. Un nobliau de province, donnant audience à ses gens.

— De qui s'agit-il ?

Riad s'assit face au médecin, dans un fauteuil aux bras recouverts de velours.

— Brad Pitt.

— Je crains de ne pas comprendre.

— Je suis sûr que si. On vous a transféré un fêlé l'année dernière. Un type d'une trentaine d'années, qui ressemblait à un ange. Ce sont les toxicos qui lui ont donné ce surnom.

Le psy manipula un presse-papiers. Gestes compassés, finesse extrême des mains. Il prit son temps avant de s'exprimer.

— Notre centre est une unité de soins durables. Des « fêlés », comme vous dites, on en a à l'année, cloîtrés dans des chambres capitonnées. De plus, le ministère de la Justice nous adresse des dizaines de cas pour expertise. Il faut m'en dire un peu plus.

Riad sentit une boule de rage lui défoncer la glotte. Il n'aimait pas ce type, ses manières suffisantes, son allure de faux noble. Il se força à rester dans les clous.

— Je n'ai aucune idée de son nom, ni de ce qu'il est venu faire ici. Je sais seulement qu'il a bénéficié d'un régime de faveur. Isolement, camisole, garde du corps. Il n'est resté que quelques jours. Vous lui avez fait écouter de la musique. Ou il l'a demandé. C'est à cette occasion qu'il a croisé les toxicos.

— Désolé, je ne vois pas

Le policier crut capter dans la voix un vibrato décalé, l'exigence d'une affirmation sans appel. Pourquoi ?

Il insista.

— Ce type était trop particulier. Vous n'avez pas pu l'oublier.

— Non. Vraiment. Et de toute façon, nous ne conservons pas les dossiers des cas externes. Ils repartent avec eux.

Riad entrecroisa ses doigts, serra. La tension lançait des fourmis de métal à l'assaut de ses extrémités.

Il quitta son siège et s'approcha de la fenêtre. Le parc semblait se balancer d'un pied sur l'autre, comme une rive inconnue contemplée depuis le pont d'un navire.

Il ferma les paupières. Le psychiatre ne l'aiderait pas. Ne souhaitait pas l'aider. Riad percevait une résistance passive dont les motifs lui échappaient.

Ses muscles se relâchèrent. À quoi bon poursuivre ? L'enquête s'étouffait. Il se sentait vidé, sale, détruit.

Un homme traversa le perron pour rejoindre le parking. Blouse blanche, bâti comme une armoire à glace. Lorsqu'il contourna sa voiture, Riad crut deviner l'ombre d'une moustache.

Les aveux du junkie percutèrent sa mémoire.

— Vous avez un infirmier qui s'appelle Pierre ?

Sourire étonné du médecin.

— Pierre ?

— Une brute, avec une moustache en fer à cheval.

Hésitation. Plissement de paupières.

— Vous voulez sans doute parler de Pierre Lanteau ?

— Peut-être. Je ne connais pas son nom.

— Que lui voulez-vous ?

— Je peux le voir ?

— Je n'en sais rien. Attendez...

Nicolet décrocha un combiné laqué rouge. Riad se rassit pendant que le médecin se renseignait. En moins de dix secondes, l'information tomba :

— Il est de repos aujourd'hui. Repassez demain, je le préviendrai.

Le Beur n'avait pas le temps d'attendre. Il exigea.

— Donnez-moi ses coordonnées. Adresse et téléphone. Je me débrouillerai.

3

D'après le psychiatre, Lanteau résidait dans le vieux Lyon.

Un coin de passé, blotti entre les hauteurs de Fourvière et un repli de Saône.

En route, Riad téléphona. Nicolet lui avait fourni un numéro fixe, c'était tout ce qu'il possédait.

Première surprise, la ligne n'était pas attribuée. Il réitéra la manipulation, concentré sur les touches minuscules du Motorola fourni par Kader.

Deux tentatives.

Toujours la même chanson.

L'idée que le médecin l'avait baladé l'assaillit. Il la repoussa aussitôt.

Pourquoi ce petit marquis aurait-il menti à un flic ?

Riad échafauda une justification plus rationnelle. L'infirmier n'avait pas réglé sa facture, ou avait changé de numéro sans prendre la peine de le signaler au centre.

Le Beur opta pour une visite impromptue.

Il suivit la Saône à partir de l'île Barbe, en direction du sud. Les berges, caressées par la douceur de juin, ressemblaient à des toiles de Monet. Planquées sous les ombrages, Riad distinguait des tonnelles, enclaves ébouriffées de fleurs, comme des promesses d'abandon. L'air distillait des odeurs d'herbe humide.

Peu à peu, la ville apparut. Des façades ocre, roses, jaunes, percées de hautes fenêtres à linteaux ; des quais de pierre, vestiges du Moyen Âge languissant sous une forêt de platanes. Et le fleuve, véritable poumon de la cité, serpent saumâtre creusant dans le béton une douve de limon.

Il gara la berline dans le parking Saint-Jean, face au Palais de Justice. La proximité du symbole lui arracha un sourire aigre. Il courait maintenant pour son compte, une procédure privée, sans magistrats ni Code pénal. Son juge serait le Prophète, sa punition, l'éternité.

Il traversa le quai Romain-Rolland. Les immeubles du quartier historique étaient collés les uns contre les autres, comme ajustés au fil à plomb. Derrière, s'ouvrait la mosaïque des rues pavées, le labyrinthe des traboules. Un plongeon dans l'histoire, aux échos de calèche, aux hurlements de canuts, s'interpellant d'une échoppe à l'autre dans le claquement des métiers à tisser.

Il se repéra sur un plan, affiche démesurée plantée dans le trottoir comme un encart publicitaire. L'adresse indiquée se situait à quelques pâtés de maisons.

Il remonta l'itinéraire sans effort et s'arrêta devant l'objectif. Façade rénovée, entrée pompeuse, chasseurs cousus de pourpre. Le numéro 6 de la rue du Bœuf était un hôtel. La Cour des Loges, un palace cinq étoiles dont le nom s'étalait comme un pied de nez sur la hauteur du mur.

Riad recula, sonné. L'étrange impression provoquée par les réponses du psychiatre, la coupure de ligne téléphonique, et maintenant ce cul-de-sac.

Nicolet l'avait lancé dans la mauvaise direction.

Ça n'avait aucun sens.

Il regagna sa voiture, l'esprit pulvérisé. Ses espoirs de vengeance s'atrophiaient. Des scénarios catastrophe se télescopaient. Cabrera avait trouvé un raccourci. Il l'avait précédé à Collonges, briefé le psy pour l'envoyer dans les choux.

Maintenant, le Marseillais courait vers le dingue.

Seul.

Riad tapa du poing sur le volant. Paul était son pote, son frère. Pourquoi aurait-il joué à ça ? Et comment aurait-il convaincu le médecin de mentir ?

Il alluma la clim, constatant à quel point fatigue et stress tronquaient son raisonnement.

Une autre idée passait déjà en force.

Le secret médical. En l'absence de commission rogatoire, le psy jouait sur du velours. Riad s'imagina une sorte d'ayatollah du silence, capable d'envoyer un flic sur les roses pour protéger ses patients.

L'hypothèse ne l'apaisa pas. Dans quel but Nicolet l'aurait-il promené ? Il lui suffisait simplement de refuser son concours et le tour était joué.

Cette constatation troubla le Beur un peu plus. Il devait avancer. Comprendre. Il possédait trois côtés du carré.

Un nom. Un signalement. Une profession.

Comment utiliser ces bribes et reconstituer le quatrième ?

L'adresse.

Il éteignit le moteur et jaillit de la voiture.

Avec un peu de chance, Lanteau ne serait pas sur liste rouge.

Riad s'engouffra dans le bureau de poste. Une agence de quartier, à deux enjambées du Palais. Vide. Trois fonctionnaires, des femmes très jeunes, bayaient aux corneilles en regardant leur montre.

Il en interpella une, au hasard.

— Les annuaires, s'il vous plaît.

L'employée, figure chafouine sur mèches blondes, se fendit d'un sourire.

— Là-bas, derrière l'affranchissement automatique. Faites vite, on ferme dans cinq minutes.

Riad remercia d'un mouvement de tête. Il avisa les bottins, des volumes fatigués, aux feuilles mille fois palpées, aux contours avachis.

Il démarra par les pages jaunes. La profession d'infirmier attirait une foule de prétendants, exerçant en cabinet ou à domicile. Aucune spécialisation. Il descendit la liste, sans trop y croire. Le lascar, employé à plein temps par le centre, n'avait aucune raison de s'afficher parmi les libéraux.

Après un coup dans l'eau, il bifurqua vers les particuliers. Le pavé blanc cernait tout le Grand-Lyon. Une myriade de communes, parfois microscopiques, unies sur le papier à l'ancienne capitale des Gaules.

Une voix l'apostropha, ton faussement aimable :

— Je suis désolé, monsieur. Il est midi. Vous pourrez revenir à 14 heures si vous voulez.

Riad tourna à peine le buste, indiquant d'un signe de main qu'il avait entendu. De l'autre, il fourrait le bottin dans son survêtement.

Il regagna le parking et se barricada dans la berline. Des paquets d'eau couraient le long de ses tempes. Sa tension artérielle était en chute libre.

Il se mit au travail.

Lyon, d'abord. Deux Lanteau. Françoise et Caroline. Épouses ? Famille ? Il verrait plus tard. Il écorna les pages et poursuivit sa recherche. Les villes défilèrent, par ordre alphabétique. Bron, Caluire, Cuire, Champagne, des consonances sans assise, comme des panneaux indicateurs rédigés en chinois.

À Écully, son cœur décocha une ruade. Un P. Lanteau résidait rue Marietton, au numéro 24. Il appela aussitôt. Un répondeur s'enclencha, une voix de jeune fille remerciant de laisser un message.

Riad ricana. Une quinte nerveuse, comme un réflexe. Ses doigts froissaient toujours les feuilles. Il poursuivit ainsi plus d'un quart d'heure. De temps à autre, un Lanteau sortait du chapeau. Jamais le bon. L'infirmier semblait jouer à cache-cache. Un farfadet, dissimulé dans les replis de la cellulose.

Enfin, à Villeurbanne, l'horizon s'éclaircit. Nom et prénom correspondaient. Riad croisa les doigts en envoyant l'appel. Un timbre grave racla dans le combiné.

— Oui ?

— Monsieur Lanteau ?

— Lui-même.

— Lieutenant de police Riad Kellal. Je sors du Centre, ils m'ont donné votre numéro.

Le ton devint méfiant.

— Au Centre ? Que se passe-t-il ?

Le Beur exulta en silence. Il tenait enfin son contact. D'une voix posée, il affirma :

— Je ne peux pas en parler au téléphone. Il faut qu'on se voie. Tout de suite.

— C'est que...

— J'appartiens à la Brigade criminelle, monsieur Lanteau. C'est important.

Un silence plana sur la ligne, d'une qualité particulière, aux relents de panique. L'homme finit par se rendre :

— Très bien. Où ?

— Ne bougez pas. J'arrive.

4

Entre midi et deux, le flux se tarissait.

Riad mit quand même trente minutes pour gagner Villeurbanne. Sur son parcours, il avait traversé une île et enjambé deux géants. Saône et Rhône prenaient le cœur de la ville en tenaille. Un baroud d'honneur, avant d'unir leurs eaux en un seul fleuve.

Le flic avait ensuite suivi la direction de La Part-Dieu, un ensemble avant-gardiste, sillonné de tours translucides, orné d'œuvres contemporaines. Une population cravatée cavalait sur une dalle suspendue, dévorant à pleine bouche des sandwiches conditionnés sous Cellophane. Riad haïssait les technocrates, leur esprit raide, leur assurance de faibles. Du haut de leurs refuges, ces gens peignaient le monde en noir et blanc.

Il pénétra dans Villeurbanne sans s'en apercevoir. La continuité urbaine se poursuivait, succession de rues sans cachet ni saveur. Cours Émile-Zola. Rue Léon-Blum. Rue Jean-Jaurès. Une nomenclature qui rappelait les luttes de classes, les rêves de justice.

Il gara la berline sur le cours Tolstoï, devant l'immeuble, un pâté gris d'un seul tenant rigide comme une maison du peuple. Noyée au milieu d'une ribambelle de sonnettes, le policier avisa celle de l'infirmier.

Il appuya sur la touche. Pas de réponse. Il réitéra au bout

d'une quinzaine de secondes, des coups en rafales. Toujours rien.

Une silhouette se profila au fond du hall. Une vieille dame à la tignasse bleutée clopinait vers l'entrée. Après lui avoir jeté un regard de soupçon, elle libéra le battant de verre. Le flic lui adressa un sourire rassurant et s'engouffra à l'intérieur.

La construction se dédoublait. Deux clapiers minables, séparés par un miroir ovale. Des effluves de désodorisant masquaient à peine ceux des poubelles. Sur chaque côté, un ascenseur, une liste de noms, agrafée sous verre. L'infirmier résidait dans le bloc A, au huitième.

Par habitude, le policier vérifia les boîtes aux lettres. Les blocs de plastique offraient souvent leur content de merveilles. Celle de Lanteau était vide.

Riad grimpa dans la cage.

Tout en montant, il chercha à dissiper son inquiétude. Une demi-heure plus tôt, Lanteau avait accepté le principe d'une rencontre. Pourquoi ne répondait-il pas ? Avait-il joint son patron dans l'intervalle ? Un bon clébard, aux ordres de son maître ?

Les pans d'acier s'ouvrirent sur un couloir étroit, éclairé au néon. Le cadre empestait la médiocrité, le gagne-petit. Riad songea à son studio, à son immeuble, à cette récurrence du malheur dissimulée derrière des paravents de morgue.

Il se tapa les portes une à une. Sur certaines, une carte de visite faisait office de plaque. Sur d'autres, les occupants avaient préféré oublier leur nom. Celle de Lanteau s'ornait d'une plaque de cuivre rutilante.

Le policier cogna un coup poli.

Accompagnant le mouvement, le bois s'entrebâilla.

Riad eut un mouvement de recul. L'instinct du flic devant une situation à risque. Il dégaina son Beretta et s'insinua dans l'appartement, arme braquée sur la pénombre.

La première chose qu'il distingua, ce fut la puanteur. Un cocktail de renfermé et de litière pour chat. Il tâtonna un peu et accrocha l'interrupteur. Un plafonnier éclaboussa la pièce. Papiers peints délavés, ménagère « rustique », imitation Louis-Philippe, canapé et fauteuils assortis, en similicuir. Un concentré de beauferie rangé au millimètre.

Le flic avança, pupilles rétrécies à l'extrême. Le lieu semblait désert, recroquevillé sur lui-même à la façon d'une huître. Il remarqua, sur le buffet, une série de cadres placés en rang d'oignons. Des photos de groupes, montrant des personnages en maillot de bain, en combinaison de ski. Il songea à des vacances au Club Med, le bonheur à tout prix pour célibataires en folie.

Aucun n'arborait de moustache.

Un raclement écorna le silence. Riad fit monter une balle dans le canon. Le raclement se répéta. Il semblait provenir d'une pièce attenante, plongée dans le noir. Le Beur prit une profonde inspiration et se dirigea vers la source.

À mi-parcours, il se figea. Deux éclats jaunes miroitaient dans le puits d'ombre. Les éclats ondoyèrent. Riad sentit son doigt écraser la détente.

Un persan blanc pointa son nez, énorme, une sorte de Raminagrobis au regard de vipère. La boule évalua l'adversaire, sans se presser. Puis, elle commença sa toilette, utilisant sa patte en guise de gant.

Le policier se frotta les paupières.

La truffe du chat était rouge. Rouges aussi les poils entourant son museau.

Soudain, le félin coucha ses oreilles et déguerpit en feulant.

Riad pénétra dans la pièce, alluma. Une chambre révéla ses contours. Petite, fonctionnelle, un antre de vieux garçon. Partout, sur la moquette, le lit, des traces de pattes.

Pourpres.

Le flic suivit les flèches. Une coulée de plomb lestait son estomac. Le lieu puait la mort, la violence.

La piste menait à une salle d'eau, un réduit carrelé de faïence turquoise. Dans l'angle, une douche, masquée par un rideau en plastique. Il tira le paravent.

Riad étouffa un cri. Un corps dénudé était adossé au bac, assis en tailleur, tête penchée vers l'avant. Un bonze, méditant en position du lotus dans une mare de sang.

Une odeur d'excréments agressa ses narines.

Le policier s'approcha.

L'homme au physique de stentor n'était plus qu'une enveloppe vide. Sphincter, vessie, la tuyauterie avait lâché, créant une aura de vulnérabilité, décalée au vu du personnage. Au cœur de la mort, l'infirmier avait conservé une expression féroce. Moustache en fer à cheval, coupe au carré, des yeux bridés lui donnant des airs de cavalier mongol. Ouverts, ils fixaient la bonde par où sa vie coulait vers les égouts.

Son bourreau ne lui avait laissé aucune chance. Trois balles en plein cœur. Du gros calibre, à bout portant. Autour des impacts, la poudre traçait encore des auréoles de suie. Le chat avait lampé le sang, à même la blessure.

Riad se figea, anéanti. Ce meurtre le prenait de court. Ses repères, son expérience, rien ne lui permettait de trouver une justification rationnelle à cet acte.

Il resta ainsi plusieurs minutes, incapable de détacher son regard de ce qu'avait été Pierre Lanteau. Puis, peu à peu, il reprit ses esprits. Le souvenir des dernières heures, l'attitude ambiguë du psychiatre, ce jeu de piste tronqué le conduisant sur des voies sans issues. L'exécution de l'infirmier rassemblait ces incohérences en une seule évidence : il approchait du but.

Comme en miroir, une autre vérité faseya : son investigation dérangeait. Un secret plus lourd pesait sur l'enquête, dépassant la cavale d'un ex-flic de la Crime ou la crainte d'une bavure.

Justifiant l'assassinat d'un homme.

Qui avait pris la responsabilité d'un tel acte ?

Pour quelles raisons ?

Riad se massa les tempes. La planète des déjantés ressemblait à un champ de mines, une *terra incognita* où les règles se tordaient à chaque pas.

Il regagna la chambre et s'assit sur le lit. Il étouffait. La vue du carnage faisait remonter des images refoulées, des spasmes de terreur. Le corps dépecé de Leïla, habillé de rouge. Agrippés à lui tels des chapelets putrides, tous les autres. Ceux découverts sur les scènes de crime, ceux observés à la morgue. Une succession de cadavres, comme autant d'histoires égorgées.

Une boule de désespoir l'étouffa. Sa vie ressemblait à un mauvais film. Il pressentait l'imminence du dernier acte et redoutait le pire.

Depuis le début, il n'était pas du bon côté.

5

Riad avalait les kilomètres.

Des brumes de chaleur absorbaient le goudron engendrant sur l'horizon des tourbillons de néant. L'autoroute transpirait une sueur de pétrole. De temps à autre, un scintillement, image fugitive d'un véhicule osant encore s'aventurer dans la fournaise.

Le policier décéléra un peu pour envoyer l'appel. Depuis une heure, le compteur de la berline s'envolait.

— Kader ?

La voix vibra d'inquiétude.

— Bordel, tu es où ?

— Sur l'autoroute. On a un problème.

— T'as trouvé le moustachu ?

Riad marqua une pause. Il ne parvenait pas à intégrer l'évidence d'un échec.

— Mort. Trois balles dans le buffet.

— Quoi ?

— Je ne sais pas ce qui se passe, mais ça pue le coup foireux. Le psy des Glycines m'a refilé des tuyaux bidons. Il ne voulait pas que je cuisine l'infirmier. Le temps de le loger, un nettoyeur était déjà passé.

— Un pro ?

— À coup sûr. Les coups ont été tirés à bout portant. Du

38 ou du 45. Le mec a récupéré les douilles et extrait les balles du mur. Elles avaient traversé la cage thoracique.

Il y eut un silence. Le passage d'un relais. La voix de Kader retentit de nouveau, plus proche.

— Et si c'était notre homme ?

— Brad ?

— Rancardé par le psy. Avec ces barjos, on peut s'attendre à tout.

— Non. Pas ses méthodes. Et il aurait fallu qu'il soit dans le coin.

— Bordel, mais qui alors ?

— J'en sais rien. Le toubib a donné l'alerte. Pour le reste, je nage dans la semoule.

Un temps, comme des lames de crainte. Riad reprit d'un ton volontaire :

— Il doit y avoir une explication. Mais il va nous falloir de l'aide si on veut la trouver.

— Abdou ?

— Viens me récupérer à la planque dans une heure. On va aller lui rendre une petite visite.

— T'as pas peur de te découvrir ?

— Plus le temps de finasser. On verra bien.

— Et l'autre camé, j'en fais quoi ?

— Il nous sert plus à rien. Fais-le disparaître.

Le policier claqua le boîtier sur ses scrupules. Il avait basculé, prenait des vies à la hussarde. En moins d'une semaine, son âme s'était séparée de son esprit. Irrémédiablement.

Des éoliennes se dressèrent dans la plaine, hélices de paquebot en partance pour nulle part. Elles hachaient l'air au ralenti, un mouvement syncopé, hypnotique. Riad écarquilla les yeux pour chasser la torpeur. Il enclencha le clignotant pendant que son regard accrochait le rétroviseur.

C'est à ce moment qu'il remarqua le break. Une BMW

noire, vitres teintées, série 5 ou 6 à en juger par la calandre. Le corbillard déboîtait dans ses traces, un mouvement ample, une trajectoire arrondie.

Une décharge électrique le traversa de part en part. Comment avait-il pu laisser passer ça ? Lui, un flic habitué aux filatures. La voiture le suivait sûrement depuis Villeurbanne.

L'assassin de Lanteau ?

Voulait-il l'éliminer également ?

Sa première réaction fut d'accélérer. La Renault répondit sans conviction, comme une femme paresseuse trop sûre de ses charmes. Derrière, à bonne distance, le break suivait toujours.

Il maintint son allure un peu plus d'une minute. Son cœur battait dans ses pupilles, provoquant des éclipses.

Soudain, une caravane se profila. Elle entamait le dépassement d'un semi-remorque. Riad poussa un juron. Son talon écrasa le frein. Appels de phares. Klaxon. La maison roulante fit un écart et regagna sa place.

Riad rétrograda dans un tollé de bielles. La BMW se colla dans son dos, à la façon d'un avion de chasse. Un mètre. Peut-être deux. Une distance agressive, l'intrusion d'un corps étranger dans la bulle de sécurité. Le sentiment d'être une proie.

Un instant, le Beur envisagea de piler, de s'envoyer en l'air en défonçant cet enfoiré. Fin de l'histoire. Il rejoindrait Leïla au paradis d'Allah et connaîtrait enfin la paix.

Les chairs retournées de sa gamine le rappelèrent à l'ordre. S'il devait mourir, il entraînerait dans sa chute le dingue qui lui avait volé sa fille.

Le Beur s'accrocha au volant et braqua à droite. La Renault traversa les voies, évitant de justesse une Austin. Regard en biais. Le corbillard roulait à sa hauteur.

Les deux berlines restèrent quelques secondes côte à côte. Riad scrutait les carreaux noirs. Impossible de distinguer l'intérieur. Puis, l'Allemande accéléra. Progressivement, elle se fondit avec l'asphalte et disparut dans une courbe.

Le policier fixa le ruban noir. Les secondes défilèrent comme autant de questions.

Que s'était-il passé ? Vraiment ?

Une grosse cylindrée l'avait serré de près. À la première occasion, elle l'avait doublé. Rien de plus. La suite s'était montée dans sa tête. Une flambée de parano, provoquée par la tension nerveuse.

Au bout d'une ligne droite, Riad aperçut la citadelle de Mornas. Des remparts déglingués, dressés comme un château de carton-pâte sur le massif du même nom. Il approchait d'Orange. Des genêts plantés entre les voies, éclaboussaient les yeux de fulgurances jaunes. L'air véhiculait des senteurs de tilleul, des exhalaisons de lavande.

Les premières fragrances du Sud. Le retour au bercail.

Le flic franchit la porte d'Aix à 17 heures. Une foule nonchalante traînait sur les pelouses, répandue sur un patchwork de couvertures.

Il abandonna la berline près de la gare et rejoignit la planque à pied. Les rues ressemblaient à des territoires désertés, écrasées sous des colonnes de torpeur. Des cartons maculaient encore les trottoirs, décombres oubliés par les forçats de la fripe.

Dans un sursaut d'énergie, il grimpa l'escalier quatre à quatre.

Il pénétra dans le réduit avec le sentiment de s'enfoncer dans une bulle d'ouate. Kader avait les cartes en main. Il l'appellerait s'il y avait du nouveau. En attendant, il pouvait s'oublier. Quelques minutes ravies à la colère, un trou blanc dans une composition de ténèbres.

Il n'ouvrit pas les volets, se contentant de l'éclairage feutré d'une lampe de chevet. Il s'allongea sur le lit, ferma les yeux. Ses paupières le brûlaient. Le visage de sa fille flottait dans une forêt de fer.

Il perdit connaissance.

Au bout de quelques secondes, un craquement déchira le voile, lointain, à mi-chemin des berges de la conscience.

Le Beur se redressa d'un bond. Il tendit l'oreille. Le son d'un poste de télévision lui parvenait par la vitre entrouverte, des piaillements diffus, un ronron rassurant. Regard clipé sur la porte, ses doigts crochetèrent le Beretta.

Des pas.

Des chuchotements.

Riad arma le chien.

La porte explosa sous l'impact. Des épines volèrent dans la pièce, telles des sagaies de bois. Le Beur roula derrière le lit.

Au-dessus de sa tête, le plâtre vola en éclats. La lampe se désintégra, plongeant la pièce dans la pénombre. Une pluie de verre brisé se répandit sur le sommier. Sonné, Riad leva les yeux. Des impacts labouraient la pièce. Une tornade de métal déchirait chaque recoin, animant le mobilier d'une vie éphémère.

Dans cette apocalypse, le policier nota un détail. Aucune déflagration ne venait corroborer l'évidence d'un assaut à l'arme lourde. Seulement des sons étouffés, comme des bouchons de champagne expulsés des goulots par une main maladroite.

Des silencieux.

La signature d'une stratégie élaborée.

L'attaque dura moins de dix secondes. Un concentré de guerre. Un nuage de poussière blanche brouillait la visibilité. L'air empestait la cordite.

Le flic rampa jusqu'à l'extrémité du lit. Des copeaux effilés entaillaient ses avant-bras, lui arrachant une grimace à chaque reptation.

Il risqua un regard. Deux silhouettes fendaient le brouillard. Des mastodontes, à la fois denses et agiles, équipés de lunettes thermiques. Les faisceaux rouges des visées laser les précédaient, perforant la fumée d'un halo scintillant. À leur source, des fusils d'assaut.

L'esprit du policier s'emballa. Sur l'autoroute, la BMW s'était fait repérer. Elle avait laissé filer le fuyard et transmis le relais à une deuxième équipe. Tous des professionnels. Capables de couper une filature, équipés en matériel dernier cri. Entraînés pour tuer.

Une nouvelle salve perfora le sommier. Les douilles percutaient le sol en émettant un cliquetis régulier. Riad tendit le bras et déchargea son arme, au jugé. Le choc d'une masse sur le plancher lui indiqua qu'il avait eu de la chance. Un des deux affreux avait mangé du fer et gémissait en se tenant les tripes.

L'orage d'acier se déchaîna à nouveau. Une balle traversa la laine et arracha sa clavicule. Riad poussa un hurlement en laissant échapper le Beretta. Il se recroquevilla, couvert de sang.

Un point rouge rampa sur sa poitrine. La pastille de mort s'immobilisa dans sa rétine. Il ferma les yeux et s'entendit murmurer les paroles des martyrs :

« *Allah akbhar.* »

Une détonation. Le crâne du policier vibra à l'unisson. Des morceaux de chair éclaboussèrent son visage. Une masse s'affala à côté de lui.

Trois coups de feu claquèrent dans la foulée.

Le silence retomba.

Lorsque Riad décolla les paupières, la carcasse du nettoyeur gisait sur le lit, le crâne en partie arraché. L'autre baignait dans son sang, étendu sur le sol tel un pantin cassé. Les cercles rouges des lasers s'abîmaient au plafond.

Une voix s'éleva dans la brume :

— Riad ?

Dans un ultime effort, le Beur agita sa main valide. Avant de sombrer dans l'inconscience, il distingua la barbe de son frère qui se penchait vers lui.

6

Cette fois, il hésitait à lui livrer le gosse.

Un handicapé. Au corps déjà brisé de souffrance, au regard vide. En l'embarquant, Philippe avait songé à un moineau blessé, un oisillon tombé du nid, livré aux prédateurs dans une jungle d'asphalte.

Thibaud était la quatrième victime. Trois autres l'avaient précédé. Un homme. Une femme. Et la dernière : une gamine effrontée, aux cheveux ondoyants comme des soupirs d'eau vive.

Jusqu'à présent, Philippe avait gardé le cap. Son esprit était parvenu à cloisonner les étapes du processus, à dissocier sa propre implication de la finalité ultime. Ce que faisait Karl, il ne s'en sentait pas responsable. Le jeune homme analysait leur collaboration comme un échange, une plate-forme sur laquelle chacun apaisait sa folie. Au regard des exactions du monstre, la sienne lui semblait douce.

Il jeta un regard à l'arrière. Thibaud dormait toujours, un masque à oxygène accroché au visage.

L'idée de rebrousser chemin s'insinua en pointillé. Reprendre la route, abandonner l'ambulance, disparaître. Ses crises empiraient. Les cassettes que Karl lui fournissait ne parvenaient plus à refouler sa souffrance.

Pourquoi continuer ?

Il songea au parcours qui l'avait mené jusqu'ici. Le ciel de ses tourments prit une teinte plus glauque. Il était en danger, en première ligne, piégé par un monstre virtuel, au visage sans reliefs.

Lorsqu'il faudrait payer, il serait seul.

L'angoisse le submergea. L'impression d'un train roulant sur sa cage thoracique. Philippe bloqua ses poumons, attendit. Des voitures le doublaient. La route ressemblait à un cahot de sel.

La vague reflua.

Depuis la rencontre avec Karl, les crises se rapprochaient. Deux ou trois fois par semaine, sans compter les alertes. Et chaque fois plus violentes.

La dernière l'avait fait basculer. Une modification de ses perceptions à la racine. Maintenant, les cauchemars tournaient en boucle entre ses yeux. Des images plus nettes, aux contours de terreur.

Toujours les mêmes.

Des hommes en noir. Des soleils gris. Un espace rutilant de chromes. Sans trop savoir pourquoi, Philippe associait ces visions à un tableau de Magritte. Un personnage sans visage, coiffé d'un chapeau melon.

Qui était-il ?

Pourquoi cette obsession ?

Philippe plissa les yeux. Le soleil de fin d'après-midi frappait le pare-brise avec la force d'une météorite. Il ralentit, scruta le bas-côté. Bientôt, un panneau de métal fatigué dressa son ossature sous un carcan de ronces. Des lettres en partie effacées. Un nom désormais familier.

L'ambulance ralentit encore. La nationale serrait des lacets raides. La visibilité ne dépassait pas vingt mètres. Soudain, masquée par des buissons, une route. La lanière grise fuyait sous un tréteau de verdure. Philippe s'assura que la voie était libre. Il vira au dernier moment et s'engagea sous les futaies.

Une cathédrale de silence. Le glissement sourd des caoutchoucs sur le goudron. De temps à autre, un pépiement lointain, comme un tambour tribal renvoyant son signal pour annoncer l'intrusion.

Un gémissement monta du brancard. Philippe braqua ses yeux sur le rétroviseur. Maintenu par les sangles, le gosse s'agitait dans sa torpeur artificielle. Le Diprivan injecté une heure plus tôt se dissipait.

Un vertige brouilla sa vision. L'annonce d'une énième bouffée. Chaque imprévu semblait allumer la mèche. Il devait se contrôler. Tenir en équilibre au bord du gouffre.

Encore quelques minutes. Le cimetière de voitures approchait. Il apercevrait ses colonnes de métal avant trois kilomètres.

La crise monta d'un cran. Des spasmes agitèrent ses épaules. Il s'accrocha au volant, contractant chacun de ses muscles pour juguler la bête.

Des voix s'élevèrent. Un brouhaha. Des gens discutaient dans la voiture.

Autour de lui.

À l'intérieur de lui.

Ils parlaient de corps déchirés, de membres arrachés, de visages mutilés. Chaque blessure était disséquée, non pas dans sa composante anatomique, mais pour apprécier le degré de souffrance qui lui était imputé.

Dans cette cacophonie, Philippe distinguait une modulation particulière. La patine rauque d'un homme. Un son réconfortant, envoûtant, dans lequel il avait envie de se perdre.

Il songea au tableau.

L'homme au chapeau.

La voiture blanche se rangea sur un terre-plein. Philippe coupa le moteur. Il resta quelques minutes à contempler la plaine d'épaves qui déroulait sa langue de fer à perte de vue.

Les voix se turent.

Il descendit, ouvrit le panneau arrière, et observa Thibaud. Le gosse s'était rendormi.

Philippe eut comme une révélation. Revenir en arrière l'exposerait encore plus. Il devait finir le boulot.

Cette fois encore, Karl aurait son tribut.

Le dernier.

Ensuite, leurs routes se sépareraient.

Définitivement.

VIII

1

Une démonstration de force.

Postées autour du camp, des voitures de service, des fourgonnettes, rampes orangées en ébullition. Entre chaque véhicule, des flics en tenue, quelques motards aux chemise de sueur. Une maille infranchissable encerclant le périmètre et coupant la circulation.

Devant l'entrée, les unités spéciales du GIPN battaient le pavé. Casques, cagoules, treillis noirs, fusils d'assaut, la tenue d'intervention des Rambo de la police. Dix mètres derrière, l'équipe de Vial au grand complet. Jeans, baskets, brassards rouges sur chemisettes, l'uniforme banalisé des civils.

Paul alluma un cigarillo. Il se tenait à côté du commissaire, adossé à une 306 grise ornée d'un gyrophare magnétique. Les deux hommes observaient la manœuvre en silence.

Nuque de taureau et crâne luisant, un gaillard à moustache était penché sur un plan. De temps à autre, il levait le menton et braillait des ordres aux fonctionnaires d'élite. Même uniforme militaire, même stature de gladiateur, à la fois souple et puissante. Le capitaine Tardon semblait taillé dans un bloc d'assurance. Ignorant les règles du manuel, il ne devait pas juger utile de s'embarrasser d'une cagoule.

Paul compta quatre équipes. Six fonctionnaires par équipe et trois en réserve. Les gros moyens.

Après dix minutes de palabres, Tardon marcha vers eux.

— Mes gars sont dans les starting-blocks. On démarre à votre signal.

Vial hocha la tête. Il leva le pouce vers le haut, en direction de la Brigade. Réponse immédiate, sur le même registre. Le commissaire fit jaillir son Manhurin.

— C'est parti.

Les quatre groupes du GIPN pénétrèrent ensemble dans l'enceinte. Mouvements fluides, gestes codés. Les civils suivaient, arme au poing. Derrière le cordon policier, une foule de badauds jouait des coudes pour saisir quelques miettes du spectacle.

Paul écrasa son mégot et accompagna le mouvement, le commissaire dans ses talons.

La première impression fut celle d'une vacance. Des caravanes flambant neuves, alignées selon une géométrie précise le long d'allées bitumées, des constructions de bois amovibles, grises, marron, ternes, des bâches écrasées de soleil. Par endroits, des piscines de fortune : bacs, baignoires remplis d'eau à ras bord. Au fond, une flottille de berlines somnolait sur un parking, à l'ombre d'une haie de saules.

Nulle âme qui vive.

La population semblait avoir déserté son habitat, comme partie sur la pointe des pieds pour l'abandonner à la fureur policière. Paul s'imagina une ville fantôme, endormie sur un songe de velours.

Puis, les cris retentirent.

Les flics d'élite avançaient en parallèle, une ligne de front hermétique forçant chaque bicoque au bélier. Les cloisons explosaient sous la violence des chocs. Elles révélaient des vies sans prétention, des existences entières recroquevillées sur quelques mètres carrés de sécurité illusoire.

La soldatesque se ruait dans les refuges de tôles, défonçant sur son passage l'empilement des souvenirs. Elle tirait les manouches hébétés dans la lumière, sans ménagement, tout en vociférant des psaumes guerriers.

En quelques minutes, l'oasis de silence s'était métamorphosée en champ d'honneur.

Paul plissa les yeux. La cohue atteignait son point limite. Des silhouettes couraient en tous sens, fourmis écarlates affolées par le feu.

Soudain, le capitaine Tardon jaillit de la mêlée. Il poussait devant lui un homme aux tempes grises, vêtu d'un pantalon et d'une chemise blanche balafrés de poussière. D'un coup de pied dans les reins, il l'envoya embrasser le goudron.

Paul contracta les mâchoires pendant que Vial s'interposait.

— Bordel, Tardon ! Vous êtes malade ?

Le capitaine s'épongea le front d'un revers de gant. Il haletait dans sa moustache.

— C'est une opération de maintien de l'ordre en milieu hostile, commissaire. Risque maximum. Présence d'armes à feu probable. Individus recherchés, dangereux. Je ne veux prendre aucun risque.

Paul détailla le patriarche vautré dans la poussière. Menotté, le front couvert de sang, il ne répondait pas aux critères énumérés par Tardon. L'homme commando continuait :

— On a fouillé partout. Les suspects sont introuvables. Ce manouche à l'air d'être leur grand sachem.

Vial eut un regard de lave.

— C'est bon. Je m'en occupe.

Il s'agenouilla près du gitan et l'aida à s'asseoir.

— Comment vous appelez-vous ?

Le patriarche roulait des yeux de haine. Des bulles pourpres cloquaient à la commissure de ses lèvres.

— René... René Gomez.

— Très bien, René. Vous voyez ce papier ?

Vial présenta un document frappé du sceau de la justice et poursuivit d'un ton égal :

— C'est un mandat d'amener. Il concerne deux individus suspectés dans une affaire de meurtre. Manuel Muñoz et Pedro González. On sait qu'ils sont ici.

Gomez fronça les sourcils. Paul eut l'impression de contempler un furet accroché par un piège. Allait-il se cisailler la patte pour recouvrer la liberté ?

— La victime était une gamine, continuait le commissaire. (Il appuya un silence.) C'est grave, René... Très grave. Si vous aidez des suspects, vous serez tous concernés.

— J'les connais pas.

Le patron de la Crime joua avec sa chevalière.

— Vous mentez. Mais c'est votre droit. Le mien est de faire appliquer la loi. On va embarquer tout le monde, les gosses seront placés, et on fermera le camping. C'est vous qui décidez.

L'homme crispa les mâchoires. Ses pupilles couraient d'un flic à l'autre, puis sur le parking où Tardon avait regroupé la population.

Paul suivit le regard du gitan. Les policiers du GIPN formaient un cercle répulsif, un anneau sombre au contour de métal. À l'intérieur, une cohorte agitée tendait le poing en vociférant. Les hommes, poitrines bombées, se tenaient à l'avant. Ils semblaient protéger de leurs corps les femmes et les enfants.

Gomez marmonna quelques mots, des sons ronflants aux airs de flamenco. Puis, il s'adressa à Vial en français.

— Je voudrais me lever.

Le commissaire lui prit le bras et l'assista dans son ascension. Debout, l'homme s'ébroua. En dépit de l'âge, il conservait une force palpable, comme une rugosité le tenant tout d'un bloc. Il fixa Vial et tendit ses poignets menottés.

— Vous nous laisserez tranquilles ?

D'un geste précis, le patron de la Crime délia l'entrave.

— Vous avez ma parole.

Le patriarche pointa son menton vers une maison de bois plantée à une trentaine de mètres, sorte de chalet au petit pied serré entre deux caravanes.

— On a déjà fouillé, s'étonna Vial.

— Dessous. Tirez le frigo, il y a une planque.

Le commissaire ajusta son nœud papillon. Il leva un bras en direction de Tardon. Le capitaine accourut, épaules dressées à la manière d'un athlète.

— La baraque, là-bas, fit le commissaire. Dites à vos mercenaires de se positionner autour.

Tardon encaissa l'ordre sans un mot. Il repartit au pas de charge transmettre la consigne à sa meute. En trois battements de paupières, la zone était ceinturée.

Les deux flics rejoignirent l'objectif. Tout en marchant, Paul saluait la méthode Vial. Calme, courtoisie, précision. Une manipulation psychologique implacable, un contrepoint parfait aux pressions exercées par Tomasini.

Les traits osseux de l'ancien patron de la BAC adressèrent au Marseillais un sourire d'outre-tombe. Le Corse lui avait appris à conduire sa carrière d'une tout autre façon. À la force du poignet. En distillant la peur, à l'état brut.

Ils s'immobilisèrent face au chalet. L'équipe du commissaire attendait les ordres, arme déchaussée, traits aux aguets. La tension montait de seconde en seconde, palpable.

Au signal de Tardon, les unités spéciales investirent les lieux. La porte déjà dégondée vola en éclats. Des martèlements de bottes filtraient par l'ouverture, lointains, assourdis. La manœuvre dura moins de quinze secondes. Le crâne du capitaine réapparut très vite, luisant comme un lombric.

— Ils ont filé.

— Comment ?

— L'ouverture... Elle donne sur les égouts.

Le patron de la Crime se massa les paupières. Il communiqua sa stratégie au moustachu.

— Vous descendez. Vous fouillez la zone limitrophe dans un rayon de deux cents mètres.

— Vous croyez qu'ils nous ont attendus ?

— On doit vérifier. Je vous communiquerai mes instructions par radio.

Tardon passait d'un pied sur l'autre. Il allait répliquer lorsque Vial poussa un hurlement :

— Qu'est-ce que vous attendez, bordel ? Allez-y !

Le capitaine eut un mouvement d'arrêt. Sans doute lui parlait-on rarement sur ce ton. Il fusilla le civil du regard et tourna les talons. Vial dressait déjà son plan de bataille :

— Tout le monde aux voitures. Restez en contact. Cabrera, vous venez avec moi.

La Brigade criminelle se replia en désordre sous les sarcasmes des manouches. Dehors, la foule avait grossi, avide de sang, de larmes.

Paul ouvrit la portière, côté passager.

— Prenez le volant, ordonna le commissaire. J'ai besoin de mes deux mains.

Ils échangèrent leurs places. Vial connecta un ordinateur portable, fixé sur un support plastique au niveau de la boîte à gants. Il pianota avec frénésie, arrachant au clavier des claquements secs.

Du coin de l'œil, le jeune lieutenant suivait la recherche. Des cartes, des plans, des chiffres. La mémoire de la police judiciaire, en temps réel. Le commissaire se fixa sur un tracé sinueux, sorte d'hydre multicolore aux tentacules multiples.

— On y est.

Paul haussa les sourcils, attendant la suite. Vial expliqua :

— Le tracé des canalisations d'évacuation des eaux usées. Il suit à peu de chose près celui des rues.

— Vous voulez descendre ?

— Ce ne sera peut-être pas nécessaire... Regardez.

Il colla son index sur l'écran.

— Axes principaux. Axes secondaires. Bretelles. Nos fugitifs sont sur une bretelle. Pas de sortie disponible avant Saint-Marcel à l'est, le parc balnéaire du Prado à l'ouest, et le Vieux-Port au nord. (Vial désigna des cercles rouges). Là, là... et là.

Paul pointa d'autres cercles, bleus, plus petits.

— Il y a des plaques d'égout tous les cent mètres.

— Verrouillées. Il faut un passe pour utiliser ces accès.

— Ils doivent en avoir un puisqu'ils ont pu s'échapper.

— Je ne crois pas. Les mesures de sécurité datent de 1998, et le terrain est sous le coup d'une procédure d'expropriation. À terme, la bretelle d'évacuation du camping sera condamnée. Les ingénieurs ont déjà anticipé. Ils n'ont pas jugé utile de mentionner ces bouches sur les nouveaux plans.

Paul lissa ses cheveux. Il écoutait avec intérêt les déductions de son collègue. Vial disséquait, recoupait, prévoyait. Pour lui, la police ressemblait à une gigantesque partie d'échecs, un affrontement de l'esprit dont il aurait inventé les règles à chaque coup.

Le commissaire regarda sa montre.

— 17 heures 15. L'opération a démarré depuis trois quarts d'heure. En admettant qu'ils marchent vite et qu'ils aient déjà repéré les lieux, les conditions souterraines leur imposent au moins quarante-cinq minutes de progression avant d'atteindre la sortie la plus proche.

— Trop court pour nous, objecta Cabrera.

— Non... Réfléchissez. Marseille n'est pas leur ville. Ce camp n'est pas leur camp. Ils se sont planqués là par nécessité. Au mieux, on leur aura donné la direction à suivre. Ils ont perdu du temps. Forcément. Je mets ma main à couper qu'ils sont encore en bas.

Le matin même, le commissaire avait fourni à Paul le détail de la recherche, menée grâce aux portraits-robots dressés par téléphone.

Vial avait démarré par le fichier des gens du voyage. Muet. Il s'était ensuite tourné vers les Stups. Après deux heures de vaine recherche, il avait enfin eu l'info par Interpol : les deux gitans venaient d'Espagne. Un tandem de petits convoyeurs, recrutés pour conduire les Zodiac surmotorisés des trafiquants marocains.

Tous les risques. Peu de bénéfices.

Les deux fourmis s'étaient fait serrer aux Baléares. Depuis le dernier G8, l'Espagne de José Maria Aznar menait contre les filières du Maghreb une politique de terre brûlée. Ils avaient réussi à s'évader à l'occasion d'une instruction, pendant leur transfert au Palais de Justice de Madrid. En délicatesse sur le territoire espagnol, ils se terraient en France en attendant des jours meilleurs.

Pour les loger, le patron de la Crime avait utilisé les bonnes vieilles méthodes. Un indic en sursis, crevant de frousse à l'idée de retourner en taule.

Paul fit tournoyer le gyrophare.

— On prend laquelle ?

— Le parc balnéaire. En toute logique, ils ont dû tracer au plus court.

Vial saisit le VHF.

— Vial à Tardon... Vial à Tardon... Vous m'entendez ?

Un crépitement. La voix du capitaine racla dans la radio.

— La zone a été passée au crible... Rien... Ils ont pu partir n'importe où...

Une pointe d'ironie perçait dans le ton martial. Vial resta de marbre et exposa ses découvertes. Puis, en quelques mots, il indiqua la marche à suivre aux troupes d'élite.

Le chef du commando raccrocha en maugréant.

Le commissaire agrippa la radio de bord. Il mit la Brigade en branle pendant que le Marseillais démarrait en trombe.

Un sourire éclaira le visage du flic au catogan.

Trois issues. Une pour chaque voiture. Les Rambo du GIPN rabattraient le gibier.

Ils n'auraient plus qu'à le cueillir.

2

Dressée comme un cadran solaire, la flèche de l'obélisque dardait sur le goudron une ombre dense. Paul enclencha le compte à rebours.

17 : 22.

La 306 prit le rond-point de Mazargues en contresens. Les pneus crissèrent, gommes arrachant le bitume. Une odeur de plastique chaud envahit l'habitacle. Concentré à l'extrême, le Marseillais serrait le volant à s'en faire pâlir les jointures.

Il évita une Audi, braqua à droite en jouant sur l'accélérateur, planta un coup de frein au moment où un scooter se jetait sous ses roues. Bordée d'injures, gestes sans équivoque.

Il enclencha le gyrophare. Miaulement agressif, lumière deux tons, trempée au mercure. Aussitôt, l'ambiance évolua. Les automobilistes s'écartaient, visages penauds, comme soudain pris en faute.

— Vous auriez dû descendre Michelet, bougonna Vial.

— Aucun intérêt. Tout est bloqué.

Ils déboulèrent sur le boulevard de la Concorde. L'artère croulait sous le métal. Paul remonta le courant en double file, pleins phares, forçant les véhicules venant en sens inverse à chevaucher le trottoir.

Feu rouge.

Il prit à droite. Des ruelles dont les noms fuyaient sa

mémoire. Vides, silencieuses. Il accéléra. Les ailes de la 306 raclèrent un mur de crépi. Une gerbe étincelante explosa sur la gauche. Vial accrocha sa ceinture

— Faites gaffe. Vous n'êtes pas obligé de flinguer le matériel.

En guise de réponse, Paul écrasa un peu plus la pédale.

Après trois cents mètres de couloirs, ils coupèrent l'avenue de Mazargues. Même scénario. Un ruban de métal rampant dans la chaleur. Le Marseillais scruta l'horloge digitale.

17 : 29.

Le trafic leur avait déjà fait perdre sept minutes.

Il zigzagua jusqu'au chemin du Lancier. Pari gagné, la quatre voies roulait à peu près bien. Paul rétrograda. Il entendait son cœur rugir à l'unisson du moteur. Nouveau rond-point, l'avenue de Hambourg apparut. Large, rutilante, une piste d'envol à peine courbée présentant une déclivité d'environ deux pour cent.

Ils couvrirent la distance les séparant de la plage en moins d'une minute.

Là, les choses se compliquèrent.

Un trafic dense bloquait l'avenue de Bonneveine. Des estivants déambulaient le long de l'hippodrome, serviette-éponge autour du cou, démarche molle. En perspective, la mer renvoyait des reflets d'aluminium.

Après cinq minutes de gymkhana, ils atteignirent l'avenue Pierre-Mendès-France. Asphyxiée. La 306 se faufila dans le couloir des bus et remonta vers le David. Paul martyrisait l'accélérateur. Les véhicules roulant au pas défilaient à rebours sur leur gauche en fragments de vision.

17 : 35.

Déjà quinze minutes qu'ils roulaient.

Engoncé dans son siège, Vial interrogeait l'ordinateur. Il

fronçait les sourcils, indifférent à la conduite sportive de Cabrera.

Ils dépassèrent l'éphèbe de pierre. Nouvel arrêt. L'avenue Georges-Pompidou ployait sous les carrosseries immobiles.

— Là, cria Vial. L'accès pompiers.

Paul donna un coup de volant. Il coupa la circulation en un demi-tour agressif et monta sur le trottoir longeant la plage. Des hordes de rollers s'effarouchèrent, ondulant telles des amibes de guimauve.

Le lieutenant de la BAC pila devant la barrière qui délimitait la zone piétonne. Deux camions de réanimation poireautaient derrière l'obstacle, masses rouges sur flot de chairs dorées.

Paul hurla à travers la fenêtre :

— Dégagez !

Les véhicules d'urgence ripèrent dans la seconde. Un sapeur en casquette bleu marine déverrouilla la barre métallique et leur fit signe d'avancer.

La 306 s'insinua dans le parc balnéaire. Des dunes artificielles, des aires de jeux, des pelouses taillées au cordeau tronçonnées d'allées pédestres. Au loin, en contrepoint de bleus, la Méditerranée. L'aménagement des plages du Prado offrait au promeneur un espace de sérénité, de nonchalance creuse, de joie de vivre aux airs californiens.

Paul ranima la sirène.

— Où je vais ?

Vial répondit, sans quitter l'écran des yeux.

— Tout droit. Il y a une buvette après la butte. C'est juste derrière.

17 : 40.

Les taupes couraient dans leurs galeries depuis maintenant une heure.

Une éternité.

Le Marseillais fonça à travers les pelouses. Des enfants, cou renversé, tiraient sur des filins de Nylon. Les baguettes translucides montaient à l'assaut d'un ciel de papier peint où s'ébrouaient des cerfs-volants. Paul eut l'impression de traverser la toile d'une migale.

La Peugeot freina devant une guérite cubique isolée en lisière de la digue. Un panneau rouge marquait l'interdiction absolue de pénétrer dans l'enceinte. Les deux flics jaillirent du véhicule en un mouvement synchrone. Paul atteignit la construction le premier. Il tomba en arrêt devant la serrure.

— Merde !

Le commissaire sortit ses lunettes et détailla la mécanique.

— Système de pénétration unilatéral.

— Quoi ?

— Une sécurité pour les égoutiers. En cas de pépin. La clef est indispensable pour entrer, pas pour sortir. Il doit y avoir une poignée de l'autre côté.

Sans hésiter, le jeune lieutenant déchaussa son arme. Il ajusta, pressa la détente. La détonation claqua comme un hauban, aussitôt avalée par le ronflement marin. À l'emplacement de la serrure, des échardes de métal retroussaient leurs griffes.

Vial croisa les bras, dubitatif.

— Pour la discrétion, vous repasserez.

— Vous avez mieux ?

Paul tira la porte à lui. Une odeur d'excréments serra sa gorge. Il se pencha. Des marches de béton brut s'enfonçaient dans l'obscurité.

Le commissaire retourna vers la voiture et farfouilla dans le coffre. Il réapparut dans l'instant, tenant dans ses mains deux cylindres en plastique noir.

— Cent vingt watts. Ampoules halogènes. Cinq heures d'autonomie. Espérons qu'on n'ait pas à les économiser.

Le jeune lieutenant forma un cercle entre son pouce et son index. La réponse des plongeurs. Tout se passerait bien.

Ils s'engagèrent dans le puits.

Le degré d'humidité grimpa d'un coup. Une chaleur collante, poisseuse, s'insinuant sous la peau à la façon d'un cataplasme. Des remugles fétides saturaient chaque particule d'oxygène.

Les lampes croisèrent leurs faisceaux dans une sarabande nerveuse. Paul ouvrait la marche. Dans son dos, il entendit le commissaire ouvrir la liaison VHF.

— Tardon... C'est Vial... On est dans la place. Nous remontons sous la promenade Pompidou jusqu'à l'ancien collecteur de l'Huveaune. Dirigez-vous vers nous en faisant le plus de bruit possible. Et surtout, restez en contact.

Sans attendre, il bascula sur la fréquence de la Brigade. Les deux équipes, menées respectivement par Macarian et Desruel, n'avaient pas encore atteint leurs points d'accès. En surface, le trafic s'engorgeait un peu plus chaque seconde.

Paul s'immobilisa en bas des marches. Des ampoules de sécurité s'espaçaient tous les vingt mètres, traçant leur route en pointillé d'espoir. Une seule voie, à perte de vue, comme un chemin de croix. Un tunnel spacieux, au plafond gainé de câbles, aux murs suintant d'un jus graisseux. Au centre, délimité par des berges atrophiées, un canal d'eaux usées courait sous la lumière jaunâtre.

Ils éteignirent les torches. Paul questionna, pour la forme :

— Tout droit ?

— On remonte le chemin en suivant le plan des rues. C'est indiqué.

Les flics s'engagèrent dans le boyau. Sol glissant, progression lente, mal assurée. Sur cette planche savonneuse, les rangers du Marseillais présentaient un avantage. Elles agrippaient chaque aspérité, au contraire des Weston à semelle en cuir qu'arborait Vial.

Il leur fallut dix bonnes minutes pour rejoindre le premier

nœud. Au rond-point du David, les voies se séparaient. Dans la continuité, l'avenue Pierre-Mendès-France, à gauche, l'avenue du Prado. Pour atteindre la liberté, les fugitifs n'avaient que ces deux options.

— Je file au collecteur, décida Vial. Vous suivez le Prado jusqu'à Michelet et vous tracez sur l'obélisque. Si on n'a rien, on reviendra vers vous avec Tardon.

Paul acquiesça. Il repartait en solitaire, sans soutien ni liaison, avec pour seule balise son instinct. Dans son for intérieur, cette situation lui convenait. Et avec un peu de chance, il décrocherait la timbale.

Il bifurqua. Les pas du commissaire claquèrent en écho lointain avant d'être avalés par les voûtes. Un silence de crypte étendit son linceul, troublé de temps à autre par un clapotement.

Paul dégaina son Manhurin. Sur cet axe, des niches avaient été creusées tous les trente mètres, ouvrant sur des puits sombres peuplés d'échelles rouillées. Le policier imagina sans peine les plaques de tôle, scellées à la verticale pour condamner les issues.

Il progressa sur trois cents mètres, torche dans une main, arme dans l'autre, plaquée contre la jambe. Il bondissait de puits en puits, à la façon d'un sniper. Sa silhouette rasait les murs, ombre fluide dans ce décor figé.

Il dépassa l'avenue du Parc-Borely, la rue des Mousses, le boulevard Jules-Verne. À chaque intersection, une plaque rongée révélait en négatif l'existence d'une rue désincarnée. Il songea aux dédales de l'enfer, un monde post nucléaire dont la mémoire transie n'aurait conservé que les noms.

Comme des stèles de remords.

Un rat fila entre ses jambes. Paul s'adossa au mur. Son corps n'était plus que ruissellement. Son esprit éruption. Où étaient les manouches ? Avaient-ils choisi un autre itinéraire ? Une autre option ? Il regarda sa montre. La traque durait depuis une heure et demie. Si Vial était dans le vrai, si les gitans couraient vers lui, alors, le choc devenait imminent.

Comme en réponse à ses pensées, des bruits crevèrent la nuit. Claquements, sons rauques. Paul se glissa dans une niche.

Peu à peu, il discerna des éclats de voix, des halètements. Il risqua un œil. Deux formes longeaient le canal, courbées par l'effort.

Il reconnut les épaules de lutteur du premier, la taille démesurée du second.

Les gitans.

Ils fonçaient droit sur lui.

Le flic maîtrisa son ivresse. Respiration ventrale, lente, esprit en roue libre. Il sentait l'énergie affluer dans ses membres, dénouer ses muscles, se concentrer au niveau du plexus. Ses pulsations cardiaques chutaient, la chaleur refluait. Son corps se transmuait en arme. Froide, aiguisée, précise.

Cette fois, la surprise jouait pour lui.

Il attendit l'ultime instant. Les manouches avançaient en toute confiance, à peine à quelques mètres.

Il bondit de son réduit comme un diable de sa boîte. Canon braqué, il s'entendit hurler :

— À terre ! Couche-toi ! Mains sur la tête ! Toi aussi, enculé !

Les fuyards se pétrifièrent. Leurs traits déjà ravinés prirent des airs de suaires. Paul arma le chien, tira. La déflagration explosa les tympans pendant que la balle leur sifflait aux oreilles. Une lueur d'affolement courut dans les regards. Les types tombèrent à genoux, paumes derrière la nuque.

Le Marseillais tendit une paire de menottes et leur fit signe de s'attacher ensemble. Une dernière fois, il consulta sa montre. Avec ce boucan, Vial n'allait pas tarder à rappliquer.

Dans vingt minutes, tout serait terminé.

3

— À qui tu l'as fourgué, salopard ?

Menotté sur sa chaise, l'homme secoua la tête à nouveau. Depuis vingt minutes, la même phrase revenait, comme une litanie, un ex-voto.

— *Yo no entiendo... Hablo español... español...*

Le sous-lieutenant Macarian broya son gobelet de plastique d'une main nerveuse. Il s'approcha du gitan, à portée de front, et répéta lèvres serrées :

— *No entiendo... No entiendo...* Tu me prends pour un con, putain de macaque. Je vais t'éclater les dents, on va voir si ça t'aide à comprendre.

Le tsigane eut un sourire de regret. La balafre qui cisaillait sa joue s'étira jusqu'aux contreforts de l'oreille. Macarian fit un pas en arrière, leva le poing. Une voix autoritaire grésilla dans un haut-parleur.

— Macarian !

L'enquêteur resta suspendu à son geste, une brassée de secondes. Il regarda la caméra avec rage et sortit du bureau.

— J'allais me le faire, commissaire. Encore cinq minutes... Cinq putains de minutes.

Vial ne répondit pas. Il scrutait un écran de contrôle rectangulaire où s'allongeait, en noir et blanc, la salle d'interrogatoire. Debout derrière lui, Paul observait également le moniteur.

Macarian alluma une Camel. Des perles translucides constellaient ses tempes, couraient sur ses joues. Pupilles dilatées à l'extrême, il donnait l'impression d'être en transe.

— Enfoiré de manouche.

— Allez prendre un café, ordonna Vial.

— Mais... commissaire.

— Et revenez quand vous serez calmé.

Le flic aux manières de proxo contracta les mâchoires. Il eut un ricanement, toisa Paul du regard et claqua la porte.

— Pas net ce garçon, lâcha le Marseillais.

— Gardez vos commentaires, Cabrera. Macarian est un excellent enquêteur. Rusé, précis, avec un formidable esprit de synthèse. Peut-être le meilleur d'entre nous.

— Il faudra lui apprendre à travailler ses nerfs. En situation, ça peut poser des problèmes.

Le vieux briscard observa Paul à travers ses carreaux de verre. Il s'exprima d'un ton de mépris.

— Vos situations ne sont pas les nôtres, lieutenant. Ici, ce qui compte, c'est le raisonnement, l'intelligence, l'observation. Nos affaires sont des puzzles. Pas des parties de chasse.

Paul ne répondit rien. En quelques phrases abruptes, Vial venait de se dévoiler. Pour lui, la rue répandrait toujours un parfum de poubelles.

Des secondes s'étirèrent, chargées de non-dit, de malaise.

Le commissaire se concentra de nouveau sur l'écran. Son dos voûté semblait porter toute la misère du monde. Il pressa un bouton. L'image bascula. Même bureau, mêmes meubles : une table, deux chaises, face-à-face.

Seuls les acteurs avaient changé.

Paul distingua la crinière blonde de Desruel, campée dos à la caméra dans une posture hautaine. Vautré sur sa chaise dans un simulacre de décontraction, le second suspect : Manuel Muñoz. Le gitan qui avait acheté l'enrouleur au chevillard.

Vial s'approcha du micro.

— Desruel... Venez.

La femme flic sortit du champ de la caméra. Presque aussitôt, la porte s'ouvrit à la volée sur une furie aux joues de braise.

— *No hablo... No hablo...* Il se fout de notre gueule. Ça crève les yeux.

Le commissaire lissa son front du bout des doigts. Un geste fin, presque précieux.

— J'ai joint un interprète. Il sera là dans un quart d'heure.

— Mon cul ! Ce type parle français comme vous et moi. Il ne lâchera rien.

— C'est la procédure. Si on ne la suit pas, n'importe quel avocat nous fera péter la garde à vue en moins de deux.

— J'emmerde la procédure. Laissez-le-moi. Je vous garantis qu'il va tout me raconter.

Vial se cala dans son siège et scruta son enquêtrice.

— Desruel... Vous vous rendez compte de ce que vous dites ?

— J'en ai rien à branler. Ces merdes connaissent l'enfoiré qui a torturé la gamine. Il faut qu'ils parlent.

— En employant les mêmes méthodes ?

— Et pourquoi pas ? Qui s'en plaindrait ?

Le commissaire enfouit son visage dans ses paumes.

— Quittez ce bureau.

— Vous...

Il eut un rugissement :

— CASSEZ-VOUS !

La blonde ramassa son arme. Son corps n'était plus que tension, frustration. Dans cet instant de vérité, elle aussi dévoilait sa vraie nature. Paul la regarda quitter la pièce. Il se félicitait, mentalement, d'avoir résisté au chant des sirènes.

Le ton accablé du patron de la Crime vacilla dans son dos :

— Rentrez chez vous. Je me débrouillerai avec l'interprète.

Une compassion inattendue gagna le lieutenant. En dépit des mots durs, du mépris maladroit, Vial avait su forger chez lui une sorte de respect. Sa vie, il l'avait inventée. Un être d'absolu, aux manières d'un autre âge, à l'élégance absurde, tentant de dresser des remparts de valeurs contre la démission ambiante.

Par-delà les blessures d'orgueil, le flic des rues continuait à lui donner raison.

Paul murmura, en s'adossant au mur :

— Laissez-moi essayer.

4

Vial lui avait donné dix minutes. Pas une de plus. Ensuite, l'interprète rappliquerait, les interrogatoires seraient consignés, la procédure reprendrait.

Dix minutes. Le temps d'une parenthèse, d'un oubli. Paul passa les clauses du contrat en revue.

Un seul objectif : obtenir des informations sur le monstre.

Une seule contrainte : pas de violence physique.

Pour le reste, il avait carte blanche.

Il pénétra dans la cage.

En relief, la pièce semblait encore plus morne. Une trappe sans fenêtre, aux murs ternes, à la tristesse étudiée. Dégueulant d'une rampe chevrotante, un rayonnement de néons accentuait le sentiment d'oppression. Pour couronner le tout, une affiche orpheline épinglée en plein milieu du mur, publicité ringarde vantant les opportunités professionnelles offertes par la police.

Le flic appuya ses paumes sur la table, talons rivés au sol. De l'autre côté, à moins d'un mètre, les deux terreurs. Muñoz, grand, costaud, aussi déstructuré qu'un fil. González, petit, râblé, aux allures de tempête. Le Marseillais avait demandé à Vial de les auditionner ensemble, hors caméra, et sans bracelets.

Il alluma un cigarillo et consulta sa montre.

— Dernière ligne droite, les gars. Dans neuf minutes, c'est terminé.

Les manouches l'interrogèrent du regard. Sourcils froncés, ils donnaient l'impression de chercher à comprendre. Le policier continua, ton enjoué, explicatif.

— Un interprète va arriver. Il parle espagnol, portugais, et maîtrise aussi le catalan. Lui, pas moyen de le piéger.

Paul ménagea un silence. Ses yeux scrutaient chaque pupille, à la façon d'un scanner.

Muñoz se trahit le premier. Plutôt, son corps parla pour lui. Un frémissement de l'iris, comme une risée sur un lac noir. Le flic de la BAC saisit l'aveu au vol.

— Manuel Muñoz. Trente-deux ans. D'origine hispanique. Interpellé à Palma de Majorque le 21 octobre 2002. Transport et importation de stupéfiants. En cavale depuis le 7 février 2003, suite à l'évasion d'un car de la *Guardia civil.* Mandat d'amener international délivré par la justice espagnole depuis quatre mois.

Le tsigane le toisa avec arrogance. Des perles grasses fleurissaient à la lisière de son scalp.

Paul pivota vers l'autre :

— Pedro González. *El Toro*. Trente-cinq ans. D'origine hispanique également. Prétend être son cousin. Évadé dans les mêmes conditions. Recherché pour les mêmes motifs.

Le balafré croisa les jambes. Buste hérissé, il semblait sculpté dans une stèle d'orgueil. Cabrera fit rougir son cigarillo.

— Je sais que vous me comprenez. Vous jouez aux cons, et dans ce pays, personne ne peut vous en empêcher. Alors voilà ce qui va se passer.

Les romanos ne bougeaient pas d'un cil. Ils écoutaient avec, collé aux traits, un masque de fierté. Le jeune lieutenant précisa leur avenir immédiat :

— Vous allez être entendus dans les règles. Vos propos

seront traduits, consignés, et expédiés au parquet dans la foulée. Une procédure d'urgence sera enclenchée. D'abord, le juge d'instruction. Tout de suite après, la prison des Beaumettes. Vous retrouverez vos cellules de Madrid dans trois mois, le temps de régler les détails de l'extradition...

Paul ménagea une nouvelle pause. Il ne se faisait aucune illusion sur les menaces proférées. Macarian, Desruel, ses collègues de la Crime avaient dû utiliser des arguments similaires, sans impact réel sur des dealers aguerris. Mais l'affrontement devait partir de là, une base incontournable pour délimiter le terrain de jeu.

Il cibla son attaque sur Muñoz. Instinctivement, il sentait le grand plus fragile :

— Il y a une autre hypothèse. Moins marrante. Tu veux la connaître ?

L'homme se tendit.

— On te garde chez nous et on te colle toute l'affaire sur le dos, poursuivit le policier. Tu vas croupir trois ans en préventive, le temps qu'on instruise ton affaire. Dans ton cas, ce sera du gâteau. Tu as fourni l'arme du crime et tu n'as pas d'alibi. Tu couperas pas aux assises. Un beau procès, avec jury populaire et tout le bastringue.

Paul fit jaillir une enveloppe. Il étala sur la table les clichés du dossier.

— Imagine un peu ces mères de famille, lorsqu'elles vont se prendre les photos en pleine gueule... Pour toi, c'est perpète assurée. Surtout si on chope pas le maniaque. Il faut toujours un coupable, mec. Crois-moi, ils prendront celui qu'ils auront sous la main.

Le Marseillais bluffait. Il ne pouvait prédire l'évolution du dossier, l'intime conviction des magistrats, des jurés. Il manipulait son client façon Tomasini, tablant sur une réalité dont les prolongements échappaient au manouche.

Il se pencha vers lui, par-dessus la table, et la joua amicale.

— Aide-moi à te sortir de là.

La face du gitan se contracta.

Paul s'approcha encore. Sa voix se transforma en murmure :

— L'enrouleur, tu l'as fourgué à qui ?

Le silence s'épaissit. Une texture spécifique, un condensé de peur. Le flic avança ses pions.

— Marius Ferracci, tu connais ? Un routard. Un Hell's. Il porte des bagues en or et se défonce grave à l'héro. Il deale aussi.

Paul attendit, épaules en avant dans une posture intimidante.

Muñoz ouvrit la bouche. Un grognement monta sur sa gauche. González. Le balafré fixait son cousin, sourcils ratatinés en deux traits de refus.

Le policier laissa glisser. Il recula un peu, de manière à englober les deux tsiganes dans son espace. La phase B s'enclenchait, celle pour laquelle il les avait réunis, celle que les limiers de la Crime n'avaient pu imaginer.

De nouveau, il se remémora l'enseignement de Tomasini.

D'abord, la menace. Insuffler la crainte, avec une dose de plaisir dans la voix. Donner l'impression au salopard qu'on s'éclate. Dans ce registre, le Corse ne forçait pas beaucoup son talent. De plus, et ce point primait le reste, il se payait le luxe de distribuer des sentences. Une justice personnelle, vendetta sans visage aux exécuteurs de brouillard. Tomasini vivait de la rue. Il l'utilisait, la combattait, la protégeait en cas de besoin. Un écheveau de passions antagonistes où s'échangeaient les services.

Cette fois, Paul marchait dans ses traces. Il désigna González de l'index :

— Toi, t'es mort.

Le gitan eut un rictus. Il avait tout compris et ne cherchait plus à le cacher. Il claironna, avec un fort accent espagnol :

— Va te faire enculer.

Le Marseillais contourna la table. Le souvenir du canon braqué sur son nez brûlait encore sa peau. Il saisit le balafré par la tignasse et lui cria à l'oreille :

— Tu n'es rien ! Tu n'existes pas ! L'autre, oui... On a besoin d'un procès, d'un coupable. Mais toi, t'es qu'une merde. On va te relâcher. Avec un contrat sur la tronche. Dans trois jours, t'es froid.

Le visage du manouche dérailla. Paul tirait toujours sa tête en arrière.

— T'es mal tombé, connard. Vraiment mal. Cette affaire, c'est personnel.

Un crépitement ponctua ses propos. La voix du commissaire plana dans la pièce.

— Deux minutes, Cabrera. L'interprète vient d'arriver.

Paul dénoua ses cheveux et s'adossa au mur. Les préceptes du Corse battaient la mesure sous ses tempes.

Après la peur, la transaction, comme une sortie honorable, une alternative aux tourments. L'art de la guerre, actualisé, adapté, en connexion directe avec la violence du troisième millénaire.

Le lieutenant lança à la cantonade :

— Vous êtes grillés, les gars. Carbonisés. Le manège se mettra en marche dès que j'aurai franchi cette porte.

Il passa derrière les manouches et s'immobilisa entre les chaises. Une main sur chaque épaule, il porta l'estocade.

— Soixante secondes, les garçons. Faites tourner vos neurones.

González eut un sifflement.

— Tu peux rien pour nous.

— J'peux faire en sorte que tu crèves. Mais de toi à moi, je préférerais que tu collabores. Jouez le jeu, et je vous lâche.

Le balafré tressaillit. Muñoz s'agita sur sa chaise. Il éructa quelques mots à l'intention de son cousin, des syllabes courtes, ponctuées de jotas frémissantes. González secoua le menton. L'échange s'intensifia, les mots raclant les gorges, crispant les cous.

Le haut-parleur grésilla.

— L'interprète est là.

Paul leva une main.

— C'est fini, les mecs.

Il récupéra les photos et se dirigea vers la porte. Muñoz le harponna à distance.

— Attends...

Le policier se retourna lentement.

— ... J'ai un truc à te dire.

— Je t'écoute.

— La caméra. Tu coupes la caméra.

Paul désigna l'œil mort.

— Y a plus d'espions, ma poule. On est entre nous.

Le gitan devisagea une dernière fois son cousin. Tendu comme un arc, González fixait ses pompes. Muñoz s'adressa à Paul, à la recherche d'une ultime assurance.

— Si je cause, tu nous débranches ?

— J'en ai rien à foutre de vous deux. Tu craches le morceau et j'ouvre la cage.

— On n'était pas au courant pour la gamine. J'te jure. On n'aurait jamais marché dans ce plan.

— Abrège.

— Le type est venu au camp des Saintes, en mai, pendant la Vierge noire. Mais tu te goures. C'est pas celui que tu dis. Il dealait pas et c'était pas un camé.

— Les bagues ? T'as pas vu les bagues ?

— Non. Les routards, j'les connais. Et lui, c'en était pas un.

Paul espéra l'impossible. Le dingue n'avait pas utilisé les services du Hell's pour faire ses courses. Se pouvait-il qu'il soit venu en personne ?

Il rebondit aussitôt :

— Qui c'était ?

Sourire méprisant du manouche.

— Un gadjo. Il parle notre langue et connaît notre histoire. Ça nous a mis en confiance.

L'esprit du policier percuta au quart de tour. Il tenait en joue le bon gibier. Un homme intelligent, capable de s'intéresser à une communauté oubliée, d'en apprendre la langue. Il avait préparé son coup au point de s'immerger corps et âme dans cette culture nomade.

Il ordonna :

— Continue.

— Ce gadjo... C'était bizarre. On aurait dit qu'il était renseigné.

— Je percute pas.

— Nos noms, la cavale, les arènes. Il savait tout.

Le flic croisa les bras.

— Il nous a fait une offre qu'on pouvait pas refuser.

— Quelle offre ?

— Du pognon. Un tas de pognon. De quoi se planquer tranquille pendant six mois.

— Combien ?

— Cent mille euros. Tu imagines le pactole ? Rien que pour lui trouver un outil.

Paul ne s'étonna qu'à moitié. Le profiler avait parlé d'un sujet organisé, cultivé. L'argent pouvait compléter le tableau, comme un moyen mis au service du reste.

— Tu peux le décrire ?

— C'était la nuit. Sur la plage. J'l'ai pas bien vu.

Le Marseillais s'énerva.

— T'avais suffisamment de lumière pour compter ton blé, non ?

— Le fric, on l'a eu plus tard. Quand on a refilé l'enrouleur.

— Et là ? Il est pas venu avec une cagoule quand même ?

— On a déposé le truc sur le parking de la marina. Derrière un muret. On devait attendre un peu plus loin. Il est venu le chercher et a laissé l'enveloppe. J'ai vu que son dos.

L'explication laissait le flic sur sa faim. Mais elle collait au portrait du dingue. Méfiant, rusé, il s'était arrangé pour rester invisible. Paul eut un soupir accablé.

— Sa silhouette. Elle ressemblait à quoi ?

— Grand... Carré. Des cheveux aux épaules.

— La couleur ?

— Jaune.

— Tu veux dire, blond ?

— Non. Jaune. Un truc chimique, une teinture.

Paul écrasa son mégot. La description n'apportait rien. Ou pas grand-chose. Si l'homme se teignait le crâne, il pouvait aussi moduler la longueur de sa coupe. Ou porter une perruque. Quant à la taille, la corpulence, elle s'accordait avec les standards actuels d'une jeunesse bien nourrie.

Il demanda encore.

— Tu te souviens d'autre chose ?

Le gitan se balança sur sa chaise. Il secoua la tête, puis finit par dire :

— Sa voix. Il y avait un problème avec sa voix.

— Lequel ?

— On aurait dit une voix d'enfant. De petit garçon.

Paul tressaillit. La révélation le dérangeait. Il chercha une explication. Le meurtrier avait pu modifier son timbre. Il avait pu pousser le vice jusqu'à maquiller le seul élément identifiable de sa personnalité.

Puis, une autre idée l'assaillit. Elle reliait cette singularité avec le crime, en démontait la mécanique. L'homme souffrait d'une malformation. Un abîme de honte qui l'avait conduit à la folie.

À attaquer une enfant.

Pour se venger du sort.

Le jeune lieutenant maîtrisa son trouble. Un point restait à éclaircir :

— Pourquoi avez-vous essayé de me crever ?

Les manouches échangèrent un regard. La peur rampait sur les visages. Paul insista :

— Vous suez la frousse. On dirait deux tarlouzes. C'est ce type qui vous fout les chocottes ?

L'argument porta. Dans un roulement de gorge, le balafré récupéra la main.

— Écoute bien, putain de poulet. Je crains personne. Ni l'allumé qui a trucidé la gamine, ni toi, ni personne.

— T'es seul, connard. Et ton cousin a tout balancé. Y reste plus que moi si tu veux t'en sortir. Tu veux pas que je te donne un coup de main ?

— J'te l'ai dit. Tu peux rien pour nous.

— Qu'est-ce que tu risques ?

González souffla dans sa chemise. Son visage ressemblait à un masque de terre. Il marmonna tête baissée.

— Moi, c'est pas le problème.

— Qui alors ? Parle !

En une fraction de seconde, l'ambiance se modifia. Accumulée depuis des heures, la tension brisait les résistances à la façon d'une crue. Le balafré s'avachit sur sa chaise.

— Le soir du deal, il y a eu autre chose.

Cabrera esquissa un sourire. Avec les petites frappes, il suffisait d'être patient.

— Je t'écoute.

— Le type nous a demandé d'oublier ce qui venait de se passer et de disparaître.

— Et tu t'es écrasé ?

— J'ai deux *chicos*. Des garçons. Ils vivent à Alicante avec mon père. Cet enfoiré était au courant. J'sais pas comment, mais il le savait. Il m'a dit qu'il les buterait si je déconnais. On allait se tirer quand tu as débarqué.

L'homme racla sa gorge. Des fantômes de terreur dansaient dans ses pupilles.

— Tu peux pas savoir ce dont il est capable.

Sur ce plan, le Marseillais avait une idée des fantasmes du tueur. Il encouragea le manouche à poursuivre.

— Précise.

— Il nous a demandé de le suivre.

— Pour quoi faire ? Vous aviez le pognon, non ?

— Il voulait nous montrer quelque chose. On avait aucune raison de refuser.

L'homme marqua un temps d'arrêt. Il semblait perdu dans un marécage.

— On y est allés. Il avait une sorte de camionnette.

Les pièces se mirent en place. Paul affirma :

— Un pick-up. Avec de la ferraille.

— Y avait un treuil aussi. Comme une dépanneuse. On est montés. On y voyait que dalle. Il a roulé jusqu'au Vaccarès. Il s'est arrêté au milieu de nulle part et...

Le manouche se contracta.

— Bordel... J'ai jamais vu ça. Il avait une valise avec des bocaux... Putain, mec... dedans, c'était plus que des morceaux. Des yeux, des langues, des doigts, j'arrivais pas à être sûr. Tout c'que j'voyais, c'était qu'y se trimbalait avec des morceaux humains.

Une vague de dégoût submergea le flic. C'était donc ça. Le

comportement étrange des tsiganes, cette chape solidifiant leur silence.

Le dingue les avait terrorisés.

La suite n'était pas difficile à reconstituer. Ils avaient communiqué leur terreur au chevillard, aux péons des arènes, puis, paniqués à l'idée de révéler la vérité, n'avaient pas hésité à se farcir un poulet. Ensuite, la solidarité avait joué. Ils s'étaient réfugiés à Marseille, espérant effacer leurs traces avant de s'évanouir dans la nature.

Paul tapota le dos du gitan.

— Respire. On va t'arranger ça.

Il quitta la pièce, l'esprit en ébullition. Pour le signalement, on diffuserait un portrait-robot en croisant les doigts. Pour le reste, la traque se révélait payante. Il possédait sur le tueur une indication cruciale, comme un signe de piste fiché dans son larynx.

Paul passa devant le bureau de Vial, sans s'arrêter. Il lança tout en marchant :

— Donnez-moi cinq minutes.

Le jeune lieutenant avait besoin de réfléchir. Les révélations des manouches à propos des informations dont disposait le dingue l'avaient intrigué. Elles se mettaient en perspective avec les découvertes d'Atavian, ce dossier trop protégé concernant un indic aux doigts d'or.

La traque s'était enclenchée sur la barbarie d'un homme seul. Puis, au fil des découvertes, l'éventualité d'un complice s'était imposée.

Deux allumés, toujours dans le même registre.

Soudain, des ombres incohérentes dansaient autour de ce montage. Un tueur renseigné bien au-delà du vraisemblable, des huiles de la police verrouillant des dossiers.

Tout ça ne cadrait pas.

Pourtant son intuition lui imposait une évidence : chaque élément répondait à une logique.

Il se retrouva à l'extérieur, sans s'en apercevoir. La nuit étendait sa corolle d'ébène sur les platanes de la rue de l'Évêché. À l'ouest, vers le port de commerce, des vestiges de soleil agonisaient en flèches grises.

Paul regarda sa montre. 22 : 09.

Partout, dans les bas-fonds de la ville, les rats entamaient leur ronde chaotique.

Tapi dans leur sillage, Atavian aurait peut-être du nouveau.

5

— Cabrera.

À l'autre bout du réseau, un brouhaha. En surimpression, des grognements :

— Tu perds pas de temps. T'as des antennes ?

Paul jeta un œil distrait sur la rue de l'Évêché. Carrosseries enchevêtrées, concert de klaxons, la nuit dégorgeait un parfum d'impatience, comme une promesse de fiesta. Il demanda, tout en marchant :

— Qu'est-ce qui se passe ?

— Ils l'ont buté.

— Quoi ?

— Le camé. Une bastos dans le dos.

Le flic s'immobilisa.

— Une balance ?

— Même tarif en tout cas. On l'a trouvé à la gare. Il est tombé d'un containeur au moment où les éboueurs ramassaient les ordures.

— Tu es sûr que c'est lui ?

— Cent pour cent. La benne l'a amoché, mais elle a pas eu le temps de réduire les bagouses.

Paul croisa un groupe d'ados. Sapes branchées, les clones masquaient leurs yeux derrière des lunettes noires.

— Qui t'a rancardé ?

— Le scanner. Le signalement correspondait, je suis monté vérifier.

Le hurlement d'une sirène gicla dans l'appareil. Paul tendit l'oreille. La voix du bouledogue hurlait pour couvrir le vacarme.

— Le Samu vient d'arriver. C'est du délire ici. La fête foraine.

Le Marseillais n'écoutait plus. Il songeait à la méthode employée pour bâillonner le Hell's. Une balle dans le dos, le paraphe du Milieu. Le camion-benne laissait penser à une signature symbolique, comme un cercueil approprié.

L'indic avait-il été démasqué ? Une exécution, indépendante de l'enquête ?

Il n'y crut pas plus d'une seconde. Cette mort tombait trop bien, comme un signal, une évidence. Elle confirmait la progression des Beurs et entérinait ses propres déductions.

Le tueur n'agissait pas en solitaire.

Depuis le départ, un complice lui préparait le terrain.

Riad en avait eu la confirmation. Sans doute en serrant l'autre. Et il avait commencé à régler ses comptes. À cet instant, il devait se planquer quelque part pour finir le boulot.

Atavian éructa dans l'appareil :

— Cabrera ? Tu es là ?

— Je gambergeais.

Un grognement vibra dans le combiné.

— On fait quoi maintenant ?

— Tu as vérifié son appart ?

— Parti depuis six mois. Sans laisser d'adresse.

— Et les associations ? Les clubs ?

— Rien sur les fichiers. Il avait dû leur refiler un nom bidon. Les clubs, j'ai pas encore eu le temps de me les faire.

Paul crispa les maxillaires. Cellulaire scotché au tympan, il grimpait maintenant la Montée des Accoules. Des immeubles décrépis, aux façades étroites, des marches de guingois plantées en contrebas des ruelles du Panier. Il s'arrêta sur une plate-forme, carré de béton nu aussi étroit qu'une vigie. Une chape de lassitude écrasait ses épaules.

— Laisse tomber. L'autre est trop malin. Il ne se sera pas montré avec lui.

— L'autre ? Quel autre ?

Le Marseillais s'accroupit, dos au mur. Une chaleur de sauna transperça son débardeur.

— Rien. Je me comprends. Je te rappelle si j'ai besoin d'un coup de main.

Paul ferma le boîtier. L'air lui collait aux pores. Des relents de cuisine agressaient ses narines. Il avait l'impression de se mouvoir en plein milieu d'une décharge.

Il resta ainsi plusieurs minutes, l'esprit en roue libre, le corps en attente.

Riad venait de sceller son sort. En tuant ce camé, il avait franchi le point de non-retour. Lorsqu'on ferait le lien, l'IGPN entrerait dans la danse. Une bande de fafs surexcités, bavant à l'idée d'accrocher un bougnoule à leur tableau de chasse.

Paul quitta son promontoire et reprit le chemin de la Brigade. Les rumeurs de la ville montaient vers lui, portées sur des ailes de chaleur. Dans leur sillage, résonnaient les paroles de défaite du commissaire.

Il stoppa devant sa bécane. L'engin étincelait, un objet familier, rassurant. L'époque des virées avec son pote se reflétait encore sur ses chromes.

Il devait continuer.

Pour Riad. Pour Leïla. Pour lui aussi.

Les données physiologiques fournies par les manouches établissaient un début de réponse.

Demain, première heure, il reprendrait la chasse.

Avec un peu de chance, il arriverait peut-être à temps.

6

Thibaud ouvrit un œil.

Il cligna des paupières, mouvement réflexe afin d'apprivoiser le périmètre. Ses yeux le brûlèrent, il eut l'impression d'une poignée de sable raclant son cristallin. Il se força à fixer la pénombre.

Peu à peu des lignes se dessinèrent. Des arêtes vives, des masses oblongues, des traits coupant l'espace en fragments sombres. Très vite, le gosse comprit qu'il était allongé. Une position habituelle, apprivoisée depuis l'accident.

Il palpa la litière. Une matière rêche, tapissée de poussière. Très différente des draps soyeux de la maison. L'odeur le surprit également. Des remugles de pétrole empoisonnaient chaque particule d'oxygène.

La panique déboula. Et avec elle, le souvenir des dernières heures. Le brancardier l'avait placé dans l'ambulance. Un homme qu'il ne connaissait pas. Grand, avec un visage d'ange, des cheveux courts. Il lui avait souri en attachant les sangles de la civière. Une expression particulière, à la fois fascinante et lointaine.

Sans trop savoir pourquoi, Thibaud avait eu peur.

Avant de démarrer, le géant avait sorti de sa poche une seringue hypodermique. Toujours en souriant, il s'était penché vers le bras de l'enfant. L'aiguille, d'une finesse extrême, s'était enfoncée au creux du coude. En deux inspirations, Thibaud s'était senti partir.

Le gamin n'avait prononcé aucun son, ne s'était pas rebellé. Pourtant, dans un repli de conscience, il avait eu la certitude qu'on lui voulait du mal.

Il s'appuya sur ses paumes. Un rai de lumière filtrait au ras du sol. Il resta ainsi une brassée de secondes, plissant les yeux pour tenter d'accommoder. Les objets se précisèrent. Une table, une bassine, une chaîne enroulée autour d'une poulie. Il suivit les maillons de métal. Le dernier s'accrochait à un bloc compact posé à même le sol.

Thibaud eut un vertige. Il se laissa choir, épuisé par l'effort.

À quoi bon lutter ?

Les rapts d'enfants finissaient toujours de la même façon. On retrouvait les corps étranglés dans un fossé. Ou on ne les retrouvait pas.

Il allait mourir.

Il le savait.

Il flotta ainsi longtemps, à mi-chemin de la réalité, plongé dans un cauchemar peuplé de chaises roulantes, de machines chromées, d'hommes en blanc.

Depuis six mois, il survivait. Fracture de la colonne vertébrale en D12 avec section de la moelle épinière. Paraplégie. Un diagnostic sans appel. Plusieurs fois, Thibaud avait voulu en finir. Seul le regard de sa mère l'en avait dissuadé. Maintenant que l'échéance approchait, il ressentait comme une libération, un soulagement.

Elle ne lui en voudrait pas.

Ce ne serait pas sa faute.

Un grincement le fit tressaillir. Il ouvrit les yeux, cherchant à localiser la source sonore. En vain. La pièce semblait abandonnée à elle-même, un sarcophage à l'intérieur duquel il reposait.

Un frottement aiguisa ses sens à nouveau, comme un bouchon de liège sur du papier de verre. Il se redressa à la hâte et cala son dos contre le mur. Le bruit se reproduisit, régulier, clair maintenant. Thibaud eut la sensation que quelqu'un se mouvait dans l'obscurité.

Il attendit, pétrifié.

La présence contournait la paillasse. Un instant, le jeune garçon crut distinguer une silhouette élancée, des formes souples. Son ravisseur. Il l'observait, humait son odeur.

Que lui réservait-il ?

Une piqûre agaça son épaule. Thibaud sursauta. Dans la seconde, l'écran s'éteignit.

Lorsqu'il se réveilla, Thibaud était debout. Une lumière crue agressait ses rétines, révélant une pièce aux parois cotonneuses. Les objets devinés dans la pénombre se découpaient avec précision. Du métal, de l'inox, des reflets gris, lamés de blanc.

Il étouffa un gémissement. Ses bras le tiraient atrocement, de même que ses épaules. Des morsures froides déchiraient sa peau, il avait la sensation d'être écartelé. Il essaya de changer de position, mais quelque chose l'en empêchait. Il inclina la tête vers l'arrière. Des chaînes accrochées au plafond entravaient ses poignets, tendant son corps dans le vide à la façon d'une arbalète.

Thibaud ne se rendit pas tout de suite compte qu'il était également maintenu par les chevilles. Ses jambes, insensibles, n'existaient pas. Lorsque sa tête retomba, il découvrit l'ampleur du dispositif.

Et en même temps, qu'il était nu.

Un projecteur s'alluma. Le gosse plissa les paupières, ébloui. Il entendit d'abord un claquement, comme le son d'une touche qu'on enfonce sur un magnétophone. Puis un visage apparut, en contre-jour, dissimulé par l'orgie de lumière. Thibaud ne discernait pas son relief, juste ses contours avachis. Il songea à un masque, une pantomime grotesque vendue dans les magasins de farces et attrapes.

Les traits de latex vinrent se planter dans son regard.

Et là, il comprit.

La chose qui le fixait avait recouvert son visage d'une cagoule de peau. Une face amorphe, molle, plaquée telle une grimace odieuse sur deux yeux fixes. De la racine des cheveux à la pointe du menton, les bordures impeccables semblaient avoir été découpées au scalpel. Seule la base du cou flottait dans un flou artistique.

Un hurlement cisailla son larynx. Il se débattit, entaillant ses poignets en profondeur. Son tortionnaire tendit le bras vers la table. Un reflet de mercure étincela dans sa paume emmaillotée de plastique vert.

Jusqu'à mi-corps, Thibaud ne sentit rien. Il regardait, halluciné, l'homme retrousser sa chair à l'aide d'un cylindre métallique. La poulie tirait sur ses bras, pendant que son corps se tordait au rythme des mâchoires crantées. Très vite, ses jambes ne furent plus qu'un torchis rouge.

Il perdit connaissance.

La parenthèse se referma aussitôt. Thibaud jaillit du brouillard en sursautant, avec l'impression qu'une vague d'acide enflammait ses artères. L'homme lui tapotait la joue, une seringue unidose coincée entre les doigts. Après s'être assuré que l'enfant était parfaitement conscient, il poursuivit sa besogne.

C'est au niveau du nombril que le gamin perçut les premiers picotements. Des fourmis rouges le mordillaient de l'intérieur, grignotant les couches profondes de l'épiderme. Il ne souffrait pas à proprement parler. Pas encore.

Il était terrifié.

Ses hurlements redoublèrent. Des larmes inondaient ses joues. Il suppliait, à mots hachés, incohérents.

L'enrouleur atteignit la zone innervée.

Un raz de marée submergea le gamin. Une souffrance absolue, impossible à isoler dans une partie précise de l'organisme. Son corps brûlait, rongé dans chaque cellule par un tisonnier chauffé à blanc.

Un moteur ronflait quelque part. Il l'entendit à peine. Ses cris couvraient les coups sourds des pistons. Le cylindre tournait sur son axe. Il remontait le thorax, arrachant la couenne centimètre par centimètre.

Thibaud ne sentit pas l'aiguille qui s'enfonçait dans son cou. Pas plus qu'il ne réalisa ne pas perdre connaissance. Seule la douleur l'accaparait. Elle avait chassé de son esprit toute parcelle de conscience.

Le supplice dura vingt minutes. Le bourreau ménageait des pauses, intercalant atropine et oxygène pour maintenir sa victime éveillée. Il utilisait son matériel avec dextérité, veillant à ne pas abîmer la peau tout en obtenant une souffrance maximale.

Lorsqu'un parpaing lui éclata le crâne, le corps de Thibaud n'avait plus rien d'humain. Les muscles mis au jour ressemblaient à des pièces de boucher. Par endroits, une saillie osseuse lançait un sourire blanc. Son visage prélevé au scalpel s'étirait sur la table, à côté des lambeaux de chair qui avaient habillé son être. Seules les extrémités avaient été épargnées, laissant dans le magma un souvenir de dignité.

Sa dernière pensée fut dédiée à sa mère.

L'enfant n'espérait qu'une chose : qu'elle n'ait pas à venir l'identifier.

IX

1

La planque était brûlée.

Ils devaient trouver un endroit sûr, hors de portée des commandos qui venaient de faire voler leur stratégie en éclats. De là, ils pourraient rebondir, éclaircir le mystère, reprendre la traque.

Dans ce contexte aux parfums de gangrène, un impératif primait pourtant sur tous les autres.

Trouver un toubib et raccommoder Riad.

Le Beur eut un haut-le-cœur en descendant de la voiture. Le sang avait cessé de couler, laissant une marque noire dont le contour virait au jaune. Le pus entamait son travail, corrodant la blessure à la façon d'un acide.

Il s'accrocha à son frère. Chaque pas lui arrachait une plainte. Il vacillait, perdu dans une poussée de fièvre où crépitaient des images fracturées. Le corps de Lanteau, avachi dans ses matières fécales ; les blessures franches, juste à la hauteur du cœur ; la tornade de feu déchiquetant le studio de la rue du Tapis-Vert ; les gorilles équipés de lunettes thermiques, d'armes lourdes. Enfin, au milieu de ce déchaînement, de ce fracas de fer, les traits ensanglantés de son unique enfant, un sourire triste en bandoulière.

Il entendit à peine les phalanges du truand cogner à la fenêtre. Aussitôt, une voix fébrile s'éleva à l'intérieur du bâtiment, un cube de briques érigé en bordure de route.

— Qui c'est ?

— C'est moi... Kader...

La porte s'ouvrit sur une plaine de broussailles. Des cheveux drus, courts, plantés telles des racines jusqu'au milieu du front. Dans leur continuité, des sourcils de charbon, épais comme des fagots. Une barbe hirsute mangeait le reste du portrait.

Karim Djouadi n'avait rien d'un médecin. Il ressemblait plutôt à un supporter de l'OM, en caleçon sale et maillot aux couleurs du club, se relevant avec peine d'une défaite oubliée dans la bière. Riad eut le sentiment qu'il n'avait pas frappé à la bonne porte.

Djouadi chuchota :

— Entrez... Vite !

Ils s'engouffrèrent dans un hall clair, au sol recouvert de linoléum. Des chaises en PVC couraient le long des murs, reliées par une barre d'acier. Jouxtant l'entrée, une table ronde, soudée au plancher par deux pattes de métal. Une banque écrue complétait le mobilier, rayée de part en part. Les meubles semblaient faire corps avec la structure, comme des excroissances taillées dans la même veine. Le policier eut l'impression d'un endroit fortifié, aménagé pour résister aux pillages.

Le supporter balaya la rue d'un regard de furet. Ses mains s'agitaient pour suggérer le silence. Au bout d'une bonne minute, il verrouilla la serrure et fit signe aux deux frères de le suivre.

Ils longèrent un couloir et débouchèrent sur une pièce blanche, pavée de céramique bleu pâle. Une table en inox brillait en son centre, surmontée d'une lampe scialytique. Aucune fenêtre.

Plutôt qu'à un bloc opératoire, Riad songea à une salle d'autopsie, ou d'expérimentation. De plus, un détail égratignait la logique. Empilées dans un coin, des cages d'acier ajouraient leurs barreaux en flèches vives.

— Ici, on sera tranquilles, annonça Djouadi.

Il s'avança vers Kader, bras ouverts. L'accolade fut appuyée.

— Content de te savoir parmi nous.

— Pas autant que toi. Je commence à me demander si je n'aurais pas mieux fait de me faire oublier aux Beaumettes.

Sourire malicieux du barbu.

— On vit tous dans une prison. Le tout est de la choisir.

Le truand eut un hochement de tête. À cet instant, une complicité intemporelle semblait unir les deux hommes.

Il désigna Riad.

— Tu peux arranger ça ?

Djouadi chaussa une paire de lunettes en plaqué or. Il planta son nez sur la plaie.

— Magnum ?

— Fusil d'assaut. Balle perforante. Je crois qu'elle a traversé.

Djouadi prit le bras de Riad avec délicatesse.

— Allongez-vous. J'ai besoin de plus de lumière pour vous examiner.

Le Beur s'étendit sur l'inox avec peine. Il claquait des dents, des frissons assaillaient sa nuque. En s'allongeant, il ne savait pas ce qu'il redoutait le plus : le verdict du barbu, ou son intervention.

Djouadi contourna la table. Il enfila une blouse maculée de traces rouges et farfouilla dans un tiroir. Des cliquetis résonnèrent dans la pièce.

Du fond de son brouillard, Riad crut percevoir un grognement. Très vite, la plainte monta en puissance pour se transformer en aboiement.

— Couché, mon beau. On n'en a pas pour longtemps.

Djouadi s'était exprimé d'une voix calme, sans aucune trace de crainte. Il extirpa une trousse stérile tout en débitant à la cantonade :

— Un pitbull. L'été, j'en opère deux par semaine. Des

morsures larges comme des ballons de foot. Remarque, j'ai pas à me plaindre, les proprios payent en liquide et me donnent des tuyaux sur certains combats.

Les dernières résistances de Riad s'effondrèrent. Il puisa dans ses forces pour demander :

— Vous... Vous êtes vétérinaire ?

Le barbu alluma la lampe d'opération.

— Kader ne vous l'a pas dit ?

Riad tourna un regard de tourment vers son frère. Le truand se tassa dans ses pompes.

— On n'avait pas le choix.

— Merde, c'est quoi cette blague ? Et qui c'est ce type ?

— Je te donnerai son CV une autre fois. Il est compétent, c'est tout ce qui compte.

— Et des médecins compétents ? Ça doit bien exister, non ?

— Trop risqué. On ne peut pas se payer ce luxe. Personne ne songera à un véto. Et Karim n'est pas dans le circuit.

Le flic poussa un soupir. Les miroirs de la lampe concentraient la lumière sur la plaie. Djouadi stérilisa ses mains à l'alcool et enfila des gants.

— Détendez-vous. Vous ne sentirez rien.

Il administra à Riad un anesthésique local. Xylocaïne. Plusieurs piqûres, en arc de cercle, autour et à l'intérieur du cratère. Très vite, le flic oublia la douleur. Restait seulement la sensation d'un bras mort, d'un corps étranger greffé sur son thorax.

Le vétérinaire attendit quelques secondes avant de saisir une paire de ciseaux à spatules recourbées. Il commença à découper la chemise. Des lambeaux de tissu filaient vers la poubelle, imprégnés de sang jusqu'à la trame. Une fois la chair à nu, il saisit des pinces et nettoya la plaie à l'aide d'un coton gorgé de produits antiseptiques.

Riad avait fermé les yeux. Il naviguait aux frontières de la conscience.

Kader choisit cet instant pour s'approcher. Une fosse d'inquiétude creusait ses traits.

— Alors ?

Le vétérinaire parla d'un trait, yeux rivés sur l'excavation.

— Le projectile a traversé l'épaule de part en part. Les artères ont été épargnées. Un miracle. La clavicule paraît saine. Il faudrait quand même faire une radio.

— T'es équipé ?

— Pas pour ce genre de prise.

— Tant pis. Tu le rafistoles et on se casse.

— Ce sera du provisoire. D'ici quarante-huit heures, il risque une infection.

— Fais au mieux. Je me débrouillerai.

Le truand extirpa un cellulaire de sa poche. Il s'éloigna un peu pour envoyer l'appel.

— Saïd, c'est Kader.

La voix du parrain siffla dans le combiné, mauvaise.

— Tu as vu l'heure ? Je t'ai dit que je te ferais signe si j'avais du nouveau. Je ne peux pas te parler maintenant.

— Rien à foutre de tes problèmes. J'ai une urgence. Il faut que tu me planques.

— Quoi ?

— Envoie une voiture à Allauch. Chemin de Vallon-Vert. Numéro 546.

— Tu délires ?

— Pas encore. Mais tu peux me faire confiance. Si tu me laisses tomber, ma fièvre sera contagieuse.

Kader put presque entendre les dents du vieux loup grincer dans l'appareil.

— Dans trente minutes. Une Volvo noire. C'est Mustapha qui conduira.

— Qui ?

— Le Black. Tu l'as vu à la boîte. Il te connaît.

— Trente minutes, Saïd. Et pas d'embrouilles.

Il mit fin à l'échange et rejoignit la salle d'opération en courant. Djouadi s'escrimait sur un tuyau de plastique qu'il tentait de fixer dans la blessure.

— J'ai désinfecté la plaie. Je lui place un drain en attendant. En comprimant le tout et avec les antibiotiques, ça devrait tenir.

— T'es un chef.

Le vétérinaire eut un mouvement de menton. Des perles de sueur humidifiaient ses tempes. Il posa un pansement Élastoplast et immobilisa le bras à l'aide d'une attelle. D'une voix neutre, il demanda :

— C'est qui ce type ?

Kader répondit avec réticence.

— Mon frère.

Le vétérinaire regarda la barbe qui mangeait les joues de Riad.

— Il est des nôtres ?

— Non... Mon jeune frère. Le fils de mon père.

2

La Volvo avalait la pénombre.

Mustapha, costume noir sur peau d'ébène, la manœuvrait d'une main experte entre les nids-de-poule et les branches abîmées. Assis à l'arrière, Kader soutenait Riad et s'accrochait au fauteuil.

Comme convenu, le gorille de Saïd les avait réceptionnés devant la clinique. Ils s'étaient engouffrés dans la berline sans prononcer un mot.

Jusqu'à la route de Luynes, Kader s'était facilement repéré. Ils avaient quitté Allauch, traversé Plan-de-Cuques et contourné la chaîne de l'Étoile par la D 908. À Cadeville, ils avaient bifurqué pour remonter vers Gardanne. Les communes s'étiraient dans une campagne silencieuse, remise au goût du jour à coups de zones industrielles clinquantes, de ZUP tentaculaires et de permis de construire bidon.

De nuit, on avait l'impression de traverser un naufrage. Les vieux se terraient dans les villages, recroquevillés sur leur rancœur. Les jeunes se tassaient dans des cités-dortoirs ou des pavillons de carton-pâte, abrutis par l'opium cathodique.

Des coins de néant, parfaits pour se faire oublier.

Au bout d'une demi-heure, ils avaient atteint Luynes. Kader commençait à se sentir nerveux. Aix approchait et il se demandait où le conduisait le Moricaud. Abdou lui avait-il passé la consigne de les liquider ? La Lame n'était qu'une planche pourrie. Un tordu aux réactions imprévisibles dont la fréquentation des politiques n'avait qu'accru le vice.

Soudain, après un pont de chemin de fer, ils s'étaient engagés sur une voie vicinale. Dans le vertige des phares, l'ancien braqueur avait deviné une plaque toute neuve, marquée de lettres blanches : chemin de la Blaque. Un cordon de goudron bordé de mas restaurés, de bois touffus, de gouffres d'ombre.

Le lieu suait le fric.

Puis, la berline s'enfonça sur un filin de terre. Le chauffeur ralentit. Ils roulèrent encore dix minutes sous une voûte de pins parasols, tous phares éteints. Riad gémissait à chaque secousse.

Mustapha freina devant un portail, masse de métal plein surmontée de deux caméras. Il actionna une télécommande. Une borne rouge s'alluma, giflant la nuit d'éclairs de sang. La Volvo remonta une allée de graviers, à peine éclairée par la réfraction lunaire.

Le Noir fit deux appels de phares. Un bloc rectangulaire se découpa dans le halo jaunâtre. Massif, des murs hauts, des volets clos.

Une forteresse.

Derrière son armature, la nuit semblait encore plus dense. Un morceau de néant, comme un gouffre sans étoiles.

Une silhouette se découpa sur le perron. Elle battait la semelle d'un pas sec, vêtue de clair.

Saïd.

Kader s'extirpa du piège d'acier et s'avança vers lui :

— T'as pas traîné.

— Tu m'as parlé d'urgence. Normal que je rapplique.

Les regards s'affrontèrent. Kader désigna le siège arrière de la berline.

— Donne-moi un coup de main. Mon frangin a une bastos dans l'épaule.

— Ton frère ? Tu ne m'avais jamais dit que tu avais un frère.

— Il y a plein de choses que je ne t'ai jamais dites.

La Lame se courba vers l'habitacle. Riad gisait sur le cuir, plus blanc qu'un linge.

— Il a pas l'air en forme ton frangin.

— T'en fais pas pour lui. Il en a vu d'autres.

Le vieux harki haussa les épaules et fit un signe à l'intention de son garde du corps. Il alluma une torche électrique et entraîna Kader dans l'entrée.

Ils pénétrèrent dans une absence. Aucun mobilier, aucune lampe, rien. Dans le faisceau de lumière, les murs trop lisses semblaient éblouissants à force d'être blancs. Une odeur de solvant embaumait l'air.

— La villa doit être livrée lundi, déclara Saïd.

— Tu donnes aussi dans le bâtiment ?

— T'occupe. Je te laisse quarante-huit heures.

Le truand respira mieux. La Lame avait décidé de payer sa dette. Jusqu'à quel point ? Il questionna :

— Et après ?

— Tu gicles.

L'issue était sans surprise. Le mafieux dévisageait son ancien complice d'un air provocateur. À prendre ou à laisser. Kader savait qu'en obtempérant, le vieillard avait déjà repoussé ses limites à l'extrême.

Il lança une œillade à Riad, étendu à même le sol, et revint aussitôt vers la Lame.

— Ça ira pour la piaule.

Le harki eut un sifflement.

— Qu'est-ce que tu veux dire ?

— On avait passé un accord, Saïd. Ta vie, contre des infos.

— J'ai rien.

— Sois plus persuasif, vieux brigand. Tu magouilles avec la

flicaille et les politiques te mangent dans la main. Si t'as rien, c'est que t'as pas cherché.

Kader fixait le parrain. L'homme soutenait son regard.

— Je ne connais personne à la Crime. Je t'avais prévenu. Quant aux juges, ils se rongent les doigts. Aucune commission rogatoire n'est rentrée depuis une semaine.

Kader lissa sa barbe.

— Les flics n'ont pas de piste ?

— Ça y ressemble. D'après des bruits de couloir, la chancellerie fait pression pour confier l'enquête aux gendarmes. Une cellule homicide, avec des cadors d'Aulnay-sous-Bois.

La révélation laissa le braqueur de marbre. La course contre la montre devenait accessoire. Quant à la vengeance de son frère, elle passait au second plan. Il espérait seulement trouver un élément l'éclairant sur la fusillade du Tapis-Vert.

— Des armes de guerre, tu connais des clients pour ce genre de matos ?

— Beaucoup de monde.

— Sois plus clair.

La Lame eut un sourire de fiel.

— Tes nouveaux amis. Les purs... Tu devrais leur demander. Ils en connaissent un rayon sur le sujet.

Kader ne releva pas. Les armes qui transitaient par les réseaux islamistes suivaient un tout autre parcours. Et pour l'instant, la France n'était pas sur le trajet. En questionnant Abdou, il suivait une autre piste : celle de tueurs professionnels remplissant un contrat.

Qui les avait engagés ?

Pourquoi voulait-on éliminer Riad ?

Il croisa les bras et reprit avec insistance :

— Creuse tes méninges. Des Famas à numéros limés et visée laser. Avec en prime des lunettes thermiques. Ce genre de bestiole, c'est pas courant.

Abdou se gratta le menton, comme habité par un élan de clairvoyance.

— Ouais... Actuellement la mode est aux kalachnikovs. Des stocks datant de la guerre de Tchétchénie, écoulés par la mafia russe à partir de Nice. Des Famas, j'ai jamais entendu personne en demander.

— Pourtant, il y en a qui circulent.

— Qu'est-ce que tu veux que je te dise ? Je contrôle pas le marché.

Kader soupira. Il avait l'impression d'arracher chaque réponse aux forceps.

— Tu vas te renseigner. Je veux savoir si des armes ont été volées, si c'est une commande, et qui l'a passée.

— C'est absurde.

— Quoi ? Qu'est-ce qui est absurde ?

— De voler des Famas. On peut avoir bien mieux sur le marché parallèle. Et sans prendre autant de risques.

L'évidence de la déduction ébranla le braqueur. Détourner un stock de fusils-mitrailleurs à l'armée nécessitait une logistique complexe impliquant des complicités internes. En soi, une opération de haute voltige, dont les retombées devaient être à la hauteur du défi.

Qui avait pu valider une telle option ?

Abdou eut un plissement de paupières. Les doutes de Kader ne lui avaient pas échappé. Il questionna :

— Tu joues à quoi cette fois ?

La réponse fut comme une gifle.

— Cherche pas. Renseigne-toi, c'est tout ce que je te demande.

Une plainte s'éleva. Riad levait une main pour faire signe à son frère d'approcher. Kader s'agenouilla à son chevet.

— Le toubib, souffla Riad. Parle-lui du toubib...

Le truand caressa le front moite. La fièvre était montée d'un cran.

Il revint vers la Lame, visage aussi fermé qu'un goulag.

— Encore une chose. J'ai besoin de renseignements sur un médecin. Un psychiatre qui exerce à Lyon au centre des Glycines. Le Dr Nicolet.

— Lyon ? Tu crois que j'ai le bras aussi long ?

— Fais pas le modeste, Saïd. Un psy. Pour toi, c'est du gâteau.

Abdou se rengorgea. Les injonctions de son ancien complice semblaient lui faire l'effet de piqûres de guêpes.

— Je vais voir ce que je peux faire.

Kader posa une main sur son épaule.

— Je veux de la bombe, Saïd. Pas une copie de l'annuaire médical. Trouve-moi sa part d'ombre. C'est là que t'es le meilleur.

La Lame se dégagea. Il fit un signe de tête à son gorille et se dirigea vers la sortie. Sans ménagement, il lança la torche.

— Économise les piles. L'électricité sera branchée lundi.

Sur le pas de la porte, il cracha d'une voix mauvaise :

— Après, faudra plus rien me demander. Tu pourras me balancer ta fatwa si ça te chante. De toute façon, je te saignerai à blanc avant de sauter.

3

Kader se réveilla en sursaut.

Des crissements sur le parvis. Le bruit de pneumatiques écorchant le gravier.

Deux véhicules. Trois peut-être.

Des portières claquèrent.

Il saisit son arme. Un rai de lumière blanche filtrait au travers des volets, révélant en demi-teinte le lieu où il avait passé la nuit. Vide, clair, un refuge anonyme dans une villa sans passé.

Coup d'œil rapide. Riad dormait toujours, couché en chien de fusil sur une mer de marbre.

Le truand s'approcha de l'entrée, plaqua ses épaules contre le mur, chien relevé. L'idée qu'Abdou les avait balancés aux flics l'obsédait. La Lame était un malin. Il possédait maintenant assez d'éléments pour reconstituer le puzzle. Et en tirer profit.

Des pas. Des ombres coupant l'interstice de clarté laissé par les volets. Les malabars qui avaient mitraillé son frère ? Une autre équipe, accrochée à leurs traces tels des rémoras affamés ?

Une voix éraillé transperça son angoisse.

— Kader ! C'est moi !

— Saïd ?

— Reste calme. Je vais entrer.

Une clef tourna dans la serrure. Aussitôt, un soleil de bauxite s'engouffra dans la pièce, balayant des volumes aériens, des voûtes en ogive, un luxe d'espace redéployé à partir des murs maîtres.

Le truand abaissa son canon en découvrant Abdou. Le mafieux arborait un costume gris perlé, rehaussé par l'éclat fluorescent d'une cravate canari. Un homme aux cheveux poivre et sel l'accompagnait, tiré à quatre épingles. Sous des airs de playboy, une allure de ministre. Le garde du corps verrouillait la sortie, statue d'ébène dans la pâleur de l'aube.

La porte claqua. La pièce s'enfonça à nouveau dans la pénombre.

— Bien dormi ?

— Quelle heure est-il ?

— 7 heures 15. Réveille ton frangin et ouvrez vos oreilles. On reste pas.

Kader coula un regard vers son frère. Riad avait décollé les paupières et redressait sa carcasse.

Abdou enchaîna, menton pointé vers le ministre.

— Vincent. Il devrait pouvoir vous aider.

L'homme hocha la tête en souriant. Maintien altier, front intelligent, une impression de puissance suintait de tout son être, rehaussée par un nez d'aigle aussi busqué qu'une arquebuse. Une huile, habituée aux luttes à mort, aux alliances de soufre.

Kader tendit la main. Vincent ne la prit pas. Il se contentait de sourire.

La rebuffade n'étonna pas le truand. Le type lui avait refilé un prénom en bois. Il resterait en retrait et protégerait son identité.

La Lame s'avança. Ses épaules décharnées soutenaient sa veste à la façon d'un portemanteau.

— On va commencer par le plus simple. Aucune commande de Famas n'a jamais été passée par le grand banditisme. Ni de près, ni de loin.

Le verdict ne surprit Kader qu'à moitié. Ses heures de gloire dataient d'une autre époque, mais il se souvenait des préceptes de base. Aller au plus simple. Utiliser des armes de série, si possible étrangères. Les caïds braquaient utile et efficace. Ils ne se seraient pas compliqué la tâche avec ce genre de galère.

— Qui alors ? Des indépendants ?

— Impossible.

— Pourquoi ?

— Ce type d'opération, tout le monde est au courant. Je me suis renseigné côté officiel. Les stocks sont intacts.

Kader digéra la pilule. Les armes utilisées par les flingueurs ne provenaient pas d'un braquage. L'espoir de remonter aux commanditaires s'effritait.

Il extirpa son chapelet et le manipula. La trogne mal dégrossie des tueurs emplissait ses rétines. Une allure de commandos, un physique massif, forgé par la fréquentation régulière des salles de sport. À l'évidence, des professionnels du combat.

Une hypothèse se dessina, à laquelle il n'avait pas osé songer.

Des militaires. Les colosses coupés en brosse n'étaient pas des tueurs sous contrat mais des soldats, unité spéciale ou une connerie de ce style.

Il chercha Riad du regard.

D'un clignement de paupières, son frère lui confirma qu'ils étaient sur la même longueur d'onde. Il avait suivi un cheminement similaire, le conduisant dans une impasse aussi absurde.

Kader décida d'abandonner cette option. D'un mouvement lent, il se tourna vers la Lame.

— Tu dis qu'il n'y a eu aucun vol ?

— Aucun.

— Hormis l'armée, qui pourrait utiliser ces fusils ?

— *A priori*, personne.

— Pourquoi *a priori* ? Tu n'es pas certain ?

Abdou se frotta les mains. Sa couenne flétrie émit un son de papyrus.

— Les Groupes d'intervention régionaux. T'as pas entendu parler ? Le nouveau joujou du ministère de l'Intérieur. La maréchaussée unie à la flicaille pour le meilleur et pour le pire. Depuis l'année dernière, ils ont mis en commun leur logistique. Locaux, matériel. On se demande si elles pieutent pas ensemble ces tarlouzes.

Des flics. Le tableau devenait plus cohérent. Par le biais des GIR, ils avaient pu utiliser des armes attribuées en principe à la gendarmerie.

Pourtant, cette débauche de moyens ne cadrait pas avec l'enjeu.

Pourquoi des flics auraient-ils cherché à supprimer l'un des leurs ? La chasse à l'homme enclenchée par Riad ne suffisait pas à expliquer ce bain de sang.

Le braqueur laissa passer quelques secondes avant de lancer :

— Le psy ? Tu t'es rancardé ?

Abdou rajusta sa cravate, comme s'il voulait s'assurer de sa présence. Il décocha un sourire mielleux au ministre.

— Je vous laisse la parole, cher ami.

Vincent laissa passer une brassée de secondes. Il semblait savourer son importance à la façon d'un chocolat. Les mots tombèrent un à un, détachés, façonnant un débit pompeux à la limite du supportable.

— Richard Nicolet... Ce type me surprendra toujours.

Calé contre le mur, Riad tendit l'oreille. Vincent apprécia son effet avant de poursuivre.

— Est-ce que je peux vous poser une question ?

Le truand se raidit. Il apostropha Abdou.

— C'est quoi ce guignol ? Je croyais que tu me l'avais amené pour nous rancarder.

La Lame blêmit.

— Ferme ta grande gueule avant que je change d'avis et que je me casse.

L'officiel fit mine de ne pas prêter attention à la rixe. Il fixait son interlocuteur avec un air de conspirateur.

— Je me demandais comment vous aviez rencontré Nicolet.

— Aucun intérêt pour toi.

— Vous me laisserez en juger, si vous voulez bien.

Le grain de voix désarçonna le braqueur. Ferme et courtois à la fois. Le rupin renvoyait un ascenseur à Abdou, il tenait à choisir l'étage. Il fallait lâcher du lest.

— Disons que nous nous intéressons à la même personne.

— Précise.

— Un de ses pensionnaires.

L'homme appuya un regard vers Riad.

— Cette blessure, j'imagine que c'est lié.

— Qu'est-ce que ça peut te foutre ? rugit Kader. On a...

Le policier interrompit son frère d'un signe de main.

— Vous voulez savoir où vous mettez les pieds, n'est-ce pas ?

— Les pieds, et le reste.

Intuitivement, Riad avait capté l'aura du grand fauve. Vincent n'était pas là par hasard. Pas à cette heure matinale. Nicolet l'intéressait.

S'il avait accepté de rencontrer un braqueur, ce n'était pas pour faire plaisir à Abdou.

Mais pour se renseigner.

Le policier prit une inspiration et lâcha d'un trait :

— Dites-moi ce que vous savez sur Nicolet. Ensuite, je répondrai à vos questions.

— Vous pensez être en position d'imposer les règles ?

— Non. Mais je peux éclairer votre lanterne. Prenez ça comme un échange.

Vincent cambra ses épaules vers l'arrière, fixant tour à tour le blessé et Kader. Il esquissa un sourire et susurra :

— Quelle garantie m'offrez-vous ?

— Ma parole. C'est tout ce qu'il me reste.

Il eut un soupir de lassitude.

— Bien... Que voulez-vous savoir ?

Riad s'était relevé. Il s'approcha.

— Tout.

— Tout ? Êtes-vous certain d'avoir l'esprit assez large ?

Le flic eut un rictus.

— Ne vous inquiétez pas. Mon esprit s'est dilaté depuis quelque temps.

Vincent enfourna ses mains dans les poches de son pantalon.

— Alors, allons-y.

4

— Richard Nicolet est né en 1952, à Valenciennes. Ce qui lui fait, si mes calculs sont exacts, cinquante et un an. Milieu bourgeois, bac à seize ans. Section scientifique, le C de l'époque. Il décroche une mention très bien, avec dix-huit et demi de moyenne.

Le dénommé Vincent arpentait la pièce vide à pas mesurés. Sa silhouette se découpait en clair-obscur sur les murs blancs.

Riad masqua mal sa surprise.

— Un surdoué ?

— Très probablement. Le dossier ne contient rien sur ce point, mais son parcours permet d'envisager un QI hors norme.

— Le dossier ?

— Un pavé. Vingt centimètres d'épaisseur. Nicolet n'est pas n'importe qui. Beaucoup de gens se sont intéressés à lui. Nous les premiers.

— Vous ? Qui vous ?

L'homme se cabra.

— Vous n'avez pas besoin de le savoir.

Riad essaya de situer son interlocuteur. Un flic, Renseignements généraux ou DST ? Un médecin ? Impossible de lui coller une étiquette. L'allure soignée prouvait seulement qu'Abdou frayait dans tous les milieux.

Vincent continuait.

— Nicolet monte à Paris pendant l'été 1968. Pour lui, les événements du mois de mai ne sont qu'un épiphénomène. C'est un adolescent timide, introverti, et de toute façon, il est déjà trop tard. Les étudiants ont quitté les rues du Quartier-latin pour rejoindre les salles de cours. Septembre. Nicolet se met au travail. Deux années de Prépa à Janson-de-Sailly. Math sup, Math spé, pour aborder les grands concours. Ses parents le subventionnent. Il ne les déçoit pas. Polytechnique, Saint-Cyr, Ponts et Chaussées. Il est reçu aux trois.

— Et il fait médecine ?

— Pas tout de suite. Il intègre d'abord Polytechnique et s'installe à la Montagne-Sainte-Geneviève. Service militaire, formation scientifique multidisciplinaire, le jeune provincial se plie à la rigueur des élites. Après une scolarité brillante, il sort dans la botte. Il n'a pas encore vingt-trois ans.

Le cravaté aux allures de ministre marqua une pause, comme s'il voulait mesurer l'attention de son auditoire. La qualité du silence lui donna le feu vert.

— En fait, tout ça est secondaire. Pendant sa formation, Nicolet fait un stage au ministère de la Recherche scientifique. C'est là qu'il attire réellement notre attention. Il côtoie des énarques, des chercheurs, des ingénieurs. Il n'a pas encore trouvé sa voie. C'est une rencontre qui la lui trace.

— Un médecin ?

— Un hypnothérapeute.

— Quoi ?

— Un spécialiste de la suggestion.

Riad sentit un pain de glace lui écraser les reins. Le regard étrange de Nicolet, lors de leur rencontre, brillait encore dans sa mémoire. Il avait eu le sentiment que le psychiatre lisait à travers lui.

Vincent racla sa gorge avant de poursuivre :

— Claude Priquart. Psychanalyste, disciple de Chertock et analysé par Lacan. Il n'est pas médecin, ce qui lui donne une liberté de manœuvre bien plus grande.

— Pour ?

— Travailler sur un programme de recherche baptisé INC-IV. Une approche de l'inconscient par la voie hypnotique. À l'époque, les découvertes en matière de neurosciences restent parcellaires. Les molécules telles que benzodiazépines ou Alprazolam en sont à leur balbutiement. Le Prozac n'existe pas. Le coût des hospitalisations est trop élevé et les asiles sont montrés du doigt par des intellectuels partisans de l'antipsychiatrie. Il faut trouver des solutions alternatives.

« Beaucoup de scientifiques se sont intéressés à l'hypnose depuis Charcot et Freud. Ils y voyaient une solution pour ouvrir les portes de la boîte noire en diminuant les résistances du patient. L'inconscient, livré sur un plateau. De la même façon que la psychanalyse, à laquelle elle est associée, l'hypnose a déchaîné les passions. Les écoles se sont succédé, affrontées, chacune émettant sa théorie, propre à minimiser celles des autres et à revendiquer la légitimité de son approche. Côté médecins, les mots n'ont pas manqué pour tenter de discréditer cette voie thérapeutique.

Riad suivait les méandres du discours avec curiosité. Sa connaissance de l'hypnose se limitait à une soirée dans un cirque, où un type aux airs de Dracula avait fait se déshabiller une femme devant deux cents personnes hilares. À cette époque, l'évidence d'un coup monté avait supplanté toutes les autres.

— Priquart est un illuminé, poursuivait Vincent. Ou un génie. Ses travaux sur la solution hypnotique du soma créent dans la petite communauté des hypnologues un effet tsunami. Il prétend avoir trouvé « la » méthode d'induction infaillible.

Celle qui permettrait de lire la psyché comme un livre d'images. Vous imaginez les conséquences...

Le policier haussa les épaules en signe d'impuissance.

— Un traitement révolutionnaire des maladies mentales. Le début d'une nouvelle ère. La fin de la folie. Il organise des conférences, publie dans les revues de psychanalyse. Tout le monde rigole.

— Il y a de quoi.

— Tout le monde, sauf une personne. Martin Bect. Chargé de mission auprès du ministre de la Santé. Un esprit éclectique, en décalage avec son temps... et sa fonction. Le haut fonctionnaire voit dans cet hurluberlu une solution éventuelle à ses problèmes de budget. Il décide de prendre le pari et met en place une cellule interministérielle de réflexion. Six mois plus tard, le programme INC-IV est porté sur les fonts baptismaux.

Vincent ménagea un silence. Menton baissé, regard lointain, il ressemblait soudain à un prêcheur.

Riad s'impatienta.

— Nicolet, quel a été son rôle dans le programme ?

Sourire compassé de l'officiel, comme une marque de fabrique.

— Pour comprendre les motivations d'un homme, il faut connaître ses maîtres. Nicolet a été subjugué par Priquart. Et je pense que la réciproque est valable également. À la fin de son stage, le polytechnicien a fait un emprunt, racheté son temps à l'État et entamé des études de médecine. Sa vocation venait d'éclore, mais au contraire du vieux fou, son esprit scientifique le poussait à s'entourer d'un cadre rationnel.

— Vous ne répondez pas à ma question.

— J'y viens. Le programme INC-IV a fait long feu très vite. Les thèses de Priquart se sont consumées à l'aune de la réalité. Le cerveau restait un continent indompté. L'hypnose ouvrait des brèches sans apporter de solution miracle. En 1979, lorsque

Nicolet passe son CES de psychiatrie, l'expérience est abandonnée depuis cinq ans.

— Il était au courant ?

— Bien sûr. Nicolet a continué de collaborer avec l'hypnologue pendant ses études. Il ne faisait plus partie du sérail, mais les deux hommes se voyaient. Une sorte de collaboration occulte. Sur les conseils de son mentor, il a entamé également une psychanalyse didactique qu'il a menée en parallèle de la fac.

— Soyez plus clair.

— L'étape indispensable. Il s'est fait analyser pour pouvoir exercer.

Riad ne comprenait rien à ce charabia. Il imagina seulement le petit marquis et le savant. Deux esprits novateurs, se renvoyant la balle jusqu'aux confins de l'improbable.

— Qu'a-t-il fait ensuite ?

— Il a ouvert un cabinet d'hypnothérapie. Rue des Saints-Pères, à Paris.

— Il pratique dans le privé ?

— Si on peut dire... En réalité, il poursuit l'œuvre de Priquart. Le vieux est mort l'année précédente. Il lui a laissé un héritage en friche. Des centaines de cas, vingt ans d'expérience, de recherches, de tâtonnements. Nicolet en est convaincu, c'est sa formation scientifique qui lui permettra d'unifier le tableau.

L'attention de Riad chutait par instants. Une flèche fourrageait ses chairs à la hauteur de l'épaule. Il se sentait brûlant, puis glacé. La fièvre rampait sous sa peau telle une coulée de lave. Pourtant, dans ce brouillard de feu, une évidence clignotait.

— Du matériau humain... C'est pour ça qu'il s'est installé.

— Exact. La base de l'expérimentation clinique. La seule chose qui lui faisait défaut et qu'il n'était pas près d'obtenir après l'échec de Priquart.

Abdou dansait d'un pied sur l'autre, Kader jouait avec son chapelet. Ce fut Riad qui dégorgea le silence.

— On l'a laissé faire ?

— Il n'y a jamais eu aucune plainte. Par définition, les sujets hypnotisés ne se souviennent pas de l'expérience. C'est un voyage hors du temps. Un rêve éveillé. Nicolet pouvait agir à sa guise pendant les séances, amener ses cobayes à la limite, étudier leurs réactions. Induire leurs comportements.

Le policier entrevit d'un coup l'implication du psychiatre dans son enquête. Nicolet avait tenté une induction sur le dingue. Sans doute s'imaginait-il le délivrer de sa folie. Le passage aux Glycines ne pouvait s'expliquer que dans ce cadre.

Mais la suite ?

Rien ne permettait de la justifier.

— Les années quatre-vingt sont une bénédiction, poursuivait Vincent. Les adeptes du new age sont les premiers à se précipiter dans son cabinet. Une clientèle aisée, en mal de spiritualité. Nicolet n'a aucun respect pour eux. Il exige des honoraires exorbitants, les met à contribution jusque dans leur sphère intime. Il devient une sorte de gourou, fonde un groupe de réflexion, la FEAPH, Fondation pour l'Étude des Applications Psychiatriques de l'Hypnose. Un moyen supplémentaire pour amasser de l'argent. Peu à peu, il perd pied avec la réalité. C'est à ce stade, qu'il disparaît.

— Quoi ?

— Il s'évapore. Pendant deux ans, personne ne sait où il est. Ni ce qu'il fait.

— Je ne comprends pas. Vous dites que vous le surveilliez depuis son passage au ministère de la Recherche. Vous n'avez pas essayé de le retrouver ?

— Nous sommes au seuil de l'an 2000. Les investigations sur le territoire national ne donnent rien. Nos services ont d'autres préoccupations.

Riad plissa les paupières. Le vocabulaire lui était familier. En dépit de son costume de prix, Vincent venait de laisser filtrer un jargon de poulet. De quelle division dépendait-il ?

Il tenta sa chance.

— Vos services ?

Nouveau sourire du cravaté, énigmatique.

— N'essayez pas de savoir... Ça ne vous apportera rien.

Riad n'insista pas. L'heure des confidences viendrait plus tard.

— Comment expliquez-vous qu'il dirige maintenant un centre de soins en milieu fermé dans la banlieue lyonnaise ?

— Nicolet a refait surface en 2001. Il a conservé suffisamment d'amis, ou d'obligés, pour obtenir un poste de médecin hospitalier. Les Glycines se sont ouvertes dans la foulée. Il en a pris la direction par décret.

— Un poste sur mesure.

— Nous pensons plutôt à une couverture.

— Une couverture ? Dans quel but ?

— Ça, nous l'ignorons.

Vincent planta ses poings sur ses hanches. Sa veste s'entrebâilla, révélant un torse de bûcheron.

— C'est là que vous allez m'aider.

Riad tenait la confirmation de son intuition. L'huile était venue à la pêche. Tout ce qui concernait Nicolet l'intéressait. *A fortiori* si le lien sentait la pourriture.

Le policier s'épongea le front. Il détacha ses syllabes, comme s'il parlait de quelqu'un d'autre.

— Je suis flic.

— Flic ?

— Enfin... j'étais. Lieutenant Riad Kellal. Brigade criminelle. SRPJ de Marseille.

Vincent questionna la Lame d'un mouvement de pupilles. Du fond de son trou d'ombre, Abdou laissa échapper une grimace d'impuissance. Il devait venir de relier les points, de saisir les motivations qui avaient poussé Kader à reprendre le contact.

Visage de suaire, Riad poursuivait.

— Un fou a torturé ma fille à mort. Si vous lisez les journaux, vous savez de quoi je parle.

— La gamine des calanques...

— Elle s'appelait Leïla. Elle allait avoir dix ans...

Le timbre du policier se brisa en éclats de colère. Il avala une salive acide et plaça sa voix.

— Je veux trouver ce taré avant que la société le mette à l'abri.

— Œil pour œil ?

— Appelez ça comme vous voudrez.

Les regards se croisèrent. L'évolution du climat semblait satisfaire l'officiel.

— Ils savent que je suis près du but, reprit Riad. Un témoin important a été exécuté. Dans la foulée, ils ont essayé de me mettre hors circuit.

— Ils ? À qui pensez-vous ?

— La balle qui m'a fait ce cratère provient d'un Famas. Vous avez entendu Saïd. Il n'y a eu aucun vol. Ça ne peut être que des soldats. Des gendarmes ou des flics.

Vincent laissa son regard monter vers le plafond. Il semblait recomposer un puzzle invisible. Il reprit, après un court silence :

— Nicolet... C'est lui qui a soigné...

— Soigné, évalué, diagnostiqué. On s'en tape. Il a suffisamment de choses à cacher pour avoir lancé des gorilles sur mes traces.

Riad s'approcha.

— Qui a essayé de me tuer ? Je suis certain que vous avez une idée.

L'autre recula. Sa lèvre tremblait légèrement.

— Je ne peux pas vous aider. Vous avez mis les pieds dans une affaire qui vous dépasse.

— Ce sont des flics, n'est-ce pas ? Des flics comme vous ? À quoi vous jouez ?

Vincent marcha vers la porte à grandes enjambées.

— Tirez-vous, c'est tout ce que je peux vous dire... Tirez-vous vite.

— Bordel, pourquoi ?

— Vous êtes au cœur de la cible.

5

C'était la seule issue.

Coincer Karl sur son terrain. Réunir suffisamment de preuves pour se sortir du jeu. Ensuite, tout balancer aux flics.

Philippe avait évalué les données et choisi une option. La plus simple. Laisser le monstre commencer son travail, surgir par-derrière, et lui envoyer une dose de Diprivan par intramusculaire.

Pris sur le fait. Les mains couvertes de sang, un corps déchiqueté en vis-à-vis, un attirail de tortionnaire.

Qui douterait de la culpabilité de Karl ?

Qui écouterait ses explications, tentant de mettre en cause un deuxième homme ?

Philippe avait éloigné l'ambulance, remis tout en place et chargé une seringue. Après avoir installé le gosse sur la paillasse, il s'était planqué dans un réduit attenant à la salle. Un placard, utilisé par l'ancien proprio pour y entasser un stock de revues porno. Le trou à rat comportait un loquet, permettant de verrouiller la porte de l'intérieur.

L'attente avait duré longtemps, entrecoupée de crises, de doutes.

Karl lui faisait peur.

Le fascinait.

Trouverait-il la force d'aller jusqu'au bout ?

Vers 23 heures, des cliquetis l'avaient tiré de sa transe. Son pouls s'était envolé. Il avait contracté les mâchoires, jusqu'à sentir une barre de bois lui entraver la gorge.

Karl était là. À côté. Soudain, une densité particulière structurait le silence.

Philippe avait cligné les yeux. Un noir de fonte l'isolait du réel. Derrière la porte, le gosse avait gémi. Comme un chiot. Comme s'il sentait lui aussi la présence d'un danger.

Les battements de cœur du jeune homme s'étaient transformés en roulements de tambour.

Il avait serré la seringue entre ses doigts.

Attendu.

Une lame de fond s'était alors dressée. La crise ultime. Celle qu'il tenait à distance, la résultante de ses conflits internes. Poussée à son paroxysme, elle ouvrait ses mâchoires pour engloutir sa raison.

Il s'était mis à trembler. Ses jambes s'étaient affaissées sous lui. Une salive lourde cartonnait sa langue.

Sa tête avait explosé.

Le sentiment de plonger dans un abîme de suie. Les perceptions s'effaçant progressivement.

Plus rien.

Lorsqu'il avait refait surface, un sifflement l'avait accueilli. Un acouphène, perforant ses tympans jusqu'au déchirement. Il s'était appuyé sur ses mains, s'était redressé dans un vertige. Le son avait peu à peu laissé la place à un silence d'éther.

Mû par son instinct, il avait tiré le loquet et dégagé la porte. La lumière blanche d'un projecteur lui avait confirmé ce que ses sens hurlaient.

Le corps du gamin dressait ses baguettes maigres entre deux lignes de fer. Bras et jambes, tendus à la verticale, formaient une croix de chair à vif. Il ne lui restait plus un centimètre de peau. Karl l'avait pelé comme un oignon, soustrayant également le visage et le scalp.

Philippe avait vomi. En une fraction de seconde, la monstruosité de son pacte venait de s'incarner.

Il avait quitté la pièce en titubant, le ventre labouré de spasmes. Dehors, la nuit l'avait enveloppé. Une brise chaude, des senteurs de forêt. Une lune démesurée, accrochant le métal des carcasses tel un ruisseau de vif-argent.

Il avait rassemblé ce qui lui restait de raison.

Karl s'était enfui.

Bientôt, il aurait disparu.

Un nouveau cadavre pourrissait dans la nature.

Le piège se refermait.

Philippe avait réfléchi. Il y avait peut-être encore un moyen de le coincer.

Karl prélevait les peaux. Les visages également. Thibaud, la gamine, il n'y avait pas de raison pour qu'il n'ait pas agi de même avec les adultes.

Il devait les entreposer quelque part.

C'était là qu'il le coincerait.

Philippe avait couru vers l'ambulance. Le lieu venait de lui sauter aux yeux.

Un coin tranquille, rangé dans le musée du passé.

Une odeur de charogne. Pour en masquer une autre.

Celle des peaux en décomposition.

X

1

— Où étiez-vous passé ?

— Besoin de faire souffler la machine...

Paul avait répondu au commissaire en souriant. Un vrai sourire, détendu, limite jovial. Après la séance avec les manouches, il s'était senti vidé. Le coup de fil d'Atavian avait achevé le travail. Il était rentré chez lui, sans repasser par la Brigade, et avait sombré dans un sommeil sans rêve.

Vial lui lança un regard agacé. Sur son sous-main, une frise aux airs de labyrinthe révélait les stigmates d'une conversation à haute tension.

— On en a encore un...

Paul se figea sur sa chaise.

— Un gosse ?

— Oui... Sexe masculin. Dans les dix ans. Et tenez-vous bien... Handicapé.

Vial avait lâché ce dernier mot du bout des lèvres. Sous les sourcils froncés, ses yeux dérivaient dans le vide.

Le lieutenant alluma un cigarillo.

— Mêmes mutilations ?

— Copie conforme. Il a prélevé la peau dans son intégralité, à l'exception des extrémités. Les mains, les pieds. Ensuite, il lui a fait exploser le crâne.

Nouveau silence. Paul quitta sa place et ouvrit la fenêtre.

L'air confiné des bureaux de la Brigade l'oppressait. Il avait l'impression de respirer du sang.

— Le corps, on l'a trouvé où ?

— Une ancienne casse. Sur la route d'Eiguilles. Une pièce était aménagée sous un baraquement. Une vraie salle de torture. Chaînes, câbles, table en inox et tout le bastringue. Du sur mesure. Le type avait même tendu de la laine de verre pour étouffer les cris.

Une cave, aménagée, insonorisée.

Les premières déductions de Paul se révélaient exactes. Le dingue avait besoin de matos, d'infrastructure. Il s'était fabriqué une planque, dans un ossuaire de métal.

Paul essaya d'en savoir plus.

— L'enrouleur ?

— Quoi, l'enrouleur ?

— Il y était ?

— La pièce maîtresse. Accouplé à un moteur de tondeuse. On a également trouvé un guide professionnel de l'abattage et des planches anatomiques. Croquis, légendes, conseils, il avait tout pour faire du boulot propre.

S'il y avait eu besoin d'une confirmation, Paul venait de l'obtenir.

Dans la foulée, il se souvint de l'indice fourni par le clodo, confirmé par les gitans. Une camionnette, bourrée de ferraille jusqu'à la gueule.

Une bouffée de rage l'envahit. La solution était là, à portée de main. Pris dans le feu de l'enquête, il avait tracé ailleurs et délégué ce point fondamental. Un autre gosse venait d'en faire les frais.

Il apostropha le commissaire d'un ton de reproche :

— Vous ne deviez pas faire la liste des casses ?

— On s'en est occupé. Le site est fermé depuis vingt ans.

— Il doit bien y avoir une trace ? Registre du commerce, annuaire, je ne sais pas.

— Non. Aucune. C'est étrange, je le concède, mais cette décharge n'apparaît sur aucun document.

Paul eut un frémissement. Un dossier protégé. Des procédures hors norme. Se pouvait-il qu'encore une fois, la partie soit truquée ?

— Sans ce chien, personne n'aurait rien vu, poursuivait Vial.

— Un chien ?

— Un rottweiler, en balade avec son maître. Le type longeait le site. Le clebs a disparu. Au bout d'un quart d'heure, il est revenu avec une sorte d'os dans la gueule.

Le commissaire marqua une pause. Il dégrafa son nœud papillon et ouvrit son col de chemise. Enfin, il reprit d'une voix lasse :

— Un pied. Plutôt... un fragment de pied. Le chien l'avait arraché du cadavre, au niveau de la cheville. Il en a bouffé une partie et a rapporté le reste. Comme du gibier.

Paul ne put réprimer un frisson. L'idée de se faire ronger par un clébard le perturbait.

— Ça c'est passé quand ?

— Ce matin. Très tôt. Les gendarmes se sont rendus sur place immédiatement.

Paul crut saisir une inflexion de dépit dans le ton du commissaire. Il questionna :

— La gendarmerie ? C'est quoi ce plan ?

— On nous retire le dossier. La juge Galeotti a fait appel à la cellule homicide d'Aulnay-sous-Bois. Je dois transmettre le bébé avant demain matin.

— C'est débile. Les deux meurtres sont liés et vous...

Le commissaire l'interrompit d'un ton sec.

— Elle va se gêner. Vu nos résultats, ça nous pendait au nez.

— On peut au moins aller jeter un coup d'œil ?

— Niet. Les instructions sont claires. Nouveau cadavre, nouvelle équipe. Pas d'interférence.

Le poing de Paul martela le bureau. L'enquête échappait à Vial. Les conséquences allaient suivre. Riad ne serait plus couvert. L'IGPN aurait les coudées franches.

Il regarda sa montre.

— Vous avez dit demain ?

— Oui. Pourquoi ?

— Il est 9 heures. En tirant un peu, ça nous laisse une journée. On peut encore boucler l'affaire.

Les yeux du vieux briscard brillèrent dans leur étui.

— Ah ? Et comment ? Vous avez vu ce qu'on a ramassé depuis une semaine ?

— Je ne vous ai pas encore fait mon rapport.

— Je suis au courant.

Paul fit craquer ses phalanges. Il était temps d'affranchir son supérieur.

— Comme je le pensais, les manouches ont fourni l'enrouleur.

— Bien... Et ?

— Ils ont vu le tueur.

— Bravo... J'imagine qu'ils vous ont fourni une description ?

La main de Paul balaya le vide.

— Le signalement est trop vague. Grand, costaud, des cheveux aux épaules, jaunes, sans doute de la teinture ou une perruque.

— Rien sur le visage ? Ils l'ont regardé de dos ou quoi ?

— Pas de dos. De nuit. Le type est resté dans la pénombre.

Le commissaire eut une moue de dépit. Il attrapa un stylo et s'acharna sur sa frise.

— Ils vous ont pris pour un con...

Le jeune lieutenant cadra son supérieur.

— Le type avait des restes humains dans sa camionnette. À votre avis ? Ils ont pu l'inventer ?

Vial grommela, sans lever le nez de son dessin.

— Qu'est-ce que vous voulez que ça me foute ? Si c'est tout ce que vous avez, autant passer la main tout de suite.

— Il y a autre chose.

— D'aussi percutant ?

— Le dingue a une voix d'enfant. Comme s'il n'avait pas mué.

Vial leva un sourcil perplexe. Il posa son Bic et s'adossa à sa chaise.

— Une malformation ?

— Peut-être. Ou un accident. Ses cordes vocales présentent une anomalie en tout cas.

Le patron de la Crime haussa les épaules.

— Admettons... Il nous reste vingt-quatre heures. Comment pensez-vous exploiter cette information ?

Paul n'avait aucune idée précise. Ses plans, il les construisait à l'instinct. Il proposa, dans le désordre :

— On fait une recherche informatique sur le trombinoscope. Si le type est dans nos cartons, il sortira tout de suite. On fouille aussi du côté des dingos. Hôpitaux, asiles d'aliénés, cliniques privées. Notre homme a peut-être fait un séjour dans ce genre d'endroit. Maintenant qu'on a sa carte de visite, ça vaut le coup d'essayer.

Le commissaire secoua la tête. Son visage ressemblait à un renoncement.

— C'est trop court. Et les dossiers médicaux sont confidentiels.

— Faux. Le juge vous a donné une commission rogatoire. Officiellement, vous êtes encore dans la partie. Si vous montez au créneau, aucun médecin ne pourra refuser de collaborer.

Un bruit de perceuse ponctua son propos. Dans les bureaux de la Brigade, des hommes en bleu de travail s'affairaient. On réparait enfin la climatisation.

Paul attendit la fin du sifflement et martela sa stratégie.

— Je n'ai pas encore consigné mon rapport. Les déclarations des manouches sont là-dedans (il pointa son index sur sa tempe). On a une bonne longueur d'avance.

Vial hésitait à comprendre.

— Vous voulez qu'on dissimule des indices ?

— Il n'y a pas d'indices. Je suis le seul à savoir. Avec vous.

— Je ne peux pas...

— Bien sûr que si. Vous m'avez demandé de vous aider dans ce but. Un flic des rues. Une enquête parallèle. Des méthodes différentes.

— Je ne vous ai jamais demandé de violer la loi.

Paul agrippa le bureau de ses paumes. Sa carrure de boxeur projetait sur le patron de la Crime une ombre dense.

— C'est une course, commissaire. Une course contre la montre. Si on laisse faire, Riad la gagnera. Si on refile nos tuyaux aux milouzes, ils risquent d'arriver pour la séance finale. Dans les deux cas, votre flic perd la partie. Et vous aussi par la même occasion.

Le Marseillais fit rouler une chaise entre ses cuisses. Il s'assit à califourchon, bras sur le dossier. Il n'avait plus envie de jouer au bon élève.

— J'ai lancé un de mes hommes sur une piste.

— Sans me prévenir ?

— Trop tôt. J'attendais de voir.

— Vous vous foutez de ma gueule ?

Paul eut un sourire glacial.

— Rappelez-vous, commissaire. On avait dit à ma manière. C'était le deal.

Vial se rengorgea. Il fixait Paul avec aigreur.

— Très bien... Accouchez.

— Riad progresse. Il a déjà tué. Cette nuit. Un second couteau, camé jusqu'à l'os, qui refilait de la drogue aux gosses.

— La fille de Kellal se droguait ?

— De la fumette. Le dealer s'est servi de la came pour l'appâter. Et sans doute pour l'enlever. Ensuite, il a livré son colis au tueur.

— Un complice ? Ça ne lui ressemble pas.

— Les gitans ont croisé le dingue. Même dans les grandes lignes, la description n'a rien à voir.

Vial mâchouilla son stylo. Il ressemblait soudain au grand-père qu'il devait être. Rond, paisible, un rien désuet.

Paul poursuivait :

— Je ne sais pas comment Riad est remonté jusqu'à lui. Une chose est claire : avant de le buter, il a dû prendre le temps de lui faire cracher le morceau.

— On aura plus de mal à faire parler un macchabée...

— Je tiens quand même un truc intéressant. Le type s'appelait Marius Ferracci. À ses heures perdues, il copinait avec les flics.

— Un indic ?

— Plus que ça. Son dossier était protégé au niveau V.

La révélation plongea Vial dans une sorte de méditation. Après quelques secondes, il affirma :

— Ça ne colle pas.

— Pas vraiment. Le niveau de sécurité est trop important pour un dealer.

— Vous avez une idée ?

— Non. Mais c'est par là qu'on doit creuser. Quelque chose

ne tourne pas rond dans cette affaire. Si on trouve quoi, on prendra peut-être un raccourci.

— Ou on se prendra le mur. Seules les Directions centrales ont les habilitations à ce niveau.

Un éclair froid étincela dans les prunelles du Marseillais.

— Rien à foutre. On va chercher l'info là où elle est. C'est ça ou rien.

Le commissaire se renversa sur son dossier, bras derrière la nuque.

— Et vous comptez faire comment ? Leur passer un coup de fil ?

Paul écrasa son mégot. Ses yeux n'exprimaient plus qu'une froide résolution.

— Donnez-moi le feu vert. Je me démerderai.

Un silence enserra les deux policiers. Paul avait poussé le bouchon à son extrême limite. Il ne pouvait agir seul et le savait.

Une vibration chatouilla sa cuisse. Il jeta un regard à son cellulaire. Appel masqué. Il hésita. Peu de gens possédaient son numéro perso. Tous identifiés dans le répertoire. Qui se l'était procuré ?

Il décida de voir.

— Oui ?

— Cabrera ?

Paul se figea. Il fit un signe au commissaire et quitta la pièce. D'instinct, il abaissa son volume sonore :

— Riad ? C'est toi ?

— Je suis dans la merde, faut qu'on se parle.

Des éraflures striaient les cordes vocales du fugitif. Paul visualisa une blessure, des pansements gorgés de sang.

— Où es-tu ?

— J'peux pas te dire. Tu peux bouger ?

— Ok... Ok... Maintenant ?

— Route de Luynes. Devant le lycée international. En bécane, tu devrais pas mettre plus de vingt minutes.

— Bordel, Riad. Mais...

Le flic arabe ne lui laissa pas le temps de poursuivre.

— Kader t'attendra au rond-point. Et s'il te plaît, pointe-toi tout seul. J'ai pas le cœur à donner une conférence de presse.

La communication s'interrompit.

Paul regarda son téléphone, comme s'il venait de voir surgir un fantôme.

Sans un mot pour l'équipe, il attrapa son casque et courut vers la rue.

2

Paul reconnut la silhouette à cent mètres.

Grand, dégingandé, visage masqué par un chèche clair, Kader dressait son arrogance sur le rond-point à la façon d'un Touareg.

Le Marseillais pila devant le braqueur. Il demanda, sans retirer l'intégral :

— Riad... Ça va ?

— Il est encore en vie. Démarre. On y va.

Kader enfourcha la bécane. Le moteur s'envola dans les tours.

Ils traversèrent Luynes sur les chapeaux de roues. La bourgade somnolait encore, deux haies d'immeubles quelconques plantées en lisière de la route. Les rares clampins partis acheter leur pain virent passer une fusée. Ils durent comprendre après coup qu'il s'agissait d'une moto, lancée à fond dans leur tranquillité.

Kader tapa l'épaule du flic et tendit son bras à gauche. Paul rétrograda dans une valse de soupapes. Le pneu arrière se bloqua. Il contrôla le dérapage et s'engagea sur le chemin de la Blaque.

Mains rivées aux poignées passager, le truand n'avait même pas serré les cuisses.

Ils roulèrent dix minutes, s'enfonçant dans une campagne

domestiquée où se succédaient des propriétés sans clôture. Des maisons ocre, blanches, sculptures de pierre jaillies d'un bloc originel pour accrocher la lumière. Autour, des pelouses impeccables, des champs de fleurs. Enfin, comme un étui bruissant, des bois hérissés de pins vibraient en arrière-plan.

Au cœur de la tourmente, Paul captait la perfection de l'instant. Une odeur. Un moment. Un équilibre instable arraché à l'horreur, où la nature et l'homme semblaient enfin réconciliés pour célébrer la vie.

Ils s'immobilisèrent devant un portail en métal gris. Kader actionna une télécommande. L'antre s'ouvrit dans un fracas de fer.

Ils grimpèrent une allée de graviers, à faible allure, et stoppèrent devant une maison blanche, lourde, aux murailles bétonnées. Les volets couleur lavande semblaient avoir été peints de la veille.

Tous clos, sans exception.

Le Marseillais cala l'engin sur la béquille. Il sentit son passager sauter de la monture, aussi léger qu'une brise.

Kader se rua sur la porte, frappa trois coups.

Aussitôt, le visage de Riad apparut. Pincé. Gris. Ses pommettes saillaient sous la peau telles des balles de ping-pong. Un sourire tentait pourtant de percer sous la barbe.

— La cavalerie...

Paul ouvrit les bras.

— Enfoiré. Une semaine que je te cherche.

— Tu m'as trouvé, on dirait.

Les deux amis s'étreignirent. Aussitôt, Riad eut un mouvement de recul.

— Doucement, mon frère.

Sous la chemise froissée, son bras reposait sur une attelle de tissu.

— T'as dérouillé ?

— La balle a traversé. Avec les antibiotiques, je tiens le coup.

Les questions partirent en rafale.

— Qui t'a fait ça ? Le dingue ? Tu l'as chopé ?

Riad avala sa salive. Des larmes venaient d'éclore sous ses paupières. Il paraissait troublé jusqu'à l'écorce.

— C'est pour ça que je t'ai appelé. Il se passe quelque chose de dément. Je comprends plus rien.

Paul était ému. Il n'avait jamais vu craquer son pote. Il baissa la tête et répéta sa question à mi-voix :

— Qui ?

— Je ne suis pas sûr... Peut-être des flics.

— Des flics ?

— Je sais. Ça n'a pas de sens.

Une boule de feu déchira l'estomac du Marseillais. Le lien qu'il s'essoufflait à imaginer venait de se matérialiser.

Des flics protégeaient le tueur.

Ils avaient couvert son complice, fourni les dossiers des manouches et effacé son repaire du circuit administratif. L'attaque contre Riad complétait le tableau. Elle donnait une cohérence à tout le reste.

Durant quelques secondes, Paul essaya de mettre un semblant d'ordre dans cette aberration. En vain. Rien ne permettait de rationaliser un tel chaos.

Il saisit le bras de son pote avec douceur et l'entraîna vers le jardin. Le temps des confessions était venu.

Ses lèvres murmurèrent :

— Raconte.

3

Au bout d'une dizaine de mètres, Riad s'arrêta et s'appuya contre un arbre.

— Je crois que je me suis fait piéger.

Sa voix tremblait, prise dans une tourmente invisible. Paul alluma un cigarillo et répondit simplement :

— Tu pouvais pas prévoir.

— Non. Je pense pas à ça. Je me suis coincé tout seul. J'aurais jamais dû régler le problème en solo.

Le Beur s'était recroquevillé, épaules voûtées, menton baissé. Il semblait vivre une pénitence.

Paul balaya les remords d'un revers de main.

— Laisse tomber. J'aurais peut-être fait la même connerie. On l'aurait tous fait.

Silence.

Ébauches de sourire.

Riad leva la tête. Ses yeux avaient repris leur expression féroce. Il attaqua par une question :

— Où vous en êtes ?

— Il y a eu un deuxième meurtre. Cette nuit.

Paul marqua une pause. Il réfléchissait à ses mots, pour éviter de raviver l'horreur.

— Même profil. Même rituel. On a trouvé le gosse dans une ancienne casse, vers Eiguilles.

Le Beur grimaça. Un ressort semblait avoir pété sous son front.

Le Marseillais laissa un silence s'installer. Les détails lui semblaient indicibles. Une pièce hermétique, tendue de laine de verre, perforée de câbles, d'où ruisselaient des fleuves de sang.

Il enchaîna :

— On avance pas des masses. Deux meurtres en une semaine, ça fait désordre. Vial vient de se faire sucrer l'enquête.

— Les gendarmes ?

— Aulnay-sous-Bois. La cellule homicide.

Paul tira sur son cigarillo. Il fixait son compagnon de virées en recrachant la fumée.

— Va falloir mettre un bémol. Y a plus personne pour couvrir tes conneries maintenant.

— Trop tard. Ils me lâcheront plus. J'ai mis le nez dans leurs affaires et ils iront jusqu'au bout.

Le Marseillais n'était pas loin de partager cette idée. Ses propres déductions laissaient imaginer une organisation aux moyens élaborés, capable de trafiquer les règles pour gagner la partie. Ou de supprimer des pions si nécessaire.

Ton monocorde, Riad déballa son histoire.

— J'ai pu tirer un fil. Guillaume Merrant. Un gosse chez qui Leïla avait passé la soirée. Le gamin m'a avoué qu'ils avaient fumé du shit et m'a refilé le signalement de leur dealer.

Paul feignit la surprise. Il possédait cette partie du puzzle, mais ne voulait pas impliquer Malika. Elle avait agi en indic. Il lui devait la protection d'un indic.

Dos au soleil, le Beur continuait :

— Ils avaient donné un surnom à cette ordure : Mains d'or. Un Hell's Angel, défoncé à l'héro qui zonait du côté de la gare. Leïla devait le voir cette nuit-là. Pour lui acheter de la fumette.

Une pause, comme une parenthèse de mémoire. Riad se laissa glisser jusqu'au sol.

— J'ai pu mettre la main sur le type. Au début, j'étais persuadé que c'était celui que je cherchais. Le dernier à avoir croisé ma fille vivante... Quand je l'ai vu, j'ai commencé à douter. Le mec était trop camé pour avoir les idées claires. Ses mains tremblaient en permanence. J'ai pas pu croire qu'il avait eu la capacité de se servir d'un scalpel.

Paul écoutait, concentré. Des faits qu'il connaissait, observés sous un autre angle. Deux hommes. Un dingue, un complice. Le tueur répondait à un profil psychologique organisé, dixit Foulon. Le Hell's fonctionnait à l'instinct, comme un animal.

Un gouffre les séparait. Une déduction confirmée par les gitans.

Le Beur poursuivait.

— Mains d'or n'a jamais vu ma fille cette nuit-là. Et tu peux me croire, avec un 45 dans la bouche, il pouvait pas mentir. Mais j'étais quand même pas loin. Cette ordure connaissait le tueur. Il l'avait croisé deux mois plus tôt dans un HP. Le centre de soins des Glycines, à Collonges.

— Où ?

— Près de Lyon. Un asile planqué en pleine cambrousse, bourré à ras bord de détraqués.

Les rouages qui s'entraînent. Paul avait pressenti ce lien, bien en amont du meurtre. Une case commune par où étaient passés les deux tordus.

Il questionna :

— Ils ont fait le coup ensemble ?

— Je crois pas. Le tueur est resté dans la section isolement de l'hôpital. Personne n'a pu lui parler.

— Je capte pas.

— Les toxicos l'ont vu à travers une vitre. Pour des séances de thérapie musicale. Il les a vus, lui aussi. Quand ce taré est sorti, il est entré en contact avec Mains d'or. Pour lui acheter de la dope, soi-disant. Je pense que ça lui a permis d'étudier ses habitudes. C'est comme ça qu'il a pu tomber sur les gosses.

Le Marseillais tiqua.

— Comment se fait-il qu'on l'ait laissé sortir ?

La paume du Beur se tourna vers le ciel.

— Là, j'ai pas la réponse.

De nouveau, le spectre d'une manipulation s'imposa. Mais pourquoi ? Dans quel but ?

Paul s'accroupit.

— Continue.

— Je suis allé à Collonges. Le Hell's m'avait refilé un tuyau. Le nom d'un infirmier qui s'était occupé de notre homme. À partir de là, tout est parti en vrille. J'ai rencontré le patron de l'HP qui m'a lancé sur une fausse piste. Quand j'ai trouvé l'infirmier une heure plus tard, on lui avait collé trois balles dans le buffet. J'ai tracé sur Marseille. Une voiture m'a suivi sur l'autoroute. Elle a disparu, mais deux flingueurs ont trouvé l'endroit où je me planquais. Ils ont tout arrosé au Famas. Kader est arrivé *in extremis* et on les a butés.

Le Marseillais compta les morts. Avec Mains d'or, Riad s'était déjà farci trois cibles.

— Ensuite ?

— On a appelé Abdou.

— Qui ?

— Saïd Abdou. Un enfoiré qui contrôle le Milieu et parade dans les réceptions officielles. Une mine, question renseignement.

Paul imagina le profil. Un truand sapé sur mesure, capable selon le moment d'écraser un visage à coups de talon, ou de signer un chèque pour une soirée de bienfaisance. Par chance, la rue permettait aux flics de la BAC d'éviter ce genre de fréquentation.

— Il t'a rancardé ?

— Il s'est pointé avec un ronflant, genre costume trois-pièces et cheveux laqués. L'informateur s'est méfié, mais j'ai quand même senti la poulaille. Et de haute volée. Le type n'est pas venu pour les beaux yeux d'Abdou. Il s'intéressait à ce qu'on savait sur Nicolet.

— Qui ?

— Richard Nicolet. Le patron des Glycines. C'est un original. Psychanalyste, hypnologue, il a participé à un programme de recherche sur l'induction thérapeutique dans les années soixante-dix. La folie, soignée par une plongée en profondeur dans le passé des patients, si tu préfères. Le programme avait été baptisé INC-IV. Ça a merdé dans les grandes largeurs, mais Nicolet s'est entêté. Il a continué dans son coin pendant plusieurs années. Ensuite, il a disparu pendant deux ans. Lorsqu'il a refait surface, il était bombardé patron d'un centre de soins en milieu fermé.

— L'hôpital de Collonges...

— Une aile abrite un pavillon pour ultraviolents. Je suis certain qu'il a tenté quelque chose sur notre type.

Paul écrasa son mégot. Il alluma un nouveau cigarillo dans la foulée.

— Ça n'explique pas la suite. Pourquoi le protégerait-il ?

— Là aussi je cale. Je me suis dit qu'ensemble, on pourrait trouver une réponse.

Paul eut un pincement au cœur. Son ami avait choisi de lui faire confiance. Il décida d'abattre quelques cartes.

— Deux tarés. Ça confirme ce que j'ai trouvé.

— Ton enquête ou celle de Vial ?

— La mienne. J'ai serré des gitans. Ils ont fourni au tueur de quoi opérer.

Un voile brouilla les iris de Riad. Paul garda les détails pour lui.

— Ils m'ont donné une description. Grand, cheveux aux épaules, teints en jaune.

— Ça pourrait coller. À part les cheveux... Il avait peut-être une perruque.

— J'y ai pensé. Mais j'ai un truc plus fort. Sa voix. Une voix de châtré. Un truc que tu peux pas laisser passer.

Une étincelle scintilla dans les yeux de Riad.

— On peut en faire quelque chose ?

— Vial cherche de ce côté-là. J'ai réussi à le convaincre de mettre la gomme jusqu'à ce qu'il refile le dossier aux milouzes.

— Quoi d'autre ?

— Des trucs bizarres. Le type était trop bien renseigné sur les manouches. Il parlait leur langue, connaissait leurs vies. Et tout ça sur le bout des doigts.

— Un prédateur intelligent, organisé. Depuis le départ, c'est ce que je me dis.

— Et plein aux as. Il leur a filé un sacré paquet pour la livraison.

Le Beur souleva son bras mort et ajusta l'écharpe.

— Où veux-tu en venir ?

— À ce que tu m'as dit. Ce sont des flics qui t'ont allumé. Le tueur possède des renseignements en principe confidentiels. Il sort d'un asile où il aurait dû finir ses jours. Protégé par un médecin qui a bossé pour le gouvernement. Et blindé de thunes. Y a quelqu'un qui tire les ficelles. Si on l'identifie, on règle tous les problèmes en une seule fois.

Riad fixa la campagne. Des perles de soleil accrochaient les genêts, découpant sur l'azur un carré d'or.

— Qu'est-ce que tu proposes ?

Retrouver Nicolet paraissait irréaliste. Le pot aux roses avait été reniflé. D'assez près en tout cas pour déclencher une avalanche de cadavres. Le psy n'attendrait pas derrière son bureau qu'on vienne lui poser des questions.

Paul fit quelques pas. Il réfléchissait.

La confrontation des enquêtes ouvrait une brèche périlleuse. Flics véreux, tireurs d'élite, psychiatre déjanté. Un pot-pourri, plus détonant qu'un pain de C4.

Unique avantage : il tenait enfin une piste sérieuse. S'il la suivait jusqu'au bout, il trouverait le tueur et sauverait Riad.

Paul attrapa son portable.

À ce stade, une seule personne était susceptible d'éclairer sa lanterne.

En toute logique, elle devait être en train d'émerger d'une nuit agitée.

4

Un seul nom s'imposait.

Un nom au parfum de passé, de galère vécue à deux, lorsque les idéaux entretenaient encore leurs illusions à deux balles.

Serge Skali. Lieutenant de police attaché au commissariat du dix-huitième arrondissement de Paris, franc-maçon, et expert en relations humaines. Paul l'avait connu pendant le stage, à Marseille, où le Sépharade avait été placé pour cause de places disponibles. Après quatre ans de silence, leurs routes s'étaient croisées à nouveau, sur une affaire tordue impliquant des barbouzes de la DST[1].

Le Marseillais avait été bluffé. Du fond de son bureau minable, le gros cultivait un réseau de connexions plus efficace que celui d'un ordinateur des RG.

— Serge ? C'est Paul.

— Ça va, mon grand ? T'es tombé du lit ?

La voix était chaleureuse. Une affection sincère, forgée au creuset du partage. Paul passa une haie de cyprès et marcha vers le portail, pour améliorer la réception.

— Je bosse.

Le Parisien eut un sursaut de rire.

— Un samedi ? Arrête...

— Serge, j'ai un problème. C'est du délicat et j'ai besoin de ton aide.

---

1. *Le Couloir de la pieuvre*, Stock, 2003.

— Vas-y. Je t'écoute.

— La gosse assassinée la semaine dernière, t'es au courant ?

— Difficile de faire l'impasse.

— Un autre gamin vient d'être pelé.

Skali l'interrompit.

— Attends... Je pige pas. T'as été muté à la Crime ou quoi ?

— Trop long à t'expliquer. Il me reste vingt-quatre heures pour serrer le boucher qui a fait ça.

— Ok. Envoie la sauce.

— J'ai tiré un fil qui devrait pas être dans la pelote. On a aucun moyen de comprendre ce qu'il fout là.

Le Marseillais changea d'oreille. Des gouttes de sueur perlaient sur le combiné.

— Tu le sais aussi bien que moi : le hasard, c'est pas prévu dans le manuel.

Il y eut un silence. Les deux hommes connaissaient trop leur sujet. Paul reprit d'une voix assurée :

— On a levé un indic, un dealer qui a pu être en relation avec le tueur.

— Jusque-là, je te suis.

— J'ai fait faire une petite recherche, à partir du signalement. Devine sur quoi je tombe ?

— Comment veux-tu que je le sache ?

— Un dossier verrouillé. Niveau V.

Un sifflement dans le cellulaire.

— C'est chaud... Ce type de confidentialité est plutôt rare. Terrorisme ou corruption. Où t'as encore foutu les pieds, mon grand ?

— Si je le savais... Ce qui est certain, c'est qu'on cuirasse pas un dealer avec ce genre de couverture.

Tout en parlant, Paul suivait Riad du regard. Le Beur avait regagné la terrasse et discutait avec son frère. Des lions des sables, qui n'avaient pas hésité à réduire un homme en bouillie pour assouvir leur vengeance. Maintenant, les deux fugitifs payaient l'addition. En quelques heures, ils étaient devenus les héros involontaires d'une chasse à l'homme grandeur nature.

— C'est pas fini, poursuivit Paul. Le père de la gamine a mené sa propre enquête. Il s'est approché assez près du tueur pour qu'on essaye de le flinguer. Il est possible que ce soit des flics qui aient fait le coup.

— Ceux qui auraient couvert ton indic ?

— Probablement. Ils couvrent également le dingue qu'on recherche. Je n'ai pas encore réussi à savoir pourquoi mais vu les moyens, ça vient de haut.

— Dis mon grand, tu sais que ton histoire, c'est du délire.

— Je sais...

Un soupir fit trembloter la ligne. Skali devait s'enfoncer dans son oreiller en visualisant ce que Cabrera attendait.

— Tu as le nom de l'indic ?

— Marius Ferracci. Un Hell's Angel du club des Bandidos. Cherche aussi le lien avec un psychiatre. Richard Nicolet. Patron du centre de soins des Glycines, à Collonges. Il a trempé dans un programme de recherche sur l'hypnose dans les années soixante-dix. INC-IV, je crois. Il est possible que ce soit lui qui ait tenté de soigner notre homme.

— Je vais voir ce que je peux faire.

Paul savait ce que ça voulait dire. Skali pensait déjà à une solution. Dans le cas contraire, il aurait botté en touche.

Il regarda sa montre. Bientôt midi. Les enquêteurs du commissaire devaient avoir défriché le terrain.

— Faut que je te laisse. Un truc sur le feu.

— Ton truc, il a les yeux verts ou bleus ?

Le Marseillais sourit intérieurement. Question gazelles, le gros et lui s'étaient toujours bien débrouillés.

— Contacte-moi sur le portable dès que tu as du nouveau. Mais grouille. Ça urge grave.

5

La ligne directe du commissaire sonna six fois dans le vide. Paul allait laisser tomber lorsqu'une voix de femme hurla dans le combiné.

— Quoi encore ?

Le jeune lieutenant reconnut Desruel.

— Cabrera. Vial n'est pas là ?

— Non.

— Où vous en êtes ?

La blonde marqua un temps. Puis elle reprit, plus dure encore :

— Nulle part. Le fichier de l'identité judiciaire nous sort deux cents clients qui pourraient correspondre.

— Avec des cordes vocales de gonzesse ?

Un rire de gorge roula sur la ligne.

— Tu rêves, beau gosse. Ce genre de détail, ça imprime pas la pellicule.

Paul serra son cellulaire un peu plus fort. Il s'imaginait l'air dédaigneux de la pétasse, trop contente de lui river son clou. Il se força au calme pour demander :

— Côté médical, ça donne quoi ?

— Rien. On a listé les HP, les cliniques privées et même les maisons de repos. On s'est concentrés sur un triangle

Nice-Lyon-Montpellier. Macarian et Plantier sont vissés au téléphone depuis une heure.

Desruel parlait sans conviction. Dans les locaux de la Crime, personne ne semblait croire à cette piste.

— Continuez, ordonna Paul. Si ça frémit, contactez-moi.

Il rebroussa chemin et se dirigea vers la bâtisse. En moins d'une heure, le paysage avait changé. Les ombres s'étaient résorbées à l'intérieur des arbres, comme surprises par la morsure solaire. Des flèches de mercure scintillaient sur les pierres, forant leur carapace jusqu'à la moelle.

Pas un souffle.

Plus un son.

La nature tout entière subissait la chaleur à la façon d'une punition.

Au travers des cyprès, Paul aperçut le parvis. Un espace creux, scintillant. Les deux frères s'étaient retirés dans la maison, donnant à l'esplanade une dimension démesurée.

Il se sentit soudainement seul. Une solitude qu'il n'avait éprouvée que dans ces instants d'absence où l'on bandait ses mains.

L'instant de vérité.

Avant le ring, l'assaut.

La guerre.

Il se mit à courir. Le gravier roulait sous ses pieds à chaque foulée. Sous son torse, son cœur faisait des sauts de chevreau.

En une poignée de secondes, il atteignit la terrasse. Éblouissement du marbre, réfraction du crépi, le lieutenant perdit la notion de l'espace.

Les fers de ses chaussures claquèrent dans ses tympans.

Ce fut comme un signal.

Une tomette explosa sous ses pieds. Puis une autre encore. Des morceaux de mur se désintégrèrent à hauteur de regard.

Une flamme monstrueuse enveloppa sa bécane, pulvérisée par l'embrasement du réservoir.

Autour de lui, le monde se fractura.

Il se courba, rentra la tête dans les épaules et progressa en zigzag, suivant une trajectoire aléatoire pour échapper à l'averse de métal. Ses réflexes avaient pris le relais, à la limite de la transe. Il traversait un champ de mines, au ralenti, l'esprit flottant au-dessus de la mitraille.

Deux mètres.

Une balle frôla son cuir chevelu, au-dessus de la tempe.

Un mètre.

Un vase d'Anduze implosa près de sa jambe.

Il bondit sur la porte et roula à l'intérieur.

— Bordel, on s'est fait baiser, cria Kader.

Le truand s'était plaqué au mur, à proximité d'une des fenêtres donnant sur le parvis. De l'autre côté de l'ouverture, Riad avait adopté une posture similaire. Ils avaient sorti leurs armes et les tenaient à hauteur d'épaule, bras replié.

Paul se releva d'un bond et dégaina son Manhurin. Dans le même temps, une tornade de fer déchiqueta les volets. Les vitres volèrent en éclats, projetant dans la pièce des stylets de verre. La clarté de juin ricocha sur le marbre, dévoilant les visages tétanisés de trois rats pris au piège.

D'un même mouvement, ils glissèrent vers le sol. Le déluge de mort s'engouffrait par les béances pour réduire le refuge en charpie. Des tonnes de plâtre obstruaient l'air, comme après l'éruption d'un volcan. Dans cette folie de poudre, une image battait sous les paupières de Paul : un immeuble, en Bosnie, mutilé par les impacts de mitrailleuse lourde, dans lequel des gosses dépenaillés jouaient à colin-maillard.

Accroupis, aveuglés, les trois hommes progressèrent sous les balles jusqu'à une pièce située dans le prolongement du hall.

Pas de porte, aucune fenêtre. Un carré blanc, sans doute la future salle à manger.

Ils s'assirent, dos au mur.

Au bout de quelques secondes, l'orage cessa d'un coup.

Hébété, Paul palpa son corps. Il n'était pas blessé. Un coup d'œil aux deux autres le rassura sur leur sort. Personne n'avait été touché.

— Quatre tireurs, murmura le Marseillais. Pas plus.

— Fusils automatiques, précisa Kader. Balles perforantes.

Riad rampa jusqu'à Paul.

— Mille contre un que ce sont des Famas. Cet enfoiré d'Abdou nous a vendus.

— Lui et son pote, grinça Kader. Une belle paire d'enculés.

Le flic de la BAC arma son chien. Son visage n'exprimait rien. Couvert de poussière, il ressemblait à un sorcier apache.

— On verra ça plus tard. Il y a un accès par l'arrière ?

Le braqueur souffla dans sa barbe :

— Une porte. Elle donne sur les bois.

— Si on se magne, on peut les prendre de vitesse.

— On n'y arrivera pas. Pas comme ça.

Paul scruta les prunelles du truand. Elles lançaient des reflets de silex.

— Vous vous tirez, laissa tomber Kader. Toi et Riad. Moi, je les occupe.

Le flic arabe secoua la tête.

— Hors de question. On reste ensemble.

— Ils sont au moins quatre. Des pros, armés lourd. Si on sort par-derrière sans faire diversion, on les aura sur le paletot en moins de deux. Sur une échelle de un à cinq, à combien tu joues nos chances ?

Riad ne répondit pas. Il était habitué aux situations de crise, aux évaluations rapides. Là, il connaissait la donne, les risques, l'issue.

Paul resta en retrait. Il imaginait le dilemme. Une vie pour en sauver une autre. Le sacrifice ultime. En cet instant, une corde d'amour reliait les deux frères. Sous peu, l'un d'eux allait la couper et plonger en enfer.

Des pas crissèrent sur le gravier. Une course rapide et souple. Comme en écho, des claquements métalliques. La danse des percuteurs.

Kader arma son Colt. Il redressa sa carcasse et tira une salve nourrie en direction de la fenêtre. Bruit sourd du 45, comme des coups de massue. Une rafale de fusil-mitrailleur lui donna la réplique, dessinant dans le plâtre des rosaces de mort. Le truand éjecta son chargeur. Il en saisit un autre, glissé sous la chemise, et l'enclencha dans la crosse.

— Barrez-vous. Tout de suite.

Le Beur fixa son frère une dernière fois. À contrecœur, il hocha la tête.

Ils rampèrent au milieu des gravats. Couvrant leur fuite, Kader arrosait les fenêtres en jurant en arabe.

Les deux flics atteignirent un couloir. Ils se redressèrent et tracèrent droit devant. Tel un passeur d'âmes, Riad ouvrait la voie dans la pénombre.

Ils traversèrent deux pièces nues où flottaient des odeurs de colle. Le bruit des détonations rebondissait sur les faïences bleu pâle, brouillant les repères.

Tout en courant, Paul rendit un hommage silencieux au truand. Kader vendait son existence au prix fort. Question de principe. Dans les derniers instants, il déployait la même hargne qui avait consumé sa vie.

Enfin, au bout d'un nouveau corridor, l'issue apparut.

Une porte blindée, rutilante de peinture, nichée au fond d'une salle immaculée.

La clef était dans la serrure.

D'instinct, ils prirent position. Paul en première ligne,

contre la porte, Riad en retrait, son Beretta braqué vers le couloir.

On n'entendait plus aucun bruit, hormis celui de leurs respirations.

Le Marseillais écouta le silence. Kader avait-il tiré sa révérence ? Les commandos s'étaient-ils déployés pour donner l'assaut final ?

Il glissa son Manhurin dans le holster. Ils ne disposaient que de quelques secondes.

Il fit jouer le pêne sans difficulté et tira la porte vers lui, buste à l'abri du blindage. Le lourd battant s'effaça sur une forêt de pins, un mikado inextricable collé à la maison.

Personne.

Regard rapide, les deux hommes plongèrent sous la cape de résine.

6

Les bois les embrassèrent.

Un baiser hérissé d'aiguilles, de ronces, d'épines plantées en enfilade telle une ceinture de chasteté. Les arbres s'enchevêtraient, partout, entrecroisant leurs bras, leurs jambes, jusqu'à former une entité compacte. Les pins d'Alep poussaient au coude à coude avec les chênes kermès, vrillés sur chaque répit de terre.

Les deux flics marchèrent longtemps, à l'aveugle, se repérant au soleil lorsqu'il perçait les feuillages. À chaque foulée, ils avaient l'impression de pénétrer dans la chair même de la végétation. Un viol rituel, païen, troublant leurs sens jusqu'au vertige.

Par précaution, ils évitèrent les sentiers forestiers, certains que ce serait la première piste que suivraient leurs assaillants. Une crainte taraudait Paul. Tourner en rond. Revenir en arrière. Couper la trace des tireurs d'élite.

Sur ce plan, il ne se faisait pas d'illusion. Le sacrifice de Kader leur laissait trois ou quatre minutes. Pas plus. Après avoir éliminé le braqueur, les commandos avaient investi la maison et découvert leur fuite.

La chasse était lancée.

Des craquements dans leur dos confirmaient cette évidence.

Paul accéléra le pas. Il défrichait la mangrove avec ses mains, creusant un tunnel sous les futaies. L'étau se relâchait, ouvrant sa gueule dentée, pour se refermer aussitôt sur leurs semelles. Le jeune lieutenant contractait ses mâchoires. Griffés de rouge, zébrés de noir, ses avant-bras formaient deux pôles de souffrance le précédant dans l'inconnu.

Vissé sur ses talons, Riad suivait. Luisant de sueur, plus pâle qu'un suaire, il s'accrochait au Marseillais.

De temps à autre, Paul tournait une épaule dans sa direction. Ce qu'il lisait dans son regard l'effrayait. Une rage à l'état brut. Un courant de haine pure transfigurant ses traits. En moins de huit jours, le Beur venait d'être amputé d'une partie de sa famille. Sa fille. Son frère. Le passé et l'avenir se dérobaient. Le présent brûlait sous ses paupières comme une torchère.

Ils débouchèrent sur une clairière. Un cercle irrégulier, une centaine de mètres de circonférence. Des restes de bois calciné formaient en son centre un tas épars. Une odeur de cendre se mêlait aux parfums de résine.

Au-delà, derrière une frange de pins, on entendait le bruit caractéristique des pneumatiques cinglant le bitume.

La nationale, à quelques pas.

Et avec elle, la délivrance.

Ils s'approchèrent au plus près de la lisière des sous-bois. Riad s'affala sur un rocher. Sa chemise laissait entrevoir un pansement sale, d'où s'écoulait un liquide brun.

Paul évalua leurs chances. Jusqu'à présent, ils avaient avancé à couvert, protégés par l'armure végétale.

Leurs poursuivants n'étaient pas loin. Les craquements se rapprochaient.

Combien de temps faudrait-il à des guerriers surentraînés pour atteindre la clairière ?

Deux minutes ? Trois ?

Le Marseillais s'agenouilla, à côté de son pote. Voix calme, il murmura :

— La route est de l'autre côté. Tu te sens un sprint ?

Le Beur grimaça. Il prit appui sur l'épaule de Paul et se redressa.

Paul leva son pouce vers le haut. Après un ultime regard circulaire, ils se catapultèrent vers l'avant.

Une course. Les pieds qui s'envolent. Un terrain hostile masqué sous un tapis d'herbes folles. Au creux du ventre, la peur. Au bout des yeux, l'objectif.

Rien d'autre.

À mi-parcours, un cri. Plutôt, un signal.

Les tireurs.

Ils les ont accrochés. Ils se regroupent.

Les premières détonations claquèrent au travers des arbres. Paul et Riad ne se retournèrent pas. Tant qu'ils étaient dans les bois, les types ne pouvaient pas viser avec précision.

Ils mirent un peu moins de vingt secondes pour parcourir cent mètres. En atteignant la nationale, Paul vérifia ses arrières. Des silhouettes cagoulées couraient dans leur direction, fusil d'assaut à canon court en bandoulière. Malgré la distance, le policier reconnut la forme particulière des Famas.

Il se jeta sur la chaussée.

Un 4×4 fit une embardée avant de piler devant lui. D'autres véhicules stoppèrent *in extremis* en s'acharnant sur leur klaxon.

Il contourna la voiture, carte tricolore au poing. Il hurla en ouvrant la portière.

— Police. Je réquisitionne votre véhicule.

Le conducteur, une femme à crinière brune et tenue de sport, fit mine de se décaler vers la droite. Paul la tira à l'extérieur sans ménagement.

— Tu te casses.

— Mais...

Une balle désintégra la vitre arrière. Deux autres se fichèrent dans la carrosserie, émettant un son de casserole. La propriétaire du 4×4 poussa un cri et détala dans le fossé sans demander son reste.

Le tir s'intensifia. Le côté droit de la voiture encaissait les impacts. Par chance, les pneumatiques échappèrent au carnage.

Paul hissa Riad à l'arrière et empoigna le volant.

Ils démarrèrent dans un crissement de gomme.

Sous l'ombre des pins, d'autres ombres faisaient mouvement. Elles retraversèrent la clairière et s'enfoncèrent dans les bois.

7

— Tu es sûr qu'il y est ?

Paul parlait fort. À la limite du hurlement. Sa voix couvrait à peine le sifflement du vent qui balayait l'habitacle.

Riad cria à son tour :

— D'après mon frère, cet enfoiré passe son samedi là-bas. Pour compter son pognon.

Paul opina du chef. Cuisiner un salopard n'était pas pour lui déplaire. Surtout s'il s'affichait en costume de marque.

Tout en roulant, le flic synthétisa ses déductions. Abdou n'avait pu vendre la mèche. Il ignorait les ressorts qui sous-tendaient l'affaire. Il lui était par conséquent impossible de s'être rancardé sur les tireurs d'élite qui avaient pris d'assaut la villa.

Seul l'homme qui se faisait appeler Vincent aurait été en mesure de le faire. Il connaissait le dossier et, vu son pedigree, pouvait sans doute mobiliser des équipes d'intervention en très peu de temps.

Pourtant, cette hypothèse battait de l'aile. Vincent traquait Nicolet. Il était censé être de leur côté. Celui des gentils. Le compte rendu de Riad ne laissait aucun doute sur ce point.

Paul envisagea la possibilité d'un double jeu. Une donne dont les règles lui échappaient, mais qui le mènerait au dingue. Dans ce flou artistique, il possédait une conviction : si Vincent connaissait le début de l'histoire, il en maîtrisait maintenant le dénouement.

En questionnant la Lame, ils obtiendraient son identité et remonteraient jusqu'à lui.

Il quitta la nationale et prit l'autoroute. Le 4×4 glissait sur l'asphalte, un Range Rover dernier cri propulsé par cent trente chevaux. Le soleil percutait le pare-brise, un cercle blanc, laiteux, obligeant à plisser les paupières.

Tête molle, Riad s'était assoupi.

Ils sortirent à la Joliette. D'après Kader, Abdou possédait une discothèque dans un des anciens entrepôts maritimes. Le Tunnel. Paul y avait fait deux ou trois descentes du temps de Tomasini. Il ignorait encore qu'à l'abri d'hommes de paille, se cachait l'une des figures de proue du Milieu marseillais.

La voiture se rangea près des docks. Immeubles en pierre de taille, monumentaux, alignés face au départ des ferries comme des usines de Monopoly. Cette partie de la Joliette avait été rénovée et abritait maintenant des bureaux, des restaurants, des entreprises délocalisées dans le nouvel eldorado du Sud. Un coin branché, pour yuppies du TGV.

Derrière, à portée de juron, la crasse d'un quartier ouvrier, la violence d'un port, sans transition.

Ils parcoururent à pied les cinq cents mètres qui les séparaient de la frontière. Paul s'attendait à une garde rapprochée, au moins deux ou trois méchants, et préférait prendre le parrain par surprise. Son bureau était situé au sous-sol, c'est là qu'ils auraient des chances de le coincer.

L'accès principal était cadenassé. Les policiers contournèrent le bâtiment, une charpente en métal rouillé, lamée sur son faîte de verre opaque. L'endroit respirait le calme, l'abandon.

Ils descendirent un talus et s'immobilisèrent devant une porte en fer. Un autocollant rouge et blanc mentionnait une interdiction de stationnement.

Aucune voiture.

Abdou avait peut-être changé ses plans.

Paul déchaussa son Manhurin. Riad s'adossa au mur, arme contre la cuisse.

Le Marseillais cogna son poing contre la porte, attendit. Les secondes s'enroulèrent, chargées d'adrénaline.

Nouvelle tentative. Paul martela le métal.

Un bruit de verrou. L'ouverture s'entrebâilla sur une face large, dépourvue d'expression, aux airs de poisson-lune.

— C'est...

L'homme n'eut pas le temps de poursuivre. Le canon de Riad s'était collé sur sa joue et déformait la chair molle.

— Doucement, mon gros, murmura Paul.

Il l'attrapa par l'oreille, tordant le cartilage à l'extrême, et l'extirpa du trou. Le type suivit le mouvement, tête baissée pour éviter un arrachement du pavillon. Riad abattit la crosse du Beretta sur sa nuque.

Le silence reprit ses droits.

Les flics tirèrent la masse sur le côté, à l'abri des regards. Sans un mot, ils se faufilèrent à l'intérieur. Paul se souvenait vaguement de l'endroit. Un couloir terne, ponctué d'ampoules dénudées, veiné de câbles électriques. Les entrailles du Tunnel sentaient le moisi, la cuisine sale.

Au bout du corridor, une double porte, tendue de cuir, tranchait avec le délabrement ambiant.

— On y est, souffla Riad.

Paul essuya ses paumes sur son jean.

— Combien de molosses ?

— J'ai pas vu la voiture. Pas de voiture, pas de chauffeur. Si Abdou est là, il sera seul.

Les policiers longèrent l'artère et s'immobilisèrent face aux panneaux.

Regards croisés. Dilatation des pupilles.

Ils enfoncèrent la porte ensemble.

Paul eut le souffle coupé. Il s'attendait à un bureau minable et pénétrait dans un volume de marbre noir. Pas un meuble, hormis un bureau d'acajou surchargé en matériel informatique. Des écrans plats ouvraient dans cette ambiance monacale des fenêtres bleutées.

Abdou travaillait seul, courbé sur son clavier dans des fragrances de thé.

Sa main plongea sous le bureau avec un temps de retard. Riad était déjà sur lui, canon braqué sur son visage.

— Vas-y. Fais-moi plaisir.

La Lame hésita. Il cadra Paul, sourcils froncés, puis revint vers Riad. Lentement, son bras apparut, armé d'un vieux Luger qu'il posa devant lui.

— Qu'est-ce que tu veux encore ? Je t'ai donné deux jours. Ça te suffit pas ?

— Pas si tu me fais un enfant dans le dos, enfoiré.

— Quoi ?

Le flic arabe avança d'un pas. Il ramassa le Luger et le glissa dans ses reins.

— Fais pas l'étonné, Saïd. Toi ou Vincent, ça revient au même.

— J'comprends rien à ton histoire. Une parole, c'est une parole. Kader a eu la mienne, ça devrait te suffire.

Le ton de la Lame était aussi sec que sa carcasse. Riad prit une profonde inspiration et déballa d'un trait :

— Mon frère est mort. La villa a été prise d'assaut deux heures après ton départ. Des commandos. Équipés de Famas.

Abdou se raidit. Il entrecroisa ses doigts et fit craquer ses phalanges.

— J'y suis pour rien. Si j'avais dû me faire Kader, je l'aurais saigné moi-même. Et tu peux me croire, j'aurais pris mon pied sur ce coup.

— Je sais, siffla le Beur. Mais c'est toi qui m'as amené ce rupin. Faut que je le retrouve.

— Compte pas dessus.

— Comment ?

— T'as bien entendu, poulet. Je peux pas me permettre de faire circuler ses coordonnées.

Paul sentit la fin de non-recevoir. Une partie de son être ne pouvait s'empêcher d'admirer le vieux malfrat. Un calibre braqué sur son crâne, il gardait sa superbe.

Il y eut un flottement. Riad rabattit le chien et passa derrière le bureau. Avant qu'Abdou ait pu lever un cil, il avait déplié un rasoir sur la gorge du parrain.

— Tu vois ce coupe-chou. Il appartenait à mon frère. J'ai plus rien à perdre, raclure. Je vais t'élargir le sourire, jusqu'aux oreilles.

Les prunelles du truand grandirent d'une taille.

— Enlève-moi ça...

Le Beur accentua la pression. Des billes de sang roulèrent sur le cou du harki.

— Son nom.

— Attends... Je...

Abdou s'était figé. Il avait posé ses mains sur le bureau et se cambrait en arrière.

Paul capta le revirement. Celui qu'on surnommait la Lame vivait sa terreur la plus profonde. Celle qui l'avait poussé à manier l'arme blanche, à égorger des dizaines de victimes, à construire sa légende.

La lacération.

Pendant des décennies, Abdou avait soigné le mal par le mal. Pour exorciser ses démons. S'en protéger.

Riad l'avait compris. Il avait senti le point faible, paradoxal, la fissure qui emporterait la digue.

Il lui chuchota à l'oreille :

— Dépêche.

— Carré... Patrick Carré.

— Profession ?

— Poulet.

— Quel genre ?

— DCRG. Commissaire hors classe. C'est un des pontes.

Les deux flics échangèrent un regard. Patrick Carré, alias Vincent, était un pro du renseignement. Il carguait ses voiles en eaux troubles, au confluent de la politique et du pavé. C'était sans doute dans ce cadre qu'il avait croisé le chemin du parrain.

Pourtant, cette fois, il traquait un psychiatre.

Parce qu'il avait expérimenté ses théories sur des patients ? Parce qu'il avait fondé un groupe de recherche dont la matière première était l'humain ?

Tout ça semblait trop mince.

Les sujets étaient consentants, personne n'avait pu le coincer jusqu'à sa disparition.

Riad relâcha la pression. La Lame s'effondra sur le dossier, livide. Il se massa la gorge avec des gestes gauches, observa le sang sur sa paume. En moins d'une minute, il venait de prendre dix ans.

— Je pouvais pas savoir. Kader m'avait demandé un tuyau, je lui ai refilé. C'est tout.

Le flic arabe lui tapota l'épaule.

— Te bile pas. J'ai pas de temps à perdre avec toi. Où est-ce qu'on peut le trouver ce super-flic ?

— Paris. Au ministère. C'est là qu'il bosse.

— Tu te fous de ma gueule ?

— J'ai pas son adresse. C'est pas le genre à m'inviter pour manger le méchoui avec ses gosses et sa fatma.

Riad revint se placer face à la Lame, de l'autre côté des écrans.

— Éclaire ma lanterne. Il a fait le déplacement... juste pour nous voir ?

— Je pense... Oui...

— Et il est reparti ?

Abdou se servit une tasse de thé. Il reprenait du poil de la bête.

— Je l'ai laissé à sa voiture. Je crois qu'il avait prévu de passer le week-end sur la côte.

— Où ?

— Comment veux-tu... ?

Le canon du Beretta martela le combiné.

— Appelle. Dis-lui que c'est urgent. Qu'il faut que tu le voies.

— Mais...

— Dis-lui que tu peux pas en parler au téléphone, que tu viens d'avoir une info béton sur la campagne du FN à Marseille.

— Il marchera pas.

— Bien sûr qu'il va marcher. Tu prends le pari ?

Regard mauvais, la Lame décrocha. Il composa un numéro de portable.

Paul observa le vieux roublard dans ses œuvres. Il mimait avec justesse des sentiments variés. Excitation, intérêt, soumission. En moins de vingt secondes, il avait obtenu un rendez-vous.

— 15 heures 30. À Toulon. Un café sur le port. Le France.

8

En route, Paul appela Skali.

— Tu avances ?

— J'ai déjà deux ou trois trucs.

— Balance.

— Primo, ton indic a été refroidi la nuit dernière.

Le jeune lieutenant décocha une œillade inquiète à Riad. Il était au courant pour le Hell's mais avait préféré taire cette vérité pour préserver son pote. En tirant sur une maille, c'est tout le filet qui allait remonter.

À l'autre bout du fil, Skali débitait son histoire :

— Les types n'ont pas fait dans la dentelle. Ils l'ont balancé dans une benne à ordures avec une balle dans le dos. Il paraît qu'il n'y avait plus grand-chose à récupérer.

La sauvagerie de la méthode n'avait pas empêché Atavian de repérer les bagues et d'identifier le camé. Paul demanda, pour en avoir le cœur net :

— On a une piste ?

Skali s'esclaffa :

— Une piste ? Tu veux rire ? Les mecs de la cellule action sont des pros.

Un éblouissement fit chanceler le Marseillais.

— Qu'est-ce que tu dis ?

— Cellule action de la DGSE. Des militaires, triés sur le

volet, qui passent leur vie à s'entraîner pour des missions classées secret-défense. T'as pas entendu parler du *Rainbow Warrior* ?

Un court-circuit.

Le Hell's n'avait pas été exécuté par Riad. Des salopards en treillis s'en étaient chargés à sa place. Ils avaient arrangé le coup pour faire porter le chapeau à Kader. Une mise en scène intelligente, empruntée au rituel du Milieu.

Qu'est-ce que ces barbouzes foutaient dans le tableau ?

Il réfléchit quelques secondes. Le Range frôlait le rail de sécurité, pleins phares, éjectant de sa trajectoire des véhicules affolés.

— Tu as pu obtenir quelque chose sur l'indic ?

— Non. Le dossier est confidentiel. Surprotégé. J'ai seulement pu savoir d'où venaient les tireurs. On ne m'a pas laissé consulter les détails.

Paul inspira à fond. Riad avait tourné la tête dans sa direction et l'interrogeait des sourcils. Il fit un signe de main indiquant que tout allait bien.

Il augmenta le volume sonore du mobile et s'adressa de nouveau à Skali :

— Je t'ai dit que la protection relevait des Directions centrales. Exact ?

— Exact.

— Bien entendu, je parlais de la Police nationale.

— Je n'en vois pas d'autres.

— Moi non plus. D'où ma question : la DGSE pourrait-elle obtenir ce type de garantie ?

Un silence tissa ses mailles, ponctué de grésillements d'abeille. Après un temps, Skali confessa :

— Possible.

— Dans quelles conditions ?

— Les services de la Sûreté extérieure ont leurs entrées partout. Ce type d'intervention ne devrait pas poser de difficulté.

Pied au plancher, Paul poursuivit :

— Est-ce qu'on leur permettrait d'accéder aux dossiers judiciaires ?

— Aucun problème.

— Aux fichiers d'Interpol ?

— Encore plus facilement.

— Ils pourraient également bidouiller des documents commerciaux ?

— À ce niveau, ils peuvent tout. C'est juste une question de pression.

Paul ébaucha un sourire. En écoutant Riad, il s'était fait à l'idée que des collègues avaient pu disjoncter. Leurs deux enquêtes s'étaient ajustées pour composer une trame logique.

Les réponses fournies par Skali ouvraient la boîte de Pandore.

L'armée.

Telle une hydre de métal, elle sortait du bois et déployait ses griffes.

— Paul ? Tu es toujours en ligne ?

Cabrera ne répondit pas tout de suite. À une centaine de mètres, des pastilles rouges se multipliaient. Un embouteillage monstre annonçait l'arrivée sur Toulon.

Le jeune lieutenant regarda sa montre. 14 : 40. Il lui restait vingt minutes pour rejoindre le port.

Et pour en savoir plus.

— Qu'est-ce que tu as sur Nicolet ?

— Pas grand-chose. Il a l'air de se tenir tranquille depuis son retour de Stanford.

— Son retour de quoi ?

— Université de Stanford. Californie. À côté de San Fransisco. Ne me dis pas que tu ne connais pas.

— Excuse-moi, j'ai pas tes lettres.

— T'es vraiment un blaireau de Marseillais. Stanford est

la plus prestigieuse université des États-Unis. Avec Harvard et Columbia. Les Ricains y développent leurs cerveaux en batterie.

Paul dégota un cigarillo dans sa poche et l'alluma. Les facs américaines, il ne se sentait pas concerné. Il savait en revanche que Riad n'avait pas mentionné cet élément lorsqu'il l'avait affranchi.

Nicolet avait disparu pendant deux ans.

Personne ne savait ce qu'il était devenu.

— Qu'est-ce qu'il foutait là-bas ?

— Top secret. La seule chose que je peux te dire, c'est qu'il bossait pour la DAS.

— En clair ?

— La Délégation aux affaires stratégiques. Une division du ministère de la Défense.

Le Lego prenait forme. DAS et DGSE étaient deux branches d'un même arbre. La tête et les jambes. Le psychiatre de Collonges avait mis sa science au service des milouzes. Les milouzes s'occupaient des basses œuvres : renseigner et couvrir, supprimer les inconscients qui s'approcheraient d'un peu trop près.

Dans cet imbroglio, Paul ne saisissait toujours pas l'essentiel.

Quel but poursuivait Nicolet ?

— Tu as autre chose ?

— Rien pour l'instant. Rappelle dans une heure.

Paul regarda les grilles de la base navale qui passaient sur sa droite. Il n'avait pas une heure.

Dans cinq minutes, il serait au contact.

— Merci, ma poule. On se tient au courant.

Il raccrocha et ralentit son allure. La rue de la République étirait sa perspective déprimante jusqu'aux voies rapides. Immeubles sales, commerces minables, quelques fast-foods, les touristes en partance pour la côte la traversaient tendus. À Toulon, on ne faisait que passer.

Les pupilles du policier fouillèrent l'artère grise à la recherche d'une place. En parallèle, son esprit échafaudait la suite.

Vincent attendait Saïd Abdou.

Carré tomberait sur deux flics en colère.

Il était fort probable que le haut fonctionnaire leur fournirait les pièces manquantes.

Même s'il fallait lui arracher la langue.

9

Ils abandonnèrent le Range sur le trottoir.

Le châssis surélevé permettait de déjouer les pièges tendus par la municipalité. En d'autres termes : de se garer à peu près n'importe où.

Paul briefa Riad rapidement. Le spectre d'une présence militaire n'étonna le Beur qu'à demi. Il avait envisagé cette hypothèse, sans pouvoir lui donner une justification rationnelle. Les activités de Nicolet à Stanford complétaient le puzzle.

Sur la mort de Mains d'or, Riad ne fit aucun commentaire. Simplement, il semblait soulagé. Il devait estimer qu'au final, le monde se passerait bien d'une ordure.

Ils traversèrent les arcades qui séparaient la rue du quai. La rumeur du trafic perdit en décibels. Longeant les pannes, une promenade coquette somnolait dans des vapeurs salines. Cafés, restaurants, les commerçants jouaient le grand jeu pour appâter le chaland. Des terrasses en osier composaient une palette criarde où le rouge-écarlate se mêlaient aux bleus turquoise, aux jaunes poussin, aux verts émeraude. Un concentré de mauvais goût, clinquant comme une tapisserie de bordel.

Le France était tout au bout, un peu en retrait, dissimulé derrière des bacs de géraniums. Une alcôve discrète pour rendez-vous honteux.

Paul s'avança seul. Carré ne le connaissait pas, il ne se

méfierait pas. Riad lui en avait tracé une esquisse rapide et l'attendait un peu plus loin. Il le contacterait via son portable dès que le poisson serait ferré.

La terrasse était vide aux trois quarts. En plein après-midi, la foule se comprimait sur les plages pour échapper à l'asphyxie.

Au premier coup d'œil, Paul cibla son objectif. Casque gris, chemise blanche, short bleu marine. Pas vraiment l'allure d'un fouinard des RG. Plutôt un yachtman, attablé devant un Perrier.

Il s'assit sur un fauteuil voisin, à moins de trente centimètres.

L'homme téléphonait. Il adressa un sourire poli au policier et se tourna légèrement, tout en continuant à parler.

Soudain, il se figea. Un cylindre de métal s'enfonçait dans les replis de sa taille. À l'autre bout, un bras aux airs de câble, sur lequel dansait un cobra.

— Terminez, murmura Paul en le clouant du regard.

Carré abrégea sa conversation. Il fixa le Marseillais en retour, sans s'affoler.

— Qui êtes-vous ?

— Mon nom ne vous dira rien. Je n'ai aucune importance. Le vôtre, par contre, signifie quelque chose.

L'homme tiqua légèrement.

— Le mien ?

— Patrick Carré. Commissaire hors classe. Grand manitou des RG.

— Où voulez-vous en venir ?

Le flic de la BAC s'approcha. Il avait senti une modulation dans la voix, le signe qu'il gagnait du terrain.

— Un malade qui écorche des gamines. Un psychiatre qui bosse pour l'armée. Des Rambo qui nettoient les problèmes au Famas. Je continue ?

— Vous êtes fou.

Les traits de Paul se durcirent d'un coup.

— Je sais ce que tu représentes, enfoiré. Une huile. Un

intouchable. La crème de la place Beauvau. J'en ai rien à foutre. Pour moi, tu es un tueur de flic. De flic arabe.

Il avait enfoncé le canon de son Manhurin dans les côtes de Carré. Le ponte grimaça. Difficile de savoir si c'était de douleur ou de crainte.

— Ce n'est pas moi.

— Non ? Qui d'autre connaissait la planque ?

Silence. L'homme fixa les bateaux qui dormaient au soleil. De profil, il ressemblait à un vautour.

— Je vous le répète, ce n'est pas moi.

— C'est ce qu'on va voir.

Le Marseillais extirpa son mobile et contacta Riad.

— Viens. On t'attend.

Lunettes sur le nez, il s'adossa au siège. D'une main, il ralluma son cigarillo. Il maintenait sa proie dans sa ligne de mire.

Le Beur déboula dans la minute. Il prit place face à Carré, lui coupant tout espoir de retraite.

— Bonjour... Vincent.

Le commissaire vira au vert. Il avala une gorgée de Perrier pour se donner une contenance.

— Vous nous avez bien baisés. Mon frère est mort, et je me sens comme qui dirait un revenant.

— Je l'ai dit à votre ami. Je n'ai pas donné l'ordre.

Riad prit le coupe-chou et le posa sur ses genoux, en évidence.

— Écoutez bien. J'ai plus le temps de jouer au chat et à la souris. Vous nous avez balancés à des empaffés en treillis qui protègent l'assassin de ma gamine. Je ne sais pas quel rôle vous jouez, ni ce que tout ça veut dire. Mais vous connaissez la vérité. Alors vous vous confessez où on vous emmène faire un tour.

Sous la table, un déclic. Le percuteur du Manhurin se relevait. Le super-flic tenta une bravade.

— Vous n'oserez pas. Vous n'avez pas les couilles.

— Vous croyez ?

Les regards se croisèrent. Celui de Riad, vide, voguant déjà aux frontières de l'oubli. Celui de Carré, mobile, habitué aux coups de poker sans retour.

Un plateau s'intercala dans l'arène, en équilibre sur une paume boudinée. Dans le prolongement, un serveur adipeux, boule à zéro, aux airs de loukoum.

— Je vous sers ?

— Casse-toi, répondit Paul en tendant sa carte tricolore.

Gras-double opina du bonnet et disparut.

— Un autre flic ? grinça Carré. On est en famille.

Riad ne lâchait pas le busard des yeux.

— En quelque sorte. Mais on hésitera pas. Avec vos magouilles, ce sera pas difficile de trouver une bonne âme pour porter le chapeau.

Carré s'amidonna. Ses amitiés dans le Milieu ne devaient pas se limiter à Abdou. Ses inimitiés allaient sûrement en parallèle.

Il se racla la gorge, comme s'il avait avalé une arête.

— On a passé un accord avec la DGSE. On clôturait le dossier Nicolet et on livrait le colis. En échange, ils nous fournissaient des renseignements sur des réseaux terroristes issus de l'ex-Yougoslavie.

Paul arqua les sourcils. Il n'avait jamais imaginé ce type de coopération. Les milouzes ratissaient large. Chaque information pouvait servir un jour.

Riad s'agita sur son fauteuil.

— C'est surréaliste. Que fout la Sûreté extérieure dans cette histoire ?

Carré eut une expression amusée. Le sage devant la candeur d'un élève.

— C'est une histoire de pouvoir. De secret.

— Je suis là pour l'entendre.

— Pour ainsi dire, j'ai commencé ma carrière avec Nicolet.

En 1973. On a ouvert un dossier dès son arrivée à la Recherche. La collaboration au sein d'un ministère sensible justifiait cette mesure et j'ai hérité de l'affaire.

Carré parlait à voix basse.

— Un dossier passionnant. Une personnalité hors norme servie par une intelligence exceptionnelle. Jusqu'en 1999, et après l'abandon du programme INC-IV, nous ne trouvons rien de compromettant. Clientèle privée, création d'un groupe de travail sur l'hypnose, nous le soupçonnons de poursuivre ses recherches sur ses patients. Comme je vous l'ai déjà dit, sans pouvoir rien prouver.

— 1999. C'est l'année où il vous a faussé compagnie ?

— Pas tout à fait.

— Vous saviez qu'il était à Stanford ?

Sourire en coin du roublard.

— Vous le savez aussi, on dirait.

— Pourquoi avoir dissimulé cette information ?

— Je devais m'assurer de ce que vous aviez dans votre jeu. Qui vous étiez. Les raisons de votre intérêt pour Nicolet. Je ne vous ai livré qu'une partie de la vérité. Une tranche sans importance. Lorsque j'ai obtenu ce que j'attendais, vous révéler le reste n'aurait servi à rien.

Riad eut un geste désabusé, acceptation de toutes les perfidies.

— Vous nous aviez déjà condamnés ?

— Vous l'étiez de toute façon.

Paul sentit son corps s'électriser. Ces jeux de rôle lui donnaient des envies de castagne, de solutions radicales. Dans les cités au moins, les faux-semblants n'existaient pas.

Son pote possédait plus de réserve. Il caressait sa barbe, sans lâcher Carré du regard.

— Maintenant que j'ai survécu, je voudrais connaître la suite.

— Stanford est une université un peu spéciale. Elle possède un département de pointe en matière de sciences du comportement. Des scientifiques de tout bord échangent des informations, creusent la psyché humaine pour en saisir l'essence. La recherche fondamentale est censée occuper la première place, mais les applications pratiques sont nombreuses. Je ne sais pas si vous êtes au courant, c'est là que sont formés les spécialistes en profiling du FBI.

Paul écoutait avec intérêt. Il se demandait si Foulon, le profiler au sourire caustique, avait fait un détour par la Californie.

— ... Il y a également un point que peu de gens connaissent. Le département des sciences du comportement travaille en collaboration directe avec l'armée américaine. Pendant la guerre du Viêtnam, ils ont expérimenté l'impact de certaines drogues sur les GI. Essentiellement des speeds. L'expérience a été poursuivie à l'occasion de la première guerre du Golfe, avec pour justification, un accroissement des capacités de résistance au sommeil des soldats. En réalité, le Pentagone poursuivait un autre but.

Carré marqua une pause. Il ne cherchait plus à dissimuler quoi que ce soit. Ce qu'il allait dire semblait néanmoins lui poser un problème.

— La cruauté... La part noire de l'homme, qui lui a permis depuis l'aube des temps de se faire une place au soleil. Le moteur fondamental pour asseoir sa suprématie. Les militaires ont mis au point des cocktails de speeds et d'hallucinogènes. Leurs boys étaient ensuite lâchés sur le théâtre des opérations, défoncés à mort. Les résultats ont dépassé leurs prévisions. Les cobayes ne dormaient plus pendant soixante-douze heures. Ne mangeaient plus. Ils massacraient sans distinction de sexe ou d'âge, s'acharnaient sur leurs victimes jusqu'à les rendre méconnaissables.

« En mars 1990, un incident plus violent a eu lieu dans la région de Bassorah. Des marines traités au PCP se sont infiltrés derrière les lignes irakiennes. Ils sont tombés sur des civils, une famille de paysans qui fuyaient les prétendues frappes chirurgicales. Ce fut une vraie boucherie. Lorsqu'une patrouille les a localisés au bout de quarante-huit heures, il ne restait que des morceaux, taillés au poignard de combat. Les GI avaient dévoré le cœur de leurs victimes avant de s'entre-tuer.

Paul chercha le regard de Riad. Tétanisé, le Beur ressemblait à un morceau de carton mouillé.

Carré avala une gorgée de bulles.

— Les Américains ont pris peur. Les expériences ont été stoppées immédiatement et le programme mis en jachère. Dix ans plus tard, ils entendaient parler de Nicolet.

Paul commençait à pressentir le lien. Un spécialiste de l'hypnose, plongé dans un laboratoire militaire. Le Français avait travaillé avec ses collègues d'Outre-Atlantique sur un programme de manipulation cérébrale.

Il questionna :

— Quel a été son rôle ?

— Les chercheurs de Stanford avaient réussi grâce aux drogues à développer le potentiel de violence des sujets. Le Français était chargé de trouver le point limite. L'instant où les cobayes disjonctaient. Il devait induire dans leur inconscient une sorte de fusible permettant d'éviter l'escalade.

Le Marseillais saisit brutalement les motivations de Nicolet. Au travers des délires militaires, il poursuivait son œuvre. Le contrôle des pulsions par la voie hypnotique. La fin des dérapages. Il avait vendu son âme au diable en échange d'une partie de ses neurones.

— La chimie, associée à un lavage de cerveau. Ils se sont pris pour Dieu.

— L'enfer est pavé de bonnes intentions. Les pays occidentaux ont toujours répugné à utiliser les mêmes méthodes que les « États voyous ». Pourtant, sur le terrain, nos adversaires possèdent un avantage. Pour eux, la vie humaine est sans valeur. Il fallait mettre tout le monde sur un pied d'égalité. Tout en cherchant à démontrer que le processus était sous contrôle.

Nouvelle bouffée de dégoût. L'hypocrisie du plus fort. La légitime violence. Paul ferma les yeux. Skali avait précisé que Nicolet bossait pour la Division des affaires stratégiques. Les commandos de la DGSE lui servaient de garde prétorienne. L'armée française était mouillée jusqu'au cou dans ce cauchemar.

Dents serrées, il siffla.

— La France a prêté un cerveau aux Américains pour faire des expériences nazies. Personne n'a gueulé ?

— Ce type de collaboration est courant. Il entre dans le cadre du traité de l'Atlantique Nord. Ce qu'on en fait ensuite...

Paul recula, écœuré. La vérité se farderait toujours pour abuser le peuple. Il songea à son père, à cette vie sans détours qu'imposait sa condition de pêcheur. Peut-être valait-il mieux qu'il reste dans l'illusion.

Riad prit le relais. Il avait écouté la litanie de Carré sans prononcer un mot, les doigts courant sur son coupe-chou.

— Ma gamine, dites-moi ce qui s'est passé.

Carré se rembrunit. Il laissa passer une volée de secondes avant de répondre.

— Il y a eu des problèmes à Stanford. Des dissensions entre chercheurs. Nicolet n'avançait pas assez vite. Sa science est empirique, fluctuante. Il lui fallait du temps. Au bout de deux ans, les Américains se sont lassés. Ils sont passés à autre chose.

— C'est là qu'on l'a rapatrié.

— Oui. De toute façon, il avait fait le tour de la question.

Riad fronça les sourcils. Carré expliqua :

— Au sein des organisations internationales, les rapports de force sont constants. On coopère à défaut d'autre chose. Si on peut s'en passer, on fait cavalier seul.

— De l'espionnage ?

— Pas tout à fait. Plutôt une affirmation de son périmètre. Nicolet est rentré avec pas mal d'informations. Il ne restait plus qu'à les utiliser en poursuivant ses propres travaux. Les militaires lui ont fourni une couverture avec le centre des Glycines.

La mosaïque formait à présent un dessin intelligible. Paul devinait la suite : de nouveaux cobayes, des crédits illimités. Une chance d'aboutir. L'assassin de Leïla avait dû faire partie du programme.

La voix de Carré revint en boomerang.

— Vous m'avez mis la puce à l'oreille avec votre histoire. On surveillait Nicolet depuis son retour sur le sol national. On était loin d'imaginer ce qui se tramait.

Riad eut un mouvement d'humeur.

— Et vous l'avez appris en nous balançant à vos petits copains de la DGSE.

L'homme haussa les épaules.

— Échange d'informations. C'est comme ça que ça s'appelle.

Paul avait une autre explication. Équilibre des pouvoirs. Zone d'influence. Les services luttaient à mort pour être au premier plan. Ils passaient plus de temps à se tirer dans les pattes qu'à défendre le contribuable.

— Nicolet a recruté des volontaires. Il proposait une grosse somme. Les sujets étaient sélectionnés sur la base d'un test de Rorschach et d'un questionnaire familial. Il a choisi les plus violents.

— Il y en a eu plusieurs ? s'étonna Paul.

— Douze. Quatre par an en moyenne. Suivis sur six mois. Il leur a administré un cocktail d'amphétamines et a fouillé leur cerveau. Aucun ne s'en est remis.

— Que voulez-vous dire ?

— La moitié des pensionnaires des Glycines sont ses

cobayes. L'autre moitié, les camés, étaient là pour faire diversion.

Paul se remémora le récit de Riad. Un centre fermé, des hurlements désespérés, des tombereaux de souffrance. Nicolet avait joué à l'apprenti sorcier. Ses créatures dérivaient sur une crête de terreur.

Carré conclut :

— Le dernier est votre homme. Le seul à avoir tenu le choc.

Les deux flics échangèrent un regard. Soudain, après une semaine à l'aveugle, la rampe s'éclairait.

— Son nom ? questionna Paul.

— Karl Durieux. Mais ça ne vous servira à rien. Il n'a pas de visage, pas d'adresse, pas de passé. La DAS a tout gommé.

Dossiers trafiqués, informations confidentielles, passe-droits, le dingue avait bénéficié d'une logistique sophistiquée.

Paul se leva d'un coup.

— Les milouzes ont fait sortir ce fou. Ils lui ont refilé une planque, de l'info et du pognon. Ça faisait partie du programme ?

— Je l'ignore. Une chose est sûre : lorsque vous avez pointé votre nez, ils ont pris peur. Le mot d'ordre a été simple : éradiquer toutes traces susceptibles de révéler leur projet. Votre ami était en tête de liste.

Riad avait pu s'en sortir. Mains d'or, l'infirmier, Kader... Ils avaient eu moins de chance.

L'évidence arracha un spasme au Marseillais.

— Ils cherchent aussi le dingue.

— Leur créature s'est échappée. Et Nicolet a disparu depuis hier. Je vous laisse en tirer les conséquences.

10

Le temps avait relâché son étreinte.

Philippe attendait sur la paillasse, prostré, dans les vingt mètres carrés de béton sale où chavirait sa vie. La glace sans tain ne renvoyait qu'un reflet terne, moucheté de moisissures.

Sa propre image, noyée dans un voile de néant.

Après la découverte du carnage, Philippe s'était précipité au blockhaus. Il avait tambouriné contre le métal, hors de lui, avant de se rendre compte qu'un cadenas bloquait la porte.

La présence d'une sûreté l'avait rassuré. Si Karl s'était donné la peine de verrouiller l'accès, c'était qu'il avait quelque chose à cacher. De plus, la fermeture extérieure démontrait qu'il n'était pas dans le secteur.

Philippe bénéficiait d'un répit, avant le dernier acte.

Il lui avait fallu moins d'une minute pour forcer la serrure. L'entrave datait de Mathusalem, le cric de l'ambulance avait eu raison des mâchoires rouillées sans difficulté.

En pénétrant à l'intérieur, il lui avait semblé plonger dans les entrailles d'un charnier.

Philippe avait allumé un briquet. Puis il avait attendu, immobile, le temps de laisser ses pupilles habiter la pénombre. Toujours le même décor. Un squat, livré à la vermine, aux cafards. À l'oubli. Aucun signe de présence, hormis la charogne du clébard qui achevait de se décomposer dans un coin.

Il avait fouillé les déchets, retourné la paillasse, remué la poussière.

En vain.

Les preuves qu'il cherchait se dérobaient.

Pourtant, il savait qu'elles étaient là, quelque part. L'odeur de mort saturait l'oxygène. Plus forte qu'à sa première visite, plus actuelle, comme pulsée par un ventilateur.

Karl reviendrait.

Cette salle était son antre. Le lieu de toutes ses folies.

Il avait caché les peaux ici.

Une nouvelle crise avait pointé son nez. Déstabilisé, Philippe n'avait pu la contenir. Il s'était affalé sur le sol et avait rampé jusqu'au grabat. À demi conscient, il n'avait pas senti qu'il s'effondrait contre la carcasse de l'animal.

Depuis, il dérivait, assailli par des visions de corps mutilés.

Un grincement le tira de son coma. Il s'adossa au mur, incapable dans l'immédiat de reprendre la station verticale. Vertige. Sensation du sang qui irrigue le cerveau trop rapidement.

Karl.

L'ultime instant avant la confrontation.

Il chercha à saisir la seringue, arme dérisoire contre le Mal absolu.

La porte s'entrebâilla.

Il plissa les paupières. Une forme se découpait parmi les bâtonnets de lumière.

Ce fut plus une intuition qu'une véritable certitude.

Il ne s'agissait pas de Karl. Il ne pouvait s'agir de Karl.

Pour une simple raison.

C'était qu'il connaissait cette silhouette.

XI

1

Retour à la BAC.

Paul respirait avec soulagement le parfum de la maison. Un mélange poussière-transpiration-Javel qui lui faisait parfois songer aux salles de boxe. Insultes, menaces, phalanges qui font craquer les nez, les flics des rues affrontaient heure par heure une spirale de haine.

L'équipe du lieutenant Paul Cabrera n'échappait pas à la règle. Ses gars vivaient dans la violence. Une vérité concrète, physique, loin des images édulcorées dont la télé gavait le citoyen. Dans la réalité, la barbarie explosait. Aucune censure, des actes féroces.

Et une odeur : celle de l'adrénaline en fusion.

Paul serra les mains des types de permanence et rejoignit son bureau. Depuis la disparition prématurée de Tomasini, il squattait ses pénates. Le successeur du Corse, un jeune blanc-bec frais émoulu d'une fac de droit lambda, était superstitieux. Il avait préféré s'installer aux archives, prétextant qu'il devait prendre connaissance des dossiers.

Sur le terrain, Paul dirigeait la Brigade.

Il referma la porte et affronta le passé. Par respect, par amitié, il avait laissé les lieux tels quels.

Des photos de Marseille, sous verre, datant d'une époque en noir et blanc. D'autres, plus récentes, montrant l'ancien patron de la BAC en compagnie d'acteurs connus, de poufiasses endimanchées, de figures du Milieu. Dans un angle, un rayonnage en chêne où s'entassaient des revues déprimées. Armes, chasse, courses. Les trois passions de Tomasini. D'une certaine façon, son boulot avait unifié le triptyque.

Paul alluma l'ordinateur. Il entra son code personnel et envoya la recherche.

Karl Durieux. Un nom étrange. Mélange de rigueur germanique et de quiétude franchouillarde.

Le bout de la route.

En revenant de Toulon, le Marseillais avait téléphoné à Vial. Le portrait-robot ne donnait toujours rien. Aucun asile n'avait pris en charge un déjanté à la voix de gonzesse. Les premiers spécialistes d'Aulnay venaient de débarquer, et la juge d'instruction appelait toutes les heures.

Le commissaire était d'une humeur de chien.

Paul avait préféré taire ses découvertes. Les RG s'infiltraient dans le moindre trou de souris, il n'était plus certain de pouvoir faire confiance à qui que ce soit.

Trouver le dingue en premier.

Couper l'herbe sous le pied des milouzes.

C'était la seule façon de sortir de ce guêpier.

Il fouilla chaque fichier. Empreintes digitales, personnes disparues, recherchées, placements d'office.

Rien. La machine policière ignorait Karl Durieux.

L'idée que Carré lui avait balancé un leurre le titilla. Un pro de la dissimulation, orfèvre en retournements de situation. Après avoir endormi leur méfiance, il s'en était sorti en les envoyant dans le décor. Dans la foulée, ses paroles vinrent cogner sa mémoire : « *Pas de visage, pas de passé, ils ont tout gommé.* »

Carré ne risquait rien à lui refiler l'info. Le tueur de gosses n'était qu'un être virtuel, un reflet, se transformant en permanence dans un jeu de miroirs.

Paul quitta son fauteuil. Un crabe lui rongeait l'estomac. Bientôt, les gendarmes prendraient l'enquête en main. Des militaires, eux aussi.

Comme par hasard.

Il lui sembla qu'un complot gigantesque garrottait cette affaire. On n'avait pas hésité à cautionner un Mengele en costard, à lui filer du blé pour décérébrer des pauvres types. Nicolet avait eu carte blanche pour fouiller le tréfonds des consciences et en extraire l'essence du Mal.

Tout ça, au nom de l'intérêt national.

Riad avait été le grain de sable. Un David pathétique luttant contre Goliath. Pour l'instant, il se terrait dans le 4×4. Bientôt, le rouleau compresseur allait le réduire en charpie.

Paul regarda sa montre. Il n'avait plus le temps de faire la liste des asiles d'aliénés. Et de toute façon, il ne croyait plus à cette solution.

Il devait mettre Riad à l'abri. La carrière de son pote était terminée. Il lui restait encore sa vie.

Il allait quitter la pièce lorsqu'une idée lui vint.

Internet.

Parfois, sur le réseau, on dégotait des infos inattendues. Une toile en mutation constante, incontrôlable. Il y avait vu se dévoiler des généalogies entières, lorsqu'un membre de la famille livrait en pâture aux voyeurs ses connexions intimes.

Le dingue avait un père, une mère, des grands-parents.

Forcément.

Il réinitialisa le PC.

Moteur de recherche. Battements d'espoir au bout des doigts. Paul saisit le patronyme en majuscules.

Deux pages. Neuf réponses. Durieux déclinait sa consonance dans des directions hétéroclites. Trois avocats, un laboratoire d'analyses, des procès-verbaux de conseils d'administration, un écrivain inconnu, un Durieux appartenant à l'histoire, mort pendant l'occupation.

Pas de généalogie.

Par pure obstination, il cliqua sur chaque site. Pour un résultat frôlant le zéro absolu. Rien, de près ou de loin, ne le renvoyait à son enquête.

Il ouvrit le dossier historique en dernier.

Trois lignes, comme une nécrologie. Aucune indication quant à l'auteur de la page.

Son cœur se comprima.

Claude Durieux avait passé l'arme à gauche dans la cour de la prison des Beaumettes, la tête séparée du corps par une lame taillée en biseau.

Son crime : le viol et l'assassinat de quatre gamines.

La particularité : elles avaient toutes été écorchées.

2

Même nom. Même méthode. La zone géographique correspondait aussi.

Ce ne pouvait être une coïncidence.

Paul fonça au Palais de Justice. Il devait exhumer le dossier. Faire parler un fantôme oublié dans les méandres de l'histoire.

Il espérait trouver le chaînon manquant, la pièce qui le mènerait au dingue.

Il se gara dans le parking Monthyon. Troisième sous-sol, à l'abri des regards.

Riad grelottait. La gaze plaquée sur son épaule semblait avoir été trempée dans l'huile. Paul l'allongea sur la banquette arrière et verrouilla les portes.

Il émergea du souterrain en courant. Accès barricadés, parvis désert, le temple de la loi dressait ses colonnes de granit dans une trouée de platanes.

Le flic traversa la rue Émile-Pollak et accéda au nouveau bâtiment. Un navire de métal, aux verrières comme des hublots, en cale sèche sur trois pâtés de maisons.

Il franchit le sas, carte tricolore au poing, laissant dans son dos un planton encore au garde-à-vous.

Samedi après-midi.

Halls déserts, salles d'audience endormies, l'endroit ressemblait à n'importe quelle administration. Pourtant, Paul savait que la bête respirait. Embusqués dans le dédale des couloirs, des magistrats d'astreinte froissaient des PV. Ils assuraient la continuité du service public à coups d'incarcération express.

Il se planta devant la guérite et plaqua sa carte sur le verre.

— Je dois consulter les archives.

Un concierge apathique, cheveux crépus sur traits de vouivre, s'approcha de l'hygiaphone.

— Y a personne. Faut repasser lundi.

Paul gueula un coup en tapant sur le comptoir.

— Tu sais pas lire ? C'est marqué « Police », dugland. Ça veut dire tout de suite.

Le type eut un mouvement de recul.

— Quelle année ?

— Quoi ?

— Je vous demande l'année. Pour votre recherche.

— 1943.

L'homme fit mine de réfléchir.

— On conserve pas au-delà de trente ans...

Paul serra les poings. La justice ne jetait rien. Ses clients restaient marqués au fer rouge, pour l'éternité. Il questionna :

— Faut aller où ?

Le type se contorsionna et attrapa un classeur. Sourcils froncés, il fit défiler des feuilles de couleur protégées par des chemises plastique.

— Vitry-sur-Seine. Service des archives. Vous voulez le téléphone ?

Paul fit un rapide calcul mental. Il lui restait à peine quelques heures avant d'être définitivement hors course. Un saut dans la banlieue parisienne lui prendrait trop de temps. Avec, au mieux, toutes les chances de tomber sur une forêt de paperasses à remplir.

Il devait trouver les réponses ici.

Maintenant.

Il quitta le bâtiment en décrochant son téléphone. Un homme pouvait l'aiguiller. Dans son métier, les règles étaient moins strictes. Et au besoin, on pouvait toujours s'arranger avec elles.

Il tomba sur une boîte vocale. Il serra les dents en laissant son message.

Dans la minute, le combiné vibra dans sa poche.

— Salut, Paul. C'est Christophe. T'as un plan pour moi ?

— Pas cette fois, mon canard. C'est toi qui vas faire des heures sup.

Christophe Varga, journaliste à *La Provence*, dirigeait la rubrique des faits divers comme une agence de renseignements. Présent sur tous les fronts, il devançait parfois les flics sur leur propre terrain.

Il grommela :

— Du genre ?

— Recherches. Vos archives remontent à quand ?

— Je sais pas au juste. On a mélangé celles du *Méridional* et du *Provençal*. Depuis, c'est un bordel noir.

— L'Occupation ? Tu crois que ça va le faire ?

— Faut voir.

— Rancard là-bas. Dans une demi-heure.

Varga toussa à l'autre bout du fil.

— T'as un mandat ?

— Que dalle.

— Alors tu me laisses faire. Si tu débarques avec moi, on risque d'avoir des problèmes.

Paul descendait les escaliers qui menaient au parking. Son écouteur grésillait, la réception commençait à faire des siennes. Il s'arrêta au milieu des marches.

— Je m'en tape. On s'occupera de l'intendance plus tard. Grimpe dans ta caisse et fonce. C'est une question de vie ou de mort.

3

La salle des archives ressemblait à un laboratoire.

Un cube de murs en céramique, illuminé au néon, abritant une douzaine d'ordinateurs connectés en réseau. Au sol, des câbles informatiques serpentaient vers une unité centrale.

Paul avait précisé l'objet de sa recherche au journaliste. Une affaire décalée, du droit commun dans une époque de cours martiales. La presse avait dû en faire ses choux gras.

Concentrés, tempes en sueur, les deux hommes faisaient fumer la bécane. La vie de leur cité défilait sur l'écran, depuis la fondation des quotidiens. Une immersion dans un album de famille, visages patinés par le temps, figés à grand renfort de pixels sur une actualité reléguée dans l'histoire.

Paul admirait le boulot. Chaque page avait été photographiée, scannée, et injectée dans les circuits imprimés. Seule difficulté, le classement au jour le jour s'arrêtait en 1962, pendant les événements d'Algérie. En deçà, les journaux avaient été stockés en vrac, année par année, dans l'attente d'un stagiaire motivé pour leur donner un semblant d'ordre.

Varga cambra le dos. La chemisette en acrylique enfilée à la hâte laissait entrevoir un ventre mou, d'un blanc de faïence. Des colonnes de signes se reflétaient dans ses lunettes d'écaille.

— Nada. T'es sûr pour l'année ?

Internet n'avait livré qu'une indication parcellaire, anonyme. Paul mentit à demi :

— Certain.

— On l'a peut-être loupé. À la vitesse où on défriche...

— Il est là. Je le sais. On reprend depuis le début.

Le journaliste poussa un soupir d'outre-tombe. Il essuya ses carreaux et fit craquer ses doigts.

— T'es un vrai malade. Tu le sais, ça ?

Il se penchait sur le clavier lorsque Paul posa une main sur son épaule.

— Attends...

Le flic venait de saisir l'explication. Les traces qui permettaient de remonter au dingue avaient été détruites. Toutes les traces. Les militaires s'étaient aussi occupés du passé. Méthodiques, ils avaient sectionné chaque fil qui aurait permis une identification du tueur.

Ce vide confirmait son intuition. Il venait de harponner le squale.

Il fit quelques pas, cherchant une solution. Le bout ferré de ses rangers claquait sur le carrelage à la façon d'un métronome. Sourcils froncés, Varga tripotait la souris.

Soudain, Paul s'exclama :

— Le support d'origine !

— Détruit. Au fur et à mesure de l'archivage informatique.

— Tu m'as dit que c'était classé jusqu'en 1962. L'archiviste a dû conserver les autres années.

Varga écarquilla les pupilles.

— Tu veux te taper les cartons ?

— S'il reste une chance, elle est là. C'est où ?

— On a un entrepôt, derrière le quai des départs. Mais...

— Tu peux avoir la clef ?

Le journaliste fit rouler sa chaise vers l'arrière et parla d'une voix lasse.

— La clef, c'est pas le problème. Tu vas passer trois vies avant de dégoter ton truc. S'il y est.

— Je tente le coup.

Paul savait qu'il jouait son va-tout. Les milouzes avaient piraté les données informatiques. Sans doute à distance, en forçant les fichiers du journal. Une recherche sur place semblait plus aléatoire. Autorisations, publicité, la sacro-sainte liberté de la presse constituait une barrière délicate. La Division des affaires stratégiques n'avait peut-être pas voulu prendre le risque de lever un lièvre.

Ils quittèrent la salle blanche et ressortirent à la lumière. En passant devant le Range, Paul jeta un regard à Riad. Il s'était endormi, couché en chien de fusil sur la banquette en cuir. Traits détendus, il semblait avoir enfin trouvé la paix.

Varga ne prêta pas attention aux vitres explosées, aux impacts de balles qui déchiquetaient la carrosserie. Il marchait d'un pas rapide, comme un voleur pressé de détaler.

L'entrepôt se situait tout au bout d'une dalle de béton, un hangar en tôle flambant neuf dont les parois miroitaient. Une porte blindée barrait la route. Le journaliste tapa un code. Une lumière verte clignota.

— On fait fissa. J'ai pas envie de me faire choper ici en compagnie d'un poulet. Et encore moins en dehors des heures d'ouverture.

Ils pénétrèrent dans un branle-bas de cartons. Des haies à perte de vue, se confondant dans la pénombre.

Varga appuya sur un interrupteur. La mer de cellulose parut plus profonde encore. Sous les charpentes métalliques, des lames de fond dressaient leurs crêtes de papier terne, comme prêtes à déferler sur eux. De larges barres d'acier les retenaient, sur lesquelles coulissaient des échelles en aluminium.

Ils s'acheminèrent vers un kiosque, situé sur une sorte de rotonde. De ce point central, on obtenait une vue d'ensemble des archives. Paul songea à la toile d'une araignée. Quelque part, dans le réseau de fibres, se planquait son gibier. Il allait remonter vers lui, patiemment, et lui faire rendre gorge.

Le journaleux agita sa graisse. Il tenait un classeur élimé où s'entassaient des feuilles volantes. Après plusieurs grognements, un plan jaillit entre ses doigts.

— Allée H... Zone 3... Putain, Cabrera, on n'est pas sortis de l'auberge.

Paul lui arracha le bréviaire des mains.

— Raison de plus pour se magner le train.

Varga lui lança une œillade mauvaise et tourna les talons.

Ils progressèrent entre des murailles fatiguées. Des décennies d'articles, d'enquêtes, de piges, comprimés dans ce cimetière de la pensée.

D'autres combats, d'autres victoires.

D'autres meurtres.

L'année 1943 s'entassait sur un rayonnage, cinq mètres au-dessus du sol. À vue de nez, une douzaine de cartons.

Un par mois.

Paul fit coulisser l'échelle et grimpa quatre à quatre. Il extirpa les fossiles recouverts de plusieurs strates de poussière. Point positif : personne ne semblait les avoirs manipulés depuis plusieurs années. Chaque ballot portait au marqueur son mois d'attribution.

Après avoir balancé son butin dans le vide, il redescendit.

— On avance en tenaille. Tu pars de janvier. Moi, de décembre. Et uniquement la première page.

De mauvaise grâce, Varga opina du bonnet.

Ils décachetèrent les emballages. Le journaliste avec précaution, Paul à la hussarde. Les exemplaires fanés craquaient sous leurs doigts comme des papyrus.

Très vite, des tas s'élevèrent autour d'eux. Assis en tailleur, ils officiaient au milieu de termitières poussiéreuses comme des pilleurs de mémoire. Décembre, novembre, octobre, la guerre étalait sa misère en gros titres. Des thèmes récurrents, curieusement actuels, déclinant en traînée de poudre la connerie humaine. Paul avait le sentiment de remonter le temps. Des événements survolés dans les manuels scolaires, télescopant soudain la réalité.

Il entama septembre. Le moindre fait divers provoquait une bouffée de fièvre. Trois fois, il plongea dans le corps du journal pour vérifier une accroche. En vain.

Soudain, l'espoir. Un homme venait d'être exécuté à la prison des Beaumettes, le matin du 4 septembre 1943.

Gorge nouée, il se rua sur les détails. Un article ridicule, deux colonnes et un cliché anthropométrique, planqué en page sept.

Ce fut comme un séisme.

Claude Durieux, âgé de trente-cinq ans au moment des faits, avait enlevé, violé, et écorché quatre gamines dans le courant de l'été. Le rédacteur avait épargné les détails de la boucherie à ses lecteurs. Il précisait néanmoins que les crimes avaient été commis dans un blockhaus de la côte sud, à quelques brasses du port des Goudes. Le lieu ne devait rien au hasard, Durieux appartenait à la Sipo-SD – la Gestapo – et utilisait déjà les installations militaires allemandes à l'occasion d'interrogatoires musclés.

Paul eut une moue de dégoût. La rapidité du procès et l'absence de censure devaient avoir eu valeur d'exemple. Les Allemands avaient voulu prouver qu'ils collaboraient aussi, quand bien même le coupable frayait dans leurs rangs. Des forces d'occupation correctes, jouant le jeu d'une justice à leur botte.

De toute façon, le criminel était français.

Il replongea dans le texte. Pas de commentaires sur les motivations de l'acte. Rien sur l'expertise psychiatrique. Juste un portrait du coupable.

Durieux venait d'une famille de commerçants et travaillait

dans l'administration. Marié, père de deux enfants, il s'était engagé dans la Milice en 1942.

Le regard de Paul monta vers le cliché. Un visage lisse, des cheveux plaqués en arrière à partir d'une raie impeccable, de grands yeux pâles. Le type puait la folie à plein nez. Sa dinguerie sautait aux yeux à travers l'objectif.

Son descendant suivait le même chemin. Un *bis repetita* du délire, potentialisé par les méthodes Nicolet. En étudiant le dossier familial du tueur, le psy avait dû découvrir cette histoire. Il l'avait choisi en tenant compte de ce critère.

Le timbre épais de Varga ramena Paul dans le hangar.

— T'as trouvé un truc ?

Il hocha le menton et tendit le parchemin. Puis il se redressa, l'esprit embué par cette nouvelle découverte. Le passé ne le menait nulle part.

La question essentielle restait verrouillée.

Où se planquait le dingue ?

Il déambula au milieu des cartons, laissant les odeurs de poussière envahir ses narines.

Une tache sur un mur attira son attention. Une amibe verte, boursouflant le plâtre à la façon d'un furoncle. Machinalement, il gratta la plaie. Des copeaux de moisissure se coincèrent entre la chair et l'ongle.

L'image subliminale déboula en force.

Depuis le départ, les lichens prélevés sur le corps de Leïla avaient fait penser à une grotte. Coglio les avait fouillées en vain, dans un rayon de cinq kilomètres autour de la scène de crime.

Il ne s'agissait pas de ça.

Les moisissures provenaient du bunker. Le dingue en transportait sur lui lorsqu'il avait chopé la gamine. Elle avait dû s'accrocher, le griffer, et en récolter sous les ongles.

Tout s'imbriquait.

Dans sa démence, Karl Durieux s'était identifié à son ancêtre. Il avait choisi des méthodes similaires et retrouvé le lieu des mises à mort. Le simulacre sexuel achevait la trame. Sa pulsion était d'un autre ordre, mais il devait inclure cette donnée dans le calque.

Paul revint vers Varga au pas de charge. Il lui arracha la relique sans préavis.

— Je te laisse mettre de l'ordre. À charge de revanche.

Il s'éloigna en courant, épaules contractées dans une posture de combat.

Le reporter resta les bras ballants, vautré dans l'océan de papier.

4

Paul connaissait bien le coin.

Dans son enfance, il avait écumé les calanques avec d'autres vauriens, en quête d'aventures, de liberté. Au hasard de leurs courses, ils s'étaient plus d'une fois fait surprendre par la nuit. Les vieux blockhaus les avaient hébergés, des tanières chargées de fantômes, d'adrénaline.

Sa mémoire lui livra six points de chute.

Disposés au-dessus de la route côtière, sur une distance d'à peu près deux kilomètres.

Il réveilla Riad et le fit passer à l'avant. Le Beur flottait à côté de son corps, traits creusés de souffrance. Paul l'immobilisa avec la ceinture de sécurité et démarra en trombe.

Les Goudes. Pointe sud de la rade.

À l'autre bout de la ville.

Il traversa Marseille sur les chapeaux de roues. Le 4×4 rugissait à chaque croisement, traçant sa route à coups de klaxon, de frôlements de calandre, de poussettes.

Corniche Kennedy sur les séparations centrales.

Avenue Pierre-Mendès-France par les trottoirs.

À la Pointe-Rouge, la rue formait un entonnoir. Bouché. Paul déboîta et continua à contresens. Trois autres voitures lui emboîtèrent le train.

Après dix minutes de rodéo, le Range arriva en vue du

mont Rose. La ville s'effaça. À sa place, des roches torturées, griffées d'embruns, des falaises blanches surveillant la mer telles des vigies pétrifiées.

Paul ralentit. Derrière la calanque de Saména, commençait la route des Goudes.

Il repéra le premier blockhaus. Une masse brune perdue dans la lumière de lave. Planté à deux pas d'un observatoire à touristes, on y accédait au bas de trois marches bétonnées.

Trop accessible.

Il passa la première et poursuivit.

Deuxième blockhaus. Cinq cents mètres plus loin.

Même topo.

Encore trois cents mètres. Un autre. Un peu en retrait derrière un monticule de grès.

Pourquoi pas ?

Paul gara la voiture. Riad avait les yeux fermés et respirait par saccades. En quelques heures, son état s'était dégradé. L'urgence d'une intervention suintait de son épaule en vagues jaunâtres.

Paul épongea le front de son ami, dents serrées. Il touchait au but. Son pote tiendrait le coup encore quelques minutes.

Il courut vers l'objectif, arme au poing.

Des images de violence entrecoupaient ses pas. Des crochets de boucher éventrant les chairs, des visages d'enfants, déchirés de terreur.

En haut du monticule, le fortin ne tenait plus que par un mur, ouvert aux quatre vents à coups de masse.

Le policier redévala la pente et bondit dans la caisse.

Le port des Goudes se devinait déjà derrière les lacets de bitume. Une anse de poupée, trouée de couleurs vives, où l'on tirait les barques à flanc de roches. Une image de carte postale.

Plus qu'un blockhaus, et il faudrait passer de l'autre côté, vers Callelongue.

Paul freina sur un terre-plein. Le quatrième cerbère était planqué dans la garrigue, hors de vue des estivants.

L'endroit rêvé. L'intuition que celui-là était le bon.

Il traversa la route et prit le sentier. Une lanière escarpée, droit au milieu des roches. Il crapahuta en silence, concentré. Des caillasses roulaient sous ses bottes.

Une crête, le sentier continuait derrière. En plein milieu, construit sur une trouée qui surplombait la mer, une masse homogène.

Paul approcha, buste baissé, jambes fléchies. La colline l'enveloppait comme une matrice hostile. Il entendait sa pompe interne pulser dans ses tympans.

Une porte de métal plein fermait l'accès.

Il repéra une discordance. Une chaîne, traînant à même le sol, prolongée d'un cadenas.

Il fit le tour du bloc, prenant garde à ne pas faire craquer les arbustes qui emmaillotaient la construction. Une meurtrière s'ouvrait face au large, assez haute pour y loger le canon d'une mitrailleuse lourde.

Il risqua un coup d'œil.

Trois de ses sens imprimèrent en même temps.

La vue : un puits sombre.

L'odorat : des remugles de charogne.

L'ouïe : des chuchotements, des pleurs.

Il déchaussa son arme et revint se placer dans l'axe de la porte.

— Police ! Sortez ! Mains sur la tête !

Pas de réponse. Un silence assourdissant oppressait la colline.

— Sors enfoiré ! Sors, ou je viens te chercher !

Des murmures à travers la porte. Puis une voix, élégante et lasse, celle d'un empereur marchant vers son exil.

— Ne tirez pas... Ce n'est plus la peine...

Le battant de métal roula sur son chambranle. Dans l'encadrement, se dressait un visage de craie, encadré d'une chevelure d'un noir d'encre. L'homme nageait dans un costume de lin, une feuille de papier crépon qu'il devait porter depuis plusieurs jours. Un chapeau melon enserrait son crâne comme un anachronisme.

Paul plissa les sourcils, sans abaisser son arme.

— Docteur Nicolet ?

Le type eut un sourire désabusé, comme si ce nom évoquait une époque révolue. Il ouvrit les mains et toisa Paul avec ce qu'il lui restait de morgue.

— Vous vouliez un coupable ? Venez... Mais je ne suis pas certain que ce que vous allez découvrir vous aidera à prendre une décision.

Il plaça un mouchoir sur son nez en invitant Paul à le suivre.

5

Des trous à rat, le flic en avait retourné plus d'un. Là, il eut le sentiment de s'immerger dans les entrailles mêmes du rongeur.

Une odeur insoutenable assaillait les voies respiratoires, brûlait les muqueuses, courait le long de la trachée pour exploser en gerbes de feu dans les poumons.

Paul eut un haut-le-cœur. Il enleva son débardeur et le plaça sur son visage. Torse nu, traits en partie masqués, il ressemblait à un sauveteur opérant sur les lieux d'un séisme.

Il cligna des paupières. Après la luminosité du bord de mer, la pénombre tendait sur ses rétines un bandeau de lucioles.

La dalle de béton apparut progressivement. Lisse, jonchée de détritus, de fientes. Une paillasse éventrée grouillait de vermine contre un des murs. Devant lui, un miroir en pied, présence incongrue dans cette coque de crasse.

— Où est-il ?

Nicolet retira son chapeau. L'homme semblait épuisé, comme corrodé de remords. Tête baissée, il parla à travers son mouchoir.

— Je viens de lui administrer un tranquillisant. Il dort.

Une déferlante de rage submergea le policier. Il saisit le psy par le cou et le souleva à sa hauteur.

— Où, bordel ? Où l'avez-vous planqué ?

Le médecin cracha d'une voix hachée :

— Le... le miroir... Derrière...

Sans relâcher sa prise, Paul scruta la cloison. Pas de porte, pas de trappe, lisse comme une toile cirée.

Nicolet éructa :

— Il... pivote... il... pivote...

Le flic le laissa tomber. Il s'approcha du miroir et appuya ses paumes sur le verre. L'écran s'incurva sans s'ouvrir.

— On fait comment ?

Buste cassé vers l'avant, Nicolet vomissait ses boyaux. Entre deux hoquets, il lâcha :

— Sur le dessus... Un mécanisme... Mais attendez... Je... Je dois d'abord...

Paul n'écoutait plus. Ses doigts palpaient les bordures de bronze, fouillaient les interstices. Des sillons de feu parcouraient ses phalanges. Dans un des angles, une aspérité retint sa main.

Il fit jouer la targette. La glace se décolla d'un centimètre. Il agrippa le montant et fit pivoter l'ensemble.

L'odeur de pourriture lui bondit au visage. Tellement puissante qu'elle le força à reculer. Le gouffre dont elle venait de s'échapper s'abîmait dans le noir.

Le policier chercha des yeux de quoi confectionner une torche. Il enroula une vieille chaussette sur une tige de métal et fit flamber le coton. Respiration bloquée, il s'enfonça dans l'horreur.

Choc.

Impression de visionner un film, le corps séparé de l'esprit.

Le réduit n'excédait pas huit mètres carrés. Quatre chaises, une à chaque côté. Ficelés aux dossiers, des pantins de chiffon.

Deux grands, deux plus petits.

Habillés de peau.

Jambes, torses, bras, la couenne avait été cousue avec du fil de pêche. Les visages, par contre, semblaient avoir été collés directement sur le support. Ils avaient gardé dans la mort les stigmates du calvaire. Leurs orbites vides fixaient le plafond, créant une pantomime d'humanité.

La torche se promena sur les dépouilles.

Celles des adultes viraient au noir, boursouflées de crevasses à l'intérieur desquelles grouillaient des larves couleur de lait. Par réflexe, Paul data la mort à plus de trois mois.

Celles des enfants révélaient une fin plus récente. Taches verdâtres pour ce qui avait dû être Leïla. Lividités pour le dernier gosse.

Des mouches bleues s'en donnaient à cœur joie, frottant leurs ailes sur ce charnier.

Paul était hypnotisé. Il avait l'impression de pénétrer à l'intérieur même de la psychose du meurtrier. Une mare de pus, sans commencement ni fin.

Il buta sur quelque chose. Il abaissa la flamme. Le dingue qu'il traquait depuis une semaine était couché sur le dos, paupières closes. Ses traits d'une beauté dérangeante faisaient songer à ceux d'une fille. Des cheveux courts, coupés en brosse, hérissaient son crâne tel un tapis de clous. Il serrait dans sa main une perruque de crin jaune.

Paul étouffa un cri.

La bouche souriait.

Il tira le corps à l'extérieur et repoussa la glace du pied. Par précaution, il menotta sa prise. Adossé au béton, Nicolet l'observait, comme déconnecté.

Sa voix s'éleva, lointaine :

— J'avais un rêve... Plonger dans la douleur des hommes pour les rendre meilleurs. Arracher cette parcelle de folie que chacun porte en soi... La transformer en eau vive...

Un sourire de regret passa sur son visage.

— Je ne suis pas Dieu...

Paul s'était accroupi pour reprendre son souffle. Il avait entendu les paroles du psy dans une sorte de brouillard saturé de visions barbares. Pourtant, au cœur de cette hantise, un sentiment curieux montait en lui. Le désir d'entendre la confession qui s'annonçait. De percer le mystère du savant, de mettre des mots sur l'innommable.

Il ajusta le débardeur sur son nez.

— Pourquoi avez-vous lâché Durieux dans la nature ?

Nicolet le regarda par en dessous. Ses yeux papillotaient entre les mèches noires. Ils semblaient remercier le policier.

— Je tenais le sujet parfait. Un être de fureur potentielle, une combinaison idéale de l'inné et du vécu. Ses gènes portaient l'encodage du Mal, son existence n'avait été qu'une succession de souffrances. Lorsqu'il s'est présenté aux tests, j'ai su qu'il comblerait mes attentes. Mes espoirs...

« J'ai appliqué le protocole. Des injections quotidiennes d'hallucinogènes sur trois sessions de dix jours. AC 13467 et UH 89645, mis au point par mes collègues de Stanford et expérimentés pendant la première guerre du Golfe.

« La chimie l'a mis en contact avec ses peurs les plus profondes. Celles qui génèrent la violence, la folie, la mort. Parallèlement, je le conditionnais pour lui permettre de les dépasser, de les sublimer. Grâce aux drogues, je voulais lui faire atteindre sa limite, la racine de son tourment. J'aurais démontré qu'avec l'hypnose, il était possible de renverser le mécanisme, d'utiliser l'énergie de la démence.

Paul tiqua.

— Je croyais que la Défense voulait utiliser cette violence, pas la transformer en champ de fleurs...

Le médecin transperça le flic du regard. Des yeux de cendre, sans contours, aimantés.

— Ils m'ont donné des moyens, une infrastructure, des

sujets. Leurs buts n'avaient aucune importance. Aucun poids. Je contrôlais le processus. J'ouvrais la route.

La voix, le ton, les mots, le type croyait dur comme fer à son boniment. Paul comprit qu'il écoutait un authentique visionnaire. Un génie dévoyé pris au piège de sa vanité. Les militaires avaient senti le filon. Ils l'avaient manipulé, avaient utilisé son ego, et l'avaient propulsé dans leur délire de mort.

Nicolet avait cru dicter les règles.

Il s'était fait dépasser.

Le psy poursuivait, comme s'il avait deviné les déductions du flic.

— Ils m'ont piégé. Quand Karl a été prêt, ils ont voulu savoir jusqu'où pouvait le conduire sa violence.

Les anneaux qui s'accrochent en cascade. Les renseignements fournis au tueur, la disparition de son dossier, de tous les dossiers, l'argent pour les manouches... Chaque pas du dingue était sous influence, une assistance technique du crime.

Une question s'arrima sur la chaîne.

— Il y a eu quatre victimes. Dont un gamin paraplégique. C'est de l'acharnement.

— Karl évoluait après chaque meurtre. Le travail sous hypnose l'amenait peu à peu vers une prise de conscience.

— Attendez... Vous voulez dire qu'il ne réalisait pas ce qu'il faisait ?

— Pour partie... Seulement pour partie. Il traversait ses pulsions comme on traverse un ouragan. Une phase dépressive s'ensuivait, une parenthèse comme un désert blanc. C'est à ce moment précis que je le débriefais.

Paul saisit la perversité du système.

— Il ignorait que vous l'aviez transformé en rat de laboratoire.

— La suggestion hypnotique permet cet oubli. J'avais même effacé mon visage de sa mémoire. Mais peu à peu, des failles se sont ouvertes. Le clivage provoquait des cauchemars, des crises, pendant lesquelles les morceaux s'assemblaient, le torturaient. Sans le savoir, il commençait à laisser des indices derrière lui... Il voulait en finir...

L'analyse de Coglio se vérifiait. Le dingue avait abandonné le corps de Leïla bien en vue. À plusieurs dizaines de kilomètres de l'endroit du supplice. La dernière victime n'avait même pas été décrochée de son carcan. Durieux semait des cailloux blancs en espérant qu'on le serre.

Nicolet se massa les tempes.

— Je pensais que la fragilité extrême de la dernière victime provoquerait une catharsis, qu'elle cristalliserait l'inversion du processus.

Le flic ne put s'empêcher de lâcher :

— Encore deux ou trois cadavres, et vous gagniez le gros lot ?

— C'est ce que j'imaginais. Mais un détail m'avait échappé. Un détail déterminant. La personnalité de Karl s'était scindée. Une psychose schizophrénique grave, un des effets pervers des hallucinogènes.

— Un dédoublement de personnalité ?

— C'est à peu près ça. Deux êtres cohabitaient dans son esprit. Celui de violence pure, exacerbé par les drogues, génétiquement déviant. Une machine de mort, insensible aux injonctions du surmoi, réagissant seulement aux pulsions fantasmatiques. En face, un personnage contrepoids qu'il avait appelé Philippe. C'est celui-là qui accédait aux suggestions hypnotiques, qui souffrait, se remettait en question.

— Lequel des deux portait une perruque ?

— Karl. Il avait également modifié sa voix. Pour qu'elle ne ressemble pas à celle de Philippe. Une façon de se dissocier un peu plus. Sans en avoir conscience, il alternait les personnalités. Il trouvait des subterfuges pour éviter une véritable rencontre.

Les deux ne pouvaient vivre qu'en parallèle, aussi incapables de se rejoindre que la nuit et le jour.

Depuis le début, Paul pressentait l'existence d'un doublon. La découverte de Mains d'or l'avait laissé sur sa faim. Pourtant, il n'aurait jamais pu imaginer une telle explication.

Il s'insurgea.

— Vous êtes psychiatre. Vous auriez dû prévoir les conséquences.

— La psychiatrie n'est pas une science exacte. Karl s'était arrangé pour me cacher son double. Je n'ai compris qu'en venant ici. Cette nuit, nous avons fait le lien entre Philippe et Karl. Ensemble...

Nicolet marqua un temps. Il couvait sa créature du regard, comme s'il cherchait à la protéger. Puis, il reprit de son ton accablé :

— Sur un plan psychiatrique, j'ai créé le pire cocktail qui puisse s'imaginer. La dissociation schizophrénique provoquée par les hallucinogènes a mis au jour deux autres psychoses. Des perversions latentes, complémentaires, et auto-alimentées. Philippe était un pervers narcissique. Il jouissait de la douleur de l'autre. Cette douleur le calmait, lui permettait de supporter les conflits mis en place par les séances de conditionnement. Et surtout, de vivre avec son double...

Paul saisissait un mot sur deux. Une évidence, pourtant, le frappait. Le profiler avait mis la main sur une partie du problème. L'essentiel était resté hors de portée.

Nicolet poursuivait, comme atterré par le son de sa voix :

— Karl était un sadique, atteint d'une psychose grave, délirante, comportant des éléments de dévoration.

Cette fois Paul dut l'interrompre.

— Soyez plus clair. Je pige plus, là.

Le psy ramena les genoux contre sa poitrine. Le soleil se

couchait à travers la meurtrière, plus rouge qu'une flaque de sang.

— Depuis la naissance, Karl était psychiquement morcelé. Un grand-père dans la Gestapo, exécuté pour des crimes similaires, un père dans la Légion étrangère, qui s'était évaporé après la conception, et enfin une mère tsigane égorgée sous ses yeux dans une rixe avant son troisième anniversaire.

Peu à peu, les cases se remplissaient. Les gitans s'étaient étonnés qu'un gadjo maîtrise aussi bien leur langue. Nicolet venait de résorber l'anomalie.

Le dingue était à moitié manouche.

Paul se souvint d'un autre détail, une réflexion du profiler, sur l'esthétique du crime. Il demanda :

— On l'a placé dans une famille d'accueil ?

— Les gitans l'ont recueilli. C'est avec eux qu'il a appris l'écorchage. Ensuite, il a voyagé de foyer en foyer, jusqu'à l'adolescence. Un couple d'architectes a fini par l'adopter. Des gens cultivés, socialement aisés. Mais c'était trop tard...

Le psychiatre prit sa tête entre ses mains.

— Je... J'ai réveillé ses pulsions... Il n'avait plus le choix... La mort et la putréfaction l'obsédaient. En dépeçant des corps, il a tenté de reconstruire le sien sur un plan imaginaire. Karl croyait reprendre à son compte les éléments positifs de ses victimes. À défaut d'en avoir connu une, il s'était fabriqué une famille idéale.

Le policier revit les marionnettes qui pourrissaient à quelques pas. Le père, la mère, leur progéniture. Durieux avait brûlé quatre vies pour tenter de raccommoder son esprit. Sans compter les dommages collatéraux.

Riad était l'un d'eux.

Son élimination avait foiré, mais les milouzes rôdaient toujours. Dans cette rumeur de carnage, une question cherchait encore sa réponse :

— L'armée vous protégeait. Pourquoi vous êtes-vous enfui ?

Nicolet joua avec une bague, une améthyste montée sur un jonc en argent. Sa voix n'était plus qu'un murmure.

— Je ne voulais pas qu'il le tue... Lorsque le flic est venu à Lyon, j'ai essayé de gagner du temps. Je savais que la chasse avait commencé. Qu'ils iraient jusqu'au bout.

— Ce n'est pas vous qui les avez alertés ?

— Non. Ils m'ont contacté. La découverte du corps de la petite fille constituait un premier accroc. Ils étaient sur leurs gardes.

Paul songea au Hell's. La première pièce du puzzle assemblé par Riad. L'indic était sous surveillance. Il n'avait pas dû être compliqué de le faire avouer avant de le balancer dans la benne à ordures.

Le psy s'était approché de son patient, sa créature. Il lui caressait le front avec une sorte de tendresse.

— J'ai toujours gardé le secret. Personne ne se doutait de la motivation ultime, de l'existence de cet endroit. J'ai réussi à éloigner les commandos du cimetière de voitures. Ils sont arrivés trop tard. Moi, je savais que je trouverais Karl... ici.

Sa voix mourut. L'enfer basculait dans un silence de chapelle.

Paul déplia ses jambes. Après ces aveux en cascade, il ressentait pour Nicolet une sorte de compassion. Au cœur de sa folie, le psychiatre avait essayé de décrypter celle des autres.

De la guérir.

Il passa une main sous son aisselle et l'aida à se relever.

— C'est fini. Vous allez...

Un éclat de voix pétrifia l'espace.

— Non !

Riad s'encadrait dans la porte, livide. Au bout de son bras, comme une excroissance de feu, brillait le métal du Luger.

Paul n'eut pas le temps de s'interposer.

Un claquement sec. Nicolet s'effondra, touché en pleine poitrine.

L'arme se décala.

Une salve s'abattit sur le dingue. Son corps tressautait à chaque impact, comme sous l'effet d'une électrocution.

Quand le silence revint, le dingue fumait littéralement. Des cratères noirs perforaient son torse, sa gorge. Le sang s'écoulait par saccades. Une balle s'était logée dans l'œil, emportant l'arcade sourcilière.

Paul prit sa tête entre ses mains. Il regarda son pote, dans les brumes de poudre.

— Pourquoi ? Bordel, pourquoi ? On allait...

Hagard, Riad laissa échapper le flingue. Il tomba à genoux, le corps secoué de larmes.

— C'était ma fille, mec... Tu peux comprendre ça... Ma fille...

ÉPILOGUE

Paul retrouvait la plage avec plaisir.

Des odeurs de crème solaire, de mélanine, d'abandon.

Il étendit sa serviette de bain et s'assit face au large. Comprimée dans le cadre, une marée humaine piaillait son insouciance jusqu'au maillage des digues.

Midi. Rayons à la verticale, sable chauffé à blanc. Les mères de famille ouvraient les parasols et commençaient la distribution. Des nuées de gosses piaffaient d'impatience devant les papiers argentés, les Thermos, les Tupperware remplis à ras bord de promesses mirifiques.

Le policier esquissa un sourire.

La vie poursuivait sa ronde, absurde, magique, indifférente aux gouffres qui s'ouvraient sur ses franges.

La mort du dingue avait scellé l'enquête. Pour une fois, Paul s'était fendu d'un rapport circonstancié. Une vérité édulcorée, à destination de la machine judiciaire.

Dans son PV, le jeune lieutenant avait pisté Durieux seul. Les révélations des manouches l'avaient conduit jusqu'au blockhaus où, après un corps à corps, il avait été contraint de l'abattre en état de légitime défense. Le dingue possédait un Luger qu'il avait réussi à retourner contre lui dans la bagarre. Le nombre d'impacts se justifiait par la panique qui avait gagné le policier à la découverte du charnier.

Tout ce qui concernait la traque de Riad avait été passé sous silence : Mains d'or, Saïd Abdou, Carré, Nicolet et, bien sûr, l'implication de la DAS. Paul s'était arrangé pour faire disparaître le corps du psychiatre, prenant au passage quelques photos pour assurer ses arrières. Il avait adressé des tirages à Carré, directement aux RG, le chargeant de transmettre le message aux intéressés.

Si les milouzes revenaient à la charge, il avait de quoi les convaincre de se tenir tranquilles.

L'affaire réintégrait le circuit classique.

Vial n'était pas dupe. Il n'avait pas cherché à approfondir, satisfait de mettre un point final à ce sac de nœuds.

Les gendarmes de la cellule homicide n'avaient pas eu le temps de défaire leurs valises. Ils étaient remontés dans leur car, direction Aulnay-sous-Bois et d'autres procédures.

En bout de course, tout le mérite de ce coup d'éclat avait été attribué au commissaire

Paul laissa son regard dériver sur les vagues. Il se foutait des honneurs, des médailles, des poignées de main factices distribuées comme autant de hochets sans lendemain.

Il avait rempli son contrat. Un pacte moral passé avec lui-même, son passé, ses valeurs.

Riad avait sauvé sa peau.

Le reste importait peu.

À cette heure, le Beur galopait certainement dans les dunes, monté sur un pur-sang aux artères de lave.

D'une certaine façon, la boucle se refermait.

Il avait embarqué trois jours plus tôt à destination de l'Algérie. Un ami de son frère, un vétérinaire aux airs de mollah, s'était occupé des formalités : faux passeport, billets de la compagnie Ferryterranée, devises. De quoi parer au plus pressé.

Il avait été accueilli sur place par des hommes aux pommettes de silex, au front crénelé de rides, masqués sous des chèches couleur d'azur.

Riad avait parlé à Paul de ces hommes. Des bergers nomades, dont les yeux d'océan acceptaient en silence les revirements de l'âme.

L'ex-flic de la Crime venait de traverser une ligne virtuelle, une frontière séparant le bien du mal, où la seule vérité qui valait était celle du cœur.

Auprès d'eux, il serait en sécurité.

Paul songea à Malika. Ses iris d'herbe tendre, sa crinière de henné, sa sensualité abrupte, mélange de volonté et de fragilité. Elle accompagnait son oncle vers ces terres de l'espoir, sans préjugés, sans faux-semblants.

Transpercés par l'épreuve, tous deux venaient de rencontrer leur vérité.

Paul se leva et marcha lentement vers l'eau. Par un effet d'optique, il aperçut les côtes du Maghreb qui ondulaient sur l'horizon.

Le jeune lieutenant sentit sa gorge se rétrécir.

Riad ne reviendrait plus.

Il savait qu'il allait lui manquer.

Achevé d'imprimer par N.I.I.A.G.
en Juillet 2005
pour le compte de France Loisirs, Paris

N° d'éditeur : 43446
Dépôt légal : Mai 2005
Imprimé en Italie